KB058190

미란

윤대녕 장편소설
미란

초판 1쇄 발행 2001년 11월 16일
초판 5쇄 발행 2010년 9월 10일

지은이 윤대녕
펴낸이 홍정선 김수영
펴낸곳 ㈜문학과지성사
등록번호 제10-918호(1993. 12. 16)
주소 121-840 서울 마포구 서교동 395-2
전화 02)338-7224
팩스 02)323-4180(편집). 02)338-7221(영업)
전자우편 moonji@moonji.com
홈페이지 www.moonji.com

ⓒ 윤대녕, 2001. Printed in Seoul, Korea
ISBN 89-320-1297-0

미란

윤대녕 장편소설

문학과지성사
2 0 0 1

미란

차례

풍뎅이 한 마리가 베란다로 날아 들어와 타일 바닥에 툭 떨어졌다. 금속처럼 차갑고 매끈한 감빛 등을 가진 놈이었다. 한강에 노을이 핏빛으로 번지던 날이었다.

그것은 머나먼 미지의 저편에서 이쪽에 무언가를 전하려고 찾아온 것만 같았다. 혹은 영겁의 시간 저쪽에서. 여름날 머리 위로 한 송이의 눈이 사뿐히 내려앉듯이.

그날 나는 10년 동안 책상 서랍에 처박아두었던 워터맨 만년필을 꺼내 잉크를 새로 넣었고 아내는 도라지꽃 무늬가 박혀 있는 코렐 접시 위에 풍뎅이를 뒤집어놓고 베란다에 앉아 밤늦게까지 술을 마시고 있었다.

빨간 우체통에서 나올 때

더러 아는 사람들도 있겠지만, 미란은 1965년 1월 경주에서 태어났다. 그녀가 태어난 시각은 식구들이 막 아침밥을 먹기 위해 졸린 눈을 비비며 안방으로 모여들 때였다고 한다. 대략 7시쯤이 아니었나 싶다. 그녀는 3.2킬로그램의 비교적 건강한 상태였고 울음소리도 제법 컸다. 병원에 가지 않고 아버지가 뒷수습을 맡아 했다.

아버지는 백일이 지나서야 호적에 제 딸의 이름을 미란(美蘭)이라고 지어 올렸다. 흔한 이름 중의 하나다. 당장 전화번호부를 뒤져보아도 알겠지만 세상엔 미란이라는 이름을 가진 여자들이 수도 없이 많다. 여학교 국어 교사였음에도 불구하고 그녀의 아버지는 상상력이 그다지 없는 사람이었던 것 같다. 아니면 그 이름에 특별한 애착을 가지고 있었든지.

미란의 아버지는 그녀가 다섯 살 되던 해 교통사고로 죽었다. 딸이 한창 예쁜 짓을 할 때 안타깝게도 세상을 뜬 것이다. 이듬해 어머니는 집을 개조해 빵 가게를 열었다. 그녀와 가끔 만날 기회가 있지만 서로 오가는 말은 별로 없다. 청소를 하고 돌아간 밤의 교실처럼 늘 조용한 사람이다. 그럼에도 그녀에게는 사람을 잡아당기는 묘한 힘이 있다.

미란은 생전에 아버지가 재직하던 경주여고를 나와 대학에 입학하던 해 서울로 올라왔다. 2학년 때까지는 친척집을 전전하며 살았고 그후 자취와 하숙을 번갈아 하며 서울 올림픽이 열리던 해 학교를 졸업했다. 그녀의 말에 따르면 대학 4년 동안 자신이 한 일은 고작해야 광화문과 신촌과 동숭동과 홍대 근처의 지리를 익히고 경상도 억양을 서울 말씨로 바꾼 일이었다고 한다. 영문학을 전공한 미란은 그러나 공부에는 끈기가 있었던 모양으로 졸업과 동시에 어렵지 않게 취직을 했다.

1991년 여름, 내가 미란을 처음 만났을 때 그녀는 외국 항공사의 내부 직원으로 일하고 있었다. 그즈음 나는 사법 연수원을 나와 강남에 변호사 사무실을 막 개업한 뒤였다.

7월 26일 금요일이었고 양재역 근처에 있는 '빨간 우체통'이라는 칵테일 바에서였다. 날씨는 무더웠고 비는 자정이 될 때까지 내리지 않았다.

그날 오전에 나는 대학 때 산악반에서 함께 활동했던 선배의 전화를 받았다. 그녀는 강남에 올 일이 있다고 하면서 저녁에 만나 밥이나 함께 먹자고 했다. 박은자라는 이름을 가진 그녀는 대기업 계열사의 광고 회사에 근무하고 있었고 일찌감치 능력을 인정받아 서른 살에 차장으로 진급해 있었다. 중성적인 성격 탓인지 치마 입은 모습을 결코 본 적이 없었고 남자 친구가 많은 여자들이 으레 그렇듯이 아직 미혼이었다. 매일 야근에 시달리면서도 그녀는 새벽 5시면 어김없이 일어나 헬스 클럽에서 땀을 흘리고 토요일엔 산에 가서 일요일 아침에 돌아왔다.

혹시 동행이 있을지도 모른다고 하며 그녀는 툭 전화를 끊었다. 그 사람이 누군지에 대해서는 말하지 않았다. 하지만 상관없는 일이었다. 어차피 가볍게 만나 저녁이나 먹자고 한 약속이었다.

'빨간 우체통'은 서초구청 근처에 있는 작은 술집이었다. 이 더운 날에 왜 하필이면 빨간 우체통일까? 이런 무의미한 생각을 하며 나는 7시 정각에 그곳에 도착했다. 박은자는 먼저 와서 혼자 새우깡에 맥주를 마시고 있었다. 초저녁이었으므로 테이블과 스탠드는 텅텅 비어 있었다. 한쪽 구석에서는 청소를 하고 있었고 주방에서는 그릇 닦는 소리가 들려오고 있었다.

동행은 보이지 않았고 나는 그것에 대해 묻지 않았다.

박은자는 가을에 안나푸르나에 가기 위해 그녀가 속해 있는 산악 연맹 대표로 스폰서를 구하러 다니고 있는 참이었다. 몇몇 대기업의 담당자들과 접촉해보았으나 성과가 없었다고 그녀는 냉소적인 투로 말했다. 오늘은 강남에 있는 외국 항공사의 홍보 담당자를 만나고 온 길이었다. 항공사에는 여고 후배가 근무하고 있었고 그녀가 회사 내부와 연결을 시켜줬다.

그녀와 약 한 시간 동안 마주 앉아 소시지 안주를 놓고 맥주를 마셨다. 에어컨이 돌아가고 있는데도 술집 안은 매우 더웠다. 바닥에서는 퀴퀴한 냄새가 올라오고 있었고 조명마저 어두웠다. 게다가 시간이 갈수록 안이 점점 소란스러웠다. 정말 왜 이런 곳에서 만나자고 했을까. 알고 보니 박은자도 처음 와보는 집이었다.

미란은 8시가 막 지나서 도착했다. 그녀는 내 뒷전에서 또박또박 구둣발 소리를 내며 나타났는데 그 때문에 나는 마룻바닥을 통해 전신을 육박하며 올라오는 그녀의 몸무게부터 감지하고 있었다. 그것은 틀림없이 어떤 존재의 출현을 뜻하는 것이었고 그 최초의 신호가 몸무게라는 데서 나는 얼마쯤 야릇한 기분에 사로잡혀 있었다. 50에서 52킬로그램 정도라고 나는 저울처럼 생각하고 있었다.

내 오른쪽을 지나 그녀는 테이블 앞에서 잠시 주춤거리더니 이어 박은자의 옆에 가 앉았다. 그때 나는 포크에 꽂힌 소시지를 막 입 안에 집어넣으려던 참이어서 차마 고개를 들 수가 없었다. 다만 그녀가 내 앞에 와 멈춘 순간부터 자리에 앉기까지의 순간에 복부와 가슴에 이르는 부분을 언뜻 목격했을 따름이었다.

미란은 시원하기는 하지만 구김이 잘 가는 블루 스카이의 마 원피스를 입고 있었다. 그녀는 내 이마께를 슬쩍 흘겨보고는 좀 늦었어요, 라고 박은자에게 말하고 자주색 가방을 무릎 위에 올려놓았다. 이윽고 나는 고개를 들어 그녀의 얼굴을 수평으로 바라보았고 눈이 마주치자 그녀는 약 15도쯤 고개를 왼쪽으로 가볍게 숙이며 안녕하세요? 라고 어쩐지 도도한 표정으로 인사를 건네왔다. 그러고 나서 잠깐 내 눈을 똑바로 마주 보더니 순식간에 표정을 바꿔 옆을 돌아보았다. 그녀는 누군가 가까운 사람의 요청에 의해 마지못해 선을 보러 나온 듯한 표정을 짓고 있었다. 하긴 여자들은 대개 그런 표정에 익숙하다.

미란은 매주 화요일과 금요일 퇴근 후 회사 근처에 있는 외국어 학원에서 불어 강습을 받고 있었다. 그 때문에 한 시간이 늦은 것이었다. 그런데 박은자는 왜 그런 얘기를 하지 않은 걸까. 중성적인 스타일들은 사소한 것을 때로 지나칠 정도로 사소하게 생각하는 경향이 있다.

방금 샤워를 하고 온 것처럼 미란에게서는 샤워 코롱 냄새가 풀려나오고 있었다. 깔끔한 인상에다 영리한 여자라는 걸 금방 알 수 있었다.

대화는 주로 두 여자가 독점적으로 나누고 있었고 나는 결코 끼어들거나 참견하지 않았다. 의식적으로 그러는가 싶었지만 그 또한 별 상관이 없는 일이었다. 그러나 시간이 갈수록 어쩔 수 없이 지루하다는 느낌이 몰려왔다. 퇴근 무렵부터 배가 고팠으나 그런 말을 꺼낼 분위기도 아니었다. 여자들과 만나면 어쩐 일인지 밥을 먹자고 하지 않는다. 간단하게라도 먹고 올 걸 그랬나 보다.

눈 둘 데가 없어 나는 스탠드 앞에서 칵테일 쇼 하는 광경을 무의미하게 지켜보고 있다가 가끔 정면을 향해 시선을 돌리곤 했다. 두 여자는 고개를 각자 오른쪽과 왼쪽으로 돌려 얼굴을 마주 보고 심각하게 때로는 가볍게 웃기도 하면서 뭐라뭐라 긴긴 얘기를 나누고 있었다. 무슨 얘기를 저렇듯 길게 주고받고 있는 걸까. 은근히 궁금하기도 했지만 나는 그쪽에 귀를 기울이지는 않았다.

그러다 어느 때부턴가 미란이 이쪽을 의식하고 있다는 걸 어렴풋이 깨달았다. 때로 어조가 고음으로 왜곡되며 내게 무언가를 전하려는 것처럼 느껴졌다. 하지만 내 귀에 들려오는 말에 그다지 특별한 메시지는 없었다. 다만 혼자 앉아 있는 내게 좀 미안해서 그랬을 것이다. 애초에 칵테일 쇼 따위엔 전혀 관심이 없었으므로 나는 대담하게 그녀를 관찰하기 시작했다.

그녀는 163센티미터쯤 되는 키에 알맞게 살이 올라 있었으나 가슴은 거의 없다시피 했다. 머리는 곱슬곱슬하게 볶아 내렸고 피부는 드물게 흰 편이었는데 너무 흰 나머지 하루에도 몇 번씩 씻어줘야 할 성싶었다. 새로 산 하얀 자동차를 관리하듯이.

불과 몇 잔이긴 했으나 술을 마신 그녀의 얼굴엔 피부 조직 안에서 팽창된 핏줄기 때문에 화장기 밑에 숨어 있던 사소한 흉터가 드러나 있었다. 우선 이마 왼쪽에 네 바늘 혹은 다섯 바늘쯤 꿰맨 자국이 있었다. 또 왼쪽 뺨에 어렸을 때 수두 치료를 잘못해서 남은 듯한 앎은 자국이 두어 개 있었다. 그러나 그 때문에 콤플렉스를 느낄 필요까지는 없을 터이었다. 술을 먹지 않았더라면 또 이쪽에서 자세히 뜯어보지 않았더라면 발견되지 않았을 미세한 상처에 불과했다. 아무리 깨끗해 보이는 얼굴도 화장을 지워놓고 보면 역시 그 정도의 피치 못할 자국은 남아 있게 마련이다. 끝을 솜씨 좋게 그려넣은 선명한 눈썹과 유독 반짝거리는 눈동자 때문에 그녀는 전체적으로 매우 탄력적인 인상을 주었다. 입술과 코는 앙증맞게 도드라져 있었고 안으로 착착 접혀 들어가 있는 귀는 어디에 내놓아도 손색이 없을 만큼 빼어났다. 하관이 다소 빤 편이긴 했으나 그것도 인상을 좌우할 정도는 아니었다.

훗날 나는 미란이 자신의 귀에 대해 심한 콤플렉스를 가지고 있다는 것을 알게 되었다. 다시 눈여겨보니 아닌 게 아니라 양쪽 귀의 크기가 달랐다. 닳아 없어진 것처럼 오른쪽 귓불이 왼쪽에 비해 조금 짧았다. 아뿔싸! 처음 만났을 때는 왜 그것을 보지 못했던 것일까. 하긴 그때 그녀는 고개를 돌리고 무려 한 시간이나 여고 선배와 얘기를 나누고 있었다. 양쪽 귀를 비교해볼 수 없게 일부러 그랬던 것일까?

내가 정면으로 응시하는 시간이 길어지자 미란의 얼굴은 차츰 홍옥빛으로 변했고 이따금씩 했던 말을 되풀이하거나 심지어는 중음부에서조차 리듬이 흐트러지는 증세를 보였다. 급기야 참기가 힘들었던지 그녀는 부자연스러운 동작으로 의자를 뒤로 밀어내고 일어나 가방에서 손지갑을 꺼내 들고 밖으로 나갔다. 전화를 하러

나가는 듯한 포즈였으나 더불어 화장실에 다녀올 눈치였다.

미란이 자리를 비운 동안 나는 식어버린 소시지 안주를 토사물처럼 내려다보며 박은자와 맥주를 한 병 더 마셨다. 그녀는 몸이 건강한 대신 술에 약한 편이었고 이미 얼굴이 벌겋게 달아오른 상태였다. 그녀는 화장실에 가 있는 자기 후배를 지칭하며 새삼스럽게 어떤 것 같으냐고 내게 물어왔다. 어지간히 할 말이 없는 모양이었다. 말투에서 그 어떤 진의도 느껴지지 않았다. 그녀가 미란과 나를 소개시키기 위해 만든 자리가 아니라는 것쯤은 진작부터 알고 있었던 것이다. 그녀는 아무 생각 없이 그저 두 사람을 불러내 저녁 시간을 때우고 싶었던 것이다. 그리하여 나는 미란에 대해 어떤 사소한 멘트도 하지 않았고 또 굳이 그러고 싶지도 않았다.

우체통에서 나온 것은 10시쯤이었다. 그제야 박은자는 배가 고프다는 말을 마치 아픈 것처럼 미간을 찌푸리고 얘기했다. 사정이 서로 비슷했기에 양재역 지하도를 건너 국민은행 뒤편에 있는 한식집으로 갔다. 가는 동안 미란과 나란히 걷게 되어 몇 마디의 말을 주고받았다.

내 입에서 처음 튀어나온 말은 이러했다.

"밤이 왔는데도 무척 덥군요."

못 들었는지 그녀는 별 대꾸가 없었다. 사실 대답이 필요 없는 말이었다. 술기운 탓인지 가쁜 숨소리만이 귓전에 희미하게 들려오고 있었다. 좀더 기다렸다가 나는 다시 입을 열었다.

"방문을 열고 바다를 내다보며 차디찬 콜라를 마시고 싶군요."

말을 하고 보니 역시 별 요점이 없는 얘기였다. 어쩐지 까마득하게 느껴지는 시간이 흐른 뒤 그녀가 슬쩍 되받았다.

"고향이 바다 쪽인 모양이죠?"

"아니, 서울입니다."

그녀가 갸웃이 고개를 돌려 나를 보았다. 그녀의 얼굴에서 반사된 하얀빛이 눈가에 잠깐 스몄다 사라졌다.

"그런데 왜 그런 식으로 말하죠?"

나는 더듬거리며 되물었다.

"뭐가 말입니까?"

"이를테면 방문은 창문이 되어야 하는 게 아닌가요? 방문을 열고 본다는 것은 곧 앉아서 본다는 뜻일 텐데 호텔이나 민박집의 구조가 어디 그런가요? 주인집 안방이라면 혹시 몰라도 말예요."

길게 설명하지 않더라도 무슨 뜻인지 알 것 같았다. 아닌 게 아니라 '창문을 열고'가 보다 일반적인 표현이었다. 그러나 나는 언젠가 틀림없이 '방문을 열고' 바다를 내다본 적이 있었다. 물론 여행 중 민박집에 들어서였다. 하지만 나는 그런 사실까지는 굳이 밝히지 않았다. 상대가 거리를 유지하려고 하는데 애써 자신을 설명하려 들 필요는 없는 일이다. 그녀는 약간 비음에다 아나운서처럼 발음이 정확했고 노래를 하는 듯한 기묘한 리듬이 목소리에 배어 있었다. 그 목소리에 불현듯 마음이 물처럼 흔들렸다.

그로부터 한식집에 도착할 때까지 세 사람 모두 입을 다물고 있었다.

좁은 정원을 가로질러 대청마루형의 술자리로 신발을 벗고 올라갈 때 미란의 뒷모습을 우연치 않게 보게 되었다. 목덜미에서 등으로 이어지는 부위에 새끼손톱만한 보라색 반점이 찍혀 있었다. 흠, 그렇군. 그녀는 채송화 무늬가 굽 안에 박힌 투명한 샌들을 신고 있었고 양쪽 엄지발가락엔 이채롭게도 주홍빛의 페디큐어를 칠하고 있었다.

그녀의 이름을 알게 된 건 비로소 한식집 대청마루에서였다. 그때까지 박은자가 정식(?)으로 그녀와 나를 소개시키지 않았다는 것을 두 사람 다 그제야 깨달았다. 그녀는 경주 사람에다 경주 김씨였다. 어조에 사투리가 전혀 남아 있지 않아 얼마쯤 의아스럽다는 느낌을 받았다.

"저는 성연우입니다."

뒤늦게야 서로 통성명을 하고 명함을 꺼내 주고받는 동안 나는 내심 당황하고 있었다. 내색하지 않으려 했지만 그녀는 반짝 눈을 뜨고 그런 나를 유심히 지켜보고 있었다. 특별한 것은 아니었다. 비록 성은 다르지만 전에 똑같은 이름을 가진 여자를 만난 적이 있었던 것이다. 박은자는 홍어찜과 동동주를 시키고 나서 담배 연기를 중성적으로 길게 내뿜고 있었다. 스폰서 건이 잘 해결될 가능성이 없는지 그녀는 줄곧 우울한 얼굴을 하고 있었다. 심정이야 이해하겠지만 서로 낯선 사람까지 불러놓은 바에야 표정을 좀 바꿔줬으면 싶은 생각마저 들었다.

홍어찜에 동동주를 빠른 속도로 먹다 보니 이내 취기가 올라왔다. 박은자는 이미 취한 상태였고 미란도 얼굴이 복사꽃처럼 달아올라 있었다. 얼굴뿐만 아니라 피부 전체가 리트머스 시험지처럼 붉게 물들어 있었다. 그러나 말투나 태도에서는 전혀 빈틈이 엿보이지 않았다. 오랜 외지 생활 탓인지 자신을 방어하는 태도가 몸에 배어 있었다.

그날 내가 미란에게 관심을 갖게 되었다고 할 수는 없었다. 그녀에게는 자신을 방어하는 태도 못지않게 왠지 모를 우월감과 사람을 꿰뚫어보고 평가하는 듯한 태도가 몸에 배어 있었다. 그런 종류의 무의식은 남에게 뜻하지 않은 상처를 주곤 한다. 민감한 여자가 매력적일 수는 있겠으나 그만큼 까다롭게 보이는 것도 사실이다.

과정은 생각나지 않으나 그날 밤 노래방까지 가게 되었다. 일본의 가라오케에서 유래한 그 희한한 곳이 막 생기기 시작할 무렵이었다. 우체통에서부터 상태가 불안정했던 박은자가 고집스럽게 두 사람을 끌고 지하 노래방으로 내려간 것은 11시였고 뭔가 부자연스러운 느낌에 언뜻 미란을 돌아보았으나 그녀는 어디까지나 담담하고 태연한 표정이었다. 그 얼굴이 또 이상하게 마음에 걸렸다.

음료수 몇 개를 시켜놓고 각자 돌아가며 노래를 불렀다. 나로서는 처음 들어와보는 노래방이었다. 군에서 제대를 하고 고시에 패스할 때까지 나는 동교동 로터리에 있는 고시원에 들어가 그야말로 누에처럼 지냈다. 그때의 유일한 낙이란 다세대 주택처럼 지은 고시원 3층 복도에 나와 서서 당인리 발전소 뒤로 해가 지는 것을 바라보는 것뿐이었다.

법대에 다니긴 했으나 굳이 판검사나 변호사가 될 생각을 가지고 있었던 건 아니었다. 그러나 제대를 하고 나니 달리 목표를 둘 데가 없었다. 군대에 가기 전까지 나는 목표나 희망이라는 걸 가져본 적이 없는 무감한 성격의 청년이었다. 왜 그랬을까. 제대를 할 즈음에 나는 인생에서 크게 낭패한 경험이 없는데도 내가 지독한 권태에 빠져 있다는 것을 깨달았다. 마음 깊숙한 곳에 언제부터인지 조울증의 도깨비가 숨어 나를 갉아대고 있었던 것이다.

그것은 곤혹스럽고 두려운 자각이었다. 나는 20대였고 이제 막 자의에 의한 삶을 시작할 나이였다. 그런데 일찌감치 세상이나 자신에 관해 흥미를 잃고 있는 자신을 발견했던 것이다. 나는 권태라는 것이 세포와 혈액 속에 퍼져 있는 일종의 병이라는 것을 알았다. 실제로 세포 우울증이라는 병이 있듯이 말이다. 어느 정도냐면

길을 가다 비가 와도 우산을 쓰기가 아니라 사기가 귀찮아서 맞고 다니기가 일쑤였고 하루 세 끼 식사도 종합 영양제로 대신할 때가 많았고 여자도 마스터베이션도 귀찮았고 한 달 내내 속옷을 갈아 입지 않아도 아무런 느낌이 없었다. 책상 위에 있는 재떨이를 가지러 가기가 싫어 장판에 담배를 눌러 끄고 한 달씩 치우지 않은 적도 있었다. 오줌도 페트 병을 이용해 방에서 직접 해결했다.

나는 인생이 그토록 파노라마적이라는 사실을 미처 몰랐기 때문에 지레 권태에 사로잡혀 있었는지도 모른다. 또 그때까지는 불행이나 실패를 경험해보지 못한 것도 그 원인 중의 하나였다. 내겐 타인에 대한 어떤 감정도 존재하지 않는 듯했다. 아니할 말로 몸이라도 아파보고 싶을 지경이었다. 일견 남들에게는 조숙한 허무주의자처럼 보였지만 실은 무기질처럼 변해가는 자신을 보며 진저리를 치곤 했다.

제대와 함께 나는 의대에서 신경의학을 전공하고 있는 친구를 찾아가 증상을 하소연했다. 교보문고 지하 스낵바였던 걸로 기억한다. 콜라를 마시며 묵묵히 듣고 있던 친구가 퉁명스럽게 내뱉었다.

"신경이 좀 예민한 편이군. 특히 이기적인 타입의 인간들에게 흔히 나타나는 증상이야. 어디 여행이라도 잠깐 다녀오든지. 아니면 시간을 내서 술집 여자라도 사귀어보든지. 말하자면 너와 정반대의 사람 말이야. 처방 끝."

그리고 뒤에다 독백조로 이렇게 덧붙이는 것이었다.

"자기만 잘났다고 생각하는 머저리들이 왜 이렇게 많은지 모르겠어. 그런 놈들일수록 지레 엄살이 심하고 게으른 데다 시대엔 통 무감하지. 도대체 정나미가 떨어져서 못 봐주겠다니까. 네가 꼭 그렇다는 건 아니야. 하지만 그 범주에 속하지 않나 한 번쯤 재고해

볼 필요는 있겠지."

다음날 집회 준비를 해야 한다며 녀석은 자리에서 일어나더니 뒤도 돌아보지 않고 스낵바를 빠져나갔다.

이튿날 나는 공항으로 가서 제주도행 비행기표를 끊었다. 그리고 중문과 서귀포와 협재와 고산, 성산을 떠돌다 보름 만에 서울로 돌아왔다. 그러고 나서 달아나듯 곧바로 짐을 꾸려 고시원으로 들어갔다. 그사이 내가 두려워져 있었던 것이다. 졸업을 하기 위해선 대학을 1년 더 다녀야 했으나 어차피 복학을 하려면 무턱대고 10개월을 기다려야만 했다. 2학년 때 시험 삼아 사시에 응시했다가 1차에 합격한 경험이 있었으므로 공부가 그다지 낯설지는 않았다. 다만 물리적으로 시간이 필요한 건 사실이었고 그 시간을 나는 2년쯤으로 생각했다.

1년 6개월 후 나는 1차부터 다시 시험을 봐 사시에 최종 합격했다. 그렇다고 달라진 것은 없었다. 단지 인생의 2년을 무사히 써버렸다는 데 대해 안도감을 느꼈다. 연수원 성적도 나쁘지 않은 편이어서 선택을 했다면 판사나 검사로 임용될 수도 있었다. 그러나 나는 그 세속적인 보장 앞에서 다시금 머뭇거렸다. 군대식의 상명 하복적인 세계에 발을 들여놓기 싫었던 이유도 있었다. 나중에 후회하게 될지도 모른다는 예감이 들기도 했으나 도무지 마음이 따라주지 않아 나는 변호사의 직업을 선택했다.

그날 미란은 가요와 팝송을 한 곡씩 번갈아 불렀는데 노래를 부르는 자세가 매우 독특해서 그때껏 받고 있던 그녀의 인상을 크게 바꿔놓았다. 글쎄, 혼신의 힘을 다해 부른다고나 할까. 이렇게밖에는 달리 설명할 도리가 없다. 노래가 무엇이기에. 하긴 마이크만 잡으면 감전이라도 된 듯 온몸이 왜곡되는 사람들이 있기는 하다.

미란이 노래를 부르는 동안 박은자는 화장실에서 토하고 와서 소파에 널브러져 있다가 비틀비틀 일어나 발악적으로 이광조의 「가까이하기엔 너무 먼 당신」을 부르고 있었다. 그 또한 그 동안 내가 보아온 그녀와는 상당히 동떨어진 모습이어서 끈적하고 텁텁한 날씨만큼이나 속이 울렁거리고 답답했다.

흐르는 강물처럼

　자정에 맞춰 노래방에서 나와 분당에 사는 산악회 선배를 먼저 택시에 태워 보냈다. 당시 나는 부모와 함께 원당에 살고 있었는데 조만간 사무실 근처로 방을 옮길 계획이었다. 미란의 집은 불광동이었다. 원당을 가려면 거쳐가야 하는 곳이었다. 따로 갈까 생각하다 그게 오히려 어색할 것 같아 함께 택시에 올라탔다.

　불광동까지 오는 동안 그녀와 주고받은 얘기는 다 기억나지 않는다. 나보다 나이가 한 살 적다는 것(뱀띠), 생일이 1월 5일이라는 것(나는 5월 1일이므로 뒤집어놓으면 서로 겹친다. 이 무슨 암시일까), 그리고 술을 먹어도 몸에서 퍽 좋은 냄새가 풍긴다는 것을 알게 된 정도였다.

　미란은 작은 아파트를 세내 혼자 살고 있었으나 그날 택시 안에서는 그 말을 하지 않았다. 자신이 무남독녀이고 아버지를 일찍 여의었다는 얘기도 나중에 들었다. 초면에 그런 얘기를 할 필요까지는 없었을 것이다. 한데 그녀의 생일은 어떻게 알게 된 걸까.

　택시가 불광동에 도착할 즈음 비가 뿌려대기 시작했다. 하루 종일 꾸물거리던 하늘에서 급기야 대야로 퍼붓듯 비가 쏟아지고 있었다. 망연히 밖을 지켜보고 있던 미란이 지나가듯 중얼거렸다.

"밤에 강물이 많이 불어나겠어요."

불쑥 튀어나온 잠꼬대 같은 말에 나는 문득 숨을 죽이고 있었다. 안으로 꽉 잠긴 소리로 그녀는 잠꼬대를 계속했다.

어떤 바위 위에는
영겁의 빗방울이 머물고
바위들 밑에는 말씀이 있고
말씀의 일부는 그들의 것

그건 무슨 뜻이었을까. 혹은 누군가의 시였을까?

우산을 가지고 있지 않았으므로 그녀가 사는 아파트 앞까지 가야 했다. 택시가 집 앞에 멈춰 서자 그녀는 돌연 나른한 얼굴이 되어 옆을 돌아보았다. 여름날 긴 하루의 끝에 이르러 감당하기 힘든 피로를 껴안고 있는 듯했다.

"우산 필요해요?"

얼떨결에 나는 그렇다고 고개를 주억거렸다. 내가 살고 있는 집은 차가 들어갈 수 없는 비좁은 골목 안에 있었다. 택시에서 내려 5분 정도 걸어가야 했다. 하지만 꼭 우산이 필요한 건 아니었다. 5분쯤 비를 맞는다 해도 별 지장이 없었다. 그런데 나는 왜 그녀가 우산이 필요하냐고 물어올 때 반사적으로 고개를 끄덕거렸던 것일까? 한동안 그녀는 미동 없이 앉아 있었고 운전사가 뒤를 돌아보자 가방을 챙겨 들고 택시에서 내렸다.

나는 그녀가 현관으로 들어가는 모습을 택시 안에서 우두커니 지켜보고 있었다. 엘리베이터가 내려오자 그녀는 우수에 찬 표정으로 뒤를 돌아보고는(그때 나와 비에 얼룩진 차창을 사이에 두고 눈이 마주쳤다) 한순간 비틀, 하더니 안으로 걸어 들어갔다.

나는 차창을 내리고 담배에 불을 붙이려다, 운전사에게 내처 원당으로 가달라고 했다. 운전사는 룸미러로 나를 흘겨본 뒤 이윽고 아파트 단지를 빠져나갔다.

미란과의 첫 만남은 이러했다. 사회생활을 하는 남녀라면 누구나 가끔씩 경험하게 되는 일이었다. 며칠 후 사무실 근처의 식당에서 점심을 먹고 나오다 나는 지갑에서 그녀의 명함을 발견했다. 그리고 잠시 눈여겨보다 도로 지갑 안에 넣어두었는데 나중에 찾아보니 어디로 갔는지 보이지 않았다.

8월 중순으로 접어드는 어느 날 나는 박은자의 전화를 받았다. 용건은 전과 같았다. 강남에 올 일이 있으니 만나 저녁이나 먹자는 것이었다. 그날은 왠지 내키지 않아 나는 조심스럽게 거절했다. 그녀는 한동안 침묵하고 있었다. 평소의 그녀답지 않은 태도였다. 거북스런 느낌에 수화기를 내려놓으려는데 그녀가 대뜸 이랬다.

"너 혹시 미란이 만난 적 있니?"

무슨 말인가 싶었지만 곧 뜻을 알아차렸다. 차마 대꾸하고 싶지 않아 나는 입을 다물고 있었고 그 때문에 그녀는 더욱 신경이 예민해져 있었다. 나 역시 얼마쯤 짜증이 나 있기는 마찬가지였는데 그럼에도 불구하고 그녀는 계속 알아듣기 힘든 말을 늘어놓았다.

"내가 그날 실수한 거니?"

공판 서류에서 눈을 떼지 못하고 있던 나는 되는 대로 대꾸했다.

"뭘 그 정도 가지고 그래. 술 먹으면 취하기도 하는 거잖아."

내 말이 급기야 그녀의 심기를 건드린 모양이었다.

"너 알고 보니 잔인한 놈이구나."

나는 서류에서 눈을 떼고 테이블에 놓여 있던 생수잔을 들어 메마른 입을 적셨다.

"왜 그래, 박선배."

"그래, 선배지."

"……답답하면 주말에 함께 산이나 갈까?"

그러자 그녀가 이런 말을 툭 집어던지고 거칠게 전화를 끊어버렸다.

"나쁜 자식!"

수화기를 내려놓고 나서야 내가 실수했음을 깨달았다. 여러 가지 미묘한 부분에서 적절한 대답을 하지 못한 것이다. 하지만 이미 어쩔 수 없게 돼버린 일이었다. 수습을 한다고 냉큼 전화를 했다가는 관계가 더욱 악화될 게 뻔했다. 그 동안 중성으로 일관해오더니 왜 갑자기 부들부들한 여인이 되어 관계를 어색하게 하는 것일까. 더군다나 남까지 끌어들이면서 말이다.

나는 한 번도 그녀를 여자로 생각해본 적이 없었다. 꼭이 선배이기 때문이 아니었다. 단지 사람이 시원시원하고 매사에 적극적인데다 뒤끝이 없어 지금껏 선후배 관계를 유지해온 것뿐이었다.

그날 밤 침대에 누워 그녀를 곰곰이 여자로 상상해보았다. 하지만 조금도 가슴이 뛰지 않았다. 좋은 사람임에는 틀림없지만 아무래도 여자로는 생각되지 않았다. 내가 건강한 여자를 그다지 좋아하지 않는다는 것도 그때 비로소 알게 되었다. 햇빛에 그을린 구릿빛 피부를 가진 여자에게는 마음이 흔들리지 않는다는 사실을 깨달은 것이다. 아버지가 신문사 편집국장이고 어머니가 알 만한 화가에다 대학교수이니 앞으로 그에 걸맞은 남자를 만나게 될 것이

다. 사람에겐 저마다 어울리는 짝이 있게 마련이다. 겉으로 보기엔
어떨지 몰라도 매사를 권태스러워하고 냉소적인 태도로 세상을 살
아가는 풋내기 변호사는 알고 나면 안중에도 없을 것이다. 어쨌거
나 그녀가 연하인 내게 관심을 가질 줄은 정말이지 꿈에도 몰랐다.

  며칠 후 교대라도 하듯 김미란에게서 연락이 왔다. 뜻밖의 전화
였다. 박은자와 통화한 기억이 떠올라 나는 그녀의 전화를 편하게
받을 수가 없었다.

  "비가 그쳤나요?"

  그날 택시를 돌려 그냥 가버린 얘기를 하는 것이었다. 그녀와 통
화를 하고 있는 시각 창밖엔 햇빛이 창창하게 빛나고 있었다.

  "우산을 들고 현관에서 기다렸었어요."

  굳이 대과거형을 쓰지 않아도 말하려는 바는 알 수 있었다. 지난
번 박은자와 통화하고 난 뒤부터 눈치가 한껏 늘었다.

  "그게 막차였는지 택시는 두고두고 돌아오지 않더군요."

  물론 나로서는 그게 막차였다. 나는 그녀가 최근 박은자와 만나
거나 통화한 사실이 있다는 것을 직감적으로 알아차렸다. 그렇다
면 그녀 역시 이쪽에 뭔가 확인을 하기 위해 전화를 걸어온 것일
까. 계속 입을 다물고 있을 수가 없어 나는 이렇게 말하고 있었다.
내 딴에 앞질러가는 말을 하고 있었는지도 모른다.

  "저는 김미란씨처럼 시(詩)적인 사람이 못 됩니다. 은유에 서툴
고 여성에 무지하죠."

  "네?"

  말을 하고 나니 어딘가 모르게 어수선하고 복잡해진 느낌이었
다. 물러서지 않고 그녀가 침착하게 되받았다.

  "무지하다는 말을 어느 쪽에도 솔직하지 못하다는 뜻으로 받아

들여도 되나요?"

"그게 무슨 말입니까?"

"그날 택시 안에서 본 잠시의 당신 우울에 이끌려 그것도 며칠씩이나 망설이다 전화해봤는데 대뜸 푸대접이군요. 로버트 레드퍼드 같았으면 과연 그랬을까요?"

나는 영화 「아웃 오브 아프리카」에 나왔던 핸섬한 그를 떠올리고 있었다.

"여자에 대해 무지하다니 한 가지만 알려주죠. 연우씨가 보기엔 세상에 많은 여자들이 있는 것 같지만 그들은 곧 여성이라는 이름으로 단 하나예요. 그러니 그 중에서 고르려 하지 말아요. 거꾸로 연우씨가 그들에게 선택될 수도 있어요. 앞으로 만약 그런 일이 생기게 되면 고맙게 여기란 뜻이에요. 상대나 자신 둘 다에게 말예요."

처음 만난 날 느꼈듯이 영리하고 당찬 사람이었다. 자존심을 드러내지 않으면서 이쪽에 하고 싶은 말을 다 늘어놓았다. 이마에 손을 대고 잠시 눈을 감고 있는 사이 그녀가 조용히 전화를 끊었다.

그날 밤 소파에 앉아 냉장고에서 맥주를 꺼내 먹으며 미란에 대해 생각해보았다. 로버트 레드퍼드가 나오는 영화를 보며. 매력적인 사람이었다. 그러나 가까이하게 되면 필시 대가가 따를 사람이라는 예감이 들었다. 왜 자꾸만 그런 생각이 드는 것일까?

그즈음 나는 변호사 생활에 적응하느라 나름대로 몹시 부대끼고 있었다. 모든 세계에는 기존의 세력들이 만들어놓은 룰이 있게 마련이다. 그게 상식 정도라면 매사 균형 감각을 가지고 대응하면 되지만 유감스럽게도 그 정도가 아니다. 사무실을 개업한 날부터 알지도 못하는 선배 변호사들로부터 전화를 하루에도 몇 통씩 받아야 했다. 그들은 내가 판검사 임용을 피한 사실까지 이미 알고 있었고 그 때문에 견제하기 위해서라도 일찌감치 단속을 하려 했다. 저녁에 술자리에 불려나가보면 결론은 그 세계의 룰을 지키라는 것이었다. 대개는 옆에 여자들을 앉혀놓고 내게 판검사와 관계를 유지하는 방법이나 심지어는 수임료에 관한 얘기들까지 거침없이 늘어놓았다. 거의 초등학생을 가르치는 수준이었다. 매일 계속되는 그런 술자리에서 나는 요지부동 입을 다물고 앉아 있었다. 알아듣기는 하겠으나 나로서는 대꾸할 말이 없었다. 그들은 벌써부터 나를 불편한 아웃사이더로 간주하고 있는 듯했다. 이미 신분이 고정된 사람들이 왜들 그렇게 힘들게 살아가고 있는지 이해하기가 힘들었다.

8월 말에 미란이 내게 팩시밀리를 통해 한 편의 시를 보내왔다. 처음 만나던 날 불광동으로 가는 택시 안에서 혼자 중얼거리던 말과 비슷한 투의 글이었다. 다른 메시지는 전혀 없었다.

바람에 날리는 가장
연약한 꽃 한 송이조차
눈물로 흘려보내기에는
너무 깊은 사념을 준다
　　　　—노먼 매클린의 소설 『흐르는 강물처럼』에서, 미란

그해 5월

명왕성에서 보낸 하룻밤

7월에 만났던 미란이 나로 하여금 오래 잊고 있던 다른 미란을 떠올리게 했다. 군에서 제대하고 제주도에 가 있을 때 만났다 헤어진 여자.

오미란. 서귀포 파라다이스호텔에서 만나 중문단지에 있는 신라호텔 야외 식당에서 저녁을 먹고 그로부터 며칠 후 성산의 어느 민박집에서 함께 밤을 보낸 여자. 방문을 열면 곧바로 바다가 내다보이는 깨끗한 집이었다.

1987년 5월이었다. 제주도에 갈 때 내가 가지고 있었던 것은 낡은 소니 카세트테이프 플레이어와 비틀스와 마이크 올드필드와 니코스 카잔차키스의 『영혼의 자서전』과 솔 담배 두 갑과 혹시 밤에 외로울지 몰라 비상 식량처럼 배낭에 챙겨넣은 『펜트하우스』(그래도 성욕은 남아 있었나 보다)가 전부였다. 제대한 지 얼마 되지 않았으므로 머리는 재수생처럼 자라 있었고 청바지에 랜드로버 차림이었다.

생전 처음 타보는 비행기였으므로 공항에 도착해서 좌석을 배정받았을 때 나는 마음이 잠깐 설레었고 수트 케이스를 끌고 대기실에 모여 앉아 있는 여행객들은 저마다 엄격한 선발 과정을 거쳐 가까스로 선택된 사람들처럼 보였다. 승무원 복장을 한 세 명의 여자들이 내 앞을 지나쳐갈 때 나는 발작적으로 재채기를 해댔고 그로부터 오랜 세월 유니폼을 입은 여자에 대한 환상에서 좀처럼 벗어나지 못했다.

보딩 시간이 될 때까지 나는 자판기에서 뽑아낸 커피를 들고 유리창을 통해 푸른 하늘을 내다보며 혹시 갑작스런 기상 악화로 비행기가 뜨지 못하면 어쩌나 하는 불안에 사로잡혀 있었다. 그때 내게는 제주도로 가는 것이 유일한 선택인 것처럼 생각됐다. 국외로 망명하는 정치범이 어두운 정거장을 서성이며 마지막 기차를 초조하게 기다리고 있는 심정이었다.

마침내 보딩 시간이 되어 나는 탑승권을 들고 애써 태연한 얼굴로 게이트를 빠져나갔다. 한데 검색대를 통과할 때 예기치 못한 일이 발생했다. 1년 앞으로 다가온 서울 올림픽 때문에 검색이 강화된 이유도 있었지만 그보다는 신분이 모호해 보이는 내 행색 탓이었을 것이다. 투명한 플라스틱 부스에 양복을 입고 앉아 있던 공안원이 내 배낭을 가리키며 부스로 가져오라고 했다. 알다시피 그 안에는 제대해서 서울로 귀환하던 날 마장동 버스 터미널에서 구입한 미국판 과월호 『펜트하우스』가 들어 있었다.

법학과 출신이었음에도 불구하고 나는 그게 마약 소지와 마찬가지로 범법에 해당하는지 아닌지에 대해서 미처 판단할 여유조차없었다. 그 순간 나를 괴롭힌 것은 내게 쏠려 있는 다른 여행객들의 시선 따위가 아니고 혹시 비행기에 탑승하지 못하면 어쩌나 하는 불길한 마음이었다.

나는 현행범처럼 공안원이 앉아 있는 플라스틱 부스 옆에서 제주로 가는 승객들이 남김없이 검색대를 통과할 때까지 우두커니 서 있어야만 했다. 이륙 시간은 불과 10분밖에 남아 있지 않았다. 나는 대학에 입학할 때 아버지가 사준 피아제 손목시계를 통해 빠른 속도로 돌아가고 있는 초침을 내려다보고 있었다.

이륙 5분 전까지 나는 부동 자세로 서 있었고 공안원은 삼엄한 얼굴로『펜트하우스』를 한 장 한 장 넘겨보고 있었다. 그러다 밝은 장소에서는 차마 눈뜨고 볼 수 없는 여자의 벌거벗은 사진이 나올 때마다 밖에 서 있는 나를 파충류처럼 돌아보곤 했다. 더 이상 기다릴 수가 없어 나는 부스 구멍에다 얼굴을 들이대고 말했다.

"가도 됩니까?"

공안원은 무심한 표정으로 나를 돌아보고는 책장 넘기는 일을 계속했다.

"신원 조회 중이니까 기다려."

그러나 더 이상 기다릴 시간이 내겐 없었다. 그 순간 나는 공안원이 내 손목시계에 눈독을 들이고 있음을 깨달았다. 신원 조회는 틀림없이 하고 있지도 않았고 다만 시간을 지연하며 이쪽을 초조하게 하려는 수작이었다. 나는 그게 실수이지 않기를 간절히 바라며 다른 사람들이 눈치 채지 못하게 피아제를 풀어 창구 안에다 밀어넣었다. 그때 제주행 탑승을 재촉하는 장내 방송이 울려나왔다. 마침내 그는『펜트하우스』의 마지막 장을 덮고는 왼손을 문어발처럼 뻗어 피아제를 잡아챈 다음 컴퓨터 키보드 옆에 놓여 있던 내 신분증과 탑승권을 창구 밖으로 뱉어냈다. 물론『펜트하우스』는 돌아오지 않았다.

　이로써 하마터면 좌절될 뻔했던 제주도행이 우여곡절 끝에 가까스로 이뤄졌다. 나는 배낭을 챙겨 들고 허겁지겁 계단을 뛰어내려가 이륙이 약 10분 늦어진 대한항공 보잉기에 영화의 한 장면처럼 올라탔다.

　처음 타본 비행기가 이륙할 때의 느낌은 이러했다. 활주로에서 바퀴가 떨어지는 순간 낭심이 죽 늘어났다 다시 오므라드는 느낌을 받았고 이어 상체가 뒤로 점점 젖혀지면서 곧 멀미가 시작됐고 비행기가 간신히 수평을 유지하자 그때부터 귀가 아파오기 시작했다. 약 20분 후 스튜어디스가 카트를 밀고 와 뭘 드시겠어요? 라고 물을 때도 나는 귀가 멍멍해 그 말을 알아듣지 못했다. 그녀는 조롱기 섞인 얼굴로 매정하게 카트를 밀고 뒷전으로 사라졌고 그리고 다시는 내 옆으로 돌아오지 않았다.

　비행기가 바다 위를 날아가고 있을 때 나는 탑승객 중에 내 꼴이 가장 우스꽝스럽다는 사실을 기내 화장실 거울을 통해 객관적으로 확인했다. 비행기가 착륙을 하기 위해 고도를 낮추기 시작할 때부터 귀는 또 공포와 다름없는 통증을 호소하고 있었다. 철제 악력기로 머리통을 조이는 것만 같았다. 통증을 해소할 만한 별다른 방법이 떠오르지 않았다. 지금이야 경험이 쌓여 코를 쥐고 침을 계속 삼키면 통증이 줄어든다는 것을 알았지만 그때만 해도 고막이 터지는 게 아닌가 싶어 걱정이 이만저만이 아니었다. 아무려나.

　공항 안내소에서 관광 안내도를 말아 쥐고 나는 현기증을 느끼며 공항을 빠져나왔다. 5월임에도 아열대풍의 후텁한 공기가 온몸을 와락 싸안았다. 그때 첫눈에 들어와 박힌 한라산의 모습과 야자수(사실은 워싱토니아)가 늘어서 있는 거리의 풍경을 아직도 선명하게 기억하고 있다. 훗날 열대 지방으로 신혼여행을 가서도 나는 제주에 처음 갔을 때 받았던 만큼의 흥분은 느끼지 못했다. 미구에 닥쳐올 일에 대한 그 어떤 예감 때문이었을까?

어디로 갈지 몰라 두리번거리다 나는 섬을 일주하는 버스에 올라탔고 버스는 애월과 협재를 거쳐 중문에 도착했다. 낯선 곳에 와서 너무 멀리 가고 있는 게 아닌가 싶어 나는 중문단지 입구에 내렸다. 때는 저녁 7시였고 마침 배가 고팠던 터라 나는 정류장 건너편에 있는 음식점으로 들어가 해물 뚝배기를 시켰고 그 안에는 오분작과 새우처럼 생긴 바닷가재와 소라가 푸짐하게 들어 있었다. 옆 테이블에서는 젊은 남녀들이 기이하게도 똑같은 옷을 입고 앉아 야만스럽게 수저질을 하고 있었다. 알고 보니 그들은 막 결혼을 해서 신혼여행을 온 남녀들이었고 그들이 입고 있는 옷은 커플 티라고 불리는 도무지 웃지 못할 복장이었다(물론 나도 신혼여행 때 결국 커플 티를 입고 있었다).

제주도에서의 첫 끼를 먹고 나니 슬금슬금 밖에 어둠이 내렸다. 당장 묵을 곳을 찾아야 할 형편이었다. 나는 밥값을 지불하며 주인에게 가까운 민박집을 소개해달라고 했고 그는 문구점에서 파는 간이 영수증을 한 장 쭉 찢어 그 뒤에다 볼펜으로 약도를 그려주었다.

내가 찾아간 곳은 중문단지에서 그리 멀지 않은 '명왕성'이라는 좀 까마득한 이름의 민박집이었다. 40대의 여주인은 독신인 듯했고 정원을 사이에 두고 살림집 건너편에 여섯 개의 방을 들여 민박을 치고 있었다. 조용히 머물고 싶었으므로 나는 맨 끝 방에 들었다.

방은 습기가 배어 곰팡이 냄새가 지독했고 난방 또한 제대로 되지 않았고 수도꼭지를 틀자 어린애가 젖을 먹고 토하듯 어쩌다 쿨럭쿨럭 새어나올 뿐이었다. 10시쯤 되자 단체로 여행을 온 학생들이 왁자지껄 정원에 모여 앉아 삼겹살을 구워먹으며 운동권 노래를 불러대기 시작했다. 입대하기 전 자주 불렀던 노래를 제주도에 와서 다시 듣고 있자니 까닭 없이 속이 거북스러웠다.

귀를 틀어막고 방에서 꿈틀거리다 나는 밖으로 나왔다. 그때 어디선가 안경을 쓴 주인집 여자가 소리 없이 나타났다. 갑작스러운 일이어서 놀랐으나 나는 침착한 표정으로 그녀를 바라보았다. 어둠 속에서 그녀가 불쑥 말을 던져왔다.

"적적하면 술이나 한잔 할까?"

적적(寂寂). 그 말에 괜히 가슴이 뭉클해져 나는 차마 거절을 못하고 그녀와 잔디밭에 있는 하얀 플라스틱 의자에 가 앉았다. 명왕성이 이런 곳인가.

얼마 후 그녀가 부엌에서 소주와 돼지고기를 내왔고 시커멓게 서로 마주 앉아 자정이 될 때까지 주거니 받거니를 계속했다. 그녀는 어머니는 아니더라도 틀림없이 막내이모뻘은 될 여자였고 짐작대로 혼자 살고 있었고 왠지 사연이 있어 보였다.

"서울에서 왔어요?"

문득 향수에 젖은 표정으로 그녀가 물어왔다. 소주 한 병을 다비웠을 때였다. 두 병째의 소주를 마시는 동안 나는 그녀의 집이 서울임을 알게 되었다. 대치동에 친정인지 본가가 있었다. 한데 그녀는 왜 이토록 머나먼 별에 혼자 와 있는 걸까.

"나이가 들면 청년도 자기 인생을 설명하기 힘든 순간이 올 거야."

수준이 다른 얘기인지 모르지만 그건 지금도 그렇다.

"삶은 철봉에 거꾸로 매달려 있는 원숭이 같은 거야. 밤의 운동장에 말이야."

계속 앉아 있다가는 밤새 이런 말을 들어야만 할 것 같았다. 그러나 나는 좀더 버티고 있었다. 술을 마시다 말면 되레 잠이 달아나고 사념만이 무성해진다. 차라리 어서 취해 곰팡이 냄새를 잊고 잠이 들었으면 싶었다. 돼지고기 접시를 내 앞으로 밀어놓으며 그녀가 은근한 말로 물어왔다.

"청년은 혹시 여자 경험 있어?"

군대까지 다녀온 청년이 어찌 그게 없으랴. 비록 그런 사실을 조금 전까지만 해도 감쪽같이 잊고 있었지만 말이다. 피하고 싶었지만 돼지고기와 소주를 얻어먹은 게 마음에 걸렸다. 이 무슨 난처한 경우란 말인가. 나는 남의 얘기를 하듯 그러나 단호하게 말했다.

"저는 총각이 아닙니다. 입대 전야에 친구들 성화에 못 이겨 취중 상실한 기억이 있습니다."

그녀는 가물거리는 눈빛으로 내 눈을 빤히 들여다보았다. 쓸쓸하게 웃고 있는 듯이 보이기도 했다. 그러더니.

"방금 상실이라고 했어?"

"네…… 그런데요."

"못된 놈 같으니라구!"

무엇이 잘못된 것일까. 갑자기 그녀는 조카뻘 되는 남자 앞에서 맥없이 훌쩍거리기 시작했다. 나는 어찌할 바를 모르고 있다가 슬슬 자리를 털고 일어나 방으로 돌아와 문을 잠그고 축축한 이불을 덮어쓰고 억지로 잠을 청했다. 삼겹살과 소주의 힘으로 방에서 떠들어대던 학생들도 그때는 모조리 잠들어 있었다.

잠결에 비가 내리는 소리를 들었다. 빗소리 속에서 누군가 방문 두드리는 소리를 들었다. 나는 이불 속에서 숨을 죽인 채 그 소리를 엿듣고 있었다. 명왕성. 서울에서 아주 먼 곳이다. 아무래도 내가 잘못 온 것 같다. 이모 역시 이곳에 불시착한 걸까.

얼마 후에 그녀가 다시 문 두드리는 소리를 들었다. 비는 거칠게 슬레이트 천장을 두드려대고 있었다. 서글픈 생각이 들었다. 내가 좀더 세상 경험이 많고 나이가 많았더라면 하는 생각마저 들었다.

그녀가 빗속에서 멀어져가는 소리를 들었다. 몇 시나 된 걸까. 손목시계가 없어 밤이 더욱 캄캄하고 아득했다. 새벽 3시나 4시쯤 됐을 터이었다. 나는 이불 속에서 고양이처럼 빠져나와 배낭을 꾸렸다. 그리고 발소리를 죽여 문을 나선 다음 부들부들 떨며 빗속으로 걸어나갔다. 우산 따위가 있을 리 없었다. 안채에서 찬송가를 부르는 소리가 들려나오고 있었다. 벌써 새벽 예배 시간인가 보다.

내 주를 가까이하려 함은
십자가 짐 같은 고생이나
내 일생 소원은 늘 찬송하면서
주께 더 나가기 원합니다

비를 맞으며 서귀포 쪽으로 무작정 걸었다. 아침이 되어서야 막상 그곳이 서귀포란 걸 알았지 그때는 다만 비에 쫓겨가고 있었던 것이다.

제주도에서의 내 첫날은 이러했다. 하얀 귤꽃들이 사방 빗속에서 피고 있던 밤이었다.

붉은 지붕 아래

　중문에서부터 걸어 서귀포 앞바다에 도착했을 때는 아침 6시가 가까워 있었다. 빗속에서 날이 희부윰하게 밝아오고 있었다. 나는 숲섬이 내려다보이는 언덕에서 지중해풍의 붉은 기와 지붕을 발견했다. 달력이나 영화에서나 볼 수 있는 호화스런 대저택이 야자수나무 사이에 낮게 등을 감춘 채 엎드려 있었다. 무슨 수수께끼처럼.
　서귀포까지 오는 동안 나는 감기에 걸려 있었고 물에 빠졌다 나온 짐승처럼 떨고 있었다. 나는 여관이나 민박집을 찾기 위해 사방을 두리번거렸다. 견딜 수 없이 배가 고팠으나 식당은 문을 열 시각이 아니었다. 빗발에 부서지고 있는 길가의 '은하수 민박'이란 입간판을 발견하고 나는 화살표를 따라 골목 안으로 들어갔다.
　골목 끝에 있는 이층 슬래브 집이었다. 문을 두드리기에는 이른 시각이었다. 게다가 내 모습은 영락없이 전단 수배자처럼 보였다. 나는 문 앞에서 말라리아 환자처럼 떨다가 더 이상 참을 수가 없어 철대문을 쿵쿵 두드렸다. 한참 만에야 현관문이 드르륵 열리면서 허리가 90도로 꼬부라진 노파가 비닐 우산을 들고 한없이 느린 걸음으로 걸어나왔다.
　"어디서 왔수까?"
　노파는 문을 열자마자 겁을 집어먹은 눈치였고 내가 대문에 모로 기댄 채 밭은기침을 하고 있자 도로 얼굴을 내밀었다.
　"방 있어요?"
　노파는 나를 위아래로 샅샅이 훑어보고는 되물었다.
　"학생이우까?"
　새벽까지는 청년이었지만 나는 되는대로 고개를 주억거리고 대

36

문 안으로 들어섰다. 그런 다음 뒷주머니에서 지갑을 꺼내 방값을 지불하고 그니의 뒤를 따라 이층 시멘트 계단을 올라갔다. 샤워를 하고 이불 속으로 들어가려는 참에 창밖을 내다보니 지중해풍의 긴 빨간 지붕 위에서 비가 투둑투둑 그치고 있었다.

눈을 뜬 것은 11시쯤이었다. 나는 민박집 앞에 있는 식당에서 미역을 넣고 끓인 성게국을 산모처럼 먹고 감기약을 사가지고 들어와 젖은 옷을 옥상에 널어놓은 다음 방으로 들어와 다시 이불 속으로 기어들어갔다. 그리고 긴긴 잠에 빠져 있었다.

문을 두드리는 소리에 깨어나 밖을 내다보니 안집 할머니가 옷을 개켜 문 앞에 갖다 놓고 계단을 내려가고 있었다. 그제야 나는 안도감을 느꼈다. 애초에 명왕성이 아니라 서귀포로 왔어야 했던 것이다.

서귀포는 아름다운 곳이었다. 새털로 지은 둥지에 들어와 있는 듯 포근한 느낌을 주었다. 오후 5시. 배낭을 메고 외돌개에 갔다가 나는 일주 버스를 타고 남원, 표선을 거쳐 성산으로 옮겨갔다. 다음날 일출봉에 올라가 해뜨는 광경을 보고 싶었던 것이다. 일출봉 앞 식당에서 갈치구이로 저녁을 먹다가 나는 식당 아주머니한테서 등대가 있는 섭지코지로 가라는 말을 들었다. 그곳으로 가야 일출을 볼 수 있는 확률이 높다는 얘기였다. 일출봉에서 해가 뜨는 것을 볼 수 있는 날은 1년에 고작 며칠뿐이었다.

섭지코지는 성산 일출봉에서 20분 거리에 있었다. 지도를 펴보니 신양해수욕장을 끼고 바다 쪽으로 병목처럼 죽 뻗어나가 있는 지형이었다. 나는 식당을 나와 신양리를 향해 걸었다.

유채밭을 지나 마을이 있는 길로 들어서자 기나긴 갈대밭의 시작이었다. 마른 대궁을 헤치고 아랫도리에서부터 새잎들이 푸른

안개처럼 올라오고 있었다. 맞은편으로 보이는 드넓은 밀밭은 때마침 불어가고 있는 바람에 굽이굽이 넘실거리고 있었다. 갈대밭을 지나가는 사이 어둠이 슬슬 내리기 시작했고 마을 외곽을 돌아 섭지코지로 들어서자 불을 밝히고 있는 해녀의 집이 눈에 들어왔다.

불빛을 저만치 버리고 거기서 또 20분을 걸어 등대가 있는 곳에 도착했을 때는 날이 까맣게 저물어 있었다. 봉화대로 올라가는 입구에 천막을 쳐놓고 소라 · 전복과 멍게를 파는 해녀들조차 모두 돌아간 뒤였다. 나는 등대가 있는 쪽으로 구릉을 따라 올라가 바다가 내려다보이는 곳에 배낭을 벗고 앉았다. 말들이 어둠 속에서 듬성듬성 풀을 뜯고 있었다.

나는 등대가 보이는 언덕 어둠 속에 우두커니 앉아 있었다. 수평선 위에는 갈치잡이 배들이 집어등을 달고 가로로 떠 있었다. 꿈속의 먼 도시처럼. 곧 바람이 불어가기 시작하며 눈썹이 지워질 정도로 금세 거칠어졌다. 구릉에 서 있는 시커먼 말들의 실루엣만이 아랑곳하지 않고 바다를 향해 서서 태연히 풀을 뜯고 있었다. 급기야 멎었던 비까지 흩뿌리기 시작했다. 일출은커녕 달을 보기조차 어려울 형편이었다.

그리울 리 없건만 불현듯 명왕성의 이모가 떠올랐다. 뒤늦게야 그렇게 떠나오는 게 아닌데 하는 마음이 들었다. 더불어 외롭다, 라는 허황한 느낌이 까맣게 사위로 몰려들었다. 비바람 속에서 가까스로 담배를 피워 물고 나는 구릉에서 풀을 뜯고 있는 말처럼 사지로 땅을 짚고 주위를 걸어보았다. 이렇게 비 맞은 짐승이 되어 오늘 밤 명왕성으로 돌아갈까, 라는 생각에 빠져.

그러한 사이 집어등을 단 수십 척의 배들이 수평선에서 이쪽을 향해 일제히 몰려오고 있는 게 보였다. 배들은 형사 기동대 차량

들처럼 빠른 속도로 다가오고 있었고 곧 내 주위를 겹겹이 에워쌀
것만 같았다. 기상 악화로 급히 회항하는 한치 · 갈치 잡이 어선들
이었다.

나를 데리러 온 사람은 뒤에서 불쑥 나타났고 이어 손 들엇! 소
리와 함께 뒤통수에 총구가 겨눠졌다. 그는 사과! 사과! 라고 외치
며 내게 암호를 대라고 윽박지르고 있었다. 하지만 내가 암호 따위
를 알 리 없었다. 다만 제대한 지 얼마 되지 않았으므로 나는 머리
통에 닿아 있는 것이 M16 총구임을 깨달았다. 총구는 차갑고 아프
게 내 머리통을 내리누르고 있었다. 나는 진군해오는 배들을 곁눈
질로 바라보며 엉거주춤 풀밭에서 일어났고 흥분한 병사가 혹시
실수라도 하지 않을까 싶어 고분고분 그의 말에 따를 수밖에 없었
다. 짐승에게까지 총을 겨누는 걸로 봐서 입대한 지 얼마 안 된 신
참이 틀림없었다. 봉화대 옆의 대공 초소에서 담뱃불을 보고 달려
내려온 것이었다. 그러나 섭지코지는 군 작전 지역도 아니었고 출
입 제한 시간이 있는 것도 아니었다. 더욱 웃지 못할 일은 내게 총
을 겨눈 녀석이 고교 동창이란 사실이었다.

대공 초소에 앉아 그가 해녀의 집에서 가져온 소라 · 전복 · 멍게
를 안주로 쓰디쓴 소주를 마셨다. 밖엔 폭풍우가 사납게 몰려가고
있었고 그날 밤 전군에 내려진 암호명은 '사과/감귤'이었다. 구릉
의 말들이 그새 어디로 갔는지 보이지 않았다.

섭지코지에서 만난 동창생 녀석은 제대를 2년이나 남겨두고 있
었고 입대 전에 사귄 여자 때문에 골머리를 앓고 있었다. 듣다 보
니 영 조짐이 좋지 않았고 보나마나 봄이 가기 전에 여자는 신발을
바꿔 신을 것 같았다. 그렇게 되면 녀석은 한동안 몸부림을 치다
성산 읍내 유흥업소에서 일하는 아가씨를 어떻게든 꿰어찰 테고

제대와 함께 미련 없이 버리고 떠날 터이었다. 군부대가 있는 곳은 어디든 다 마찬가지다.

대공 초소에서 추위에 떨며 끄덕끄덕 졸다 깨어나니 아침 6시였고 일출 시각은 이미 지나 있었고 그때껏 비가 추적추적 뿌리고 있었다. 동창생 녀석은 축축한 담요를 쓰고 바닥에 패잔병처럼 쓰러져 있었다. 나는 배낭을 챙겨 들고 초소를 나와 주린 배를 움켜쥐고 성산으로 돌아와 아침 일찍부터 문을 연 식당에서 해장을 하고 서귀포로 가는 버스에 올라탔다. 지중해풍의 빨간 지붕이 밤새 눈앞에 어른거리고 있었던 것이다.

민박집 할머니는 돌아온 탕자를 맞이하는 얼굴로 문을 열어주었고 그 전날과 마찬가지로 빨랫감을 수거해 오후에 말려다 주었고 그 동안 나는 또 깊은 잠에 곯아떨어져 있었다.

해가 질 무렵 나는 지중해풍의 빨간 지붕이 있는 곳으로 내려갔다. 서귀포의 바다는 자맥질을 하며 감람빛으로 저물고 있었고 바람은 다디단 냄새를 품고 목덜미를 쓸며 지나가고 있었고 반대편 외돌개로 가는 버스엔 승객이 단 한 명뿐이었다.

도착해보니 그곳은 파라다이스호텔이었고 중문단지에서와 마찬가지로 역시 커플 티를 입은 남녀들로 붐비고 있었다. 쉽게 말해 내가 올 데가 아니었다. 그로부터 약 한 시간 후, 그러나 나는 호텔 본관 지하에 있는 스탠드바에서 한 여자와 만나게 된다.

나는 주뼛거리며 호텔 현관으로 들어섰다. 그와 동시에 검은 양복에 나비넥타이를 한 40대의 남자가 무전기를 들고 내 앞으로 뚜벅뚜벅 다가왔다.

"어떻게 오셨습니까?"

어떻게라니. 왜냐고 묻는 편이 차라리 낫겠다. 언뜻 당황했지만 눈치가 빠른 나는 이내 분위기를 파악했다. 검은 양복이 난감한 표정으로 이렇게 말했다.

"숙박하러 오셨습니까? 죄송하지만 방이 없는데요."

아니라는 걸 잘 알면서 왜 그렇게 물어오는 걸까. 도대체 어디를 봐서 내가 이 비싼 호텔에 묵을 것처럼 보인단 말인가. 주변 공기가 심상찮아 사위를 둘러보니 그 지긋지긋한 커플 티들이 저마다 미간을 찡그린 채 일제히 나를 노려보고 있었다. 그 중에는 과연 코를 쥐고 있는 백년가약도 있었다. 아니할 말로 짐승 보듯 말이다. 검은 양복은 내 처리 문제를 두고 고심하는 빛이 역력했다. 짐짓 걱정하지 말라는 투로 나는 고개를 끄덕여 보이고는 현관을 돌아나와 허니문하우스로 갔다.

거기서도 사정은 특별히 다르지 않았는데 때마침 저녁 시간이어서 또 그 풋내기 부부들이 빼곡히 진을 치고 앉아 있었다. 쫓겨난 기분으로 테라스에 앉아 안주도 없이 맥주를 마시고 있으려니 한심한 생각이 들었다. 통유리창 안에서는 간밤에 상표가 떨어져나간 신혼부부들이 밥이라는 걸 시켜놓고 맹렬하게 수저질을 해대고 있었다. 그래, 그렇지, 그래야만 하겠지. 어서들 먹고 들어가 부른 배를 비비며 오늘 밤도 서로의 존재를 확인해야겠지.

맥주를 홀짝거리며 나는 서귀포 앞바다에 떠 있는 지귀도를 명왕성처럼 바라보고 있었다. 통유리창 안의 커플들이 속히 밥을 먹고 돌아가기를 기다리면서. 그러나 그들은 좀처럼 자리에서 일어날 줄 몰랐고 어쩌다 자리가 빌라치면 어디선가 또 도깨비처럼 다른 커플이 순식간에 나타나 의자를 차지하곤 하는 것이었다.

저녁 먹는 일을 포기하고 나는 어둠을 헤집고 본관 쪽으로 돌아갔다. 그리고 내처 호텔을 벗어나려다 발길을 돌려 현관 안으로 들어갔다. 도대체 내가 어떻기에 짐승 취급을 한단 말인가. 나를 알아본 검은 양복은 반사적으로 고개를 돌려 외면했다. 그렇다면 쫓아가서라도 말을 걸어야지. 나는 천천히 그에게 다가가 물었다.

"여기 술 파는 데 어디요?"

그는 힘들여 참는 얼굴로 한동안 나를 노려보더니 아연하게도 고개를 가로저었다. 뭐, 없단 말인가? 나는 되묻지 않을 수 없었다.

"무궁화 다섯 개짜리 특급 호텔에 과연 술 파는 데가 없단 말이오? 그럼 여기 온 신랑 신부들은 다들 담 너머에 있는 칼호텔이나 아니면 중문의 신라호텔 혹은 하얏트까지 가서 마시고 온단 말이오?"

그는 질린 얼굴로 카운터 옆 지하로 내려가는 계단을 가리켰다. 진작에 그럴 것이지. 나는 그의 어깨를 툭툭 쳐주고는 한 칸 한 칸 계단을 따라 내려갔다. 계단을 내려갈 때 보니 오른쪽 랜드로버의 끈이 풀어져 채찍처럼 아킬레스건을 휘감아 때리고 있었다.

옆에 나란히 붙어 있는 가라오케엔 신혼부부들이 북적거리고 있었으나 바에는 사람이 없었다. 여덟 평쯤 되는 실내는 파스텔 톤으로 적당히 어두웠고 테이블도 여섯 개밖에 되지 않았다. 바 안에서는 앳된 모습의 종업원이 마른 수건으로 선반의 술병을 꺼내 닦고 있었다. 4인용 테이블이 부담스러워 나는 스탠드에 가서 앉았다. 여종업원이 고개를 돌려 나를 보더니 손에 들고 있던 발렌타인을 선반에 올려놓고 제자리로 돌아갔다.

나는 방금 그녀가 닦아놓은 발렌타인을 주문했다. 그녀가 위스키 잔을 채우는 동안 나는 수놈 고양이처럼 그녀를 지켜보고 있었다. 속살을 떠올리게 하는 희디흰 이마. 키는 160센티미터가 될까 말까 했고 엷은 쑥색 바탕에 분홍 꽃무늬가 듬성듬성 박힌 호텔 유니폼을 입고 있었다. 긴 속눈썹이 새벽빛처럼 먼 데서 떨고 있었다. 눈썹 아래 눈동자가 유독 깊고 검었다. 고무신 끝을 연상시키는 코, 약간 앞으로 내민 듯한 입술, 티 한 점 없는 얼굴. 피부가 얼마나 깨끗한지 아기 상태로 온실에서 커온 여자 같았다. 그런데 그녀는 문득 저 자신을 잃어버린 채 제주도 서귀포에 있는 어느 호텔의 지하 바에 종업원이 되어 서 있는 것이다. 가슴에 단 명찰을 보고 쉽게 이름을 알았다.

오미란.

술잔을 앞으로 밀어놓으며 그녀는 잠깐 눈웃음을 보이고 나서 이내 무감한 표정으로 돌아갔다. 직업적인 웃음이란 걸 알았으나 탄산수를 마신 것처럼 순간 식도가 환하게 떨려왔다.

그녀는 술병 닦는 일을 계속하고 있었고 중간에 신혼부부 한 쌍이 들어왔다가 이내 나가버리고 난 다음부터는 좀처럼 손님이 들지 않았다. 말을 먼저 걸어온 것은 그녀였다. 세 잔째의 발렌타인을 마시고 카스로 바꿨을 때였다. 색색깔로 마른안주가 든 작은 접시를 맥주병 옆에 갖다 놓으며 그녀가 나를 바라보았다. 호텔 어디를 가나 푸대접을 받는 내게 관심이 있었을 리 없고 다만 직업적인 약간의 호의 때문이었을 것이다.

"제대한 지 얼마 안 된 모양이죠?"

그 동안 나 자신도 모호해하던 내 신분을 그녀가 간단하게 확인시켜주었다. 아직 예비군은 아니었지만 나는 틀림없이 제대병이었다. 나는 무턱대고 그녀의 눈을 깊이 마주 보았다. 그녀는 얼굴이 금세 붉어지더니 순간 고개를 아래로 툭 떨어뜨렸다.

그녀는 몸을 사린 채 등을 구부렸다 펴고는 어색한 표정으로 빨간 볼펜을 내게 들어 보였다.

"죄송합니다. 펜을 떨어뜨렸습니다."

목덜미에 잔털이 많이 나 있었다. 별 뜻 없이 나는 그녀가 쥐고 있는 볼펜을 달라고 했다. 네? 하고 되묻더니 그녀가 모나미 볼펜을 내게 건네주었다.

"이거 내가 가져도 됩니까?"

값으로 치면 얼마 되지 않는다. 달라고 해도 그다지 무리한 요구는 아니었다. 그러나 그녀는 일순 표정이 일그러져 있었다. 숨을 가다듬고 나서 그녀가 되물어왔다.

"아주 달란 말씀입니까?"

"왜, 안 됩니까?"

"아니, 그게 아니고……"

그녀가 더듬거리며 말꼬리를 흐렸다. 음정이 미세하게 흐트러져 있었다.

"곤란하면 돌려줄까요?"

"아네요, 쓰세요."

백 원짜리 모나미 볼펜. 그 흔한 것이 그 순간 왜 가지고 싶었는지 모른다. 그 육각형의 단순한 형태에서 나는 새삼스럽게 어떤 아름다움을 보고 있었다. 구기자처럼 생긴 빨간 뚜껑을 거꾸로 물고 있는 흰 플라스틱 필기구. 그 볼펜은 방금 그것을 소유하고 있던 주인의 순결한 모습과 흡사하게 닮아 있었다. 의식적으로 나를 외면하고 있던 그녀가 세 병째의 카스를 가져오며 물어왔다.

"어디서 왔어요?"

글쎄. 섭지코지에서 왔다고 나는 말했다. 뜻밖에도 그녀는 그곳을 모르고 있었다. 그래서 그녀가 제주에 온 지 얼마 되지 않았다는 것을 알게 되었다.

"그전엔 명왕성에 있었습니다."

그녀는 내가 농담을 하는 줄 알고 고개를 모로 돌린 채 배시시 웃어 보였다. 그러고 나서 대꾸를 한다고 초등학생 수준의 농담을 늘어놓았다. 아마 방심하고 있었을 것이다.

"명왕성은 어디 있는지 알아요. 우리가 사는 태양계의 맨 끝이죠. 수금지화목토천해명. 근데 거기엔 뭐가 있나요?"

안경을 쓴 외로운 이모가 혼자 살고 있다. 하지만 나는 그 말은 하지 않았다.

"오미란씨는 어디서 왔습니까?"

문득 정신을 차리고 그녀는 표정을 가다듬었다.

"손님하고 사적인 얘기는 안 됩니다. 아시다시피 근무 시간입니다."

나는 몸을 고쳐 앉으며 그녀가 입고 있는 유니폼을 바라보았다. 담배에 불을 붙이고 나서 오비라거 한 병을 더 갖다 달라고 했다. 그녀가 냉장고에서 맥주를 꺼내 왔다. 서비스인지 과일 몇 쪽이 든 접시까지 내왔다.

"그렇게 섞어 먹어도 괜찮습니까? 술 말예요."

반찬을 여러 가지 먹는다고 생각하면 된다. 한 가지만 놓고 마시면 어차피 권태롭지 않은가. 나는 배낭에서 마이크 올드필드의 「Ommadawn」을 꺼내 틀어달라고 했다. 비를 맞는 바람에 테이프 플레이어가 고장나 어제 오늘 들을 수 없었던 것이다. 그 음악은 10여 분 동안 계속됐고 그녀는 스탠드 끝에 몸을 옆으로 기대고 서서 골똘히 스피커에 귀를 기울이고 있었다. 입대하기 전부터 가지고 다니며 듣던 음악이다. 위대한 방랑 음악. 이 노래를 듣고 있으면 어느 한적한 4차원의 공간에서 혼자 고요히 숨을 쉬고 있는 것만 같다. 그 순간에 나는 사람도 짐승도 그 무엇도 아니다. 감정이 존재하지 않는 한 줌의 투명한 공기이거나 어느 한때의 작은 흔들림에 불과하다.

그녀가 테이프를 돌려주며 희미하게 젖은 눈으로 나를 흘겨보았다. 나는 테이프를 그녀 앞으로 도로 밀어놓았다.

"빨간 볼펜과 바꾸죠. 갖고 있어도 더 이상 들을 수 없습니다."

그녀가 얼른 고개를 가로저었다.

"그럴 수 없습니다."

"그쪽 이름과 잘 어울리는 음악입니다."

그러자 그녀가 의혹에 찬 눈초리로 나를 빤히 바라보았다.

"중국에 가면 미란이란 마을이 있습니다. 타클라마칸 사막에 인접해 있는 반사막 도시 유적이죠. 천 년 전 티베트 사람이 구축했다는데 그후 건조화가 거듭돼 폐허가 되었다고 합니다. 1906년 영국의 고고학자 스타인에 의해 처음 발견됐죠."

"수상한 사람이군요."

그녀는 피하는 모습으로 마침 안으로 들어서고 있는 손님을 맞기 위해 서둘러 자리를 떴다. 나는 배낭을 챙겨 들고 자리에서 일어났다. 그만 가봐야 할 것 같았다. 마이크 올드필드는 스탠드 위에 그대로 남겨두었다.

카운터에서 그녀에게 술값을 지불했다. 그녀의 분홍빛 손등에서 파란 핏줄이 파닥거리고 있었다. 나는 무심결에 그녀의 손을 잡았다, 놓았다. 결코 의식적으로 그랬던 건 아니었다. 그냥 그렇게 됐던 것이다. 불쑥 미안한 생각이 들었으나 사과의 말은 하지 않았다. 그녀는 눈을 내리깔고 밭은 숨을 참아내고 있었다. 다시 오겠다고 말하고 싶었으나 그 말은 할 수 없었다. 약속할 수 없는 일이었고 그녀가 수치스럽게 생각할 게 분명했다.

나는 뒤도 돌아보지 않은 채 호텔을 나와 밤길을 걷기 시작했다. 외돌개까지 허수아비처럼 휘적휘적 걸어서 갔다. 다시금 부슬부슬 비가 내리고 있었다. 외돌개가 내려다보이는 벤치에 나는 돌하르방처럼 앉아 있었다. 고독이 찾아와 무겁게 등을 내리누르고 있었다. 사방 몇백 리 안에 그 어느 것도 존재하지 않는 성싶었다. 비와 돌하르방 그리고 고독 외에는.

서귀포항으로 내려온 나는 선술집에 들어가 돼지고기를 시켜놓고 술을 마셨다. 제주에서의 3일째 밤이었다. 나는 너무 먼 곳에 와 있었다. 술을 마셔도 고독은 좀처럼 떠나가주지 않았다. 살아야 할 텐데, 라고 생애 처음 생각해보았다. 나는 주머니에서 볼펜을 꺼내 구기자처럼 생긴 빨간 뚜껑을 열어보았다. 볼펜은 거의 새것이나 다름없었다. 모나미. 나의 친구란 뜻이었다. 파라다이스의 그녀가 떠올랐다. 지금도 빨간 지붕 아래 혼자 있을 그녀. 오미란이라고 했다.

자정이 넘어 민박집으로 돌아와 나는 그녀가 준 볼펜으로 노트에 이렇게 끼적이고 있었다.

미확인 비행 물체. 그것은 빨간 점의 형태를 띠고 밤하늘에서 이쪽을 향해 무서운 속도로 다가오고 있다. 채비를 해야겠다. 도마뱀처럼 몸을 뒤채다 잠이 든다.

호텔로 다시 그녀를 찾아간 건 일주일 후다. 이발소에 가서 머리를 깎고 새로 산 싸구려 티셔츠를 입고 갔다. 일주일 전과 마찬가지로 그녀는 스탠드바 안에 유니폼을 입고 서서 서빙을 하고 있었다. 전형적인 중년의 인상을 한 50대 사내 둘이 양주 한 병을 시켜 놓고 앉아 그녀에게 차마 듣지 못할 농담을 건네고 있었다. 그녀는 테이블에 덜렁 혼자 앉아 있는 나를 줄곧 외면하고 있었고 맥주를 가져다 줄 때조차 눈길을 피하고 있었다.

그녀를 불편하게 하거나 난처하게 만들고 싶지는 않았다. 그녀는 근무 중이었고 생활비를 벌기 위해 밤늦게까지 생면부지인 사내들의 시중을 들고 있는지도 몰랐다. 틀림없이 그럴 터이었다. 30분 가량 무르춤하게 앉아 있다 나는 밖으로 빠져나왔다. 나도 결국엔 바에 앉아 있는 중년들과 다를 바 없다는 부끄러움을 느꼈던 것이다.

화장실에 들어가 나는 거울에 비친 내 모습을 한참이나 노려보고 있었다. 나는 왜 여기 와 있는 걸까. 거울 속의 저 사내가 분명 나이기는 한 것인가. 결코 동의하고 싶지 않은 모습이다.

밖으로 나오니 앞에 그녀가 서 있었다. 시선이 마주치자 그녀는 고개를 힘없이 떨어뜨렸다. 어깨와 목덜미를 떨고 있었다.

"저, 그쪽이 이발을 하고 오지 않았더라면, 말이죠, 마음이 움직이지 않았을 거예요."

말까지 더듬거렸다. 맙소사! 내가 끝내 일을 저질렀나 보다.

"저 빨리 들어가봐야 해요."

그녀는 손에 쥐고 있던 종이 쪽지를 내게 서둘러 건네주고 등을 돌려 바 안으로 총총히 사라졌다. 지금도 날짜를 기억한다. 1987년 5월 16일 토요일이었다.

그녀가 전해준 종이를 펴보니 파란 플러스펜으로 단 한 줄 이렇게 씌어 있었다.

무섭습니다.

노란 잠수함

다음날 서귀포항으로 그녀가 왔다. 연둣빛 원피스 차림에 자주색 구두를 신고 있었고 손에는 흰 가방을 들고 있었다. 긴 머리칼이 말총처럼 등에서 흔들렸다. 한갓 눈인사도 없이 각자 굳은 얼굴로 그녀와 나는 잠수함을 타는 대기실에 서먹하게 앉아 있었다. 그녀의 머리칼에서 라일락 냄새가 났다. 시간이 갈수록 입이 마르고 눈이 아파왔다. 그녀 또한 입을 굳게 다물고 창밖의 바다만 내다보고 있었다. 여전히 무서워하고 있는 걸까. 딱딱한 나무 의자에서 일어나 나는 잠수함 승선권을 끊고 자판기에서 콜라를 꺼내와 그녀에게 건네주었다. 그녀는 상실한 여자처럼 넋을 잃고 앉아 있다 놀란 듯 콜라 캔을 받아 들었다. 그러고는 가방에서 손수건을 꺼내 콜라 캔에서 묻은 손의 물기를 닦아냈다.

승선 시간이 되어 바다 한가운데 떠 있는 잠수함으로 데려갈 작은 배에 올라탔다. 날씨는 매우 맑았고 바람은 동남풍으로 부드럽게 불어가고 있었다. 바다는 옥빛으로 투명하게 출렁거리고 있었다. 배 난간에 기대 콜라를 마시며 미란을 돌아보았다. 그녀는 눈을 반쯤 내리감고 파라다이스호텔 쪽을 건너다보고 있었다.

노란 잠수함이 떠 있는 곳에 배가 도착했다. 차례를 기다려 이윽고 잠수함 안으로 내려갈 때 그녀는 바야흐로 스물한 살이었고 나는 그보다 세 살이 많은 스물넷이었다. 그녀가 먼저 맨홀처럼 뚫린 동그란 구멍을 통해 사다리를 타고 컴컴한 잠수함 안으로 내려갔다. 바닥에 내려선 그녀가 위에 서 있는 나를 빤히 올려다보았다. 왜.

"무서운가?"

그녀는 인형처럼 골똘히 나를 올려다보고 있다가 천천히 고개를 가로저었다.

물속으로 가라앉아 들어간 잠수함은 문섬 주위를 돌며 산호와 물고기들을 그녀와 내게 보여주었다. 황홀한 광경이었다. 노랑쥐치가 방수창 앞을 미끄러져 갈 때 미란이 슬그머니 손을 잡아왔다. 그날 내가 잡았다 놓친 손이었다.

작고 따뜻했다. 손가락은 마디가 느껴지지 않을 정도로 매끈하게 뻗어 있었고 손톱 끝이 알맞게 자라 있었다. 바다의 푸른 어둠 속에서도 손톱들은 저마다 분홍으로 은은히 빛나고 있었다. 잠수함이 문섬 아래를 반쯤 돌아가고 있을 때 그녀가 내 귀에 대고 속삭여왔다.

"저한테 왜 이래요?"

그녀는 아직도 두려워하고 있었다. 그러므로 나는 대답을 해야만 했다.

"누구든 별을 발견하면 거기다 제 이름을 붙이고 싶어하지."

불안한 목소리로 그녀가 되받았다.

"그렇다고 그 별이 당신 것이 되는 건 아녜요."

"그렇다면 전쟁의 시작이지."

"장난이 아니구요?"

"전쟁의 시작이 늘 장난이었음을 모르는군."

잠수함이 문섬 주위를 다 돌 때까지 침묵하고 있다가 나는 그녀에게 이렇게 말하고 있었다.

"당신에겐 내가 알 수 없는 어떤 세상이 존재하고 있어. 내가 미처 가보지 못했고 또 앞으로도 결코 갈 수 없는 그런 세상 말이야. 그곳은 태초의 침묵처럼 고요하고 정갈한 곳이어서 나 같은 사람은 받아들여주질 않지. 어쩌면 이 바다 속 같은 곳이겠지."

그녀가 마른침을 삼키는 소리가 귓가에 들려왔다.

"제가 그런 사람이 아니라면요?"

사랑은 질문에 의해 이뤄지는 게 아니다. 그것이 필요로 하는 건 그때마다 오직 대답일 뿐이다. 그렇다는 걸 나도 나중에 알았다. 하지만 당장엔 그녀를 안심시키고 싶었다.

"호텔 유니폼에 달린 이름표를 보는 순간 앞은 사막으로 뒤는 바다로 변하더군."

그녀가 맥빠진 소리로 중얼거렸다.

"알다시피 흔한 이름이에요."

잠수함이 바다 위로 푸, 물을 밀어내며 떠올랐다. 꿈을 꾸다 다시 깨어난 기분이었다. 이번에도 그녀가 먼저 맨홀 뚜껑을 열고 위로 올라갔다. 그 순간, 운명처럼 그녀와의 앞날을 예감했다. 내가 항상 그녀의 뒷모습밖에 볼 수 없게 되리라는 것을. 그런데 나는 왜 그녀에게 사로잡히게 된 걸까.

잠수함에 탔던 사람들을 뭍으로 데려가기 위해 바다 위에 대기하고 있던 작은 배에 다시 올라탔다. 점심을 먹자고 했으나 그녀는 고개를 살래살래 흔들었다.

그녀에겐 가보고 싶은 곳이 있었다. 중문에 있는 신라호텔이었다. 그녀는 제주도에 온 지 6개월밖에 되지 않았고 그때껏 서귀포를 벗어난 적이 없었다. 호텔에서 버스로 10분 거리에 있는 연립주택에 세 들어 살며 정오에 출근해 새벽에야 집으로 돌아왔다. 일주일에 하루 쉴 수 있었지만 밀린 빨래와 청소를 하고 시장에 다녀오면 금세 저녁이었다.

그녀와 중문으로 가는 버스에 올라탔다. 오후 3시쯤이었다. 갑자기 그녀에 대해 궁금해져 사소한 것들을 물었으나 대답하기를 싫어하는 사람이었다. 집은 서울이었다.

"학교는?"

"꼭 대답해야 해요?"

"뭐, 별로 그렇지는 않아."

"대학을 2년 다니다 작년에 가을 학기 마치고 그만뒀어요. 아르바이트를 하루에 두 군데 세 군데씩 하며 힘들게 버텼는데 어느 날 문득 이렇게까지 하면서 꼭 학교에 다녀야 하나 싶더라구요. 도무지 공부할 시간이 나지 않았죠. 도와주는 사람도 더 이상 없었구요. 학교를 그만둔 다음엔 편의점에서 한 달쯤 일하다 갑자기 겨울에 제주로 오게 됐어요. 마침 친구 아버님이 호텔에 자리를 봐주셨거든요."

"가족은?"

잠깐 사이를 두었다가 그녀가 메마른 소리로 되받았다.

"없어요, 떠나왔잖아요."

"떠나오면 가족이 감쪽같이 없어지나?"

"글쎄, 없다고 했잖아요."

문득 억양이 고조돼 더 이상 묻지 않았다. 스물한 살에 가족이 없다는 것은 무슨 뜻일까. 혼자 살아갈 나이가 되었다는 뜻일까. 그렇게 생각하면 그렇다. 봄 바다를 내다보며 손수건으로 이마의 땀을 찍어내고 있던 그녀가 중얼거렸다.

"오래전에 가족과 중문에 있는 신라호텔에서 여름 휴가를 보낸 적이 있어요. 그게 마지막이었죠. 그후로 가족이 없어졌어요. 사나운 바람에 날려가듯 한순간에 흔적도 없이 말예요."

"……"

"그러자 마치 영원의 끝에 혼자 서 있는 기분이 들더군요. 하지만 나름대로 잘 버텼죠. 어려운 수학 문제를 풀듯 힘겹게 성인이 되고 나서야 가까스로 안도의 한숨이 나오더군요."

"영원의 끝."

"모든 게 삽시간에 떠나버린 지점 말예요. 지금 그곳으로 가고 있어요."

그런데 하필이면 왜 그런 곳으로 가고 있는 것일까. 그 적막하고 쓸쓸한 곳에 말이다.

"거긴 제가 마지막으로 존재했던 장소예요. 허물어진 성이나 쓸쓸한 박물관이라고 해도 한 번은 찾아가봐야죠. 사실은 혼자 가기가 무서웠어요."

중문은 명왕성이 있는 곳이었다. 버스에 탈 때부터 왠지 거북스런 생각이 들었으나 그렇다고 못 갈 데도 아니었다. 중문단지 입구에 버스가 도착했을 때는 오후 4시가 가까워져 있었다.

버스에서 내려 신라호텔까지 그녀와 한 뼘 사이를 두고 나란히 걸어갔다. 야자수가 양쪽으로 죽 늘어선 거리를 걸으며 그녀는 간혹 걸음을 멈췄다 다시 앞으로 걷곤 했다. 그때마다 얼굴에 거미줄이 걸린 것처럼.

호텔 정문에 들어섰을 때 그녀의 얼굴엔 어느덧 핏기가 가셔 있었고 눈빛이 흐리게 죽어 있었다. 돌연 차디찬 공기가 그녀의 주위를 에워싸고 있었다. 그녀는 얼음 위를 걷듯 위태로운 걸음걸이로 현관으로 들어섰고 로비 한가운데에 이르자 스르르 걸음을 멈췄다. 그러고는 퀭한 눈으로 사위를 천천히 돌아보았다. 그녀는 내가 옆에 있는 것조차 잊고 있었다. 리셉션 앞에 서 있던 한 떼의 사람들이 석연찮은 눈길로 이쪽을 흘끗거리며 뭐라 수군대고 있었다.

이어 그녀는 넋이 달아난 모습으로 엘리베이터 앞으로 다가가 4층 객실로 올라가는 버튼을 눌렀다.

엘리베이터 옆에는 분홍색 양란이 탁자에 놓여 있었고 그녀의 팔에 걸려 자칫하면 바닥으로 떨어져 내릴 태세였다. 나는 재빨리 엘리베이터 앞으로 다가가 남들이 눈치 채지 못하게 그녀의 어깨를 감싸안았다. 그녀는 떨고 있었고 목덜미에 식은땀을 흘리고 있었다. 그녀는 자신만이 알고 있는 어두운 세계로 빨려 들어가고 있었고 그 때문에 엄청난 에너지를 소모하고 있었다.

엘리베이터 안으로 들어서자마자 그녀는 딸꾹질을 시작했고 4층에 내려 복도 끝까지 걸어갈 동안 멈추지 않았다. 오래전 여름 휴가를 왔을 때 이곳에서 무슨 일이 일어났던 것일까. 그녀는 복도 끝에 이르러 조그만 창문을 통해 밖을 내려다보고 있었다.

그녀가 내려다보는 곳은 수영장이 딸려 있는 호텔 뒤편의 정원이었다. 수영장엔 불이 퍼렇게 들어와 일렁이고 있었고 비치파라솔과 흰 플라스틱 의자가 주위에 몇 개 놓여 있었다. 창문 밖으로 고개를 내밀고 있던 그녀가 웅얼거렸다.

"저 수영장에…… 딸꾹! 새벽에, 딸꾹! 시체가 떠 있었죠. 딸꾹!"

"……!"

"그 여자는 흰 블라우스를 입은 채 딸꾹! 물에 떠 있었어요. 딸꾹!"

식은땀에 젖은 원피스가 등에 달라붙어 브래지어 자국이 선명하게 드러나 있었다. 나는 바닥에 떨어져 있는 그녀의 가방에서 손수건을 꺼내 그녀의 목덜미를 닦아주었다. 가방 안에는 낮에 잠수함을 타기 전 자판기에서 뽑은 콜라가 들어 있었다.

그녀는 비 오듯 땀을 흘리고 있었다. 그래, 그때 누군가 수영장에 빠져 죽은 것이다. 그게 누구였는지 또 자살이었는지 타살이었는지 모르지만 그녀는 새벽에 수영장에 떠 있는 시체를 발견한 최초의 목격자였다.

무거운 바위를 옮기듯 힘겹게 그녀를 데리고 다시 엘리베이터를 타고 로비로 내려왔다. 거기서 그녀는 커피숍 옆에 나 있는 문을 통해 양식당으로 빠져나갔다. 나는 주춤주춤 그녀의 뒤를 따라갔다. 그녀는 흰 식탁보가 깔린 테이블 사이를 돌아 정원으로 통하는 후문으로 나갔다.

아까는 분명 아무도 없었는데 파라솔에 두 쌍의 신혼부부가 앉아 맥주를 마시고 있었다. 그녀는 수영장 앞에 서서 물끄러미 불빛에 일렁이고 있는 바닥을 들여다보고 있다가 느린 동작으로 파라솔 의자에 가 앉았다. 그런 다음 내가 들고 있던 손수건을 빼앗아 얼굴을 꼼꼼히 닦아냈다.

"보졸레…… 해물 스파게티, 야채 샐러드…… 까만 지포 라이터…… 르누아르의 그림이 박힌 손수건…… 셀렘을 피우던 하얀 블라우스의 여자…… 자주색 매니큐어…… 그런 것들이 이 파라솔 주위에 있었어요. 그 마지막 밤에 말예요. 흰 블라우스의 여자가 비명을 지르며 일어서자 포도주 병이 떨어져 바닥을 붉게 물들였죠. 그게 암시였을까요. 다음날 새벽 그 여자는 저기 수영장 한가운데 두 팔을 벌리고 엎드린 자세로 떠 있었죠."

그녀는 흰 블라우스의 여자가 누구인지 말하지 않았다.

"여기 또 한 남자가 앉아 있었어요. 여자의 시체가 발견되었을 때 남자는 호텔에서 사라진 다음이었죠. 그후로 지금까지 돌아오지 않고 있어요."

그 남자가 누구인지 역시 그녀는 말하지 않았다.

수영장에서 반사된 빛이 그녀의 얼굴에 일긋거리고 있었다. 식당 안에 있던 종업원이 나와 주문을 받았다. 그녀는 흑맥주를 나는 카스를 시켰다.

그녀는 담배를 피워 물고 정원에 서 있는 야자수 뒤편을 뚫어지게 바라보고 있었다. 빗자루처럼 생긴 커다란 잎새가 바람에 흔들릴 때마다 탁자 위에서 그림자가 일렁거렸다. 나는 그녀에게 아무것도 물을 수가 없었다. 스물한 살의 여자가 혼자 감당하기에는 힘겨운 일이 그녀의 마음 속에 도사리고 있는 듯했다.

맥주를 마시며 나는 낮에 그녀와 탔던 노란 잠수함을 떠올리고 있었다. 잠수함 안에는 불과 일주일 전에 알게 된 그녀가 있었고 자신에게마저 아직 정체가 불분명한 화장실 거울 속의 내가 있었고 또 붉은 산호와 물고기들이 눈앞에 마구 떠다니고 있었다. 나는 종일 꿈을 꾸고 있는 것은 아닐까?

5월의 밤바람이 수영장 위로 싱그럽게 불어가고 있었다. 그게 언제인지 모르지만 흰 블라우스를 입은 여자의 시체가 떠 있던 수영장 위로. 그때 4층 객실 창문에서는 조그만 소녀가 이쪽을 내려다보고 있었다.

맥주병을 내려놓고 나서 그녀가 다시 담배를 피워 물었다.

"중학교 때부터 가끔 피워요."

속이 텅 빈 공허한 표정으로 그녀가 소리 없이 잠깐 웃었다. 그녀는 담배를 쥔 손으로 뜻 없이 관자놀이를 툭툭 치고 남은 맥주를 마시고 거울을 꺼내 제 얼굴을 깊게 들여다보고 숨을 길게 몰아쉬었다. 담뱃재가 그녀의 원피스 앞자락으로 떨어졌다.

밤이 되어 음습한 호텔 정원을 빠져나왔다. 중문 입구까지 나왔을 때 그녀가 물어왔다.

"명왕성은 어디에 있죠? 중문이라고 하지 않았나요?"

걸어서 10분 거리에 있었다. 그러나 그녀를 데리고 그곳으로 가고 싶지는 않았다. 물론 따라오지도 않을 터이었다. 나는 어둠을 헤치고 무연히 정류장 쪽으로 앞서 걸어갔다. 온갖 상념이 머릿속에 겹치고 있었다. 오늘 일만 해도 수수께끼투성이였다. 그녀는 무엇 하나 분명하게 얘기하는 법이 없었다. 그녀는 제주에 임시로 머물고 있는 듯했다. 조만간 이곳을 훌쩍 떠나버릴 것만 같다. 그런 자신을 그녀도 알고 있는 걸까.

정류장까지 와서 뒤를 돌아보니 그녀는 내가 떠나온 자리에 그대로 서 있었다. 한 장의 어두운 그림엽서인 양. 한 떼의 바람이 불어가면서 엽서 한쪽이 안으로 둥그렇게 말렸다 도로 펴졌다. 연둣빛 원피스를 입은 그녀의 모습은 형광 물질처럼 희부연 빛을 발하고 있었다. 반딧불이들이 그녀 주위에서 티티거리며 날고 있었다.

나는 절룩거리며 그녀에게 되돌아갔다. 때마침 축제가 열리고 있는 천제연폭포 쪽에서 밤하늘로 불꽃을 쏘아 올리고 있었다. 그녀의 모습이 불빛에 밝게 드러났다가 이윽고 어둠 속으로 사그라졌다.

그녀는 가방을 두 손으로 움켜쥔 채 내 이마를 똑바로 쳐다보고 있었다. 표정이 기묘하게 일그러져 있었다. 다시금 무서움이 찾아왔는지 몸을 떨고 있었다. 내가 어깨로 손을 내밀자 그녀는 반사적으로 몸을 피하며 한 걸음 뒤로 물러났다.

"왜 돌아왔어요? 아주 가는 줄 알았는데요."

그럴 생각은 아니었다. 잠시 길을 잃었던 것이다. 왜 그럴 때가 있지 않은가.

"당신에겐 명왕성이라도 있지만 여기서 제가 갈 곳이 어디 있겠어요."

따지는 것도 탓하는 투도 아니었다. 버스가 다가와 손을 흔들어 세웠다. 정류장이 아닌데 운전 기사는 차를 세우고 문을 열어주었다. 천제연 쪽에서 또다시 폭죽이 터져 오르면서 버스 안이 붉은빛으로 확 밝아졌다 도로 어두워졌다.

허벅지 사이로 말려 들어간 원피스 자락을 끄집어 올리며 그녀는 무릎 위에 가방을 올려놓았다. 그리고 가방 안에서 콜라 캔을 꺼내 내게 내밀었다. 나는 미지근한 콜라 캔을 받아 들었다.

"돌려주는 건가?"

맥빠진 소리로 그녀가 되받았다.

"아뇨, 드시라구요."

나는 뚜껑 꼭지를 따고 콜라를 한 모금 마셨다. 아무런 맛도 느껴지지 않았다.

"돌려줄 수 없는 것을 주는 사람인 줄 알았더니 그게 아니었군요. 그렇다면 낮에 잠수함 안에서 본 바다 속 풍경을 무슨 수로 돌려주겠어요. 그렇지 않아요?"

그녀는 시무룩한 표정으로 서귀포로 돌아올 때까지 내내 밤바다쪽에 시선을 던져놓고 있었다. 맑았던 하루가 지나고 다시 차창에 비가 후두두 듣고 있었다.

서귀포항에 내려 비를 맞으며 방파제로 걸어갔다. 그녀가 주춤주춤 뒤에서 나를 따라왔다. 비가 내리고 있는 밤바다는 칠흑처럼 어두웠고 잠수함은 보이지 않았다. 돌려줄 수 없는 것. 아까부터 나는 그 말을 생각하고 있었다.

그녀는 우산을 들고 방파제 끝에 나부끼며 서 있었다. 누가 데리러 오지 않으면 밤새 그곳에 서 있을 것처럼. 먼 데 불빛들이 웅성거리고 있는 것을 보며 나는 그녀에게 다가갔다.

"어디 따뜻한 곳에 가서 밥이라도 먹지."

몇 발자국 사이를 두고 그녀가 뒤따라왔다.

식당에 들어가 국밥에 소주를 먹었다. 식당 여주인이 가져다 준 노란 수건으로 그녀는 머리칼을 말리고 얼굴을 닦아냈다. 속옷의 윤곽이 원피스 밖으로 드러나 있었다. 저 여린 살들은 춥겠다. 그녀가 불현듯 여자로 보였다.

그녀는 국밥에 숟가락조차 담그지 않았다. 소주 두 잔을 깨끗하게 비우고 나서 그녀는 내가 수저질을 하는 모습만 유심히 지켜보고 있었다. 어느 순간 내 몸에 와 닿은 그녀의 시선에서 나는 그때껏 한 번도 경험해보지 못한 이상한 온기를 느끼고 있었다. 그녀가 흰 손으로 내 몸 구석구석을 부드럽게 쓰다듬고 있는 느낌이었다. 눈 위에 소리 없이 번지는 빛처럼. 나는 그 빛에서 놓여나고 싶지 않아 숨을 참고 느리게 수저질을 계속했다.

그 순간 내가 그녀에게 맹렬히 이끌리고 있음을 깨달았다. 그 몇 번의 짧은 만남 속에서. 그리고 의지하고 있음을 깨달았다. 그러자 오늘 밤 당장 그녀의 품에 안겨 잠들고 싶다는 욕망이 마음 한가운데에서 뜨겁게 치솟아올랐다. 안 그러면 도저히 견딜 수가 없을 것 같았다. 나는 국밥 그릇 속에 떨어지는 한 방울의 내 눈물을 보았고 이어 몸이 붉게 타오르는 격정에 사로잡혔다.

그녀는 부드러운 미소를 띠고 그런 나를 가만히 지켜보고 있었다. 그 이상한 환한 빛에 싸인 얼굴로. 나는 소주잔을 내려놓고 그녀의 손을 잡아끌었다. 그녀는 순순히 자리에서 일어나더니 먼저 우산을 펴 들고 밖으로 나갔다. 얼굴엔 여전히 그 신비한 미소를 띤 채.

　나는 그녀가 펴 들고 있는 우산 속으로 들어갔다.

　"밤이 더 깊어지기 전에 우리 노란 잠수함으로 돌아가요."

　"……!"

　"어쩌다 제가 방황하는 사람을 만났군요. 하지만 앞으로 당신은 더 오래 그리고 더 멀리 방황하게 될 거예요. 하필 저를 만났으니 말예요."

　그녀의 알아들을 수 없는 말은 거기서 멎었고 그녀와 나는 마침내 손을 잡고 빗속을 뛰기 시작했다. 얼마쯤 가서 그녀는 우산을 접고 구두를 벗어 들었다. 빗속을 뛰어가며 그녀는 아이처럼 웃고 있었다.

　그녀가 세 들어 사는 연립에 오자 자정이었다. 그녀와 나는 날이 바뀌기 전에 하나가 되어야 한다는 일념으로 빗속을 뛰어온 것만 같았다.

　그녀가 세 들어 사는 연립 주택은 서귀포 앞바다가 내려다보이는 언덕에 있었다. 전망은 좋았으나 집은 군데군데 시멘트 덩어리가 떨어져나가 흉하게 골조가 드러나 보였다. 페인트칠도 사방이 벗겨져 벽지를 거칠게 뜯어내고 주인이 사라진 집 같았다. 밤이어서 집은 더욱 음산해 보였다.

　그녀는 반지하로 된 맨 아래층에 살고 있었다. 현관문 앞에서 그녀는 잠깐 기다려달라고 했다.

　"옷부터 갈아입어야겠어요. 방도 좀 치워야 하구요."

　그녀는 가방에서 열쇠를 꺼내 계단을 내려가 문을 따고 안으로 들어갔다. 나는 계단 모서리에 쭈그리고 앉아 덜덜 떨리는 손으로 반쯤 젖은 담배를 피워 물었다. 탱자나무 울타리 너머로 바다에 떠 있는 낚싯배 두 척이 아련하게 눈에 들어왔다.

그녀는 10분이 지나고 20분이 지나도 밖으로 나오지 않았다. 시간이 좀 걸리나 보다 싶었지만 꼭이 그런 것만은 아니라는 느낌이 들기 시작했다. 담배를 한 개비 더 피우고 나서 나는 계단을 내려가 초인종을 누르려다 손을 멈췄다. 만일 그녀가 그사이 다른 생각을 하고 있다면 기회를 줘야 하리라는 생각이 들었다. 혹시 그렇다 하더라도 이쪽에서 이해를 해야만 했다. 결코 가벼운 일이 아니었다. 어떤 경우엔 그것이 벽을 허무는 일이 아니라 오히려 두텁게 쌓는 일이 되곤 하는 것이다.

한 시간이 다 돼서야 그녀는 밖으로 나왔다. 아까 입었던 옷 그대로였다. 비에 젖은 원피스. 자주색 구두. 흰 가방만 두고 나온 셈이었다. 그녀가 차디찬 콘크리트 계단 모서리에 와 앉았다. 나는 멀리 빗속에 까마득히 떠 있는 낚싯배를 바라보고 있었다.

"아직 있었군요."

"그래, 가지 않았지."

"실망했나요?"

"미안하단 말만 하지 않으면 돼. 그 말을 들으려고 기다렸던 건 아니니까."

"화났나요?"

"빗속을 함께 뛰어왔다고 해서 꼭 그래야만 되는 건 아니야. 그게 의외로 간단한 문제가 아니라는 건 나도 알고 있어."

원피스 자락에 흙탕물이 튀어 있었다. 종아리와 구두에도 흙탕물이 튀어 있었다.

"하지만 여전히 나는 당신의 몸을 조금이라도 만져보고 싶어. 그게 섹스를 뜻하는 건 아니야. 설명하기가 힘들지만 그거하고는 뭔가 조금 다른 감정이야. 말하자면 당신이 이 세상에 정말 존재하는지 확인해보고 싶어. 당신의 체온을 통해, 그 흐름의 일부라도 말이야."

혹시나 진심이 제대로 전해지지 않을까 나는 몹시 애가 탔다. 그녀는 무릎을 싸안고 앉아 마른침을 삼키며 잠자코 내 말을 듣고 있었다. 아까 중문단지 입구에 반딧불이처럼 깜박거리며 서 있던 그녀의 모습이 떠올랐다. 지금 옆에 그녀가 앉아 있다는 사실이 좀처럼 실감이 나지 않았다. 그녀가 슬그머니 내 손을 끌어당겼다. 이어 서로 눈이 마주쳤다.

"만져요."

바다에 떠 있던 배들이 그새 어디로 갔는지 보이지 않았다. 비는 줄기차게 어두운 마당을 하얗게 두들겨대고 있었다. 그녀가 내 손을 가슴 속으로 집어넣었다. 젖은 브래지어 속의 따뜻하고 작은 젖가슴이 만져졌다. 새처럼 파닥거리고 있었다. 온몸에서 힘이 쑤욱 빠져나가며 뒤통수로 현기증이 몰려들었다. 손아귀에서 역류한 피는 순식간에 온몸으로 번져 핏줄기들을 세차게 흔들어놓았다. 사람이 이다지도 따뜻한 것이로구나.

나는 원피스 자락을 들추고 다리 사이로 손을 가져갔다. 종발 접시가 박혀 있는 무릎을 지나 곧장 허벅지를 타고 안으로 깊숙이 들어갔다. 그녀는 재채기라도 하듯 받은 숨을 토해내며 내 목을 아프게 끌어안고 있었다. 반란이라도 일어난 듯 그녀의 살은 뜨겁게 꿈틀거리고 있었고 내 손이 좀더 안쪽으로 들어가자 완강하게 무릎을 오므렸다.

"싫어요, 깨끗한 방에서 화병에 꽃을 꽂아놓고 하고 싶어요."

나는 움직임을 멈추고 가만히 있었다. 그녀가 내 목을 끌어안은

62

채 조용히 외쳤다.

"두고두고 기억할 일을 이렇게 하고 싶지는 않아요."

나는 힘겹게 고개를 끄덕거리며 그녀의 등을 쓰다듬었다.

"그래, 뛰어서 오다 보니 너무 빨리 왔군."

그녀의 숨소리가 차츰 잦아들고 있었다.

문득 그녀가 걱정이 됐다.

"이쯤에서 돌아간다 해도 잡지 않겠어요. 오늘 하루만 하더라도 저한테는 굉장히 길었어요."

그러나 이대로 돌아가면 내가 종일 그녀의 가방 속에서 뒹굴던 콜라 캔 같은 존재가 될 것 같았다. 그 다음엔 누가 마셔도 아무런 맛도 느낄 수 없다. 오직 그녀가 마셔줘야 한다. 이미 돌려줄 수 없는 것을 그녀에게 주고 말았다.

어깨를 기대고 앉아 담배를 피웠다. 바다에 낚싯배가 돌아와 있었다. 그새 어딜 갔다 온 것일까. 오늘 밤 배들은 무얼 낚고 있을까.

그녀가 안에서 우산을 들고 나왔다. 둘이 우산을 쓰고 현관을 벗어나왔다.

"바래다줄게요."

민박집까지는 20분 이상이 걸릴 터이었다. 왕복 40분이었다. 하지만 그녀는 한사코 바래다주겠다고 했다. 하는 수 없이 그녀와 젖은 옷에 우산을 쓰고 아까 뛰어왔던 길을 나란히 되돌아갔다.

"이제 어디로 갈 거예요?"

내일 일을 묻는 것이었다.

"아침에 눈을 뜨면 알게 되겠지. 시간은 늘 아침마다 양말 속에 그날분의 숙제를 넣어주곤 하니까."

"서울로 안 가요?"

"보내주는 사람이 있으면 가지."

그녀가 후후거리며 힘없이 웃었다.

"스물넷인데 아직 아이군요."

그런가? 듣고 보니 그런 것 같다. 남자는 여자 앞에서 누구나 다 아이이다.

중간에 포장마차가 보여 소주 두 잔씩을 마신 뒤 다시 우산을 쓰고 걸었다. 반 병은 먼 내일을 위해 남겨두었다. 언제 다시 돌아와 그녀와 포장마차에 앉아 먼 밤바다를 내다보며 소주를 마시게 될는지 알 수 없다. 하지만 조금이라도 뭔가는 남겨둬야 한다. 안 그러면 곧 쓸쓸해진다.

민박집에 다 왔다. 그녀와 대문을 등지고 어둠 속에 내리는 비를 바라보며 10분쯤 서 있었다. 어느덧 새벽 2시였다. 오늘도 나는 깊게 잠들어 있는 할머니를 깨워야 할 터이었다. 우산을 옮겨 쥐며 그녀가 이런 말을 해왔다. 아주 오래 생각한 끝에 하는 말이라는 걸 알았다.

"며칠만 더 제주에 있어줄래요?"

"……"

"토요일에 또 하루 쉬는데 그때 다시 만나요."

토요일까지는 앞으로 5일이 남아 있었고 조만간에 나는 서울로 올라가야 했다. 그때까지 있을 수도 있고 없을 수도 있었다. 그녀도 그런 사실을 알고 있었다.

"금요일에 호텔로 전화 주세요."

"더 있을 수는 있어. 하지만 일껏 기다렸다가 기껏 담을 쌓고 싶지는 않아."

그녀가 우산 속에서 희미하게 웃었다.

"그럼 기다려요."

뜻을 알 수 없는 말이었다.

"이만 갈게요."

대문 앞에 나를 세워두고 그녀는 우산을 받쳐 들고 어둠 속으로 멀어져갔다.

그런데 그녀는 누구였을까?

그때 내가 거기에 있었다면

금요일 저녁에 그녀가 렌터카를 몰고 성산으로 왔다. 그 동안 나는 산굼부리와 성읍과 한라산 아래에 번갈아 머물다 금요일 오전에 성산에 미리 와 있었다.

성산에 와서 나는 섭지코지로 가는 길목에 있는 민박집을 몇 군데 돌아본 다음 그 중 한 집을 예약했다. 그녀가 도착한 것은 날이 어둑어둑해지는 저녁 7시쯤이었다. 연한 분홍빛의 투피스 양장에 흰 구두를 신고 있었고 머리를 바짝 뒤로 틀어 올리고 있었다. 하얀 자동차를 몰고 신부가 되어 온 것이다.

성산 일출봉 아래 식당에서 모듬회에 청하를 마셨다. 다른 테이블의 사람들이 이쪽을 기웃거리는 가운데 나는 그녀가 따라주는 술만 받아 마시고 있었다. 그날도 그녀는 수저에 전혀 손을 대지 않았고 청하만 딱 두 잔 마셨다. 말도 없었다. 밖에선 폭풍이 몰려가고 있었다. 식당 유리창이 위태롭게 덜렁거리고 있었다. 사이사이 그녀의 얼굴을 살폈으나 아무것도 읽어낼 수 없었다. 술을 다 마셔갈 즈음 내가 먼저 입을 열었다.

"나를 보내려고 왔군."

무릎을 꿇고 앉아 남은 회를 무채 한쪽으로 옮겨놓고 있던 그녀가 젓가락질을 멈추고 내 눈을 바라보았다. 입가에 예의 기묘한 웃음이 잠시 나타났다 사라졌으나 나는 거기서도 역시 아무것도 읽어낼 수 없었다. 나는 또 이렇게도 물어보았다.

"함께 서울로 갈까?"

내 상태가 불안정하긴 했으나 분명 진심을 가지고 한 말이었다. 내가 서울로 올라가고 그녀만 제주에 남는다면 왠지 다시 만나기가 어려울 것 같았다. 그녀가 젓가락을 상에 내려놓으며 마침내 입을 열었다.

"지키지 못할 약속을 하느니 침묵으로 대신하는 게 한결 나아요. 그게 아니라도 저는 서울로 갈 수 없어요. 한번 떠나온 곳으로는 절대 돌아가지 않아요. 그게 어디라도 말예요. 당신을 만나고 있는 것도 제가 지금 제주도에 있기 때문이에요."

남의 말을 전하는 음성으로 그녀는 이런 말을 길게 늘어놓았다.

"그럼 내가 이곳에 있어야 한단 말인가?"

그녀는 고개를 꺾고 한동안 제 무릎만 내려다보고 있었다. 그러더니 불쑥, 그건 역시 안 되겠죠? 라며 얼른 말꼬리를 흐렸다.

그 말에 나는 대답할 수 없었다. 다른 손님들은 모두 자리를 뜬 다음이었고 폭풍은 점점 거세게 불고 있었다. 나는 자신에게 하듯 중얼거렸다.

"언제까지 제주에 있을 수는 없어."

그것 보세요, 라고 그녀가 재빨리, 자조적으로 되받으며 남은 술을 마저 따랐다. 무릎을 꿇고 두 손으로.

"아닌 것 같지만 당신은 마음속에 많은 것을 감춰두고 있는 사람이에요. 또 그것에 대해 욕심을 내고 있구요. 어쨌든 저하고는 다르단 말이죠."

그녀가 그렇게 말함으로써 내가 그렇다는 걸 알았다. 알 수 없는 부끄러움 때문에 나는 차마 고개를 들 수가 없었다. 몇 살 아래였으나 그녀는 사람에 대해 나보다 많은 것을 알고 있었다. 얼마 전까지는 안 그랬는지도 모르지만 며칠 사이에 확실히 그렇게 된 것이다.

그녀가 내게 정확히 무얼 원하는지 알 수 없었다. 식당에서 나온 뒤로 그녀는 다시는 입을 열지 않았다. 서귀포로 돌아간다는 말도 하지 않았다. 주차장에 차를 놓아둔 채 문 닫힌 매표소를 지나 일출봉 해녀의 집이 내려다보이는 언덕으로 올라갔다. 우도에 가로로 떠 있는 몇 점 불빛만이 폭풍에 파르르 떨고 있었다.

환청이었을까. 어둠 속에서 그녀가 언뜻 우는 소리를 들었다. 아무도 달랠 수 없는 자기만의 슬픔에 빠져. 돌아보니 쪽 찐 머리가 바람에 풀려 있었다. 긴 머리칼을 날리며 그녀는 절벽 아래를 물끄러미 내려다보고 있었다. 그때 호텔 복도에서 창문을 통해 수영장을 내려다보았듯이.

아무런 말도 못 한 채 그녀의 손을 거머쥐고 일출봉 아래로 내려왔다. 그러고 나서 오래도록 차 안에 앉아 있었다. 차창을 내리고 교대라도 하듯 서로 담배를 몇 대씩 피웠다.

"서귀포로 데려다 줄까?"

그녀는 앞 유리에 죽은 사람처럼 시선을 고정시키고 있었다.

"한번 떠나온 곳으로는 절대 돌아가지 않는다고 했죠. 그게 어디든 말예요."

"……"

"숙소로 가요. 늦었어요."

일출봉 아래를 떠나 차는 유채밭 옆을 지났고 곧 기나긴 갈대밭 길로 들어섰다. 헤드라이트를 켰지만 일직선으로 뻗어 있는 길은 어두웠다. 그녀의 운전 솜씨는 매우 서툴렀고 자주 브레이크 페달을 밟는 바람에 몸이 앞으로 쏠리곤 했다.

민박집에 도착하자 그녀와 나를 신혼부부로 안 주인 아주머니가 소라회와 소주 한 병을 갖다 주었다. 그녀는 신양리 앞바다에서 물질을 하는 해녀였다. 파도가 문밖까지 몰려온 느낌에 문을 열어보니 바다가 목전에 있었다. 방 한구석에서 옷을 벗고 있던 그녀가 새끼 망아지처럼 놀라 이쪽을 돌아보았다.

보랏빛 외등이 처마에서 흔들리는 그 집 마루에 앉아 소라회에 또 소주를 마셨다. 그녀는 왜 아무것도 먹지 않는 것일까. 이번에도 전혀 젓가락에 손을 대지 않았다. 소주만 조금씩 받아 마셨다. 방 안 경대 위에는 낮에 내가 꽂아놓은 들꽃들이 저희들끼리 귓속말로 무어라 소곤거리고 있었다.

외등에 반사되는 그녀의 얼굴을 간간이 엿보며 나는 파도 소리에 귀를 기울이고 있었다. 그녀는 원피스 모양의 흰 잠옷을 입고 무릎을 두 팔로 껴안고 앉아 있었다. 바다가 어떻게 이렇게 집 가까이 있는 걸까. 이런 생각을 하며 나는 하늘에서 툭툭 지고 있는 별똥별을 그녀의 어깨 너머로 훔쳐보고 있었다.

그날 밤 그녀가 내 신부였던가. 그렇다면 그녀는 신랑 없는 신부였다. 무엇이든 한 가지라도 약속을 하고 싶었지만 그녀가 허락하지 않았다. 태어나서 처음 여자 때문에 마음이 아팠다.

술이 다 비어갈 즈음 그녀는 방으로 들어가 경대 앞에서 화장을 하고 있었다. 오래된 벽시계가 댕댕거리며 열두 번을 치는 소리를 듣고 나서 나는 방으로 들어갔다. 방으로 들어서자 그녀가 불을 껐다. 나는 어둠 속에 그대로 서 있었다. 그사이에 그녀가 잠옷을 벗고 버석거리는 이불 속으로 들어가는 소리를 들었다. 뒤미처 파도 소리가 드세졌다. 이불 속에서 그녀의 목소리가 들려왔다.

"차디찬 콜라가 먹고 싶어요."

이 밤에 콜라를 사려면 성산까지 나가야 했다. 나는 콜라를 사올 양으로 방문을 열고 마루로 나갔다. 그러자 그녀가 후후 웃으면서 그냥 안으로 들어오라고 했다. 잠시 망설이다 나는 이번에도 그녀가 낸 수수께끼를 풀지 못한 심정으로 방으로 도로 들어갔다.

이윽고 군대식으로 옷을 벗고 그녀가 누워 있는 이불 속으로 들어갔다.

왜 이다지도 여자는 따뜻한 것일까. 여자가 누워 있는 이불 속은 아무나 들어갈 수 있는 곳이 아니란 걸 그 순간에 한 남자로서 크게 깨달았다. 그때 여자가 주는 것에 비해 남자가 줄 수 있는 것이 터무니없이 작다는 것을 알았다. 하물며 그것도 상처이기가 일쑤이다. 그런데 발을 들여놓은 다음엔 제풀에 빠져나올 수도 없다. 그것은 이미 받아들이기로 마음먹은 여자의 권한이기 때문이다.

스물네 살 때 나는 스물한 살의 여자에게서 여자에 대한 모든 것을 배웠다. 그후 다른 여자들에게서 배운 것은 다 나머지일 뿐이다.

그녀가 생애 처음 허락하는 남자가 나임을 알았다. 파르르 몸서리를 치며 그녀가 내 목을 끌어안고 밭은 소리로 속삭였다. 자신을 이겨내기도 힘들 텐데 그녀는 나를 위로하려 들었다.

"외롭죠? 여긴 섬인데다 밤이고 또 바다가 너무 가까이에 있어서 더욱 그럴 거예요. 먼 데서 잘 오셨어요. 지금 떠돌지 않으면 언제 또 그러겠어요. 이제 됐으니까 움직여봐요. 기다리고 있으니까요."

하지만 차마 깨끗해서 손을 댈 수가 없었다. 손이 닿는 순간 그
녀가 파삭 늙어버리거나 전혀 다른 여자로 변해버릴 것만 같았다.
그제야 그녀를 온전히 남겨둔 채 떠나고 싶다는 생각이 휘몰아쳐
왔다. 그러나 그녀가 놓아주지 않았다. 내게 전부를 내던지고 있었
다. 그 다음에 어떻게 할지 그녀 자신도 모른 채.

주인이 마음을 이미 허락했는데도 그녀의 몸은 좀처럼 열리지
않았다. 몸도 처음이 있기 때문인가. 그녀의 몸은 거세되는 짐승처
럼 잔뜩 겁을 집어먹고 있었다. 그녀가 내 이마의 땀을 손바닥으로
닦아내며 상관 말고 어서 들어오라고 했다. 그러고는 제 몸을 억지
로 벌려 기어코 나를 안으로 받아들였다.

나는 곧 사정했다.

그 순간부터 도둑질을 한 것처럼 가슴이 두근거리기 시작했다.
나는 그녀의 위에 누워 오래도록 바다에서 들려오는 소리에 귀를
던져두고 있었다. 이제 어떻게 할 것인가. 상실을 하고 난 뒤에 그
녀가 오히려 침착했다. 내 등을 툭툭 쳐주고 나서 머리를 천천히
쓰다듬고 있었다. 아마도 앞으로 다가올 자신의 삶을 생각하고 있
었는지도 모른다. 내가 떠나버린 다음의 자기 자신을.

그녀를 끌어안고 가까스로 잠이 들었다. 밤새 바다에 묻혀 허우
적거리는 꿈을 꾸었다.

새벽 잠결에 누군가 나를 흔들어 깨웠다. 언제 일어났는지 그녀
는 옷을 갈아입고 앉아 나를 내려다보고 있었다. 나는 주섬주섬 이
불 속에서 빠져나와 그녀가 머리맡에 개켜놓은 옷을 꿰입었다.

"날이 맑아요. 해 뜨는 거 보러 가요."

새벽 5시였다. 30분 후면 해가 뜰 거라고 그녀가 말해주었다. 수

돗가에서 얼굴만 대충 문지르고 그녀의 뒤를 따라 대문 밖으로 나
갔다. 수평선 끝에서 날이 보랏빛으로 밝아오고 있었다. 봄이었으
나 새벽 바닷바람은 싸늘했다. 더 이상 체온이 느껴지지 않는 그녀
의 손을 잡고 섭지코지까지 나란히 걸어서 갔다.

해녀의 집을 지나쳐 구불구불 이어진 바닷길을 따라갔다. 개 몇
마리가 길에 나와 있다 그녀와 나의 뒤를 줄곧 따라왔다. 보랏빛의
바다가 감람빛으로 변하고 있었다. 방심하고 있었다면 감지하지
못했을 미묘한 빛의 변화였다. 그 빛을 목도하며 무연히 앞을 향해
걸었다.

감람빛이 연한 코발트빛으로 바뀌었다. 집어등을 단 배들이 수
평선 끝에서 뭍을 향해 돌아오고 있었다. 코발트빛이 텅 빈 푸른빛
으로 바뀌었다. 제주도에 온 다음날 동창 녀석을 만나 술을 마셨던
대공 초소가 저만치 눈에 들어왔다. 밤을 새운 등대지기가 하얀 등
대 앞에 나와 맨손체조를 하고 있었다.

붉은 아가미를 벌리고 마침내 수평선에서 해가 떠오르기 시작했
다. 그녀와 내가 서 있는 언덕엔 이름을 알 수 없는 무수한 들꽃들
이 향내를 풍기며 저마다 가엾은 주둥이를 벌리고 있었다. 해가 완
전히 떠오를 때까지 그녀는 미동 없이 서서 바다만 뚫어져라 바라
보고 있었다. 그 밤의 끝에서.

"이제 끝났군요. 짧고도 긴 여행의 며칠이 말예요."

날이 밝자 바다는 다시 파도에 일렁이고 바위 모서리에 앉아 있
던 새들이 날아가고 꽃들은 더 이상 떠들지 않았다. 말이 서 있는
언덕에 무리 지어 피어 있는 유채꽃들을 뒷전에 돌아보며 그녀와
나는 발길을 돌려 언덕을 내려왔다.

돌아오니 민박집 아주머니가 마루에 아침상을 봐놓고 있었다.

미역국에 흰쌀밥이 나왔다. 며칠 동안 먹지 않았던 밥을 그녀는 꾸역꾸역 입 속에 밀어넣었다. 그사이에 그녀의 눈시울이 잠깐 붉어지는 것을 보았다. 식사가 끝나자 그녀는 부엌에 들어가 주인 아주머니의 설거지를 도왔다. 마루에 앉아 그녀의 뒷모습을 지켜보고 있자니 견딜 수 없이 마음이 아파왔다.

10시에 그 집을 나와 남제주 쪽 해안 도로를 달렸다. 종달리와 세화를 지나 김녕해수욕장에서 잠시 바다를 구경하고 함덕에서 점심을 먹고 제주로 나와 그녀는 97번 도로를 타고 다시 내륙으로 들어갔다. 그리고 명도암을 지나 성읍으로 올 때까지 그녀는 굳게 입을 다물고 있었다.

성읍민속마을 조금 못미처 '늘푸른집'이란 작은 모텔이 있었다. 드넓은 밀밭 한가운데 사슴을 키우는 집이었다. 방에 들어 들녘으로 난 창을 열자 보랏빛의 꽃들이 넘실넘실 피어 있었다. 믿을 수 없으리만치 아름다운 곳이었다.

거기서 그녀와 하루를 더 묵었다. 밤에 밀밭을 산책하고 돌아왔을 때 그녀가 가방에서 은박지에 싼 네모난 상자를 꺼내 내게 내밀었다. 풀어보니 워터맨 만년필이었다. 그걸 주며 그녀가 했던 말이 아직도 가슴에 압정처럼 꽂혀 있다. 그토록 평범한 말이.

"공부 열심히 하세요."

물끄러미 그걸 내려다보고 있다가 나는 또 기어이 이렇게 말하고 있었다.

"기다려주겠어?"

그녀는 모른 척 고개를 돌린 채 쓸쓸히 웃기만 했다.

"한편 그것도 약속이에요."

"약속하지."

"그렇다면 그건 스스로에게 조용히 그리고 말없이 해야 하는 거예요."

그날 밤 그녀는 나를 허락하지 않았다. 밖에서 발정한 사슴들이 울어대는 소리가 밤새 들려오고 있었다.

"자요, 그곳이 어느 곳인지 모르지만 언젠가는 분명 저를 다시 만나게 될 거예요."

잠들지 말아야지, 라고 다짐한 뒤에 그녀를 껴안고 있다가 어느 순간 나는 수렁에 빠지듯 잠에 곯아떨어졌다.

꿈에 그녀가 가고 있었다. 보라의 꽃밭을 가로질러, 엷은 분홍빛의 투피스를 입고, 머리를 풀어헤친 채, 신발을 손에 벗어 들고 가고 있었다. 철망에 갇힌 사슴들이 죄 그녀의 뒤를 울며 좇고 있었다.

아침에 일어나보니 그녀가 없었다. 꿈에 간 것이다. 머리맡에는 흰 봉투가 놓여 있었고 안에는 대한항공 비행기표가 들어 있었다. 그것도 오늘, 정오였다.

서귀포로 돌아가려다, 나는 택시를 불러 공항으로 갔다. 탑승 10분 전에 공항에 도착해 그녀에게 전화를 걸었으나 받지 않았다.

보름 만에 서울에 내려 다시 전화를 걸어보았다. 받았다.

"잘 갔군요."

"그래."

그때 그녀의 웃음 소리가 수화기를 타고 낮게 흘러나왔다. 아주 낯설게 들리는 웃음이었다. 마음이 불안하게 흔들리고 있었다. 잠시 사이를 두었다가 그녀가 똑같은 말을 한 번 더 되풀이했다. 할 말이 그렇게 없었던가. 아니면 이미 모두 해버린 것인가.

"잘 갔으니 됐어요."

나는 제주에서 비행기를 타고 오며 생각했던 말을 그녀에게 전했다.

"곧 데리러 갈게."

그 말에도 그녀는 그저 웃기만 했다. 그리고 뒤편으로 사라지듯 이내 전화가 끊겼다.

기묘한 재회

　미란을 다시 만난 건 내가 사무실 근처로 집을 옮기고 나서 한 달이 돼갈 무렵이었다. 10월의 어느 토요일 오후였다.

　그날 나는 신라호텔에서 박윤재라는 대학 때의 친구와 만나기로 약속이 돼 있었다. 그는 대학 병원에서 레지던트로 근무하고 있었고 내가 군에서 제대한 직후 제주도로 여행을 가기 전 교보문고 스낵바에서 만났던 친구이기도 했다. 오랫동안 서로 잊고 지냈는데 며칠 전 그가 전화를 걸어와 만나자고 한 것이다. 나로서는 좀 뜻밖의 전화였다.

　"남자들한테도 이따금씩 찾아오는 정체 불명의 외로움이라는 게 있는 모양이야."

　공기를 씹는 듯한 말투로 그는 태연하게 이런 말부터 늘어놓았다. 몇 년 만에 불쑥 전화를 걸어와 외로움 운운하다니. 왠지 어색한 기분이 들었다.

　"갑자기 주위에 있는 사람들이 어떤 사소한 위안도 되지 못한다는 것을 깨달을 때가 있어. 얼마 전부터 주기적으로 반복되고 있는 증세야. 오늘은 구내식당에서 점심을 먹고 계단을 올라오는데 구역질이 나서 견딜 수가 없더군. 결국 화장실에서 토하고 나왔는데 아직도 그다지 속이 시원치 않아. 그러고 나서 갑자기 자네 얼굴이 떠오르더군."

그는 어딘가 모르게 사람이 변해 있었다. 불안정한 느낌 속에서 나는 몸을 고쳐 앉았다.

"텔레파시가 작용한 걸까?"

텔레파시?

그럴 리가 없었다. 4년 동안 나는 그에게서 아무것도 전달받은 바가 없었다. 아주 까맣게 잊고 지냈던 것이다. 나는 책상 위에 놓여 있는 선인장 화분을 물끄러미 바라보며 메마른 소리로 되받았다.

"임상 실험 중인가? 그렇다면 사양하고 싶은데."

나는 그가 전화를 걸어온 이유를 생각하고 있었다. 뭔가 용건이 있을 것이다.

"솔직히 말하면 자네에게 뭔가 전해줘야겠다는 생각이 들어 전화한 거야."

"그게 뭔가?"

"아직은 확실히 모르겠어. 일종의 성욕 같은 에너지가 뇌파에 강하게 작용하고 있어. 물론 그 에너지는 자네를 향하고 있지. 혹시 만나보면 그게 뭔지 알 수 있지 않을까 싶어 전화한 거야. 농담이 아니야."

농담을 하고 있는 것 같지는 않았다. 석연찮은 기분이 들어 나는 입을 다물고 있었다.

"내겐 가끔 어떤 특수한 에너지가 발생하고 있어. 쉽게 말하면 염력 같은 거지."

"······가령 날씨를 맞힌다든가 하는 일인가?"

"비슷해. 가령 조만간 자네에게 어떤 일이 일어날 거야. 말하자면 그걸 내가 미리 알려줄 수 있다는 느낌이 들어."

"뭔가 굉장히 복잡하군."

나는 4년 전에 교보문고에서 그와 만났던 일을 떠올리고 있었다. 그때 그는 내게 여행을 권했고 또 나와 정반대의 여자를 만나 사귀어보라고 했었다.

그후 두 가지 일이 내게 동시에 일어났다. 나는 곧 여행을 떠났고 오미란을 만나게 됐다. 글쎄, 지금 생각해보면 그의 암시가 작용했을지도 모르는 일이었다. 그런 얘기를 하고 있는 것일까?

"오해하지 말고 들어줬으면 좋겠는데, 어느 날 내가 자네의 존재에 대해 아주 잘 알고 있다는 생각이 들더군. 비록 절친한 사이는 아니지만 일종의 특수한 감각이 작용한 거지. 아까도 말했지만 자네에게 곧 어떤 일이 벌어질 거야. 그런데 막상 자네는 그걸 까맣게 모르고 있어. 그렇다면 이쪽에서 미리 알려줘야 하지 않을까 싶은 거야."

"나로서는 모르고 지나가는 편이 낫겠는데. 굳이 미리 알고 싶은 생각이 없다는 얘기야."

"아니야, 그 일은 나를 매개로 해서 발생하게 돼 있어. 말하자면 거기에 내가 필연적으로 등장하게 돼 있단 말이야."

마침내 머리가 지끈거리기 시작했다.

"물론 당장은 피할 수 있겠지. 하지만 그와 비슷한 일이 언젠가는 다시 찾아올 거야. 연체료가 붙은 신용 카드 청구서가 날아오듯이 말이야."

나는 묵묵히 있다가 토요일에 만나 술이나 한잔 하자고 했다.

수화기를 내려놓고 나서 나는 그와 나눴던 얘기를 되새겨보고 있었다. 누군가 특정한 사람에 대한 영감의 에너지가 발생한다? 그렇든 말든 별로 마음에 담아두고 싶지는 않다. 명백한 것만 선호하며 살기에도 세상은 의외적인 일들로 가득 차 있다.

그날 내가 미란을 보게 된 건 순전히 우연이었다. 신라호텔로 가기 위해 강남에서 택시를 타고 한남대교를 건너 장충동으로 내려가던 길이었다. 뒷좌석에 앉아 신문을 뒤적거리다 나는 어디쯤 왔나 싶어 창밖을 내다보았고 그때 길에 서 있는 그녀를 목격했다. 갑자기 뒤통수를 얻어맞은 기분이었다. 더불어 화면이 일시 정지된 텔레비전을 들여다보고 있는 기분이 들었다.

미란은 카센터 앞에 팔짱을 끼고 서 있었다. 가을이 닥쳐 지기 시작한 플라타너스 잎새가 그녀가 서 있는 주위에 카펫처럼 깔려 있었다. 나는 운전 기사에게 잠깐 차를 세워달라고 했다. 그로부터 약 5분 동안 나는 택시 안에 앉아 미란의 모습을 내다보고 있었다. 그녀는 하마처럼 입을 벌리고 서 있는 자동차의 보닛 앞에서 카센터 직원이 엔진을 수리하는 것을 지켜보고 있었다. 석 달 사이에 그녀는 머리 모양이 스트레이트 퍼머넌트로 바뀌어 있었고 어깨에는 끈이 긴 자주색 가죽 가방을 메고 있었고 카키색 원피스 차림에 흰 카디건을 걸치고 있었다. 철 지난 옷차림이었다. 그녀는 암담한 얼굴로 손목시계를 내려다보며 직원과 무슨 얘긴가를 주고받고 있었다. 표정을 보니 직원은 그녀에게 이런 말을 하고 있음이 분명했다.

"아무래도 오늘은 어려울 것 같으니 내일 와서 찾아가시죠."

그녀는 착잡한 표정으로 고개를 끄덕거리며 직원과 명함을 주고받고는 남산 입구로 들어가는 언덕길을 고개를 숙인 채 내려가기 시작했다. 회사가 강남인 걸로 알고 있는데 어쩌다 여기까지 와서 발이 묶이게 됐을까, 라는 생각을 하며 나는 그녀가 걷고 있는 가로수 옆을 지나 신라호텔로 들어갔다. 택시가 호텔 입구로 들어설 때 뒤를 돌아보았으나 그녀의 모습은 이미 보이지 않았다. 한 무더기의 낙엽이 길에 우우 쓸려 다니고 있었다.

박윤재는 아직 나와 있지 않았다. 라운지 커피숍에 앉아 있는 동안 카센터 앞에서 바람에 떨며 서 있던 미란의 모습이 떠올랐다. 쓸쓸한 모습으로 혼자 언덕길을 내려와 그녀는 어디로 간 것일까. 택시에서 내려 잠시라도 그녀와 이야기를 나눌 걸 그랬나 보다.

박윤재는 약속 시간에서 10분이 늦어 나타났고 뒤미처 믿을 수 없는 일이 벌어졌다. 뒤따라 들어오듯 미란이 로비에 나타난 것이다. 그녀는 라운지를 한 번 휘 둘러보고는 이윽고 창가에 앉아 있는 남자에게로 걸어갔다. 나와는 대각선상이어서 눈이 마주칠 확률이 많았다. 그러나 그로부터 약 한 시간 후 그녀가 커피숍을 떠날 때까지 그런 일은 일어나지 않았다.

미란과 마주 앉아 있는 남자는 30대 초반쯤으로 안경을 쓰고 있었고 마른 몸매에 양복 차림이긴 했으나 넥타이는 매지 않고 있었다. 먼발치인데도 어두운 얼굴에 생기가 느껴지지 않았다. 그들은 예전부터 서로 잘 알고 있는 사이 같았다. 그러나 서로가 그다지 반가운 기색은 아니었고 뭔가 심각한 얘기를 나누고 있는지 미란은 이따금씩 곤혹스런 표정을 짓곤 했다. 30분쯤이 지나서 미란은 자주색 가방을 열고 흰 봉투를 꺼내 그에게 내밀었고 그는 어색한 표정으로 그것을 받아 양복 주머니에 집어넣었다.

박윤재는 많이 변해 있었다. 어찌 된 일인지 머리칼이 벌써 반쯤 빠져나가 중년의 모습을 하고 있었다. 게다가 배까지 불룩 튀어나와 있었다. 마주 보기가 민망할 지경이었다. 불과 4년 만에 그것도 서른이 채 안 된 나이에 사람이 이렇게까지 달라질 수 있단 말인가.

"하루 스무 시간씩 중노동에 시달리는 수련의 과정을 거치는 동안 이렇게 되더군. 하지만 시기가 일치됐을 뿐이지 애초에 이렇게 되기로 예정돼 있었던 거야."

그는 손바닥으로 대머리를 쓱쓱 문지르며 자조적으로 말했다. 외모가 사람의 성격에 미치는 영향을 굳이 따지지 않더라도 그는 매우 소심해져 있었다. 학생 때의 그는 당당하고 자부심이 강한 청년이었다.

"갑자기 중년으로 변하고 나니 염세적으로 변하더군. 차라리 틀니를 하는 편이 낫지 대머리를 가지고는 온전히 정체성을 유지할 수가 없어. 어떤 땐 아예 장애인 취급이야. 이것저것 호르몬제를 써봤지만 유전적인 요인이 강하기 때문에 별 소용이 없더군. 집안에선 선을 봐서 하루 속히 장가나 가라고 하지만 중년의 외모를 가진 남자에게 선뜻 몸과 마음을 내줄 처녀가 어디 있겠어. 아직은 내가 젊어서 그런지 속셈을 가진 여자는 싫고 말이야."

농담을 하는가 싶었지만 꼭이 그런 것만도 아니었다. 가발 얘기를 꺼내고 싶었으나 도움이 되지 않을 게 뻔해 그 말은 하지 않았다. 단지 머리칼 때문에 사람이 이렇게 달라졌나 싶어 한편으론 속고 있는 느낌마저 들었다.

"4년 전의 자네와 입장이 뒤바뀐 셈이야. 오래전부터 나는 무기력증과 권태에 시달리고 있어. 평생 환자를 대하고 살 생각을 하면 지레 진저리가 나. 말 그대로 아픈 사람들 말이야."

그건 나도 사정이 크게 다르지 않다. 한결같이 심각한 문제들을 가지고 찾아오는 것이다.

"그 변화 없음에 이미 지쳐 있고 하루에도 몇 번씩 옥상에 올라가 고함이라도 지르고 싶을 지경이야. 한때는 여자가 대안이라고 생각한 적이 있었지. 하지만 그것도 오래가지 않더군. 내가 만나는 여자들은 모두가 곧 냉동 인간이 돼버리니까."

"그건 무슨 뜻인가?"

"의대를 다니다 보니 어렴풋이 신(神)의 존재를 믿게 됐지만 막상 여자를 대하면 신비감이 느껴지지 않아. 안 그러려고 해도 여지없이 해부학적으로 보여. 그 치밀한 체계에 대해선 늘 감탄스러워하지만 매일 환자를 대하다 보니 어느덧 병원체를 가진 물질로 인식하게 됐단 말이야. 사람이건 동물이건 저마다 감각 기관에 의해 형성된 전파 에너지라는 게 있어. 남자에 비해 여자들이 더 잘 발달돼 있지. 말하자면 여자들은 내가 자신들을 어떻게 바라보고 있는지 금방 안단 말이야. 얼마 지나지 않아 다들 무서워하면서 슬슬 피하지."

심각한 얘기였다. 무엇보다도 그는 정서적으로 불안정한 상태였다. 저녁을 먹기도 전에 그가 술을 시켰다. 17년산 발렌타인으로 호텔 라운지에서 먹기엔 비싼 술이었다. 그사이 나는 대각선으로 시선을 돌려 미란을 건너다보고 있었다. 그녀는 마주 앉은 남자에게 무슨 말인가를 열심히 하고 있었고 남자는 이따금씩 고개를 끄덕거리며 얌전히 앉아 있었다. 그녀는 커피를 마시고 있었고 남자는 테이블 위에 놓여 있는 맥주병을 두 손으로 감싸쥐고 있었다.

온더록스 잔에 술을 따르며 그가 엊그제 전화 통화에서 했던 말을 다시 꺼냈다.

"내겐 확실히 남들보다 발달된 감각이 있는 게 사실이야. 이미 여러 번 확인을 했으니까. 작년에 가까운 사람이 교통사고를 당할 거라는 사실을 미리 알아맞힌 적이 있어. 그땐 내가 좀 무섭더군. 그렇지만 아직까지 그걸 조절할 수 있는 능력이 있는 건 아냐. 발전 단계거든. 오늘만 해도 나는 자네에게 무슨 일이 일어날지 정확히는 모르고 있어. 오늘 아침에 자네와 관계된 어떤 영상이 눈앞에 나타났다 사라졌는데 너무 순식간의 일이어서 기억을 못 하겠어. 다만 확실한 것은 오늘이 가기 전에 자네에게 무슨 일이 반드시 일어날 거란 사실이야. 아니, 이미 진행 중인지도 모르지."

그 말을 들으며 나는 또 미란을 돌아보고 있었다. 나는 잔을 들어 입술을 축이고는 말문을 열었다.

"그래, 자네에게 특별한 능력이 있다는 걸 인정하고 싶군. 거기엔 약간의 조절 능력까지 포함돼 있는 것 같아."

나는 이런 말을 하고 있는 자신을 불현듯 의아스러워하고 있었다. 그가 오늘 만나자고 하지 않았더라면 미란을 보게 되지는 않았을 것이다. 그것도 하필이면 저녁 7시, 신라호텔이다. 우연한 일이었으나 그의 느낌과 일치되는 부분이 없다고 말할 수 없었다. 인생에는 설명하기 힘든 일들이 빈번하게 일어난다. 하지만 그날 내가 미란을 만나게 된 것이 과연 그의 염력에 의한 일이었을까.

"뭔가 확인되면 내일이라도 내게 알려줬으면 싶어."

나는 그를 쳐다보며 무심코 고개를 끄덕거렸다. 술이 들어가자 그는 조금씩 표정이 흐트러졌고 마침내 자신의 속내를 털어놓았다. 그는 자신이 가장 최근에 만났던 여자에 대해 얘기했다. 그러니까 마지막으로 만났다 헤어진 여자였다.

"항상 몽롱한 눈빛을 하고 있는 사람이었지. 자신이 누군지 모르고 있는 여자 같았어. 그렇지만 이쪽에서 원하는 게 있으면 뭐든지 다 들어줬지. 절대 거절을 한다거나 화를 내는 일이 없었어.

섹스를 포함해서 그야말로 뭐든 하자는 대로 다 한단 말이야. 다시 말해 그 여자에게는 자기 주장이라든가 의사가 존재하지 않아. 왜 그럴까 곰곰이 생각해봤지만 아무래도 알 수가 없었어. 한 번은 직접 물어봤지. 그랬더니 이런 말을 하더군. 싸우기 싫어서요, 또 상처받기도 싫구요. 상대가 하자는 대로 하면 적어도 그럴 일은 없잖아요?"

"……"

"알고 보니 그 여자는 그 동안 너무 많은 상처를 받아왔더군. 그러고 나서 누군가를 자의적으로 선택해본 일이 없었어. 그게 누구든 호의를 보여주면 쉽게 자신을 내주는 방식으로 살아왔던 거야. 단지 외로움 때문에 남자를 만나 잠자리를 같이하는 정도였지. 그 사실을 알고 나니 몹시 절망스러워지더군. 그 여자에게서 처음으로 사랑이라는 걸 느껴봤거든. 그 얘기가 있고 나서 그 여자는 가버렸어."

차라리 안 듣는 편이 나을 뻔했다.

"그후 병원에서 퇴근하고 나오면 갈 데가 없어 거리를 헤매고 다니는 버릇이 생겼지. 몇 시간이고 길거리를 걷다 보면 마치 남의 기억이 이식된 사이보그가 된 기분에 사로잡히곤 하더군. 누군가에 의해 만들어지긴 했지만 신분을 확인할 길 없는 복제 인간 말이야. 어느 날 나는 여학교 교문 앞에서 우산을 들고 서 있는 자신을 발견했어. 교문에서 빠져나오는 여학생들을 차례차례 눈여겨보면서 말이야. 마치 어머니를 찾고 있는 고아처럼 말이야."

이쯤 되면 정말 심각하다.

"그런 내가 불결하게 느껴져. 그후에도 밤늦게 편의점이나 영화관 앞에 몇 시간씩 서 있곤 했지. 그러다 우연히 강남에 있는 게이 바에 가게 됐어. 얼마 전의 일이야. 그리고 혹시 내가 동성에 끌리는 것은 아닌가라는 생각을 하게 됐지."

불현듯 께름칙한 느낌이 몰려왔다. 그리고 그 느낌은 불길함으로 이어졌다. 머릿속이 뒤죽박죽으로 변하며 그와 마주 앉아 있는 것이 몹시 거북스럽게 생각됐다. 혹시 프러포즈라도 하려고 만나자고 한 것은 아닐까. 지레 그런 염려가 찾아왔다.

미란이 앉아 있는 곳으로 눈을 돌려보니 그녀가 보이지 않았다. 잠시 방심하고 있는 사이 가버린 모양이었다. 서운한 생각이 들었지만 이미 어쩔 수 없게 된 일이었다. 어차피 그녀가 라운지에 계속 머물러 있었다고 해도 만날 수 있는 기회는 오지 않았을 터이었다.

그로부터 주변의 공기가 산만해지면서 혼란스러운 상태가 찾아왔다. 화장실에 다녀온 박윤재가 자리에 앉자마자 느닷없이 이런 말을 던져왔다.

"오늘은 여기서 그만 헤어질까?"

뜨악한 눈으로 나는 그의 표정부터 살폈다. 토요일 오후에 일껏 사람을 불러내놓고 저녁도 먹기 전에 그만 일어나자는 것이다. 그의 표정이 흉하게 일그러져 있었다. 술도 아직 반 병 이상이 남아 있었다. 내가 무슨 실수라도 한 걸까? 대뜸 그런 생각부터 들었다. 왜 그러냐고 물으려다 사정이 있겠거니 싶어 나는 가만히 있었다. 굳이 따지고 싶은 기분이 아니었던 것이다.

"술은 바에 맡겨놓으면 되니까 다음에 와서 마시지."

나는 고개를 끄덕이며 라이터와 담뱃갑을 집어 들고 자리에서 일어났다. 계산은 굳이 그가 맡아서 했다. 카드 전표에 사인을 하고 나서 그는 뒤에 무르춤하게 서 있던 나를 돌아보았다.

"솔직히 기분이 엉망이야."

그의 눈빛은 초점이 흐려 있었고 쫓기는 듯한 초조한 기색이었다.

"무슨 일이 있나?"

속내를 털어놓고 제풀에 과민해져 있는 모양이라고 나는 짐작했다.

"나와 만나고 있는 것이 그렇게 거북스러운가? 어째서 그렇게 불편한 얼굴을 하고 있지?"

"그럴 리가 있나."

입술에 기묘한 웃음을 띠고 그가 내 눈을 마주 보았다.

"아냐, 자넨 나와 만나는 순간부터 마지못해 불려나온 얼굴을 하고 있었어. 그런 데다 내내 안절부절못하고 있더군."

아마 그랬을지도 모른다.

"나 때문에 불쾌한 점이 있었다면 사과하지."

"또 한 가지는 무슨 영문인지 모르겠는데 주위가 조금씩 추워지고 있어. 공기의 느낌이 달라지고 있다구. 밖에 눈이 내리기라도 한 것처럼 말이야."

나는 시선을 돌려 창밖을 내다보았다. 호텔 정문으로 내려가는 가로수길에 낙엽이 툭툭 지고 있었다. 조명을 받은 나무들은 사람이 떨고 서 있는 것처럼 보였다. 그러자 아까 카센터 앞에 서 있던 미란의 모습이 다시금 눈앞에 떠올랐다.

내 모습을 주의 깊게 살펴보며 그가 옆에서 중얼거렸다.

"혹시 나말고 여기서 누군가 다른 사람을 만나기로 했나?"

그 말이 뇌리를 찌르며 순간 몸이 굳어졌다. 대꾸를 못 하고 나는 로비로 나가 주위를 둘러보았다. 그리고 다시 놀라운 장면을 목격했다. 이미 간 줄로 알았던 김미란이 로비 소파에 앉아 있다 나와 눈이 마주치자 엉거주춤 가방을 들고 일어났다. 그러고는 고개를 까닥하며 먼빛으로 알은체를 해왔다. 안경 쓴 남자는 먼저 갔는지 보이지 않았다.

로비로 뒤따라 나온 박윤재가 옆으로 다가와 옆구리를 툭 치며 목에 가래가 걸린 소리로 말했다.

"역시 그랬었군."

변명의 여지가 없었다. 미란이 서 있는 곳을 건너다보며 그가 덧붙였다.

"여자를 만나는 일은 기회를 필요로 하는 일이니까 오늘은 내가 이해하도록 하지. 그럼 다음에 만나."

박윤재는 내게 손을 흔들어 보인 다음 등을 돌려 로비를 빠져나갔다. 미처 뭐라고 변명할 사이도 없었다.

어찌 된 일일까?

나는 머뭇머뭇 미란이 있는 곳으로 다가갔다. 그녀는 무표정에 가까운 얼굴로 내가 다가오는 것을 고양이처럼 지켜보고 있었다. 석 달 사이 그녀의 얼굴은 많이 야위어 있었고 이마의 그 아름다운 흰빛도 사라져 있었다. 내가 입을 열 때까지 그녀는 기다리고 있었다.

"이런 곳에서 다시 만나게 될 줄은 몰랐습니다."

그녀는 팔짱을 낀 자세로 나를 유심히 지켜보고 있다가 눈을 아래로 떨어뜨렸다. 그리고 남들이 알아듣지 못하게 재빨리 속삭였다.

"글쎄, 만났다고 해야 하나요? 저 때문에 친구분이 먼저 가버린 눈치였지만 그게 연우씨 뜻이 아니라는 것쯤은 벌써 눈치 채고 있었어요."

그녀는 몸을 돌려 현관 쪽으로 따박따박 걸어갔다. 괜히 주위를 한 번 돌아보고 나서 나는 그녀의 뒤를 따라나갔다. 밖엔 밤바람이 북서쪽으로 불어가고 있었다. 정문으로 내려가는 길에 노란 낙엽이 수북이 쌓여 있었다. 택시를 잡으려는지 그녀는 현관 앞에 서 있었다. 내가 가까이 다가가자 그녀가 툭 이런 말을 내뱉었다.

"따라오지 말아요. 우연히 다시 만났다고 해서 감정이 왜곡되는 거 원치 않아요. 그걸 무슨 필연으로 착각하지 말란 얘기예요."

만나자마자 왜 화살부터 쏘아대는지 모를 일이었다. 이쪽에서는 아직 아무 말도 하지 않았다. 그제야 나는 그녀가 안경 쓴 남자와 헤어지고 나서 여태껏 로비에 앉아 나를 기다리고 있었다는 것을 깨달았다. 그녀는 지금 그 말을 돌려서 하고 있는 것이었다. 또한 내가 무슨 말을 해올지 기다리고 있는 중이었다.

나는 그녀에게 좀 걷자고 했다.

"아직 저녁 식사 전입니다. 사정이 같으면 어디 가서 밥이라도 먹죠."

조명에 물들어 있는 단풍나무에 시선을 던져둔 채 그녀가 사이를 두었다가 대꾸해왔다.

"그러죠, 좀 춥긴 하지만 걷는 게 낫겠어요. 밥 먹는 일은 차차 생각해보구요."

그녀와 나란히 낙엽 지는 나무들 사이를 지나 호텔을 벗어났다. 그녀는 고개를 숙인 채 몸을 잔뜩 사리고 있었다.

"바빴던 모양입니다. 계절이 바뀌었는데 아직 옷을 갈아입지 못했군요."

듣는지 마는지 장충단공원을 지날 때까지 그녀는 대꾸가 없었다. 나는 슬그머니 옆을 돌아보았다. 그녀는 무슨 생각에 골똘히 잠겨 있었다. 태극당이 보이는 사거리에서 횡단보도를 건너 동국대학교 쪽으로 걸어 올라갈 때였다.

"그렇군요, 그새 계절이 달라졌군요. 7월에 만났으니 말예요."

여름에 만났을 때 들었던 그 탄력적이고 윤기 나는 목소리는 온데간데없었다. 어디가 아픈 것일까.

"아까 신라호텔로 올 때 강남 쪽에서 택시 타고 왔죠?"

나는 문득 걸음을 멈췄다가 다시 앞으로 걸어갔다.

"카센터에 서 있을 때 택시 안에서 어떤 남자가 저를 쳐다보고 있다는 걸 알았죠. 꼭 5분 동안이었어요. 시간을 재고 있었으니까 맞을 거예요."

"……"

"로비에서 딱 5분만 기다렸다 갈 생각이었는데 그게 30분이 돼버렸군요. 참 우습죠? 돌아보니 여름에 제가 프러포즈를 한 셈이었는데 답을 받지도 못하고 나서 또 기다리게 되다니 말예요."

그게 프러포즈였던가. 그렇다면 그런 것이리라.

"내일은 일요일이에요. 그런데 불광동에서 장충동까지 차를 찾으러 올 생각을 하니 까마득하군요. 벌써 이런 일에 짜증이 나다니 저도 이제 나이를 먹나 봐요."

사정은 모르겠으나 그녀는 퍽이나 지쳐 있었다. 여름날 택시 안에 앉아 있던 그녀의 모습이 떠올랐다. 어둠이 내리면 그녀는 감당하기 힘든 적과 매일 싸움을 하게 되는 모양이었다. 새벽에 눈을 뜰 때부터 쌓이기 시작하는 그날 치의 외로움. 싸움의 상대가 어쩌면 그런 게 아닐까 나는 생각하고 있었다. 스물일곱 살. 막연한 자기 환상에서 깨어나 마침내 벌거벗은 외로움과 대면할 나이였다.

방향 없이 제일병원과 동국대 입구를 지나 어느덧 충무로로 접

어들고 있었다. 그녀는 쇼윈도 안에 잠들어 있는 애완견들을 차례
차례 눈여겨보며 걷고 있었다.

"은자 언니는 안나푸르나에 가 있어요. 결국 자비를 들여 간 모
양이에요. 이제 돌아올 때가 됐군요."

그 말에 나는 대꾸를 하지 않았다. 차라리 나는 오늘 그녀를 만
나게 된 경위에 대해 곰곰이 생각해보고 있었다. 그리고 왜 오늘
그녀가 흥분해 있는지를 짐작해보고 있었다. 지난 여름에 단 한 번
만났을 뿐이지만 그녀가 쉽사리 감정을 드러내지 않는 스타일이라
는 것을 알고 있었다.

밤이 깊어갈수록 바람 소리가 요란하게 변하고 있었다. 술이 깨
면서 배가 고파왔다. 하지만 그녀는 밥 먹자는 말을 하지 않았다.
충무로 지하철역까지 와서 그녀는 캄캄하게 주위를 두리번거리다
무언가 생각이 난 듯 같이 갈래요? 하며 슬며시 나를 돌아보았다.
그게 식당이 아니라는 걸 알고 있었으나 나는 그러마고 고개를 끄
덕거렸다. 불현듯 그녀와 다시 만날 수 없으리란 느낌이 든 때문이
었다.

그녀는 지하도를 건너 버스 정류장 앞에 있는 베어가든이라는
지하 술집으로 내려갔다. 인테리어가 단순해서 정갈하게 느껴지는
집이었다. 공기도 부드럽고 따뜻했다. 자리에 앉아 3백 밀리리터
짜리 생맥주를 시키고 나서 그녀는 핸드백에서 담배를 꺼내 물었
다. 그녀가 피우고 있는 담배는 독한 카멜이었고 그녀는 성냥으로
칙 불을 붙이며 설명이 필요 없는 말을 덧붙였다.

"하루에 딱 한 대씩 피워요. 밤 9시 30분에 말예요. 그 시간이 가
장 견디기 힘들거든요. 그때가 되면 어떻게 또 저 긴 밤의 다리를
건너야 할지 아득해져요."

나는 조심스럽게 그녀에게 물었다. 다른 뜻이 있었던 건 아니었다.

"혼자 삽니까?"

얼결에 들킨 표정으로 그녀가 빤히 나를 바라보았다. 아주 잠시 그녀는 스틸 사진처럼 완전히 멈춰 있었다. 숨도 쉬지 않고 눈동자를 내 이마에 고정시킨 채 오후 9시 30분의 자신에 깊이 몰두해 있었다. 그 모습에서 완강한 존재감이 전해져왔다. 그녀의 손끝에서 공중으로 말려 올라간 담배 연기가 귀 옆에서 회색의 가느다란 선이 되어 떠 있었다.

생맥주가 오자 그녀는 담배를 끄고 머리칼을 쓸어 올리고 가방에서 식염수를 꺼내 양쪽 눈가에 한 방울씩 떨어뜨렸다. 훈훈한 대신 공기가 건조했다. 생맥주잔을 입으로 가져가며 그녀가 중얼거렸다. 혼자 사냐고 물은 말에 대한 대답으로 나는 듣고 있었다.

"남자들하고 가끔 술은 마셔도 밥은 먹지 않아요. 왜냐하면 밥은 눈물 같은 것이기 때문이에요."

그게 그런 것인가? 오늘에야 알게 되었다.

"또 그것은 남자 앞에서 옷을 벗는 일과 같은 거예요. 오랫동안 혼자 밥을 먹어본 여자들은 알고 있죠."

아직도 그녀는 어딘가 모르게 흥분해 있는 상태였다. 신라호텔에서 그녀와 만났던 남자의 모습이 잠깐 떠올랐으나 나는 그가 누구인지를 묻지 않았다. 아직은 그럴 만한 관계가 아니었다.

미란은 7월의 얘기를 하고 있었다.

"사람이 누군가에게 관심을 갖는다는 건 그 사람에 대한 객관성을 조금씩 잃어간다는 뜻일 거예요. 괜찮다면 연우씨를 알고 나서 제가 알게 된 객관적인 면을 먼저 얘기하죠. 물론 은자언니한테서 전해 들은 얘기라서 선입견이 작용했을 수도 있어요."

왜 그런 얘기를 해야 한다는 걸까. 그럴 만한 관계가 분명 아니다.

"우선 87년에 연우씨가 무얼 했는지 물어봐도 되겠어요? 참고로 저는 그때 대학교 4학년이었어요. 알다시피 6·29 선언이 있던 해니까 시국이 어수선한 때였죠. 당시 제 주위에는 시위에 참가하고 또 희생된 사람들이 꽤 많았어요. 제가 알기론 그해 연우씨는 사법 시험 준비를 하고 있었어요. 그게 뭐 잘못됐다는 게 아녜요. 하지만 동시대의 사람들이 연우씨를 볼 때는 어쩔 수 없이 세계 인식에 관한 혐의를 둘 수밖에 없어요. 한국 사회의 그 잘난 기득권을 포함한 세속적인 혐의 말예요."

"......"

"시험에 합격하고 나서 판검사 임용을 포기한 이유는 또 뭐죠? 그 같은 혐의에서 슬쩍 벗어나고 싶어서 그랬나요? 아니, 연우씨에겐 동시대 사람들을 상대로 이른바 신의 대리자 역할을 할 자격이 없었던 거예요. 그게 사실이라면 그나마 다행이에요. 세상엔 심판을 받아야 할 사람보다는 변호를 필요로 하는 사람들이 훨씬 더 많은 법이니까요."

그때쯤 해서 나는 얼마쯤 신경이 곤두서 있었다. 내가 그녀에게 시대 인식에 대한 검증을 받아야 할 이유가 없었다. 그러나 나는 묵묵히 듣고 있었다. 그것이 나에 대한 객관의 일부라는 것을 인정해서가 아니었다. 그녀가 왜 그런 말을 하고 있는지 알고 싶었기 때문이었다.

"조금 더 얘기할게요. 그 동안 가슴에 묻어뒀던 얘기를 털어놓고 나면 이제 더 이상 연우씨에 대한 미련이 남지 않을 것 같으니까요."

역시 자존심 때문에 나를 여기까지 데리고 온 모양이었다.

"연우씨에게 관심을 갖게 된 건 어떤 짧은 한순간의 일이었어요. 언젠가 얘기한 것 같기도 하지만 택시 안에서 본 잠시의 당신 우울에 이끌려버렸던 거죠. 그 우울의 정체가 무엇일까 곰곰이 생각하다 보니 조금씩 연우씨에 대한 객관성을 잃게 되더군요."

그녀는 팩시밀리로 보낸 노먼 매클린의 글에 대해서도 얘기했다. 새 잔이 와서 잠시 말이 끊겼다.

"그것은 신의 존재를 얘기한 것이지만 연우씨의 그 우울한 모습을 보며 마음에 많은 것들이 숨겨져 있을 거라는 느낌이 들더군요. 이를테면 슬픔처럼 투명하고 아름다운 것들이 말예요."

나는 그녀가 여름날 택시 안에서 읊조렸던 시를 되새겨보고 있었다. 어떤 바위 위에는 영겁의 빗방울이 머물고, 바위들 밑에는 말씀이 있고, 말씀의 일부는 그들의 것.

"저는 호기심과 질투심이 많은 여자예요. 속물까지는 아니더라도 나이를 먹어가면서 조금은 세속적이 돼버렸구요. 순수가 빠져나간 자리에 욕망과 질투심이 들어와 자리를 차지하더군요. 아무튼 학생 때와는 많이 달라졌어요. 로버트 레드퍼드를 좋아하는 것만 빼놓고 말예요."

나는 세 잔째의 생맥주를 마시고 있었고 그녀는 두 개비째 담배를 피우고 있었다. 야릇한 피로가 몰려왔으나 나는 조용히 참아내고 있었다.

"제가 완전한 속물이었다면 연우씨에겐 관심을 두지 않았을 거예요. 행복이란 역시 객관적인 범위 안에서 찾아내야 안전이 보장되는 거니까요. 더욱이 호기심이란 것이 번번이 실망을 뜻하는 말이고 보면 당신의 그 알 수 없는 부분이 얼마든지 제게 상처를 가져다 줄 수도 있는 거니까요. 요컨대 불행의 가능성을 없애기 위해서라도 미리 완강히 외면했을 거란 얘기죠. 모르겠어요, 제가 잃어버렸던 그 순수라는 것을 연우씨에게서 다시 보았던 것인지."

그녀는 나에 대해 나 자신보다 더 많은 것을 알고 있었다. 감탄스러울 정도였다.

"그래도 역시 호기심만큼은 버리기가 힘들더군요. 아니, 오히려 질투심에 가깝겠죠. 그런 자신에게 종종 절망을 느낄 때가 있어요. 그것이 제 본질이라면 불행한 쪽으로 자꾸 끌려가고 있는 게 아닌가 싶어서 말예요."

담배를 피워 물며 나는 꺼끌하게 되받았다.

"하마터면 나에 대한 많은 것들을 모르고 살 뻔했습니다."

그제야 그녀는 곤혹스런 표정으로 눈을 테이블 아래로 떨어뜨렸다.

"주제넘은 말을 많이 했어요. 상처가 됐다면 용서하세요."

기둥에 못을 박았다 뺀다고 해도 자국은 남게 마련이다. 용서를 한다고 해서 기억을 피해갈 수는 없다. 하지만 어쩌랴. 그녀는 자신이 말한 대로 호기심과 질투심이 강하고 상처받은 자존심이 있으면 상대에게 반드시 되돌려줘야만 하는 사람이었다.

11시쯤 밖으로 나와 그녀를 집까지 데려다 주었다. 내가 강남으로 집을 옮긴 것을 알면서도 그녀가 그렇게 원했던 것이다. 왜 그랬을까. 함부로 화살을 쏘아대고 나서 제풀에 무너져 있었는지도 모른다.

택시 안에 앉아 있는 동안 나는 문득 그녀와 가까워졌음을 느끼고 있었다. 아까 신라호텔에서 나와 마주쳤을 때의 심정은 알 수 없었으나 지금은 그녀도 그렇게 느끼고 있는 듯했다. 아주 선명하게 그 느낌이 몸과 마음으로 전해져왔다. 아니나 다를까. 그 모든 하루의 흥분이 잠잠해지고 나서 그녀가 내게 고백조의 말을 던져왔다.

"단점보다 장점이 많은 여자이고 싶어 무척 노력하며 살아왔어요. 곰곰이 따져보면 불행해지는 게 싫었던 거예요. 또 아버지가 없이 자라와서 그런지 가부장적인 풍경에 대한 환상도 가지고 있었구요. 겉으론 절대 아니라고 하면서 말이죠."

한편 이해할 수 있는 일이다. 사람은 결코 자기가 살아온 환경으로부터 자유로울 수가 없다. 부재는 역시 부재를 남기게 마련이다.

"혼자 살다 보니 어쩔 수 없이 타인에 대해 방어적이 되고 또 그만큼 내가 커 보이더군요. 지금도 여전히 그래요. 저는 연우씨처럼 자신의 한쪽 부분을 온전히 비워놓고 살지 못해요. 남이 들어와 쉴 수 있는 공간 말예요. 욕심이 많은 거죠."

정도의 차이가 있겠으나 욕심 없는 사람은 본 적이 없다. 그게 사람들이 곧잘 빠져드는 함정이기도 하다.

집에 가까워질 무렵 그녀가 넌지시 물어왔다. 혹은 서슴없이.

"전에 어떤 여자를 크게 사랑한 적이 있죠? 처음 만났을 때 이미 알아봤어요. 그런 남자는 다른 여자 앞에서 말이 없죠. 왜냐하면 전에 만났던 여자한테 이미 모든 얘길 다 해버렸기 때문이에요."

그런가.

"저는 아마 그 여자를 질투하기 시작한 모양이에요. 정말 어리석죠."

그녀는 내가 가슴속에 깊이 감춰두고 있는 상처나 약점에 대해서까지 훤히 꿰뚫어보고 있었다. 시간이 지나면서 그 점이 오히려 마음을 편하게 했다. 왜. 그 동안 기댈 사람을 찾고 있었던 걸까. 사람은 가끔 누군가에게 기대고 싶을 때가 있다. 그런데 그런 사람은 식구처럼 나를 잘 알고 있는 사람이어야 한다. 비록 내가 잘못한 일이 있더라도 그 순간만큼은 나를 두둔해줄 수 있는 사람 말이다.

나는 몸을 고쳐 앉으며 짐짓 그녀를 밀어냈다.

"나한테는 미란씨가 찾는 게 없을지도 모릅니다. 그러니 언제든 가고 싶으면 가도 됩니다. 행복이란 것은 역시 상식과 객관성 속에서 찾아야 할 겁니다. 이른바 세속에서 말입니다. 나는 냉정한 사람이고 어느 때든 사람에 대한 포기를 잘하는 스타일입니다. 지향하던 바가 아니었는데 어느 날 내가 그런 사람이라는 걸 알게 되더군요."

목에 걸린 소리로 그녀가 되받았다.

"그게 누구 때문인데요? 혹시 전에 만났던 여자 때문인가요?"

왜 또 그렇게 묻는단 말인가.

"가라면 못 가게 마련이에요. 그러니 그런 말 할 필요 없어요."

어쩌다 보니 밀어낸다고 한 말이 결국 서로를 받아들이는 말이 되고 말았다.

그런데 그날 내가 한 가지 모르고 지나간 것이 있었다. 그녀가 내게 중대한 고백을 하고 있었다는 것을 전혀 눈치 채지 못하고 있었던 것이다. 그녀가 신라호텔에서 만났던 그 남자에 대해서 말이다.

오후 9시 30분의 고독

미란을 만나고부터 몇 년 동안 사실상 끊고 지내던 술을 다시 입에 대기 시작했다. 마시면 많이 마시는 스타일이라 일요일 아침이면 늘 머리가 무거웠다. 토요일마다 그녀를 만났으니 당연한 일이었다. 그런데 취해가고 있으면 여지없이 오미란의 모습이 눈앞에 떠오르곤 했다. 난감한 일이었다. 김미란을 만나기 전에는 오히려 없던 일이었다.

그립고 그립고 또 그리워서 견딜 수가 없었다.

미란과 만나는 동안 날이 급격히 추워졌다. 색색으로 아름답던 거리의 나무들이 헐벗은 모습을 드러내며 어느 날 서리가 내리고 11월 중순에는 급기야 강원도 산간 지방에 첫눈이 내렸다. 사람이 그리워지는 계절이었다.

미란을 만나게 된 게 어쩌면 다행이었는지도 모른다. 그녀를 만나면서 나는 정종에 맛을 들였고 미란은 우동을 아주 좋아하게 되었다. 그녀와 나는 늦은 밤 식당 유리문에 서린 김을 보고 들어가

정종에 꼬치우동을 먹거나 겨울옷을 사러 백화점에 가곤 했다. 대개는 토요일 오후에 만나 영화를 한 편 보고 난 다음의 일이었다.

그녀는 옷과 가방과 신발에 대한 집착이 심한 편이었다. 대개의 여자들이 그렇다는 것을 알고 있었으나 나로서는 좀 의외였다. 다른 것은 꼭 필요한 것이 아니면 놀랄 만큼 꼼꼼하게 계산해 검소한 소비를 하면서도 특히 가방에 대해서는 거의 맹목적인 집착을 보였다. 꼭 비싼 것을 좋아하는 것도 아니었다. 이태리제 프라다 가방은 값이 워낙 비싸 몇 년 전부터 갖고 싶어하는데도 아직 살 엄두를 못 내고 있었다. 단순하게 말하면 그녀는 늘 손에 무언가를 들고 있어야만 안심이 되는 사람이었다. 그런데 그것이 가방이 아니고 무엇이랴.

미란은 하루도 거르지 않고 저녁마다 내게 전화를 걸어왔다. 그녀가 담배를 피우는 시각인 밤 9시 30분이었다. 내가 밖에서 사람을 만나고 있을 때도 어김없이 그 시각에 전화를 걸어와 유치원에 다녀온 아이처럼 하루 치의 얘기들을 낱낱이 늘어놓았다. 때로 난처한 경우가 있었으나 그녀는 그것에 대해 감안을 한다거나 별로 염두에 두지 않았다. 그때마다 오히려 이쪽에서 배려를 해야만 했다.

자주 만나게 되면서 나 역시 그녀에 대한 객관성을 조금씩 잃어가고 있었다. 가끔 타인의 시선을 통해 그녀에 대한 스케치를 듣는 경우가 있었다. 어느 날 친구들과 술자리를 함께한 적이 있었는데 그 중 한 녀석이 귓속말로 내게 이런 말을 속삭여왔다.

"매우 상냥하고 지적인 아가씨로군. 하지만 타인에 대해선 왠지 조금도 친절하지가 않아. 그 같은 냉정을 두고두고 견뎌낼 수 있겠어?"

내 장래까지 걱정해주는 것은 고마운 일이었으나 어느덧 나는 그런 말이 귀에 들리지 않았다. 또 어떤 친구는 이런 말을 하기도 했다.

"좀처럼 빈틈이 안 보이는 사람이군. 더군다나 매력적이고 말이야. 자네에게 잘 어울리는 타입이야. 장차 관리를 맡겨도 되겠어."

어떤 쪽이 미란에 대한 보다 객관적인 시선이었는지 모르지만 내가 보기에 그녀는 두 가지 면을 다 가지고 있었다. 그런데 남녀 관계에서 정작 중요한 것은 남들이 미처 눈치 채지 못하거나 알아낼 수 없는 부분이라는 것이다. 그것을 서로 알아가는 과정에서 고유한 관계가 성립되는 것이다. 가령 미란이 이런 말을 할 때 나는 그녀에 대해 보다 애틋한 감정에 사로잡히곤 했다.

"경주의 가을 햇빛이 얼마나 등과 이마를 따뜻하게 하는지 모르죠. 가을이 깊어지면 마음이 허전하고 안타까워지잖아요. 그럴 때마다 기와집 처마 밑을 가방을 들고 한참이나 따라 걷곤 했어요. 거리의 커다란 무덤들을 외롭게 바라보면서 말예요. 여중 때였는데 그때부터 벌써 남자가 그리워지더군요."

"남자의 몸 말인가?"

"솔직히 말하면 그것을 포함해서겠죠."

그래, 솔직해서 좋다.

첫 키스는 그녀의 자동차 안에서였다. 12월로 접어드는 어느 토요일 밤 양수리에서 저녁을 먹고 나오던 길이었다. 그녀의 낡은 엑셀 자동차가 마침 고장을 일으켜주었다. 카페의 불빛들이 강물에서 황금빛 용수철처럼 꿈틀거리고 있는 것을 각자 불안하게 내다보다 내가 그녀의 뒤통수를 감싸쥐고 고개를 돌리게 해 이마에 입술을 맞췄다. 그리고 다시 모른 척 강물을 바라보며 서로 굳게 입을 다물고 있었다.

그녀의 이마에서 내 입술로 전해진 화장품 냄새가 코로 스며들어오고 있었다. 이런 일쯤이야 싶었지만 어느새 손바닥에 식은땀이 배어 있었다. 그녀는 숨을 멈추고 미라처럼 앉아 있었다. 미세한 기척조차 없었다. 무려 5분쯤 그런 상태로 있다가 나는 다시 몸을 돌려 그녀의 어깨를 끌어당겼다. 반사적으로 그녀의 몸에 힘이 들어갔다. 나는 잠깐 손을 떼었다가 이번에는 등을 잡아당겼다. 그제야 그녀의 어깨가 비스듬히 내 목에 와 닿았다.

이윽고 나는 그녀의 입술을 더듬어 내 입술을 갖다 댔다. 코가 서로 맞닿아 고개를 오른쪽으로 갸웃이 돌리고 나는 그녀의 아랫입술을 지그시 물었다. 비릿한 루주 냄새가 콧가에 스몄다. 그녀의 코에서 새나온 날숨이 내 왼쪽 뺨에 따뜻하게 부딪혀왔다. 나는 그녀의 윗입술로 입을 옮겨갔다. 그때 그녀의 입은 미세하게 벌어져 있었고 그리하여 가지런한 이가 내 혀 끝에 와 닿았다. 마침내 코로 숨을 쉬기가 벅찼던지 그녀의 입에서 더운 공기가 내 입 안으로 밀려 들어왔다. 그러나 소리는 내지 않았다. 마침내 내 손이 저절로 그녀의 가슴으로 옮겨가자, 그녀가 싫어요! 하며 저지하듯 오른쪽 손바닥을 내 심장 부위에 정면으로 갖다 댔다.

또 한참 동안 서로 딴사람처럼 창밖을 통해 강물을 내다보고 있었다. 그녀는 9시 30분이 아닌데도 담배를 피우고 나서 가방에서 손수건을 꺼내 내게 입술을 닦으라고 내밀었다. 그리고 콤팩트를 꺼내 입술에 다시 루주를 발랐다.

그러고 나자 곧 보험 회사 차량이 도착했다.

서울에 도착해 지하철 서초역 근처에 있는 '물고기 두 마리'란 횟집에서 둘이 술을 마셨다. 양수리에서 있었던 일에 대해 그녀는

아무 멘트가 없었다. 대신 좀 엉뚱하게 들리긴 했지만 이런 말을
하는 것이었다.

"첫눈이 내리기 전에 폐차를 시키거나 중고차 시장에 내다 팔 생
각이었는데 당분간 더 타고 다녀야겠군요. 허구한 날 말썽을 일으
키는데 요긴하게 쓸 때가 있긴 하네요."

어쩐지 묘하게 들려 나도 맞장구를 쳤다.

"성욕인지 사랑이었는지 알고 싶지 않아? 만약에 성욕이었다면
간담이 서늘할 텐데."

술을 입에 대지 않고 있던 그녀가 복어 꼬리가 들어가 있는 정종
을 주문했다. 그리고 다시 담배를 피워 물었다. 자정이었다. 잔을
앞에 놓고 그녀가 침착하게 되받았다.

"차라리 처음이었는지 아니었는지를 물어봐요. 그렇다면 분명하
게 잘 대답할 수 있으니까요."

뜻을 알아들었지만 그런 질문은 하고 싶지 않았다. 내가 가지고
있지 않은 것을 상대에게 추궁하거나 요구할 수는 없는 일이다. 그
런 면에서 나는 매우 객관적이고 또 수평을 추구하는 사람이다.

"연우씨를 만나면서 전혀 뜻밖의 것을 알게 됐어요. 자학하는 습
관이 있더군요. 뭐, 괜찮아요. 하지만 언젠가는 왜 그런지 이유를
분명히 밝혀주세요. 그것도 모른 채 매번 그런 모습을 잠자코 견뎌
낼 수는 없는 일이니까요. 알아요, 저한테 기댈 데가 별로 없다는
것을. 하지만 앞으로 그런 연우씨까지도 받아들이고 싶은 게 지금
의 제 진심이에요. 그때까지 기다리든지 아니면 자제하세요. 술집
에 앉아 그런 모습 보이는 거 별로 어울리지 않아요. 자신이 주장
한 대로 연우씨는 차갑고 냉정한 사람이에요. 만약 따뜻한 것만을
원했다면 대학 때 첫 키스를 한 남자와 아직도 계속 만나고 있을

거예요."

차가움과 따뜻함의 차이에 대해서까지 그녀는 친절하게 설명해
주었다.

"얼음의 차가운 동결성을 저는 좋아해요. 그 완강한 아름다움 말
예요. 그것이 어느 날 한꺼번에 눈물이 되어 사라진다 해도 저로서
는 그편이 한결 나아요. 따뜻한 것은 제게 우유부단함이고 동시에
빈번하게 변하는 그 무엇이에요. 술을 마시더라도 평소의 연우씨
답게 똑바로 앉아서 간격을 유지하며 흔쾌히 드시도록 하세요. 하
필 내가 선택한 남자 앞에서 비참해지고 싶지 않아요. 여자들이 왜
남자들의 폭력 앞에서 그토록 절망하는지 알아요? 정말 어떻게 해
볼 수 없이 고스란히 무기력해지기 때문이에요. 그런 식으로 마음
을 잃어가고 싶지 않아요."

그후 나는 그녀 앞에서 다시는 그와 같은 모습을 보이지 않았다.
그렇게 약속했던 것이다.

12월 둘째 주 토요일 밤에 그녀의 집에서 첫 관계를 가졌다. 그
게 중요하지 않을는지도 모르지만 그래도 역시 중요한 일이다. 아
침에 겨울비가 내리고 난 다음 오후부터 바람이 불기 시작하면서
기온이 영하로 떨어진 날이었다.

그녀와 여름에 처음 만나고 나서 약 5개월이 지났을 때였다. 또
신라호텔에서 우연히 만난 후 두 달이 돼갈 무렵이었다. 오후 7시
에 사무실을 나와 신촌에 있는 '게스 마니아'란 카페에서 그녀와
만났다. 그녀는 두툼한 보랏빛의 코트를 입고 있었고 목에는 연둣
빛의 물방울 무늬가 있는 노란 스카프를 매고 있었다.

그날따라 미란은 얼굴이 흐려 있었다. 약간 핀이 어긋나게 찍힌
사진처럼 어딘가 모르게 윤곽이 흐트러져 있었다. 눈치를 살피다

넌지시 무슨 일이 있냐고 묻자 그녀는 깜짝 놀라는 시늉을 하며 고개를 가로저었다.

"환절기엔 으레껏 마음이 어수선하잖아요. 날이 추워지니까 몸에 마음을 끼워 맞추기가 쉽지 않네요. 이제 곧 스물여덟이라는 자각도 들구요. 어쩌다 보니 벌써 서른이 가까워졌어요. 외로움만 턱없이 늘어나고 더 이상 새로워지는 게 없어요. 조금씩 늙어가는 걸까요?"

내 경우 늙음은 스물네 살 때부터 시작됐다. 그후로는 만성 적자다. 그날 미란에게서 다섯 살 때 죽은 아버지에 대한 얘기를 들었다. 무남독녀 외동딸이라는 말을 듣고 성격의 일단을 이해했다. 어머니에 대한 얘기는 별로 없었으나 그래도 몇 마디 기억에 남는 말이 있다.

"아직도 믿을 수 없을 만큼 젊고 아름다운 여자죠. 평생을 거의 혼자로 살아서 그런가요. 질투심이 고스란히 남아 있는 데다 쉬지 않고 자신을 가꿔 이젠 상대가 없을 정도죠. 제가 유일하게 경쟁심을 느끼는 여자예요. 어떤 땐 견딜 수 없을 정도죠. 그다지 닮고 싶지 않았는데 피 때문에 그런지 어쩔 수 없이 비슷한 점들이 자꾸 느껴져요. 가령 백화점에 가서 옷을 고르다 보면 결국 엄마 취향의 옷을 고르게 된단 말이죠. 신발이나 가방도 마찬가지예요. 아무래도 다른 것은 마음에 들지 않는 거예요. 언뜻 자연스러운 것 같지만 저로서는 그게 갑갑하게 느껴질 때가 많아요. 저쪽은 벌써 이쪽을 떠났는데 저는 아직도 어머니란 존재에 매달려 있는 것 같아서 말예요."

"그게 무슨 뜻이지?"

"나중에 알게 될 거예요."

이렇게 말하고 나서 그녀가 돌연 이런 질문을 해왔다.

"우리가 만나온 게 여름부턴가요 아니면 가을부턴가요?"

여름이라고 나는 대답했다. 그때 첫 만남이 없었더라면 가을의 두번째 만남에서 그토록 많은 말들을 주고받지는 않았을 터이었다. 그렇죠? 라고 건조하게 되받으며 그녀는 핸드백에서 담배를 꺼내 물었다.

고적한 모습으로 담배를 피우며 그때 그녀가 혼잣말로 중얼거리는 소리를 나는 훔쳐 듣고 있었다.

"집에 포도주가 한 병 있는데 3년째 오디오 옆에 먼지를 뒤집어쓴 채 서 있어요. 글쎄, 왜 그런지 제가 살고 있는 집엔 아무도 와보려 하지 않아요. 이상하죠. 못 오게 막은 것도 아닌데 말이죠."

빈속에 마신 술이 뒤통수를 물결처럼 흔들어놓고 있었다. 그녀의 감색 스웨터 앞자락에서 진주 목걸이가 소리 없이 흔들리고 있었다. 그녀는 밤 9시 30분에 대해서 얘기하고 있었다. 그 시각은 20여 년 전 그녀의 아버지가 교통사고로 사망한 시각이었다.

"그 시간만 되면 미세한 소리를 내며 살이 뼈 가까이로 내려앉는 느낌이 들어요. 더불어 세상이 목탄화처럼 음울하게 변해버리죠. 그럼 늘 눈앞에 떠오르는 게 있어요. 그 동안 살아오면서 상실한 것들 말예요. 잃어버린 게 너무 많아요. 대개는 되찾을 수 없는 것들이죠. 유년의 어느 저녁에 어디서 날아왔는지 풍뎅이 한 마리가 창틀에 앉아 있더군요. 살금살금 다가가 잡으려고 하자 풍뎅이는 한여름밤의 꿈인 양 어둠 속으로 푸르르 날아가버리더군요. 그런 식으로 잃어버린 것들이 의외로 많아요. 그 중엔 연우씨가 알게 되면 실망할지도 모르는 것들이 섞여 있어요."

그 말을 듣고 있는 동안 불현듯 그녀를 껴안고 싶다는 욕망이 솟아올랐다. 그래서 그랬을까. 이어 내 입에서 다소 공격적으로 들리는 말이 흘러나왔다.

"지금 내게 고백하고 있는 건가?"

물끄러미 술잔을 들여다보고 있던 그녀의 몸이 움찔하니 떨렸다. 내가 돌연 거칠게 물었기 때문인지도 모른다. 그녀는 그날 내가 아니라 분명 자신과의 싸움에서 지고 있었다. 고개를 숙인 채 미동 없이 앉아 있던 그녀가 잠시 후에 목구멍에 모래가 들어찬 소리로 대꾸해왔다.

"말투가 매섭군요. 맞아요, 고백이에요. 하지만 그렇다고 해서 제가 당신의 피고가 된 것은 아니에요."

그로부터 어색하게 10분쯤 더 앉아 있다 11시가 가까워졌을 때 카페에서 나왔다. 바람은 잠시 잠들어 있었으나 눈이라도 퍼부을 듯 하늘이 축축하고 무거운 빛으로 머리 위에 내려와 있었다. 신촌 로터리로 나와 나는 언제나처럼 그녀를 불광동까지 데려다 주기 위해 길에서 택시를 잡았다. 그때 뒤에서 그녀가 속삭여왔다.

"오늘은 혼자 갈 테니, 그냥 가세요."

강남과는 반대 방향이었으므로 나는 잡았던 택시를 보내고 뒤로 돌아섰다. 그리고 그녀 앞으로 다가갔다.

"내게도 한 번쯤 고백할 기회를 줘야 하지 않겠어? 듣겠다면 말이야."

빤히 나를 바라보고 있었으나 그녀는 좀처럼 반응이 없었다. 다시 택시를 잡고 나는 그녀에게 타라고 했다. 불안한 동작으로 그녀는 코트 자락을 잡고 먼저 택시에 올라탔다. 거리에 다시 바람이 드세져 있었다.

12월 중순은 도시에 아무것도 존재하지 않는 계절이다. 나뭇잎은 다 떨어져 앙상한 가지를 드러내고 있고 눈은 좀처럼 내리지 않고 어디서 불어온 것인지 모를 찬 바람만 거리를 공허하게 휩쓸며 다니고 있다.

미란과 택시에 앉아 있는 동안 그날 밤 내가 그녀의 집에서 머물게 되리라는 예감을 받았다.

"짐작한 대로 전에 마음을 가져간 사람이 있어. 가령 이런 식이었지. 얘기를 나누는 도중 화장실에 갈 것처럼 가방을 놓아둔 채 슬그머니 자리를 떠서 영영 돌아오지 않는 경우 말이야. 이해할 수 있겠어?"

대꾸하지 않고 그녀는 고개만 끄덕거렸다.

"고의적으로 그랬을까. 아마 그랬던 것 같기도 해. 나로 하여금 두고두고 잊지 못하게 말이야. 그렇다고 해도 그 사람을 원망할 수는 없어. 그쪽도 그때 되찾을 수 없는 것을 내게 남기고 간 셈이니까. 이를테면 빈 의자에 놓여 있는 가방 같은 걸 말하는 거겠지."

그녀는 숨을 죽인 채 내 얘기를 엿듣고 있었다. 주관식 시험지를 내려다보는 표정으로.

"지금은 어디에 있는지 몰라. 가끔 생각날 때가 있지. 알다시피 그건 다시 만나고 싶다는 감정과는 조금 다른 거야. 솔직히 말하면 당신을 만나고 나서부터 더 자주 생각이 나."

거기서 그녀가 꺼끌하게 되받았다.

"왜 그런 거죠? 거기에 무슨 이유라도 있나요?"

묻지 않을 수 없었을 것이다. 고백의 기회는 단 한 번뿐인데 그때 나는 잘못하고 있었던 것일까. 차마 그 여자의 이름이 미란이라는 것은 밝힐 수 없었다. 그것까지는 말할 필요가 없다고 판단했던 것이다. 나는 에둘러서 말했다.

"그후 당신을 만나기 전까지는 아무도 만나지 않은 이유가 가장 크겠지."

그녀는 무릎 위에 놓여 있는 가방 끈을 만지작거리며 길게 침묵하고 있었다. 집이 가까워질 무렵 그녀가 전혀 생각지도 않았던 말을 꺼냈다.

"앞으로 저말고도 다른 여자를 만날 기회가 있을 텐데 그때도 이런 고백을 할 건가요?"

반사적으로 나는 옆을 돌아보았고 그녀는 모른 척 재빨리 가방에서 지갑을 꺼내 택시비를 낼 준비를 하고 있었다.

택시에서 내려 그녀는 뒤도 돌아보지 않은 채 아파트 현관으로 들어가 엘리베이터 앞까지 곧장 걸어갔다. 엘리베이터가 내려오는 사이 나는 그녀의 옆에 가 섰고 그 순간 그녀가 극도로 신경이 곤두서 있다는 것을 눈치 챘다. 왜냐고 묻기도 전에 그녀가 밭은 소리를 냈다.

"네, 다 잘 알겠어요. 그런데 굳이 택시 안에서 그런 말을 할 필요는 없잖아요. 그게 고백이라면 좀더 진지해야 되지 않았어요?"

엘리베이터에서 내려 아파트 문 앞에 이르러서야 그녀는 내가 옆에 와 있음을 깨달은 모양이었다. 얼결에 그렇게 된 일이었고 그녀는 당황하고 있었다. 문을 막고 서서 그녀가 슬그머니 나를 밀어냈다.

"이러려고 했던 게 아니에요. 그러니 그만 돌아가세요."

그러나 이런 모습으로 돌아가고 싶지는 않았다. 그 순간을 무슨 기회라고 생각해서가 아니었다. 이대로 물러서거나 밀려나면 앞으로 그녀와 만나기가 힘들어질 것 같았다. 그녀와 계속 만나기 위해서는 이쯤에서 한 가닥 매듭이 필요하다는 것을 깨달았다. 그녀는 복잡 미묘한 표정으로 나를 바라보고 있었다. 떨고 있었다.

"방금 내게 가라고 한 것 같은데 그렇다면 아주 가란 말인가? 어설프게 위협 따위를 하고 있는 게 아니야. 다만 이렇게 물을 수밖에 없는 것은 오늘 당신에게 누구에게도 하지 않은 어려운 고백을 했기 때문이야. 그러니까 이쯤에서 일단의 선택을 해줘야겠어. 당신이 막고 서 있는 문 앞에서 나 역시 오래 서 있고 싶지는 않아."

그녀는 말을 더듬거리고 있었다.

"그런 식으로 사람 몰아붙이지 말아요. 오늘 연우씨도 까닭 없이 신경이 곤두서 있다는 거 알아요? 그게 무엇 때문인지 우선 설명해봐요."

"얼마 전부터 나도 저녁 9시 30분이 되면 덩달아 주위가 불안정해지고 있어. 말하자면 당신 리듬에 따라 흔들리고 있는 거야. 사무실에 있을 때도 그 시각만 되면 그네 위에서 혼자 제멋대로 흔들리고 있다는 느낌이 든단 말이야. 때론 멀미가 느껴질 지경이야. 그렇다면 이제는 좀더 가까워지거나 멀어지는 수밖에 없는 거야."

"지금 저를 위협하고 있다는 거 알아요?"

"더 들어봐. 당신은 나를 만날 때마다 집까지 바래다주기를 원했고 나는 영문도 모른 채 그렇게 했어. 하지만 한 번도 안으로 들어오라는 말은 하지 않았지. 언제나 지금처럼 나를 막고 있었던 거야. 그렇다면 왜 그랬는지 설명해봐. 오늘만 해도 택시 안이 아니면 도대체 어디서 그런 말을 하느냔 말이야."

그녀의 눈동자에 실고춧빛의 핏기가 몰려 올라오고 있었다.

"……막은 게 아녜요. 실은 연우씨가 먼저 커피나 한잔 하고 갈까? 뭐, 이런 식으로 말해오길 기다렸던 거예요. 하지만 그런 말 하지 않았잖아요."

아닌 게 아니라 내가 그녀를 코너로 몰아붙이고 있다는 생각이 들었다. 나는 맥없이 고개를 끄덕이며 그녀에게 그만 안으로 들어가보라고 했다. 속눈썹을 떨며 내 눈을 마주 보고 있다가 그녀는 이윽고 몸을 돌려 문을 열고 안으로 들어갔다.

그리고 문이 닫혔다.

아파트 단지 앞에서 담배를 한 대 피우고 나서 나는 공중전화 부스에 들어가 미란에게 전화를 걸었다. 돌아가더라도 그녀의 마음을 가볍게 해주고 싶었다. 그녀가 조용한 소리로 말해왔다.

"지금 연우씨가 전화를 걸고 있는 공중전화 부스를 내려다보고 있어요."

나는 잠자코 다음 말을 기다렸다.

"여름처럼 또 가버리면 안 되겠기에 전화 기다리고 있었어요."

"그때는 당신에게 뭔가 다시 생각할 기회를 주고 싶어서 그랬던 거야. 만약 우산을 빌려갔더라면 돌려줘야 하는 게 당연한 거야. 무슨 뜻인지 알겠지? 사람에겐 역시 생각할 시간이 필요하단 말이야."

"잘했어요. 어떻게 들어도 상관없지만 그날 연우씨가 제 집에 들어오겠다고 했어도 저는 그냥 받아들였을지 몰라요. 유독 마음이 힘든 날이었어요. 그날 그렇게 됐다면 물론 다시는 만날 수 없었겠죠."

공중전화 부스가 바람에 웅웅거리고 있었다.

"돌아오는 길이라 좀 멀게 느껴지긴 하겠지만 다시 엘리베이터를 타고 제가 살고 있는 집으로 올라와줄래요? 더 이상 아무 말도 하지 말구요. 기다리고 있을게요."

전화 부스 안에서 아파트를 올려다보았으나 그녀가 어디서 나를 내려다보고 있는지는 알 수 없었다.

문 앞에서 12시 정각이 되기를 기다렸다가 나는 초인종을 눌렀다. 어제 일을 어제로 떠나보낸 후에 그녀와 다시 만나고 싶은 마음에서였다. 약 1분간의 긴 시간이 흐른 다음 미란이 문을 열어주었다.

그녀는 15평쯤 되는 아파트에 살고 있었다. 그사이 평상복으로 갈아입고 그녀는 주방에서 차를 끓이고 있었다. 그때껏 혼자 사는 여자 집을 구경한 적이 없었으므로 나는 우두커니 소파에 앉아 주위를 둘러보고 있었다. 비좁은 거실엔 인켈 오디오 시스템이 놓여 있었고 벽에는 예의 로버트 레드퍼드의 브로마이드와 타이 항공에서 발행한 달력이 걸려 있었고 거실 한쪽 구석엔 우리나라 들꽃 화분이 몇 개 놓여 있었다. 그 옆에 푸른빛이 도는 주머니 모양의 작은 어항이 있었는데 웬일인지 금붕어가 한 마리밖에 없었다. 어항 너머로 내가 어제 그녀에게 전화를 건 공중전화 부스가 내려다보였다.

홍차를 가져다 놓고 나서 그녀는 내 양복 윗도리를 옷걸이에 걸고 욕실에서 세수를 하고 나와 오디오 옆에 있던 포도주를 테이블에 올려놓았다. 그리고 치즈와 햄 안주를 주방에서 내왔다. 그 모든 동작이 부산스럽게 느껴졌다. 그래서 그녀가 긴장하고 있음을 알았다. 밖에선 여전히 바람이 웅웅거리며 몰려가고 있었다.

거리에 아무것도 존재하지 않는 계절. 12월. 그녀가 벽 한구석에 가로등처럼 서 있는 스탠드의 불을 켜고 실내등을 껐다. 그리고 티테이블을 사이에 두고 앞에 와 앉았다. 그러나 그녀는 내 눈을 얼른 마주 보지 못하고 손끝을 떨고 있었다. 숨을 낮게 몰아쉬며 그녀는 베란다 밖을 자주 돌아보곤 하는 무의미한 동작을 되풀이하고 있었다. 그녀가 고개를 돌릴 때마다 나는 자동적으로 어항 속의 금붕어에게로 시선이 갔다.

저, 말이죠…… 하며 그녀가 입을 열었다.

"솔직히 저 좀 떨리거든요. 이해할 수 있겠죠?"

나도 떨고 있기는 마찬가지였다. 포도주를 두어 모금 나누어 마신 다음 그녀가 내게 할 말이 있다고 했다. 그런데 그게 유치한 질문이 될지도 몰라요, 하며 그녀가 내 이마에 시선을 똑바로 고정시켰다. 그리고 얼굴을 붉힌 채 물어왔다.

"어떤 여자였어요? 알겠지만 처음이자 마지막으로 묻는 거예요."

어제로 고백과 질문의 시간이 모두 지난 줄 알았는데 그게 아닌 모양이었다. 솔직해질 마지막 기회라 생각하고 나는 솔직하게 털어놓았다.

"어떤 점에 있어서는 당신과 닮은 여자야. 그렇다고 그 동안 비슷한 사람을 찾고 있었다는 얘기는 아니야. 질문을 받고 나니 그런 생각이 든다는 거지."

"저와 다른 점을 묻고 있는 거예요."

나는 생각했다. 미란과 미란이 다른 점을.

"당신처럼 영리하지는 않지만 그쪽이 좀더 맑은가…… 맑음이 독인가…… 당신처럼 사는 일에 다부지지가 못해. 결국엔 자신이 가지고 있는 순결을 하나씩 모두 잃게 될 거야. 아니, 이미 다 잃었는지도 모르지. 어쨌든 지금은 현실에 없는 여자야."

미란은 무릎을 두 손으로 감싸쥐고 고개를 반쯤 숙인 채 내 얘기를 듣고 있었다.

"우리 관계가 앞으로 어떻게 될지 알 수 없지만 내가 만약 앞으로 세속에서 버티고 살아야 한다면 아마 당신한테 매달리게 될 거야. 당신처럼 빈틈없는 사람이 아니면 나를 감당할 수 없을 테니까. 당신과 그 여자의 다른 점이야. 그쪽은 나를 기꺼이 죽게 할 사람인데 당신은 나를 어떻게든 살리려고 하겠지. 그래서 당신이 필요하게 될 거야."

그녀는 포도주 반 병이 빌 때까지 굳게 침묵하고 있었다. 배가 아픈 얼굴로 그녀는 뭔가를 깊이깊이 생각하고 있었다. 피로가 무겁게 몰려왔으나 나는 눈을 부릅뜨고 그녀의 입에서 나올 말을 기다리고 있었다.

때가 됐다.

"필요하다는 말보다는 사랑한다는 말을 듣고 싶었어요."

그렇다면 듣고 싶은 게 아니라 묻고 있는 것이었다. 나는 그녀의 이마에 난 상처를 바라보며, 사랑하고 있다고 말했다. 그 말이 혹시나 대답처럼 들리지 않을까 싶어 내심 걱정을 했다. 어느 때부턴지 모르지만 나는 그녀를 사랑하고 있었던 게 사실이었다. 거기서 그만두지 않고 그녀는 또 확인을 해왔다.

"처음 그렇다고 느낀 적이 언제였는지 말해줄 수 있어요? 듣고 나면 금방 잃게 된다는 걸 알고 있지만 그래도 말예요."

나는 그때 로버트 레드퍼드의 사진을 올려다보고 있었다.

"잃게 된다는 건 사실이야. 그건 내가 가지고 있는 것을 빼앗아버리는 일이니까. 그리고 당신도 동시에 뭔가를 잃게 되지. 그러고 나면 허전하지 않겠어?"

그녀는 끝내 내 말을 듣기 위해 요지부동으로 침묵하고 있었다. 마음이 아팠다.

"신라호텔에서 만난 날, 카센터에 서 있는 당신의 모습을 보았지. 그때 내 눈에 당신 등에 나 있는 커다란 구멍이 보이더군. 상처랄까 외로움이 파놓은 구멍이라고 생각했지. 그 순간 블랙홀 같은 그 구멍 안으로 내가 빨려 들어가는 느낌을 받았어. 이를테면 당신의 외로움 속으로 말이야."

"……"

"그리고 9시 30분의 담배 연기. 담배 연기가 그렇게 감미로운 줄 당신을 만나고 나서야 비로소 알았어. 그것은 저물녘 처마 끝에 혼자 앉아 있는 작은 새의 한숨 같은 거야."

내 입을 바라보고 있던 그녀가 이윽고 고개를 주억거렸다.

내 대답을 들은 뒤 그녀가 무엇을 잃게 되는지 보여주기 위해 나는 자리에서 일어나 벽에 걸려 있는 로버트 레드퍼드의 사진을 떼어내 둘둘 말아 쓰레기통에 집어넣었다. 그녀는 이마를 찡그린 채 그런 나를 망연히 지켜보고 있었다.

"앞으로 잃고 싶지 않은 게 있다면 그것에 대해 알려고 하지 마. 우린 엄연히 타인이고 어려운 선택 끝에 서로 긴밀히 협조하기 위해 만난 거야. 그러니 어떤 순간에 간신히 얻어낸 가슴 떨리는 영상을 굳이 캐물어서 날려버리는 짓은 하지 않았으면 해. 그건 우리를 지켜주고 있는 신들이 잠들어 있는 방의 촛불을 하나씩 꺼버리는 일이야."

말을 마치기가 무섭게 그녀가 얼굴을 떨어뜨리고 훌쩍거리기 시작했다. 그제야 지루한 싸움이 끝난 것이다. 그리고 그녀가 이겼다.

새벽 3시쯤에 방으로 들어가 누웠다. 희미한 보랏빛 스탠드 불빛 속에서 흰 잠옷으로 갈아입고 그녀가 침대로 들어왔다. 그리 큰 키가 아닌데 옆에 누우니 그녀가 아주 크게 느껴졌다. 몸을 사린 채 그녀는 이불깃을 두 손으로 기도하듯 움켜쥐고 있었다.

나는 그녀의 목 아래 있는 잠옷 단추 세 개를 차례로 끄르고 가슴 속에 손을 집어넣었다. 옷을 입었을 때 보았던 것과는 달리 가슴이 작지 않았다. 오히려 조금 크다는 느낌이 들었다. 나는 그녀의 다리 아래로부터 잠옷을 끌어올려 머리 위로 벗겼다. 그녀가 만세라도 하듯 두 손을 머리 위로 들어줘야 했다. 눈을 질끈 감고 그녀는 그렇게 했다. 불을 좀더 환하게 올리고 싶었으나 그녀가 말렸다. 이어 그녀가 입고 있는 마지막 흰옷을 벗겼다.

이불을 반쯤 걷어내고 보랏빛 조명 속에서 그녀의 벗은 몸을 보았다. 설원(雪原)처럼 희고 깨끗한 몸이었다. 그녀는 두 손으로 얼굴을 가린 채 한쪽 무릎을 세워 더 이상 가려지지 않는 자신의 몸을 애써 감추고 있었다.

그녀의 몸을 안고 누워 얼굴을 애무했다. 나는 손끝으로 그녀의 눈과 귀와 코와 이마와 입술을 차례차례 더듬어 확인했다. 그리고 그녀의 등을 돌려 목덜미와 어깨 사이에 있는 보랏빛 점도 확인했다. 틀림없이 그 동안 내가 만나온 미란이었다. 그런 느낌이 들자 참을 수 없는 정염이 온몸에 끓어올랐다. 나는 입술과 혀로 그녀의 온몸 구석구석을 핥았다. 남김없이 내 안으로 그녀를 완전히 흡수해버리고 싶었다. 나는 그녀와 처음 만난 순간부터 오늘까지의 일을 천천히 떠올려보고 있었다. 그녀는 이따금씩 밭은 소리를 토해내며 허리를 꿈틀거렸다. 자디잔 땀방울로 온몸이 촉촉이 젖어 있었다.

사랑을 하는 동안에도 그녀는 줄곧 두 손으로 얼굴을 가리고 있었다. 흥분해서 급기야 발가락 사이가 벌어져 있을 때도 얼굴에서 손을 떼지 않았다. 그녀는 이루 말할 수 없이 몸의 느낌이 좋은 여자였다. 향기로운 냄새가 사라지지 않고 끝까지 몸에 머물러 있었다. 서로 몸이 잘 맞는다는 그토록 중요한 사실을 단 한 번의 섹스를 통해 확실히 깨칠 수 있었다. 그 순간 그녀에게서 쉽게 벗어날 수 없다는 것을 깨달았다. 완전히 만족할 수 있었고 아주 오랫동안 하고 싶었고 끝나고 나면 금방 다시 또 하고 싶어질 것 같았다. 더 이상의 섹스는 아예 불가능하다는 생각이 들 정도였다.

아침이 올 때까지 그녀와 나는 한숨도 자지 않고 세 번 더 길게 사랑을 했다. 그런데 그것이야말로 사랑이 아니고 도대체 무엇이랴.

폭풍이 몰려가는 소리

　그해 제주도에서 올라와 고시원으로 들어가고 난 뒤 오미란은 파라다이스호텔에서 자취를 감췄다. 내가 서울로 올라오고 나서 약 두 달 후였다. 수소문해보았으나 어디로 갔는지 아무도 모르고 있었다.

　그녀가 호텔에서 사라지기 전 몇 번의 전화 통화가 있었다. 그때마다 그녀는 뒤로 멀찌감치 물러나 가까이 다가오려 하지 않았다. 만나러 가겠다고 하면 결국 피할 수밖에 없다는 얘기를 하며 나를 서울에 묶어놓았다. 어째서 그녀가 나를 극구 피하는지 알 수 없었다. 나와는 상관없는 또 다른 문제가 그녀의 마음 속에 깊게 도사리고 있는 게 틀림없었다.

　그해 8월 나는 그녀에게 미리 연락을 하지 않고 제주도로 갔다. 그러나 그녀는 이미 호텔을 떠난 다음이었다. 불과 며칠 전의 일이었다. 수소문이라고 해봐야 호텔에서 함께 일하던 직원을 찾아 물어보는 정도였다. 그들은 미란이 제주도를 아주 떠났다는 사실밖에는 모르고 있었다. 나는 버스를 타고 중문에 있는 신라호텔에 갔다가 그날 밤 비행기를 타고 서울로 돌아오고 말았다.

사시에 합격한 다음 연수원으로 들어가던 날 아침에 그녀에게서 불쑥 전화가 걸려왔다. 돌아보니 거의 2년 만의 통화였다. 그녀와 통화를 하고 있다는 사실이 좀처럼 실감이 나지 않았다. 그녀는 신문을 통해 내가 시험에 패스한 사실을 알고 있었고 축하한다는 말을 하기 위해 전화를 했다고 짧게 말했다.

그때까지 나는 아무 말도 하지 못하고 있었고 언제 전화가 끊길지 모른다는 초조함 때문에 오히려 말문이 열리지 않았다. 애가 타고 속이 타서 이마에서 식은땀이 진득하게 배어나오고 있었다. 나는 가까스로 만나자는 말을 간곡히 전했고 또 어디든 찾아갈 수 있노라고 덧붙였다.

"만날 수 있는 곳에 있지 않아요. 여긴 꽤 먼 곳이에요. 서울과는 여러모로 사정이 다른 곳이죠."

"그렇다면 왜 내게 전화한 거지?"

"당신은 매사를 너무 단면적으로 생각하는 버릇이 있어요. 이쪽의 사정 같은 건 별로 염두에 두지 않죠."

무슨 얘기를 하고 있는 것인가.

"좀 전에도 얘기했지만 여긴 아주 먼 곳이에요. 물론 비행기를 타면 하루 만에도 올 수 있겠지만 당신은 지금 그럴 형편이 못 되고 저 역시 아직은 만날 수 있는 처지가 아니에요. 이렇게 통화가 된 것만 해도 기적에 가까운 일이에요."

나는 그녀가 있는 곳을 되물었다.

"지금은 말할 수 없어요. 언젠가는 만나게 될 테고 그때 가면 저절로 모든 걸 알게 될 거예요. 그때가 언제인지는 확실히 알 수 없지만 말예요. 당신의 그 심각함이 저를 얼마나 무겁게 하는지 알아요?"

그럼 심각하지 않단 말인가?

"물론 저도 그럴 때가 왜 없겠어요. 무더위의 고독에 시달리다 보면 푸른 공기와의 마찰을 견뎌내지 못하고 곧장 바다에 풍덩 뛰어들고 싶은 유혹을 느낄 때가 자주 있죠. 그렇다고 무방비 상태로 늘 바다에 뛰어들 수는 없는 노릇이잖아요. 그런 느낌은 그저 한 차례씩 왔다 가는 소나기 같은 거라고 생각해야 해요."

나는 방금 전에 했던 말을 되풀이하고 있었다.

"그렇다면 도대체 왜 내게 전화한 거지?"

"잊지 말고 기억해달라는 말을 전하고 싶어서예요. 혹시 다른 여자를 만나더라도 할 수 없지만 저를 잊지는 말아요. 당신은 내 전부를 가져간 사람이에요. 그러니 잊으면 안 되는 거예요. 결국 사람에게 남는 건 사라지기 쉬운 기억뿐이니까요."

마음속에서 미움이 사납게 꿈틀거리고 있었다.

"햇빛이 유달리 밝은 날이면 당신 모습이 떠올라요. 비행기가 푸른 하늘에 흰 연기를 길게 남기며 사라지는 것을 볼 때도 역시 그렇구요. 언젠가 낯선 곳에서 하루 묵었던 오렌지빛 호텔의 정경처럼 당신 얼굴이 눈앞에 환하게 떠오르곤 하죠."

잠시 통화가 끊긴 듯 아무 소리도 들려오지 않더니 얼마 후 그녀의 목소리가 다시 나타났다. 그사이 그녀는 무엇을 한 것일까. 목소리의 느낌이 미묘하게 달라져 있었다. 뒷전에서 몰려가는 바람 소리 때문에 수신 상태가 몹시 나빴다.

"저는 잘 지내고 있어요. 언젠가는 다시 만나게 될 거예요. 기억해두세요. 약속하지 않아도 그렇게 될 거란 사실을 말예요."

"그땐 이미 많은 것이 달라져 있을 거야."

그녀가 고함을 치듯 되받았다. 폭풍 때문이었다.

"답답하군요. 그렇다면 한 가지만 얘기해주죠. 저는 그 동안 많은 남자들과 잠을 잤어요. 아마 바다 속에 있는 물고기 숫자만큼은 될 거예요. 그 사람들과의 관계를 통해 오히려 정화가 된 것 같아요. 그 동안 저는 귀에서 눈물이 나올 정도로 고통스러웠고 그렇게라도 하지 않았으면 아마 미쳐버리고 말았을 거예요."

"도대체 누가 당신을 그렇게 만든 거지?"

서슴없이 그녀가 대꾸해왔다.

"운명이에요. 당신 몫이 아니에요."

"……"

"그 동안 만난 사람들에게서 많은 것을 배웠어요. 대개는 여행자들이었고 그 중에는 점성술을 하는 백두 살이나 먹은 노인도 있었어요. 아이나 병자도 있었죠. 그들은 한결같이 자신의 운명을 잘 알고 있는 사람들이었어요. 무당처럼 말이죠. 그들을 만나오면서 가까스로 버틸 수 있었던 거예요."

바다 속의 물고기처럼 많은 사람들.

그녀가 먼 곳에 있는 것은 분명한 것 같았다. 그러나 그곳이 어디인지 그녀는 끝내 말해주지 않았다. 그러한 잠시 다시 폭풍이 몰려가는 소리가 들리면서 불통이 됐고 1분쯤 후에 자동적으로 전화가 끊겼다.

그것이 오미란과의 마지막 통화였다. 두고두고 전화는 다시 걸려오지 않았다. 죽었는지 살았는지조차 알 수 없었다. 나는 시간이 흘러감에 따라 천천히 그녀를 잊어갔다.

그래도 어쩔 수 없이 생각이 날 때가 있었다. 빗방울이 가득 맺힌 창가에 앉아 밖을 내다보고 있을 때 불현듯. 햇빛이 유달리 맑아 오히려 추운 겨울날의 이른 하오. 음악을 들을 때 트랙과 트랙 사이에 잠시 고여드는 침묵 속에서 그녀가 되살아날 때가 있었다. 그리고 또한 깜빡 잊고 이틀쯤 후에 넘기게 되는 탁상용 다이어리의 갈피 속에서 가볍고 미세한 바람이 묻어날 때. 달력 속에 드문드문 찍힌 그 빨간 글자들이 주는 공허한 휴식의 적막감 속에서.

양들의 침묵

크리스마스 이브에 미란이 내 원룸 아파트에 와서 처음 묵었다. 저녁 참부터 눈이 내리고 있었다. 크리스마스 이브에 눈이 내린 것은 몇 년 만의 일이었다. 미란이 손에 케이크과 포도주와 양초를 들고 들어올 때 밖에서 교회 성가대원이 부르는 캐럴이 들려오고 있었다.

안으로 들어서며 미란은 여기서 살아요? 하며 신기한 듯 사방을 두리번거렸다. 이사 온 지 얼마 되지 않아 아직도 차가운 공기가 주인 행세를 하고 있었다. 그녀는 손에 들고 온 것들을 식탁 위에 올려놓고 이곳저곳을 꼼꼼히 살펴보았다. 침대와 옷장과 책꽂이와 CD 장식장에서부터 심지어는 화장실까지 열어보고 나서야 소파에 와 앉았다. 원룸식의 비좁은 아파트여서 사실 뒤져볼 것도 별로 없었다.

"깨끗한 냉동 창고 같군요. 마음만 먹으면 언제든 빠져나갈 사람처럼 짐이라고 할 만한 물건은 보이지 않아요. 여기서 매일 얼린 고기처럼 잠을 자고 일어나 출근을 한단 말이죠."

집이 너무 썰렁하게 보였던지 그녀는 수다스럽게 이런 말을 늘어놓고 있었다.

"사람에겐 때로 불필요한 것도 있어야 하잖아요. 다른 필요한 것들을 위해서라도 말예요. 혹시 다른 곳에다 짐을 맡겨놓고 사는 거 아녜요?"

그럴 리가 있겠는가. 내겐 집에 물건을 들여놓는 취미가 없다. 수저 한 벌에다 옷도 계절 따라 네 벌이면 충분하다. 검소해서가 아니라 밖에 나가면 필요한 것들이 모두 있지 않은가. 사들이기보다는 필요에 따라 밖에서 소비하는 것이 한결 간편하고 깨끗하다. 밥도 해 먹기보다는 사 먹는 것이 시간도 절약되고 경제적이다.

"하지만 거기엔 온기라는 게 존재하지 않잖아요. 필요한 것들을 모두 매매 관계로 처리하게 되면 막상 할 일도 없어지구요. 하긴 지금은 혼자 있으니 그게 편하긴 하겠죠."

그녀는 내가 드라이클리닝식으로 산다고 덧붙였다. 그러나 역시 아쉽거나 필요한 게 별로 없었다.

촛불을 켜놓고 음악을 오토 리버스 시켜놓고 그녀와 케이크과 포도주를 먹고 침대에 들어가 그날도 사랑을 했다. 어찌 된 일인지 그녀와 사랑을 하면 할수록 내가 길들여지고 있다는 느낌이 들었다. 미란의 몸은 변함없이 다정다감하고 긴장이 흐트러지지 않았고 이상할 정도로 냄새가 좋았다.

사랑이 끝나고 나면 그녀는 언제나 실례해요, 란 말을 남기고 알몸에 셔츠만 걸친 채 욕실에 들어가 양치와 샤워를 하고 나와 사랑을 하기 전의 모습으로 돌아갔다. 입학식에 가는 여학생처럼 경쾌하고 단정한 모습으로. 그리고는 다시 침대로 들어와 내 성기를 만지작거리며 매직, 이라고 다정하게 속삭이곤 하는 것이었다.

자정이 임박해 그녀와 명동성당에 갔다. 둘 다 가톨릭 신자는 아니었지만 크리스마스 예배를 드리고 성모 마리아 상이 있는 곳에서 손을 잡고 한참을 서 있었다. 성모상 앞에는 수백 개의 촛불들이 꽃다발 속에서 영롱한 빛을 발하고 있었다. 나는 세상이 멀고도 아름다운 곳이라는 감상적인 생각에 젖어 있었다. 고양이처럼 촛불을 눈여겨보며 그녀가 속삭였다.

"어제 차를 내다 팔았어요."

고장이 잦은 낡은 엑셀을 마침내 처분한 모양이었다. 그러고 나서 또 무슨 말을 해올 줄 알았는데 그것으로 그만이었다. 그 말에 무슨 뜻이 있었던 걸까?

"그럼 머지않아 새 차를 사게 되겠군."

못 들은 것인지 그녀는 그 말에 대답을 하지 않았다. 명동성당을 내려오는 계단 중간쯤에서 미란이 이런 말을 해왔다.

"어젯밤에 엄마와 통화했어요."

그래? 하고 나는 또 무심결에 되받았다.

"……연우씨 얘기도 했죠."

어제 그녀는 차를 팔았고 내게 미리 말하지도 않고 경주로 전화를 걸어 내 얘기를 했다. 그 둘 사이에 무슨 연관이 있는 듯했다. 여자들은 무슨 일이 있으면 미장원부터 다녀온다. 매사 의미없이 행동하지 않는다. 새삼스럽게 눈여겨보니 역시 미장원에 다녀왔음을 확인할 수 있었다.

"그래, 뭐라시던가?"

계속 입을 다물고 있을 수가 없어 나는 이런 경우에 사람들이 대개 반응하는 식으로 물어보았다. 그녀가 슬쩍 내 얼굴을 돌아보고 나서 되받았다. 웬일인지 그녀의 목소리는 안으로 깊게 가라앉아 있었다.

"어쩔 거냐고 묻더군요."

"그래서?"

"그래서라뇨? 그 대답은 이제 연우씨가 해야 되는 거 아네요?"

아, 그런 일이었구나. 그제야 나는 말뜻을 알아차렸다.

새벽에 미란과 집으로 돌아와 저녁때까지 또 함께 보냈다. 크리스마스 날 그녀는 종일 잠만 자고 있었다. 27년 동안 부족했던 잠을 한꺼번에 몰아서 자고 있는 것처럼 보였다. 저녁 식사도 내가 준비를 했다.

잠들어 있는 미란의 얼굴은 마치 껍질을 벗긴 양파처럼 맑고 투명해 보였다. 그때껏 한 번도 보지 못했던 깨끗한 여자의 영상이 어둠 속에 하얗게 떠 있었다. 그것은 마치 죽은 사람의 얼굴인 양 정갈하고 아름다웠다. 그 순간만큼은 그녀가 외롭지도 쓸쓸해 보이지도 않았다. 혼자서도 충분히 잘 살아갈 사람이라는 생각이 들었다.

그런데 차디찬 밤에 혼자 눈을 뜨면 다시금 눈자위에 불안이 엉겨붙고 온몸에 긴장이 몰려들고 그토록 완강하게 자신을 방어해야만 하는 일들이 다시 시작되곤 하는 것이다. 그 이기적이고 혼자인 삶에 그녀는 어느덧 지쳐 있음이었다.

언젠가 그녀는 내게 잃어버린 구두 한 짝에 대한 얘기를 한 적이 있었다. 어느 날 아침 신발장을 열어보니 가을에 신는 구두 한 짝이 감쪽같이 사라져 있었다. 신발 한 짝을 다른 곳에 둘 사람이 아니었다. 그 일 때문에 그녀는 며칠 동안이나 불안에 시달려야만 했다. 누군가 아파트 문을 따고 들어와 신발 한 짝을 들고 간 것이다. 그게 언제였는지 짐작조차 할 수 없었다. 방역이나 가스 검침이 있는 날은 경비실에 열쇠를 맡겨놓고 출근한 적이 있지만 그렇다고 뒤늦게 범인을 찾겠다고 나설 수도 없는 일이었다.

그로부터 며칠 후 비슷한 일이 다시 발생했다. 베란다에 널어놓은 속옷이 없어진 것이다. 또 벽에 걸려 있는 달력에 굵은 사인펜으로 빨간 동그라미 표시가 돼 있었다. 속옷이 없어진 그 날짜에 말이다. 더군다나 가방에 열쇠를 가지고 있던 날이었다. 그날 당장 문에 안전 장치를 달았으나 그녀는 집에 들어가는 일이 점점 무서워졌다. 그 빨간 동그라미가 떠올라서였다. 모두 나를 만나고 난 다음에 일어난 일이었다. 주위에 그런 일들이 종종 일어나는 모양이다. 단지 귀담아듣지 않아 심각하게 받아들이지 않았던 것이다.

해가 바뀌고 나서 그녀와의 일들이 믿을 수 없으리만치 빨리 진행됐다. 마치 브레이크가 고장난 차에 올라탄 기분이었다.

우선 신정 연휴 기간을 통해 미란과 일본 동북부에 있는 아오모리에 다녀왔다. 둘 다 휴가를 겸해 그녀에게 정식으로 청혼을 하기 위해 떠난 여행이었다. 이틀째 도와다 호수 근처에 있는 온천 호텔에서 저녁을 먹으며 나는 그녀에게 앞으로 함께 살아줬으면 한다고 말했다. 반찬이 들어 있는 접시를 뒤적거리다 그녀는 젓가락질을 멈추고 몸이 굳은 듯 가만히 정지해 있었다. 잠시 후 접시 위에 눈물을 한 방울 떨어뜨렸다.

그날 밤 잠자리에 들어 그녀가 물어왔다. 밖엔 폭설이 내리고 있었다.

"전에 만났던 여자를 잊을 수 있겠어요?"

"과거에 일어났던 모든 일들이 지금부터 당신 안으로 모조리 쓸려 들어가겠지."

이렇게 나는 대답을 대신했다.

"잊을 수 없을지도 몰라요. 하지만 저는 그 여자를 잊을 수 있게 해주세요."

그래야만 하리라.

"연우씨는 우울한 소년 같은 사람이에요. 그래요, 앞으로 제가 데리고 살죠. 거둬주는 거예요. 남자는 결국 여자한테 신세를 지고야 마는 존재니까요."

"누가 그런 말을 하던가?"

"누구겠어요. 나를 키워준 사람이죠."

"우리가 지금 여기에 와 있다는 걸 어머니도 알고 있나?"

"뭐든 다 아는 사람이에요. 때로는 끔찍할 정도죠."

"빨리 만나뵙고 싶군."

"그런 말 하지 말아요. 제가 유일하게 질투심을 느끼는 여자라고 했죠."

"그래도 어머니 아닌가."

"왜 그런지 만나보면 알아요."

새벽 3시까지 밖에 눈 내리는 소리를 들으며 천장을 보고 반듯하게 누워 있었다. 사랑이 한차례 메뚜기떼처럼 휩쓸고 지나간 다음이었다. 낮에 돌아본 도와다 호수의 풍경이 눈앞에 고요히 떠 있었다. 눈이 내린 다음날 아침의 호수는 어떤 정경일까.

"저는 선택했지만 연우씨는 왜 저하고 결혼할 생각을 했어요? 이 먼 곳까지 와서 그런 말을 했을 때는 생각이 많았을 텐데요."

장지문 밖으로 기모노를 입은 여자의 실루엣이 검은 고양이처럼 지나가고 있었다.

"다른 사람은 몰라도 내 경우는 허영심 때문이겠지. 혼자 살 줄 알았는데 바야흐로 사치의 시작이야. 삶은 백화점 같은 거야. 한번 발을 들여놓으면 좀처럼 빈손으로 나오기가 어렵지. 알다시피 또 세상은 파트너 없이 버틸 수 없게 만들어져 있어. 계속 살아갈 의사가 있다면 담당 파트너가 필요하단 말이지."

"선택을 했으면 차라리 릴랙스하게 즐겨요. 그래도 되잖아요. 어차피 우울만으로는 살아갈 수 없어요. 그게 남들이 보기에 아무리 반짝이는 것이라 해도 말예요."

"인기는 있었을 텐데."

"아직 철이 덜 들었군요. 사람을 자꾸 바꾸다 보면 깊이가 안 생기는 법이에요. 마침내 정처마저 없어지죠."

정처(定處). 그 말을 듣고 나는 무심결에 이렇게 내뱉었다.

"이봐, 내가 어떤 사람이라고 생각해? 또 무엇으로 보여?"

"……"

"한 가지만 알려주지. 웬일인지 나는 아무 때나 통곡하고 싶고 그와 같이 울고 나면 금방 아무것도 아닌 존재로 변해버릴 것만 같아. 그래서 늘 아슬아슬하게 버티고 있어."

얼른 뜻을 알아듣지 못하고 그녀는 숨을 죽이고 있었다. 그사이 누군가 마당으로 사각사각 눈을 밟고 지나가는 소리가 들려왔다. 기모노 소리인가. 아니, 이제부터 덧없는 것에 매달려서는 안 된다. 한밤에 부지불식간에 들려오는 소리 따위들.

"그럼 연우씨는 뭐죠? 원하거나 갖고 싶었던 게 있었을 게 아녜요."

"여름날 먼 산과 하늘에서 하얗게 비가 몰려올 때, 비가 이쪽에 와 닿기 전에, 그 천지의 고요한 흐느낌 속에서 붉은 피를 토하며 자결하고 싶은 때가 있었어. 바라는 것은 오직 그것뿐일 때가 있었단 말이야."

뭔가 덧붙이고 싶은 말이 있었으나 그쯤에서 나는 입을 다물어
버렸다. 나중에 기회가 올 것이다. 어쨌거나 사람을 하나 얻었다.
세상의 풍경이 뒤바뀌는 일이다. 정말이지 그런 일이 일어날 줄은
몰랐다. 하지만 그녀와 헤어질 수 없다는 것을 여러 번 절실히 깨
달았다. 내가 굳이 요구하지 않아도 나를 잘 만들어갈 여자다. 나
보다 사는 일에 능숙한 사람이다. 능숙하지 않으면 곧 등급 보류
판정을 받게 된다. 그 점을 미란도 잘 알고 있었다.

"전에도 말했지만 처음부터 결혼이 목표였다면 다른 배우자를
물색했을 거예요."

"한쪽 귀가 짧지 않았더라도 지금과는 달라져 있겠지."

"물론이에요."

그렇게 밤새 수화(手話) 같은 말들을 주고받으며 나는 마음을
다져먹었다. 비록 즐기지는 못하더라도 더 이상 흔들리지 않겠다
고 말이다. 가까운 타인으로서의 예의를 지키고 신의를 저버리지
않기로. 그렇게 다짐하고 나자 옆에 누워 있는 여자가 내게 아주
소중한 사람이라는 자각이 들었다.

서울로 돌아오는 길에 도쿄에 들러 막내삼촌과 만났다. 그는 일
본에 교환 교수로 와서 3년째 머물고 있는 중이었다. 아버지를 만
나는 일과 순서가 뒤바뀐 일이었으나 결혼 전에 인사를 할 기회가
없을 것 같아 서울을 떠나올 때 미리 도쿄를 경유해 오기로 염두에
두었던 것이다. 그는 도쿄 외곽에 있는 작은 아파트에서 혼자 살고
있었다.

저녁때 도쿄에 도착해 긴자에 있는 구석진 술집에서 미란과 셋
이서 술을 마셨다. 그는 미란을 친절하게 대해주며 사적인 것에 대

해서는 한마디도 묻지 않았다. 부모의 몫이라고 생각했을 것이다. 어렸을 때부터 나는 삼촌을 잘 따랐고 그는 평생을 혼자 살아오고 있었다. 이제는 그게 익숙해져 혼자서도 모든 일을 잘해냈다. 밥하고 빨래하는 일까지도 그는 귀찮아하거나 힘들어하지 않았다. 또 바둑이 아마 4단에다 클래식 기타 연주 실력이 공연료를 받아도 될 만큼 수준급이었다. 누구한테 배운 게 아니라 모두 혼자 책을 보고 터득한 것이었다. 언젠가 삼촌에게 왜 결혼을 하지 않느냐고 물은 적이 있었다. 그 대답을 아직도 기억하고 있다.

"서로 마주 보기가 쑥스럽잖아. 그때마다 꼭 나를 보고 있는 느낌이 들 거거든."

의미를 숨기고 한 말이겠으나 그는 천성적으로 낯가림이 심한 사람이었다. 대학 때 한 여자와의 사이에 지나가는 아픔이 있었다. 단 한 번의 연애 실패를 그는 되풀이하고 싶어하지 않았다. 두 번은 절대 순수할 수 없다는 것이 그의 변함없는 생각이었다. 두 번이란 자신과의 변절을 뜻했다. 그런 사람도 있는 것이다.

쉰 살이 가까운 나이. 그는 아무도 범접 못 할 자기만의 고요에 빠져 세상의 깊이를 터득해가고 있는 중이었다. 내가 도쿄까지 그를 찾아갔던 것은 제주도에서 만났던 오미란의 얘기를 알고 있는 유일한 사람이기 때문이기도 했다. 왠지 그에게만은 인정을 받고 싶었다.

"오랜만에 분냄새를 맡으니 마음이 호락호락해지는군."

삼촌은 전에 없이 농담을 하고 있었고 미란은 네, 네, 하며 어쩔 줄을 몰라하고 있었다. 그러다 술기운이 오를 무렵 삼촌이 이런 말을 했다. 미란은 미처 몰랐겠지만 나를 겨냥해서 한 말이었다.

"미란. 아득한 이름이군. 흔한 듯도 하지만 막상 만나기가 쉽지 않은 이름이지."

미란은 영문을 모른 채 고개만 건성으로 주억거리고 있었다. 그날 삼촌의 표정은 어두워 보였다. 나 역시 마음이 가볍지만은 않았다. 미란이 편의점에 다녀오겠다면서 잠시 눈치껏 자리를 비운 사이 삼촌이 물어왔다.

"괜찮냐?"

그 한마디 속엔 실로 모든 게 포함돼 있었다. 나는 쉽게 대답할 수 없었다. 그러나 여기까지 와서 대답을 피할 수는 없었다. 나는 괜찮다는 뜻으로 고개를 끄덕거렸다. 그러자 그가 또 곧장 물어왔다.

"정말 괜찮냐?"

"네."

"병신 같은 자식. 괜찮지 않다고 하면 내가 뭐랄까 봐 감히 속여. 그러려면 뭐 하러 찾아왔어?"

"……"

"얘기했냐?"

전에 만났다 헤어진 오미란을 두고 하는 말이었다.

"네."

"그래, 그랬군. 하지만 그것만 가지곤 안 돼. 무슨 뜻인지 알지?"

"알고 있습니다."

"이 사람을 먼저 만났다고 생각해. 그런 수밖엔 없어. 다시 말하지만 이 사람이 너의 첫사랑이라고 생각해."

투명한 술잔을 내려다보며 나는 제풀에 쓰러지고 있었다.

"그래, 실컷 울어도 좋지만 희미한 옛사랑의 그림자는 그만 쫓아버려. 이 먼 곳까지 따라온 여자를 가엾게 여겨야지. 오래, 그리고 가장 가까이에 있어주는 사람이 결국 네 하늘이야. 앞으로 잘 모시고 살아."

삼촌이 뒷주머니에서 손수건을 꺼내 술상 위로 내밀었다.

"불쌍한 자식. 자매와 사랑을 나누다니. 하지만 부디 섞여서는 안 되느니라."

이렇게 말하고 나서 삼촌은 독백조로 한마디 덧붙였다.

"하긴 두 사람이 너에겐 어쩌면 하나의 존재인지도 모르지."

밖에서 돌아온 미란의 표정은 그리 밝지 않았다. 두 사람을 눈여겨보며 가만히 몸을 사리고 있었다.

자정이 넘도록 얼큰히 술을 마시고 긴자의 부산한 밤거리에서 삼촌과 헤어졌다. 헤어지기 전 삼촌은 미리 준비해온 선물을 미란에게 건네주었다. 나중에 뜯어보니 일본 인형 두 개와 자신이 최근에 쓴 책 한 권과 겐조 도자기 거울이 들어 있었다.

그 겐조 거울은 미란이 두고두고 아끼는 물건이 되었다. 붉은 비단 천에 싸서 장롱 깊숙이 넣어두고 특별한 날에만 꺼내서 한 번씩 들여다보았다. 가령 신혼여행에서 돌아온 날 저녁에, 아이를 낳던 날에, 그리고 나와 첫 부부 싸움을 했던 날 밤에.

미란과 가까운 호텔에 들어가 다음날 비행기 시간에 맞추기 위해 이내 잠자리에 들었다. 도쿄에도 눈이 내리고 있었다.

일본에서 돌아온 그 주 일요일 저녁에 원당으로 부모님께 인사를 하러 갔다. 마침 미란의 생일이었다. 그날 아침 미란은 일찍 미장원에 들러 머리를 만지고 회사에 나갔다가 퇴근 후 내 집으로 왔다. 전날까지만 해도 멀쩡했는데 미란은 그날 긴장해 있었고 내 부모에 대해 미리 알고 싶어했다. 이해할 수 있는 일이었다. 그러나 내 부모는 별 특별한 점이 없는 지극히 평범한 사람들이었다.

아버지는 30여 년 동안 은행원 생활을 하다 작년에 정년 퇴직을 한 다음 증권 회사 고문으로 있었고 어머니는 평생 가정 주부로만 살아온 사람이었다. 여동생이 하나 있었지만 재작년에 일찌감치 결혼을 해서 남편이 대학 전임으로 있는 지방 소도시에서 약국을 하며 살고 있었다. 그냥 보통의 중산층 가정이었다. 그런데 미란은 그 지극히 평범하다는 점을 오히려 마음에 걸려했다. 그런 가정일수록 규율이 엄격하다는 것이었다.

"거기엔 아마 눈에 보이지 않는 엄격한 법이 존재하고 있을 거예요. 큰소리조차 낼 수 없는 어마어마한 율법이 말예요. 견고한 집을 짓는 데는 한 치의 오차도 없어야 하듯이 말이죠."

듣고 보니 그런 점이 없지 않았다. 어려서부터 나는 부모가 큰소리 한 번 내는 것을 보지 못하고 자라왔다. 부부 싸움이라니. 당치도 않은 말이었다. 아무리 힘든 일이 있어도 아버지와 어머니는 불을 끄고 잠자리에 들어 매사를 조용조용히 해결했다. 자식들이 보는 앞에서는 어떤 경우에도 부자연스러운 모습을 보이지 않았다. 무엇을 위해서였을까. 아마도 가족을 신앙처럼 여기고 그것에 삶의 전부를 희생해온 사람들이어서 그랬을 것이다. 성장하면서 걱정거리를 꽤 안겨준 자식인데도 나는 면전에서 꾸중을 들은 일이 없었다. 돌이켜보면 이해하기 힘들 정도다. 그들은 혹시라도 내가 상처를 받지 않을까 싶어 인내심을 가지고 나를 지켜보면서 끝까지 말을 삼가고 있었던 것이다.

"그만큼 부모님이 연우씨를 잘 알고 있는 분들이기 때문에 부담스럽다는 거예요. 어쩔 수 없이 연우씨를 통해 저를 볼 테니까 말예요."

결혼을 하기 위해서는 누구나 일반적으로 거쳐야만 하는 일이었다. 나 역시 경주에 가게 되면 그런 서먹한 과정을 겪어내야 할 터이었다. 미란은 아버지가 부재한다는 점이 또 빌미가 되지 않을지 염려했다. 그러나 내 부모는 온화한 성품을 가진 사람들이었다. 사람을 딱딱한 의자에 앉혀놓고 둘러앉아 얘기를 하는 사람들이 아니었다. 또 자신들이 지켜온 관습을 강요할 사람들도 아니었다. 그들이 삶에서 바라는 것은 정결함과 조용함뿐이었다. 그걸 깨뜨리지 않을 정도의 사소한 조심과 배려, 그것으로 충분했다. 어느 가정이나 나름대로의 분위기가 있게 마련이다. 그런 말을 하며 그녀를 안심시켰다.

마지막으로 미란은 시부모를 모시고 사는 일의 어려움에 대해 언급했다.

"언젠가는 그래야 되겠지만 결혼과 함께 모시고 살아야 한다면 솔직히 부담스러운 게 사실이에요."

그러나 그 점 역시 부모는 내게 선택을 맡길 것이다. 어쨌든 소란스러운 것은 싫어하는 사람들이다. 또 살아가는 데 아직은 별 지장이 없는 사람들이다. 더군다나 요즘 결혼하는 여자들이 시부모를 모시고 싶어하지 않는다는 사실까지도 잘 알고 있다. 이쪽이 원하지 않는 한 바라지 않는다. 절대 원칙이다. 그래서 조용한 것이다. 그런데 내가 말을 잘못한 것일까? 그녀의 표정이 사뭇 일그러져 있었다.

"냉정한 분들이군요. 연우씨가 누굴 닮았겠어요."

그쯤에서 나는 신경이 곤두서 있었다. 결혼은 어차피 제도로의 편입을 뜻하는 일이다. 아니라고 부정해도 세속과 타협하는 일이다. 아무리 몸부림쳐도 텔레비전 드라마 수준을 벗어날 수가 없다. 비록 최선의 선택은 아니더라도 자의에 의한 선택인 것은 알고 있어야만 한다. 모든 걸 자신에 맞게 바꾸거나 배치할 수가 없다. 오히려 주변의 것들을 받아들여야 하는 일이다.

"뭘 오해한 모양이에요. 그렇게 열심히 책을 읽어대지 않아도 그쯤은 저도 알고 있어요. 제가 바라는 것은 단지 제 입장을 이해해달란 말이었어요. 그런데 어째서 사람을 그렇게 수준 이하로 몰아붙여요. 앞으로 잘해낼 수 있다고 말해주면 안 돼요?"

부모에게 첫 인사를 하러 가는 날 이런 오해하기 쉬운 말들을 주고받았다. 솔직히 마음이 편치 않았다. 부자연스러운 느낌이 채 가시지 않은 채 부모와 대면했다. 언제 연락했는지 전주에 있는 여동생 부부까지 와서 기다리고 있었다. 집에 들어설 때부터 나는 얼굴이 굳어 있었고 내내 조바심에 사로잡혀 있었다. 내 집에 와서 처음 불편함이라는 걸 느꼈다. 오히려 미란이 실수 없이 잘해내고 있었다. 차분하고 침착하게 전과정을 무난하게 소화해내고 있었다.

그날 미란에게서 전에 보지 못했던 점을 발견했다. 그녀에게는 주위 사람을 자신의 둘레로 끌어들여 동화시키는 남다른 능력이 있었다. 그러나 그 모습에서 동시에 낯섦을 느꼈다. 그녀는 어쩐지 경험이 많은 여행 가이드처럼 보였다. 눈치를 보니 가족들의 표정이 심상찮았다. 그제야 나는 뭔가 어긋나고 있다는 것을 깨달았다.

저녁을 먹고 밤 10시쯤 집을 나왔다. 택시를 타고 서울로 나오는 동안 미란은 핼쑥한 얼굴로 굳게 입을 다물고 있었다. 이튿날 출근을 해야 했으므로 그녀를 불광동에 내려주고 나는 내처 강남으로 왔다.

다음날 어머니와 통화할 기회가 있었으나 어쩐 일인지 미란의 얘기는 꺼내지 않았다. 나는 퇴근 시간 무렵에 전주 여동생에게 전화를 걸어보았다. 그러나 여동생 역시 어제 일에 대해서는 한마디의 언급도 없었다. 마치 약속이라도 한 듯 한결같이 딴소리들만 해대고 있었다.

밤늦게 '물고기 두 마리'에서 야근을 끝내고 나온 미란과 만났다. 이마에 어두운 빛이 드리워져 있었다. 늦은 저녁을 먹다 말고 미란은 불시에 잠깐 흐느꼈고 곧바로 화장실에 다녀왔다.

벽시계가 막 자정을 지나려는 참에 그녀가 깔깔한 음성으로 입을 열었다.

"알다시피 삼진 아웃이었어요. 주어진 시간 내에 유효를 따내려고 무척 애썼는데 누구도 마음을 열지 않더군요. 제 어떤 점이 그들로 하여금 마음을 닫게 만들었을까요. 밤새 잠을 못 이루고 생각해보았지만 끝내 알 수가 없더군요…… 하지만 연우씨 가족은 좋은 분들이더군요. 연우씨한테 들은 것보다 훨씬 더 섬세하고 부드러운 사람들이었어요."

나는 그녀의 마음을 달래주기 위해 등을 쓰다듬고 엉덩이를 툭툭 두드렸다. 뒤늦게야 어제 내 집에서 무슨 일이 있었던가를 깨달았다.

"이봐, 어째서 그런 일을 반드시 이겨야만 하는 일이라고 생각한 거지? 올림픽 경기에 출전한 선수처럼 말이야. 그들은 수평을 원한 거야. 같은 높이에서 나란히 뭔가를 주고받으며 서로에 대해 알고 싶었던 거야. 오히려 그들은 당신이 마음을 열지 않았다고 생각했을 거야."

"그런 것 같아요. 솔직히 자신이 없어 나중엔 이리저리 피하게 되더군요."

안타까운 일이었다. 일주일 후 나는 경주로 그녀의 어머니를 만나러 가기로 돼 있었다. 가족간 합의 없이 무작정 인사를 하겠다고 찾아간다는 것은 무엇보다 미란의 어머니에 대한 도리가 아니었다. 미란은 술을 많이 마시고 있었고 쉽게 흐트러진 모습을 보였다. 급기야 술에 취해 그녀답지 않은 말까지 늘어놓았다. 기대 수준 이하였다.

"만약 가족이 반대하더라도 저와 결혼할 건가요?"

정작 내가 걱정하는 것은 그들이 반대하지 않을 거란 사실이었다. 실망해서 아예 입을 다물어버리지는 않을까 싶어 나는 그게 안타까웠다. 미란에게 두고두고 상처가 될 게 뻔했다. 축복은 받지 못할지언정 부드러움 속에 감춰진 그 무심함을 어떻게 견뎌낼지 의심스러웠다.

아무래도 경주에 내려가기 전 원당으로 다시 부모를 찾아봐야 할 것 같았다. 부족한 게 있으면 나라도 설명을 해야 할 터이었다. 더불어 더 이상 다른 배우자를 염두에 두고 있지 않다는 점을 알리고 싶었다. 그 다음은 당연 내 몫이다. 좋건 나쁘건 동의 없이 저지른 일엔 관여하지 않는다. 손을 벌리지도 않는다. 내 가족에게 존재하고 있는 고유한 율법이다.

수요일 퇴근 무렵 느닷없이 아버지가 사무실로 나를 찾아왔다. 뜻밖의 일이었다. 학교 입학식과 졸업식말고는 자식이 서 있는 경계에 발을 들여놓은 적이 없는 양반이었다. 지나가는 길에 잠시 들러봤다고 하며 아버지는 사건 의뢰인이 앉는 의자에 앉아 나를 정면으로 깊게 바라보았다. 잠시였지만 그 눈빛에서 나에 대한 애정을 느꼈다. 감상하듯 사무실 안을 천천히 둘러보고 나서 아버지는 저녁을 사겠다고 하며 먼저 문을 열고 밖으로 나갔다.

아버지가 나를 데려간 곳은 음식점이 아니라 사무실 근처에 있는 작은 영화관이었다. 서울의 주요 극장에서 이미 다 상영이 끝나고 나서 밀려온 앤서니 홉킨스의 「양들의 침묵」이 상영되고 있었다. 남인수와 문희 취향의 아버지가 그 엽기적인 영화에 관심이 있었을 리 없었다. 영화가 상영되는 동안 아버지는 줄곧 몸을 불편하게 뒤척이며 손수건으로 이마의 땀을 닦아내고 있었다. 나를 옆에 앉혀놓고 무슨 명상을 하러 들어온 모양이지만 집중이 잘 안 되고 있는 게 틀림없었다. 두고 보다 못해 내가 그만 나갈까요? 라고 귓속말을 건네자 그가 내 손목을 지그시 눌렀다.

나는 얼마 전 미란과 종로에서 함께 봤던 「양들의 침묵」이 끝날 때까지 묵묵히 기다리며 아버지가 찾아온 이유를 생각해보고 있었다. 9시쯤 영화관을 나와 근처에 있는 일식집에서 아버지와 저녁 겸 술을 마셨다. 영화관을 나오며 아버지가 했던 말이 음식점에 도착할 때까지 귀에 쟁쟁하게 남아 있었다.

"너는 봤냐? 어디 숨어 있는지 양들은 하나도 보이지 않더구나."

아버지가 무얼 묻는지 몰라 나는 대꾸를 하지 않았다. 문득 세대 차이라는 말이 생각나 나는 좀 우울해져 있었다. 아버지의 표정도 그다지 편해 보이지 않았다. 젓가락으로 새우튀김을 집어 들고 아버지는 아까 사무실에서처럼 나를 또 깊게 바라보고 있었다. 내게 뭔가 전할 말이 있어 일부러 찾아온 것이다. 사기병에 든 정종을 따르며 나는 아버지의 눈길을 슬그머니 피했다. 뭔가 힘든 얘기를 꺼낼 때면 아버지는 늘 저런 표정을 짓곤 했었다. 이쪽 상태부터 먼저 조용히 살피는 것이다.

말씀하셔도 됩니다, 라고 나는 술병을 내려놓으며 말했다. 아버지가 앉아 있는 맞은편 벽에 벚꽃이 분홍색으로 만발해 있었다. 술을 반쯤 마시고 잔을 내려놓고 새우를 반 토막 씹어 삼키고 나서 마침내 아버지가 입을 열었다.

"동경에 들러 왔다면서. 엊그제 전화가 왔더구나."

에둘러 말하고 있었지만 아버지는 역시 미란의 얘기를 하기 위해 강남까지 나를 찾아온 것이었다.

"삼촌과 이 아비는 다르다. 그 녀석은 아직 방황하는 청년이지만 아비는 이제 몸도 마음도 다 늙었다. 늙으면 쓸데없이 고집이라는 게 생기지. 자식에 관해서도 마찬가지다. 매사 염려가 앞서게 마련이다. 관여할 수 없다는 것을 알면서도 잠자코 있을 수가 없어 찾아왔다. 이해하기 바란다."

"물론입니다."

"우선 결혼을 하겠다니 기쁘다. 어머니도 그렇게 생각하고 있다. 아주 예쁜 처녀더구나."

그때 석연찮은 느낌이 턱밑을 차갑게 스치고 지나갔다.

"두서없이 말해 안됐다만 우선 너에 대해서 얘기하겠다. 그날 네 얼굴을 보고 있었다. 집을 나설 때까지 내내 편하지가 않더구나. 그 이유가 무엇인지 먼저 알고 싶구나. 네 판단력과 됨됨이를 믿는다만 혹시 두 사람 사이에 문제가 있는 것이냐? 서두르고 있는 건 아닌지 묻고 있는 거다."

"달리 문제는 없습니다. 또 서로 때가 됐다고 판단했기 때문에 인사를 드리러 갔던 겁니다."

내 말에 귀를 기울이며 아버지는 안주머니에서 담배를 꺼내 물었다. 성냥을 켜서 내가 불을 붙여드렸다.

"방황할 때도 나는 너를 기특하게 보았다. 겉으론 냉정한 녀석 같지만 속이 섬세해서 혼자 상처를 많이 받더구나. 그래도 아무 말 하지 않았다. 이겨낼 줄 알았으니까. 그런데 그날은 끝까지 흔들리고 있더구나. 알다시피 혼례는 마음이 흔들리는 가운데 치러서는 안 되는 일이다. 상대를 위해서라도 말이다."

"그렇지 않습니다."

"그래? 한데 왜 그렇게 저녁 내내 오리처럼 뒤뚱거리고 있었지?"

내 잔에 술을 따라주며 그가 덧붙였다.

"네 말을 믿으마. 그게 옳겠지."

"……"

"한 가지 미리 양해를 구하마. 그 처녀에 대해 얘기해도 되겠느냐? 옳지 않은 일이라면 하지 않겠다. 자칫 사람을 평가하는 일이 돼서는 안 되기에 하는 말이다."

"아버님으로서 말씀해주시면 됩니다."

"……이 아비가 보기엔 네가 어떤 사람인지 그 처녀는 아직 잘 모르고 있더구나. 그게 너에 대한 무관심이 아닐까 염려스럽구나. 내가 잘못 보았기를 바란다."

그 말에 나는 내심 충격을 받았다.

"상냥하긴 하지만 그다지 친절하거나 다정하지는 않더구나."

언젠가 미란과 술자리를 함께했던 친구에게서 들은 말이었다. 그런데 아버지가 똑같은 말을 하고 있는 것이다.

"사람이란 무릇 서로 보살핌의 대상이다. 지극한 관심이 뒤따라야 하는 일이지. 그런데 그 처녀에게는 뭔가 중요한 것이 결핍돼 있어."

나는 마시던 술잔을 내려놓았다.

"상대를 이해하는 능력이라고 할까, 말하자면 따뜻함 말이다."

그건 그녀 자신이 말한 대로 오랫동안 혼자 방어적으로 살아왔기 때문일 것이다. 자신을 지키기 위해서 말이다. 미란이 어떤 면에 있어서 결핍이 있다는 것은 나도 알고 있었다. 상대의 입장에서 나를 본다거나 타인에 대해 보다 적극적인 배려나 관심을 보여주는 일에 서투른 게 사실이었다. 하지만 엄밀히 말하면 그건 그녀의 탓이 아니었다. 자기의 선택과 관계없이 주어진 환경의 몫이었다. 나는 그런 점을 들어 시간을 두고 아버지를 이해시키려고 노력했다. 아버지는 진지한 표정으로 내 얘기에 귀를 기울이고 있었다. 다 듣고 난 뒤 아버지의 표정은 조금 누그러져 있었다.

"네가 그렇게 이해하고 있다면 그나마 다행이구나. 그렇다면 이쪽에서 먼저 다정하게 보살펴주어라. 그러면 상대도 점점 따뜻해질 거다."

그 동안 아버지는 고심한 흔적이 역력했다. 한편 그와 맞서고 있다는 느낌이 들어 나는 마음이 무거웠다. 하지만 나는 그렇게 얘기할 수밖에 없었다.

"다른 점은 훌륭하더구나. 총명하고 쉽사리 흔들리지 않을 사람으로 보았다. 부친께서 일찍 돌아가셨다고 했는데 어떤 분인지 모친께서 나머지를 솜씨 좋게 잘 채워놓으셨더구나."

물론 장점도 많은 사람이다.

"언젠가, 오랜 세월이 지난 다음이겠지만, 심각한 위기의 순간이 올지도 모른다. 나와 네 어미도 그랬다. 완전히 지쳤다고 느껴지는 때가 올 거다. 그땐 세상의 모든 양들이 침묵하고 나무도 한결같이 등을 돌리고 서 있을 거다. 안타깝구나. 그땐 이미 이 아비가 도울 수 없을 때일 테니까. 부디 잘 살기 바란다. 너한테도 단점이 있다는 것을 잊지 말고 그걸 알게 될 때마다 상대에게 고개를 숙이거라. 아이가 태어나면 그 아이에게도 고개 숙이거라. 너는 지금부터 많은 짐을 짊어진 사람이다. 모쪼록 경배하거라. 너를 찾아오는 범죄자조차 성의껏 변호해야 하듯이 말이다."

자정까지 아버지와 말없이 정종 세 병을 더 마셨다. 아버지를 안심시키기 위해 나는 그 마음 차가운 처녀를 깊이 사랑하고 있다고 말했다.

식당을 나오기 전 아버지가 양복 안주머니에서 흰 봉투를 꺼내 식탁 위로 내밀었다.

"경주 갈 때 여비로 쓰거라. 어머니가 마련한 것이니 그리 알고."

나는 그것을 받아 양복 안주머니에 집어넣었다.

"이해하거라. 오늘 저지른 모든 말들이 네가 이 아비에게서 비롯됐기 때문이었다. 그래, 이제 떠나거라."

아버지는 많이 취해 있었다. 원당까지 모셔다 드리겠다고 해도 극구 손을 내두르며 혼자서 비틀비틀 택시에 올라탔다.

신라 여인

미란의 어머니는 내가 지금껏 만나온 그 어떤 여자보다 압도적인 분위기를 가지고 있는 사람이었다. 쉰 살임에도 불구하고 놀라운 정도로 젊었고 설명하기 힘든 묘한 매력을 풍기고 있었다. 30대에서 나이가 멈춰 있었다. 그녀와 만나는 순간 곧 눈빛에 빠져들고 말았다. 그녀의 주위에는 찬란하고 고요한 빛깔의 공기가 몸을 움직일 때마다 정적처럼 따라다니고 있었다.

인상적이었던 것은 사위 될 사람을 맞는데 청바지와 붉은 셔츠 차림에 맨발이었다. 화장도 하지 않은 얼굴이었다. 긴 머리칼이 어깨 위로 부드럽게 흘러내려 기묘한 생동감을 주고 있었다. 뒷마당에 있는 온상에서 꽃들을 돌보다 나온 참이었다. 빵 가게는 문을 닫은 다음이었고 집에는 그녀 혼자뿐이었다. 그러나 집 안 어디에서도 묵은 외로움의 퀴퀴한 흔적 따위는 찾아볼 수 없었다. 그녀는 낡은 이층 기와집에서 혼자 군주처럼 살고 있었다. 미란이 죽은 아버지를 닮은 것인지 어머니 쪽이 한결 미인이었다. 다만 귓불 한쪽이 짧은 것이 서로 피가 섞였음을 애달프게 증거하고 있었다.

그들 모녀는 서로 다정해 보였지만 이상한 거리감이 있었다. 이모와 조카 사이처럼 메워지지 않는 공동이 존재하고 있었다. 둘 다 강한 존재감을 가지고 있기 때문이라고 생각했다. 오히려 미란이 어머니에게서 벗어나지 못하고 있는 부분이 있음을 알 수 있었다. 시간이 좀더 지나서 나는 깨달았다. 미란의 어머니가 오래전에 딸을 마음으로부터 떠나보냈다는 것을. 더 이상 딸에게 의지하지 않기 위해 어느 날 이모나 언니의 존재쯤으로 물러나버린 것이다. 그로부터 그녀는 더 이상 늙지 않게 된 것일까?

음식에서도 독특한 느낌을 받았다. 어디에서도 그 같은 맛을 느껴본 적이 없었다. 솔바람에서 묻어오는 냄새처럼 깊고 그윽했다. 그저 손끝에서 나온 맛이 아니었다. 이를테면 오래전부터 대대로 건너건너 전해져 내려온 맛이었다. 고추와 마늘을 쓰지 않았으나 다섯 가지 맛이 아주 조금만 넘치게 골고루 조화를 이루고 있었다. 조금 넘치는 부분은 내가 손님이기 때문에 배려를 한 성싶었다. 반찬 하나하나 남기거나 버릴 게 없었다. 남겨도 다시 상에 올려놓지 못할 음식이었다. 그런데도 빈틈없이 넉넉하고 부드러웠다. 어떤 완벽이 느껴졌다.

저녁을 먹고 나서 마루가 내다보이는 거실 창가에 앉아 국화차와 미란의 어머니가 손수 만든 황남빵을 먹었다. 마당엔 진눈깨비가 풀풀 내리고 있었다. 미란의 어머니는 내게 어떤 의례적인 질문조차 하지 않았다. 오래전부터 찾아오기로 예정돼 있었던 사람처럼 자연스럽고 부드럽게 나를 대했다. 어디선가 오페라 「토스카」에 나오는 '사랑에 살고 노래에 살고'가 희미하게 흘러나오고 있었다. 옆집에서 담을 넘어 들려오는 걸까. 그때 거실 구석에 기대어 있는 세고비아 기타가 눈에 들어왔다. 낡긴 했으나 손때가 묻어 반

들반들하게 윤이 나 있었다.

실례해요, 하더니 미란의 어머니가 담배를 피워 물었다.

문득, 벽시계를 보니 9시 30분이었다. 이마 밑으로 흘러내려온 머리칼 사이로 마당을 내다보고 있던 미란의 어머니가 입을 열었다. 담 밖에서 쏟아져 들어온 가로등 불빛 속으로 진눈깨비가 하염없이 붐비고 있었다.

"스물두 해 만에 남자 손님이 집에 찾아온 셈입니다."

남편을 일찍 여읜 것을 그런 식으로 말하고 있었다. 또한 어머니와 여자로서 정갈하게 살아온 것을 말하고 있었다. 미란은 모른 척 사과 껍질만 끊어지지 않게 집중해서 벗기고 있었다. 경주에 도착해서부터 그녀는 거의 말이 없었다.

"저도 이제부터 편하게 늙어가겠군요. 애가 결혼을 한다니 풀썩 긴장이 풀립니다. 서운하긴 하지만 두 사람 얼굴을 보니 마음이 놓입니다. 미란이한테는 청년처럼 다감한 사람이 필요합니다. 서울 어른들께서 서운하신 점이 많을 텐데 선뜻 허락해주셔서 고맙군요. 올라가시면 대신 말씀 전해주세요."

높낮이가 없이 고요히 맑게 울려나오는 목소리였다. 저런 기품은 어디서 비롯된 것일까? 문득 그런 생각을 하고 있었다. 집 안 곳곳에 향긋한 빵냄새가 배어 있었다. 밤새 마당에 내리는 진눈깨비를 내다보며 이대로 앉아 있고 싶었다.

10시가 좀 넘어 미란의 어머니가 온실의 화분을 봐야겠다며 자리에서 일어났다.

"이층에 자리를 봐놨으니 묵고 가도록 하세요."

그 말에 나는 내심 당황하고 있었다. 저녁을 먹고 나가 혼자 보문단지에 있는 호텔에서 묵을 작정이었다. 그리고 내일 토함산 밑에 있는 미란의 아버지 산소에 들렀다가 서울로 올라갈 계획이었던 것이다. 20년이 넘게 여자들만 살아온 집이었다. 더군다나 혼례 전이었다. 이런저런 생각에 저절로 낯이 붉어졌다.

"초저녁이면 몰라도 손님을 밖에 묵게 할 수는 없습니다. 피곤할 텐데 그만 올라가서 편히 쉬도록 하세요."

이층 방은 미란이 여고 때까지 쓰던 방이었다. 손을 대지 않고 그대로 놔두고 있었다. 새로 풀을 먹여 버석거리는 깨끗한 이불이 반듯하게 깔려 있었다. 창틀에는 그날 온실에서 꺼내온 듯한 붉은 제라늄 화분이 놓여 있었다. 뒤따라 미란이 올라왔다.

"얼마 전 일본에 가서 묵었던 여관에 와 있는 느낌이군."

"왜, 뭐가 마음에 걸려요?"

"글쎄, 뭔가 너무 질서정연하고 완벽해. 주인과 손님의 관계처럼 말이야. 왜 그럴까?"

슬쩍 당황한 표정을 지으며 미란은 내 눈길을 피해 제라늄 화분이 놓여 있는 창가로 다가갔다. 그리고 스웨터 주머니에서 담배를 꺼내 불을 붙였다. 잠깐 비껴놓은 창문 틈으로 회색의 담배 연기가 머리칼처럼 빠져나가고 있었다. 그녀는 여고 적에도 저 창가에 서서 밤이면 담배를 피우곤 했을 것이다.

"저 역시 여기 내려오면 손님에 불과해요."

그녀의 모습이 그 순간 몹시 외로워 보였다.

"언제부터 그렇게 된 거지?"

미란이 창틀에 담배를 눌러 끄고 방바닥에 와 앉았다.

"대학에 입학해서 서울로 올라간 다음부터죠. 그해 여름 방학이 되어 내려왔는데 엄마의 태도가 딴사람처럼 달라져 있더군요. 서글픈 생각이 들긴 했지만 이내 깨달았어요. 어차피 그때부터는 혼자 살아가야 하니까 더 이상 기대지 말란 뜻이었죠. 엄마도 삶을 좀 쉬고 싶었겠죠. 지금은 그 판단이 옳았다고 생각해요. 막상 기댈 데가 없어 힘들 때도 많았지만 그만큼 빨리 독립할 수 있었으니까요."

서로 말을 잃고 이불 옆에 나란히 앉아 있었다. 미란이 내게 어깨를 기대오며 안아달라고 했다. 나는 그녀의 작은 등을 둥그렇게 안고 화분 사이로 틈틈이 비껴 내리고 있는 진눈깨비를 바라보고 있었다.

잠들기 전에 화분을 안으로 들여놔야겠다. 아침이 되면 얼어 죽을지도 모른다.

이불 위에 누워 미란에게서 어머니에 대한 또 다른 얘기를 들었다.

"신라 왕족의 후손이에요. 외가가 대대로 경주를 떠나지 않고 살고 있어요. 그 먼먼 세월을 이어 내려온 희미한 혼혈의 혈통을 붙잡고 남들은 하등 알지도 못할 자부심과 자긍심으로 굳게 버티고 있는 거죠."

미란의 어머니에게서 전해오던 기품과 위엄의 정체가 바로 그것이었던가. 또한 그 긴긴 세월을 이어 내려오는 동안 어느 옛적 여인이 무거운 귀고리 한 짝을 잃어버렸는가? 그래서 한쪽 귓불들이 다 짧은 것인가.

어디선가 아까처럼 희미한 노랫소리가 들려오고 있었다. 책상 위에 놓여 있는 시계의 형광 바늘을 보니 자정이 임박해 있었다. 담을 넘어 들려오는 소리? 아니었다. 누군가 안채에서 기타를 뜯으며 진눈깨비풍으로 고즈넉이 노래를 부르고 있었다. 나는 귀를 활짝 열어놓고 숨을 죽였다.

「사랑의 기쁨」.

처음엔 귀를 의심했지만 틀림없이 미란의 어머니가 부르는 노래
였다. 기타 반주에 맞춰 부르는 노랫소리는 고적하게 집 안 구석구
석으로 울려 퍼지고 있었다. 붉은 제라늄 화분 뒷전으로는 여전히
진눈깨비가 티티거리며 흩날리고 있었다. 무심결에 옆을 돌아보니
미란의 베개 끝이 몇 방울의 눈물로 젖어 있었다.

"저를 떠나보내고 있는 거예요."

그런 것이었구나. 방 안의 차갑던 공기가 어느 결에 따뜻하게 변
해 있었다.

미란이 아래층으로 내려가고 나서 나는 화분을 안으로 들여놓고
풀 먹인 이불 속에서 깊게 잠들어버렸다. 눈 속에 피어 있는 붉은
제라늄의 꿈을 꾸며.

아침에 일어나 아래층으로 내려가니 미란의 어머니가 빵 가게에
서 나오고 있었다. 아침에 빵을 사러 오는 사람들을 보내고 들어오
는 참이었다. 미란은 부엌에서 아침상을 준비하고 있었다.

잘 잤느냐고 물으며 미란의 어머니가 나를 뒷마당 온실로 불렀
다. 열 평쯤 되는 온실 안에는 오랜 세월 그녀가 돌봐온 화분들이
켜켜이 또 아름답게 놓여 있었다. 나는 그녀만의 고요한 세계에 초
대를 받아 들어온 기분이 들었다. 주인말고는 아무도 손댈 수 없는
질서라는 게 느껴졌다.

그녀는 분재 화분이 놓여 있는 곳으로 나를 데리고 가더니 전지
가위를 내게 내밀었다. 앞에는 수령이 족히 수십 년은 됐을 단풍나
무 분재가 놓여 있었다. 얼른 보기에도 훌륭한 것이었다.

"벌써 손을 봤어야 하는데 좀처럼 틈이 나지 않았습니다. 직접
한번 해보세요."

초등학교 때 물봉숭아를 화분에 키워본 경험밖에 없는 나는 선뜻 그러겠다고 할 수가 없었다. 품세가 흐트러질 게 뻔했고 그렇다면 제 모습을 찾는 데 꽤나 긴 세월이 필요할 터이었다. 뒤로 물러나고 싶었으나 또 간단히 그러겠다고 할 수가 없어 나는 가위를 든 채 눈만 끔벅거리고 있었다. 옆에서 그녀가 조용히 거들었다.

"눈을 감으세요. 그리고 천천히 마음을 가라앉히고 나서 원하는 나무의 모양을 떠올립니다. 모양이 뚜렷하게 떠오를 때까지는 긴장을 풀고 기다리세요. 그럼 차츰 모양이 나타날 겁니다. 그럼 눈을 뜨고 그대로 옮기기만 하면 됩니다."

눈을 감고 있는 동안 그녀는 어제 내게 하지 못했던 말을 전하고 있었다. 앞으로 미란과의 관계에 있어서 내가 할 바를 알려주고 있었다.

"저 애가 살아가면서 청년이 바라는 것을 아무것도 해줄 수 없을지 모릅니다. 그렇게까지는 가르치지 못했습니다. 그러니 이제부터는 청년이 원하는 대로 만들어가도록 하세요. 거기에 대해서는 아무 말도 하지 않겠습니다. 하지만 단 한 가지, 여자로서의 고결한 부분은 마지막까지 지켜주도록 하세요. 그것까지 잃게 되면 버티지 못할 애입니다."

나는 내가 원하는 나무의 형상을 떠올리고 있었다.

"남녀가 만나 함께 사는 일은 서로의 기억을 되찾아주는 일입니다. 결혼을 하는 순간 과거의 모든 것들이 어둠 속에 묻혀버리고 말죠. 서로가 자신들이 알고 있는 새로운 기억들을 원하기 때문입니다. 그러다 보면 자칫 상대가 가슴에 품고 있던 것들을 억압하고 빼앗아버리게 됩니다. 그렇게 되면 결국 남루하고 가난해지게 마련입니다."

그녀가 어젯밤에 부르던 노랫소리가 귓전에 들려오고 있었다.

"함께 살아가려면 서로를 만나기 전의 기억들도 인정하고 공유해야 합니다. 작은 우주 안에 말예요. 그리고 그 속에 함께 머물러야 합니다. 자, 이제 마음을 내려놓고 눈앞에 떠오른 형상을 나무에 옮겨보세요."

눈을 뜨고 나는 그렇게 했다. 때마침 아침 햇살이 몰려 들어와 온실 안은 싱그럽고 달착지근한 흙냄새로 가득 차 있었다. 이윽고 가위를 내려놓는 순간 내가 잠시 다른 곳에 가 있었음을 느꼈다. 가까이에 있지만 눈에 보이지 않는 그런 곳에. 그것은 아주 특별한 경험이었다.

아침밥을 먹고 미란의 어머니가 싸준 황남빵을 선물로 받아 들고 집을 나섰다. 고등학교 때 수학여행을 온 후로 처음 와본 경주는 옛적 그대로 아름다운 고장이었다.

미란의 아버지 산소에 들렀다 나와 첨성대 앞에서 점심을 먹고 기차를 타고 밤늦게 서울로 올라왔다.

경주에서 올라오고 나서 며칠 후 오미란이 꿈에 나타났다. 그것은 꿈이라고 하기엔 너무도 생생해서 마치 그녀가 나를 찾아온 것만 같았다.

오전 6시쯤, 아침이라고 하기엔 좀 이른 시각이었다. 바닥에 떨어져 있던 동전이 저절로 뒤집히듯 깜빡 다른 세계가 찾아와 있었다. 그곳은 분명 내가 잠들어 있는 방이었으나 가건물 세트처럼 묘한 이물감이 느껴졌다. 그녀가 찾아와 머물렀던 시간은 그리 길지 않았다. 기껏해야 30분 정도.

머리가 깨질 듯한 아픔에 나는 눈을 떴다. 일요일 아침의 느슨한

푸름이 방 안에 떠다니고 있었는데 서서히 공기의 흐름이 달라지고 있었다. 집 안에 있는 모든 창문들이 열린 것처럼 참을 수 없는 냉기가 새어 들어왔다. 나는 밭은기침을 하면서 이불을 목까지 끄집어 올렸다. 그러나 이불 속까지 그 차가운 공기가 집요하게 파고들었다. 문밖에서 쿵쿵거리는 소리가 들려오고 있었다.

나는 누군가 나를 찾아왔다는 것을 직감적으로 깨달았다. 한데 누구일까? 나는 침대에 누운 채 가까스로 고개를 돌려 문 쪽을 바라보았다. 발소리는 문 앞에 멈춰 있었다. 자리에서 일어나고 싶었으나 좀처럼 몸을 움직일 수가 없었다.

이어 문이 갸웃이 열리고 오미란이 들어왔다. 연둣빛 원피스 차림에 머리칼이 허리까지 길게 자라 있었다. 흰 가방은 보이지 않았다. 그 동안 어디에 있다 나타난 것일까. 나는 이불 속에서 슬그머니 허벅지를 꼬집어보았다. 틀림없이 현실이었다.

그녀는 내가 누워 있는 침대 쪽은 쳐다보지도 않고 사뿐사뿐 걸음을 옮겨 식탁 의자에 가 앉았다. 그런 다음 어젯밤 내가 잠들기 전에 마시다 남긴 생수를 유리컵에 조금 따라 마셨다. 볼륨을 죽인 텔레비전을 보고 있는 것처럼 내 청각 신경은 둔하게 마비돼 있었다. 마이크를 시험하듯 아, 아, 하고 부러 소리를 내보았으나 그녀는 들은 척도 하지 않았다. 그녀는 컵을 탁자에 내려놓고 오디오의 파워 버튼을 누르고 장식장에서 CD를 꺼내 플레이어에 딸각 집어넣었다.

이윽고 며칠 전 내가 경주에 가서 들었던 「사랑의 기쁨」이 흘러나왔다. 이상한 일이었다. 스피커에서 흘러나오고 있는 목소리는 바로 미란의 어머니였다. 나는 뒤집힌 풍뎅이처럼 필사적으로 몸을 버둥거려보았으나 아무래도 일어나 앉을 수가 없었다. 시간이 갈수록 몸이 차갑게 굳어가고 있었다. 미란은 등을 돌리고 앉아 스피커에 골똘히 귀를 기울이고 있었다. 원피스 밑으로 드러나 보이는 발에 흙탕물이 튀어 있었다. 도대체 어찌 된 일일까?

그녀가 침대로 다가온 것은 「사랑의 기쁨」이 오토 리버스되고 있을 때였다. 그녀의 등 뒤에서 노랗고 투명한 빛의 잔영이 침입해 들어오고 있었다. 그녀의 눈은 소경처럼 초점이 보이지 않았다. 느릿느릿 침대 앞으로 다가와 그녀는 내 얼굴을 가만히 내려다보더니 이마에 손을 갖다 댔다. 얼음처럼 손이 차가웠다. 얼굴에 서리가 끼어 있었다. 순간 그녀가 죽은 건 아닐까, 라고 생각했다. 침대 모서리에 걸터앉으며 그녀가 속삭여왔다. 착시였을까. 창틀에 붉은 제라늄 화분이 놓여 있는 게 눈에 들어왔다.

"5년 만인데 전혀 변하지 않았군요."

소리가 두 겹으로 울려나오고 있었다.

"얼마 전에 미란에 다녀왔어요. 사막에 있는 그 폐허의 도시 말예요. 모래 바람이 정말 끔찍할 정도로 굉장했어요. 그 검은 바람이 한차례 불어가면 그야말로 눈 깜짝할 사이에 모든 것들이 사라져버리더군요. 저 역시 그 속에 갇혀 영영 빠져나오지 못하는 줄 알았죠."

그녀는 정말 그 먼 곳에 다녀온 것일까. 아무래도 현실감 있게 들리지는 않았다.

"저, 그리고 우여곡절 끝에 아버지를 만났어요. 그때 신라호텔에서 사라지고 나서 무려 8년 만에 말예요. 아버지는 조만간 한국으로 돌아갈 거예요. 향수병을 심하게 앓고 있거든요. 이대로 놔뒀다가는 얼마 못 가 폐인이 되고 말 거예요."

신라호텔이라니. 그럼 그 당시 여자를 죽이고 사라진 남자가 바로 그녀의 아버지였단 말인가.

"공소 시효가 아직 남아 있기 때문에 서울로 돌아간다 해도 자유롭게 살지는 못할 거예요. 나중에 만나게 되면 그때 자세히 얘기하죠."

그녀에게 묻고 싶은 게 있었으나 아무리 애를 써도 말이 나오지 않았다. 나는 추위 때문에 온몸을 부들부들 떨고 있었다.

"결혼을 한다구요. 잘된 일이에요. 하지만 전에도 얘기했듯이 저를 잊어서는 안 돼요. 저를 구원해줄 수 있는 사람은 오직 당신뿐이니까요."

구원. 그녀가 내게 바라는 것이 그것이었던가.

이윽고 그녀는 원피스 자락의 주름을 펴고 일어나더니 천천히 밖으로 빠져나갔다. 좀더 머물러 있다 가라고 애타게 말하고 있었으나 그녀는 끝내 듣지 못하고 있었다. 그녀가 밖으로 사라지고 나서 눈앞이 까맣게 흐려지면서 나는 다시 깊은 잠에 곯아떨어졌다.

눈을 떠보니 정오가 가까워 있었다. 감기가 들어 있었다. 나는 쿡쿡 쑤셔대는 머리를 감싸쥐고 아직도 빨갛게 전원이 들어와 있는 오디오를 바라보았다. 바닥을 짚고 내려가 플레이어를 열어보니 어젯밤에 들었던 크라이슬러의 바이올린 CD가 그대로 들어 있었다. 정말이지 이 세계에는 설명할 수 없는 일들이 자주 일어나곤 한다.

오후 2시에 미란이 왔다. 문을 열고 안으로 들어서던 그녀가 잠시 동작을 멈추고 집 안 구석구석을 찬찬히 살폈다. 그러고는 수상쩍은 표정으로 이런 말을 하는 것이었다.

"혹시 아침에 누가 왔다 갔나요?"

나는 소파에 앉아 기침을 하며 그녀의 눈만 뚫어져라 바라보고 있었다.

밤의 열기 속에서

1992년 3월 나는 미란과 결혼했다.

기억을 더듬어보면 그해에는 시한부 종말론인 휴거 소동이 일어났고 한중 수교가 이뤄졌으며 김영삼씨가 14대 대통령에 당선되면서 이른바 문민 정부가 들어섰고 그와 함께 민주당 김대중 대통령 후보가 정계에서 은퇴했다. 또 해외에서는 클린턴이 42대 미국 대통령으로 당선됐고 유고 내전이 계속되는 가운데 무려 2만여 명이 사망했고 LA에서는 흑인 폭동으로 인해 한인들이 큰 피해를 입었으며 사상 최대의 환경 회의가 브라질의 리우에서 열렸다.

이런 일들은 언뜻 우리와 아무 상관이 없는 듯 보이지만 뜻밖에도 아주 직접적인 관련을 맺고 있는 경우가 많다. 나비 한 마리가 북경에서 살랑거리면 다음날 뉴욕에서 폭풍이 일어날 수도 있다는 가설이 있다. 이와 같이 세상에서 벌어지고 있는 일들은 알게 모르게 서로 영향을 미치고 있다는 것이다. 그러나 어떤 경로를 통해 그런 일이 일어나는지를 대개의 사람들은 모르고 있다. 혹자 알고 있더라도 입을 다물고 있거나 남들에게 납득할 정도의 설명을 해주지 않는다.

그해 내게도 일련의 수수께끼 같은 일들이 발생했고 주위에서는 뭔가 하나씩 흔적 없이 사라져갔다.

약간의 우여곡절이 없지 않았으나 결혼식은 평범하고 무난하게 지나갔다. 결혼식만큼 상식의 힘을 빌려 치러내는 일이 또 어디 있겠는가. 그것은 주위 사람들의 수긍과 용인을 얻어내는 절차여서 반드시 남들이 해온 방식을 따라야만 하는 일이기도 하다. 일찌감치 그걸 알게 된 나는 주위에서 하는 대로 모든 걸 맡겨두고 있었다. 그 과정에서 미란과 사소한 마찰이 일어났다.

미란은 예식장의 선택에서부터 살림살이 하나를 장만하는 일까지 내가 적극적으로 개입하기를 바라고 또 요구했다. 이해할 수 있는 일이었으나 주말과 공휴일은 물론이고 거의 매일 퇴근 후에 백화점과 남대문시장과 가구점 따위를 허겁지겁 돌아다니는 일에 나는 쉽게 지쳐버렸다. 꼼꼼한 성격이란 건 알고 있었으나 미란은 물건 하나를 구입하는 데 마치 집을 사는 것처럼 번거로운 절차를 거쳤다.

백화점에 창문과 벽시계와 흡연 공간이 없다는 사실도 그녀를 따라다니며 비로소 알게 되었다. 그곳은 대저 욕망의 감옥이어서 30분 정도만 안에 머물러 있으면 그 피로감을 주체할 길이 없었다. 쇼핑을 마치고 나오면 마치 불가마 속에 들어갔다 나온 기분이었다. 어느 날 백화점에서 나오는 길에 나는 급기야 미란에게 하지 않아도 될 말을 내뱉고 말았다.

"이봐, 점원들에게 좀더 친절하게 대할 수 없어?"

아차 싶었지만 다음날 오전 예정된 공판 때문에 나는 온종일 신경이 곤두서 있었다. 몇 달 전 내게 변호를 의뢰한 살인 혐의 피의자의 형이 확정되는 날이었다. 법정 최고형을 받을 게 확실했고 내가 변호사일을 시작한 후로는 처음 있는 일이었다. 그 무게감에 나는 시달리고 있었던 것이다.

얼른 뜻을 알아차리지 못하고 미란은 뜨악한 눈으로 나를 바라보았다. 그녀 역시 지쳐 있는 상태였다.

"친절하라뇨?"

"알다시피 그들은 예의를 갖추고 당신이 눈여겨보고 있는 물건에 대해 성심성의껏 온갖 설명을 다 해주었어. 그런데 당신은 미처 설명을 다 듣기도 전에 그때마다 아무 말도 없이 등을 돌리고 가버리더군."

"그게 뭐 어떻다는 거예요?"

차분하게 대꾸하고 있었으나 그녀는 이미 마음이 상해 있었다.

"그들은 하루 종일 매장에 서 있어. 앉지 못하게 돼 있으니 말이야. 그렇다면 물건을 사지 않는 경우, 이쪽에서도 최소한의 배려를 해줘야 한다고 생각해. 당신이 냉엄한 소비자처럼 구는 게 내 눈엔 어쩐지 어색해 보인단 말이야."

"제가 물건을 고르는 동안 연우씨는 점원들의 얼굴을 보고 있었군요."

"뒤에서 따라다니다 보면 보이게 마련이지."

그녀가 단호한 표정으로 되받았다.

"그래도 어쩔 수 없어요. 원하지 않아도 백화점에 들어가는 순간 저는 고객이 되고 그들은 점원일 수밖에 없어요. 시스템이 그렇단 말예요. 저는 그들에게 일일이 예의를 지키기 위해 백화점에 가는 게 아니에요. 그러고 싶은 마음도 없구요. 그렇다면 그 사람들을 무시하거나 내려다보느냐구요? 천만에요. 경우에 따라서는 얼마든지 서로 입장이 바뀔 수도 있고 그렇다면 제가 그들에게 친절한 모습을 보여야만 할 거예요. 실제로 직장에서 저는 매장에 서 있는 아가씨들과 별로 다를 게 없어요. 하루에도 여러 건의 컴플레인이 들어와요. 그걸 처리하다 보면 역시 자존심 상하는 경우가 한두 번이 아녜요. 하지만 그런 일에 익숙해지지 않으면 버틸 수 없게 돼 있어요. 그래요, 제가 좀더 상냥하게 점원들을 대했다면 좋았겠죠. 하지만 우리가 백화점에 머물 수 있는 시간은 고작해야 한 시간뿐이었어요. 그사이에 여러 가지 것들을 해결해야 했구요. 제 경험으론 그들이 고객의 친절까지 원한다고 생각하지 않아요. 오히려 일일이 예의를 지켜야 한다는 생각이 그들에게 상처가 될 수도 있어요. 그게 곧 허영심을 가지고 그들을 내려다보는 일이 될 수도 있다는 거예요."

그 말에 동의할 수 없었으나 나는 그쯤에서 뒤로 물러섰다. 나 역시 사람들에게 그리 다정다감하고 친절한 스타일이 아닌 것이다.

아직 자리가 잡히지 않은 변호사 사무실은 아침에 나가보면 늘 골치 아픈 문제들이 생겨 있었다. 개업과 함께 일을 시작한 40대의 경험 많은 사무장은 불분명한 이유로 얼마 전에 다른 변호사 사무실로 옮겨버렸고 그 통에 거의 한 달 동안 사건 의뢰 공백이 생겨 있었다. 또 시민 단체나 무슨무슨 협회에서 때 없이 걸려오는 전화에 그때마다 일일이 적절한 태도를 취해야만 했다. 대개 어떤 협조 요청을 해오는 경우가 대부분이었다.

그러한 와중에 결혼은 불과 보름 앞으로 다가왔고 박윤재가 다시 내 인생에 개입해 들어왔다. 이번엔 엉뚱하게도 신혼여행에 관한 것이었다. 미란이 항공사에 근무하고 있었으므로 신혼여행에 관한 일은 전적으로 그녀에게 맡겨두고 있었다. 미란은 항공사 직원 자격으로 연계 할인을 받을 수 있는 클럽 메드 지점을 알아본 다음 인도네시아의 빈탄 섬으로 여행지를 결정해두고 있었다. 싱가포르를 경유하는 코스였으므로 두 나라를 함께 여행하는 효과도 있었다. 쿠폰과 항공 티켓까지 이미 받아놓은 상태였다.

박윤재로부터 전화가 걸려온 것은 금요일 퇴근 무렵이었다. 몇 달 전 신라호텔에서 만났을 때와는 어딘가 또 느낌이 달라져 있었다. 그는 술에 취한 아녀자처럼 몽롱한 소리로 얼토당토않은 말부터 늘어놓았다.

"거리에 봄이 몰려와 있군. 봄이 되면 왜 사람들의 얼굴이 마치 화투장처럼 변하는지 몰라. 하긴 마법에 걸리기 쉬운 계절이지."

솔직히 나는 그의 전화가 달갑지 않았다. 더 이상 그가 내게 개입하는 걸 원치 않고 있었다. 더군다나 나는 결혼을 앞두고 있었다. 나는 의자에서 몸을 뒤척이며 벽시계를 올려다보았다. 신혼 살림을 위해 새로 얻어놓은 아파트에 가구가 들어오는 날이어서 나는 미란과 집에서 만나기로 돼 있었다.

나는 이마에 손을 댄 채 눈을 감고 있었다.

"조만간 어딜 다녀올 계획이 있나? 만약 그런 일이 있다면 취소하라고 말하고 싶군. 마법사가 자네를 유인하고 있는데 거기엔 함정이 도사리고 있어. 가지 않는 게 좋겠어."

어느 결에 그의 말은 단정적으로 변해 있었다.

"그럴 계획 없어. 간다면 뭐 신혼여행이겠지."

무심결에 이런 말을 내뱉고 나서 나는 곧 후회했다. 그는 죽은 듯 잠시 침묵하고 있었다. 왠지 불길하게 느껴지는 침묵이었다. 그가 목소리를 바꿔 물어왔다.

"결혼하는 모양이군. 그런데 왜 내겐 알리지 않은 거지?"

나는 또 그에게 말려들고 있는 기분이 들었다. 틀림없이 보름 전에 내 손으로 직접 주소를 써서 청첩장을 부쳤다.

"그렇다면 다시 보내지. 그럼 식장에 와줄 걸로 믿고 이만 끊겠어. 바로 나가봐야 하거든."

그러자 그가 다급하게 내 목소리를 잡아챘다.

"실은 자네 사무실 앞에 와 있는데 잠깐 볼 수 없을까?"

혼란스러운 느낌과 함께 사무실 안의 가구들이 제멋대로 움직이고 있는 것처럼 보였다. 빠져나가기에는 이미 뭔가 늦었다는 느낌이 몰려왔다. 여직원이 틀어놓은 라디오에서는 '배철수의 음악 캠프'가 흘러나오고 있었다.

미란에게 전화해 한 시간쯤 늦겠다고 말하고 나는 자리에서 일어났다. 그리고 여직원에게 내일 아침 화병의 꽃을 갈아달라는 말을 남기고 사무실을 나섰다.

박윤재는 파이프 담배를 물고 앉아 커피를 마시고 있었다. 이번에는 우스꽝스러운 갈색 빵모자를 쓰고 있어서 마치 만화가처럼 보였다. 찻집 안은 퇴근길의 손님들로 북적거리고 있었고 유리창 밖으론 저마다 철 이른 봄옷을 입고 나온 여자들이 오리떼처럼 일렬 종대로 걸어가고 있었다. 사물이 이렇듯 그로테스크하게 보일 때가 있다. 자동차가 공중을 날아가고 어디선가 한 떼의 새들이 날아와 도로를 점거하고 있고 사람들이 모두 사이보그처럼 보인다. 그럴 때마다 현실 감각을 유지하는 것이 때로 얼마나 힘든 일인지 깨닫게 된다.

종업원이 갖다 준 생수를 들이켜고 나서 주머니를 뒤져 사탕을 꺼내 물었다. 긴장하고 있을 때 나는 사탕을 입에 물고 있는 버릇이 있다.

"자네가 나에 대한 투시력을 갖고 있다는 건 알겠어. 하지만 그건 내가 원하는 바와 다른 거야. 자네는 내가 요청한 바 없는데도 자꾸만 내 인생에 개입하고 있다는 인상을 준단 말이야. 나로서는 자네의 말을 듣고 그때마다 판단을 수정하거나 보류하고 싶지 않아. 한 가지 더 얘기하자면 자네가 갖고 있는 그 염력이라는 것도 나는 전적으로 신뢰할 수 없어. 가령 점쟁이가 하는 말이 결과적으로 맞는다고 해도 나는 그런 정서에 익숙하지 않단 말이야. 도대체 이제 와서 무슨 이유를 들어 신혼여행을 취소하겠어? 나로서는 신부를 납득시킬 방법이 도저히 생각나지 않는단 말이야."

그는 주의 깊게 내 말을 듣고 있었다. 감정이 상했을 만도 한데 그런 기색조차 없었다. 나는 손목시계를 내려다보며 말을 이었다.

"만약 자네가 내 가까운 장래에 대해 알고 있는 게 있다면 무엇보다도 당사자인 내가 알아듣기 쉽게 설명해줄 필요가 있단 말이야."

"불쾌하다면 사과하지. 그러나 역시 자네에게 좋지 않은 일이 생긴다면 나로서는 미리 알려줘야 한다고 생각해."

"도대체 무슨 일이 생긴단 말이지?"

"요즘 다시 자네에 대한 영상이 눈앞에 자주 떠올라. 대개는 희미하게 나타났다 사라지지만 어떤 때는 현실처럼 아주 선명해. 차들이 지나다니고 있는 도로로 자네가 태연히 걸어 들어간다든가 누군가에게 쫓겨 막다른 골목에서 허둥거리고 있는 따위의 영상 말이야. 물론 가까운 미래에 일어날 일들이지."

천만에. 그런 일은 결코 일어나지 않을 것이다.

"물론 그게 다 현실이 되어 나타난다는 얘기는 아니야. 그런데 반복적으로 같은 영상이 떠오를 때가 있어. 그 주기가 점점 빨라지면서 장면도 보다 선명해지지."

나는 테킬라 선셋을 주문했다. 차를 가지고 가야 했으나 한 잔 정도는 괜찮을 거라고 생각했다.

"그래, 그렇다면 가까운 미래에 내게 어떤 일이 생긴다는 거야?"

"자네는 조만간 아주 먼 곳에 가 있어. 그런데 끔찍하게도 자네가 죽은 사람으로 나타나. 그리고 자네 옆에 또 한 사람이 보이는데 바로 그 사람이 자네를 그곳으로 끌어당기고 있는 장본인이야."

"마법사 말인가?"

"영상에 나타날 때는 단지 희미한 물질로 보여. 확실한 건 그 사람이 자네를 유인하고 있다는 거야. 만약 자네가 그곳으로 가게 되면 돌아올 수 없을지도 몰라. 왠지 그런 예감이 들어."

"그렇다면 그게 누구란 말인가?"

"과거에 자네와 관계를 맺고 있던 어떤 사람이겠지. 그 사람 역시 이미 죽은 사람으로 나타나."

"그게 단가?"

"자네가 사자(死者)로 나타나는 게 아무래도 마음에 걸려. 내가 걱정하는 것은 그 점이야."

입 안에 들어 있던 사탕이 다 녹아버렸다. 나는 칵테일 잔을 들고 붉은 액체를 천천히 목구멍으로 넘겼다.

"염려해주는 건 고맙지만 그렇다고 자네의 말을 따를 수는 없을 것 같아."

그래, 하고 체념한 듯 그는 창밖으로 눈을 돌렸다. 몇 달 사이에 그는 퍽이나 나이가 들어 보였다. 신중하고 조심스러운 태도로 그가 엉뚱한 얘기를 늘어놓았다.

"이봐, 자네는 이 세계가 어떻게 이루어져 있다고 생각해? 온갖 불확실성 속에서 우리가 아는 세계는 하나로 은밀히 손잡고 있어. 외로움이나 허무라는 것도 때로 우리에게 물질로 작용하듯이 말이야. 얘기가 좀 복잡해졌지만 내가 하고 싶은 말은 간단해. 감당하기 힘든 일이라면 현실로 받아들이지 마. 막상 부딪치면 순식간에 현실이 되는 거야. 한순간의 방심에 의해 인생은 다른 길로 접어들게 돼 있어. 자네는 지금 그런 식으로 자기 자신에게 끌려가고 있단 말이야. 내 예감대로라면 자네는 곧 뜻밖의 일로 인해 고통을 받게 될거야. 잘 생각해봐. 더군다나 자네는 결혼을 앞두고 있잖아."

"내 결혼에 무슨 문제라도 있단 말인가?"

"아니, 그건 아니지. 하지만 언제나 그 이면이라는 게 존재하지."

답답한 느낌이 가슴을 압박해오고 있었다.

"나는 자네에게 신혼여행을 가지 말란 말은 하지 않았어. 아까는 자네가 결혼한다는 사실을 몰랐기 때문에 그렇게 얘기한 거야."

자포자기한 심정으로 나는 물었다.

"그럼 어떻게 하란 말인가?"

그는 신혼 여행지에 대해 물었고 나는 사실대로 말해주었다. 새삼스럽게 깨달은 사실이지만 그의 턱 중간에는 점이 하나 있었고 눈 밑에는 검푸른 음영이 드리워져 있었다. 그는 조는 듯한 눈동자에 잠깐 얼굴이 희게 변해 있었고 루주를 바른 것처럼 입술만 빨갛게 열에 들떠 있었다. 여자에 가까운 중성의 목소리로 그가 입을 열었다.

"신혼 여행지를 바꾸면 어떨까? 괌이나 하와이처럼 보다 일반적인 장소로 말이야. 무슨 일이 일어난다 해도 일반적인 장소에서는 빠져나오기가 수월한 법이지. 이를테면 주위가 환하고 사람이 많은 장소 말이야."

상대적으로 덜 알려져 있어서 그렇지 빈탄 역시 일반적인 신혼 여행지였다. 클럽 메드는 세계 각지에 체인을 두고 있는 호텔식 휴양지로 신혼 여행객들이 흔히 이용하는 곳이었다. 나는 여행지를 결정한 것이 내가 아니라는 사실을 그에게 강조해서 말했다. 여러 가지를 고려해 미란이 선택했기에 나로서도 쉽게 받아들인 터였다. 어쨌든 내가 택한 곳이 아니었다. 그러나 박윤재는 좀처럼 물러서지 않았다.

"그래도 바꾸는 편이 낫다고 말하고 싶군."

나는 지진아처럼 했던 말을 되풀이하고 있었다.

"도대체 무슨 근거로 그런 말을 하는 거지?"

"마법사의 꿈…… 징조가 좋지 않아. 가령 자네가 탄 비행기가 바다에 떨어진다거나 하는 일이 일어날 수도 있어."

"……"

"모든 일에는 흐름이라는 게 있어. 축구나 야구 경기를 봐도 그래. 유심히 보고 있으면 흐름이란 게 분명 보여. 그것만 감지하고 있어도 어느 쪽이 이기냐는 것 정도는 쉽게 알 수 있지. 자네는 신부가 여행지를 결정했다고 하지만 그 역시 흐름의 연속에 속한 일이야. 이쯤에서 한 번쯤 흐름을 바꿔줄 필요가 있다는 거야. 노련한 감독이 위기 때마다 적절하게 선수를 교체해 경기를 바꿔놓듯이 말이야. 이대로 가다가는 감당하기 벅찬 일이 생길 거야. 진심으로 하는 말이야. 선택은 물론 명료한 성격의 자네 몫이지만 말이야. 좀더 알아듣기 쉽게 설명하지 못해 안타깝군."

말을 마치고 나서 그는 불쑥 가방을 들고 일어나 뚜벅뚜벅 카운터로 걸어가더니 계산을 마치고 뒤도 돌아보지 않은 채 밖으로 나가버렸다. 그가 택시에 올라타는 것을 창을 통해 지켜보면서 나는 자리에서 일어났다. 뒤통수가 묵직하게 흔들리고 있었다. 집중력이 현저하게 떨어져 있었다. 도로에 아직 새들이 내려와 있는 게 보였다. 박윤재가 찻값을 지불하고 나간 것을 지켜보고 있었으면서도 카운터로 다가가 나는 지갑을 꺼내 들었다.

그날 집으로 가는 도중 접촉 사고가 일어났다. 사거리에서 신호를 받기 위해 서 있던 앞차를 그대로 직진해서 받아버린 것이다. 전방 30미터쯤 지점에서 나는 신호등에 걸려 서 있는 차들을 보았고 그때 나는 시속 50킬로미터의 속도로 그 뒤로 접근하고 있었다. 당연히 브레이크 페달을 밟으며 알맞은 간격을 두고 얌전히 뒤에 멈춰 서야 했던 나는 잠시 후 사고가 나리라는 것을 뻔히 알고 있었으면서도 미처 속도를 줄이지 못했다. 그것은 상대편에서 보면 고의(?)로 여겨질 만큼 어이없는 사고였다. 더군다나 사고를 당한 차의 뒷좌석에는 임신 3개월째의 여자가 타고 있었다. 파랗게 질려 있는 임신부를 데리고 병원에 가서 검사를 받아보니 다행히 태아에는 이상이 없었다.

보험사에 연락해 뒷수습을 맡기고 나는 밤 10시가 돼서야 탈진한 상태로 집으로 돌아왔다.

불안하고 석연찮은 눈빛으로 미란은 골똘히 내 표정을 살피며 사고가 난 경위에 대해 물었다. 가구는 이미 들어와 있었다. 그러나 모든 게 차갑게 느껴졌다. 단순한 접촉 사고였다고 설명했지만 그녀는 쉽사리 수긍하려 들지 않았다. 썰렁한 거실 소파에 식은 커피 잔을 놓고 앉아 그녀는 팔짱을 낀 채 한동안 고개를 숙이고 있었다. 그러다가 조심스럽게 입을 열었다.

"알겠지만 사고 자체를 말하는 게 아니잖아요. 연우씨에게 그런

162

일이 생겼을 때는 필시 그만한 원인이 있었을 거예요. 연우씨는 오늘 예정에 없는 사람을 만났어요. 있을 수 있는 일이지만 그건 평소의 연우씨 스타일이 아니잖아요."

그녀가 뭘 말하는지 알고 있었다. 그러나 역시 일목요연하게 설명하기에는 뭔가 까다로운 점이 없지 않았다. 칵테일 때문이라고 말할 수도 없었다. 그렇다면 음주 운전이었다. 있을 수 없는 일이었다. 납득할 만한 답변을 제대로 못 한 채 나는 미란을 데리고 저녁을 먹으러 아파트 근처에 있는 한식당으로 내려갔다. 마음을 가라앉히기 위해 흰쌀밥에 된장찌개를 먹었다. 된장찌개 냄새를 맡으면 어느 정도 긴장이 풀리는 것이다.

식사를 마칠 때까지 미란은 아무 말도 하지 않았다. 시스템 에러가 발생한 컴퓨터 앞에서 혼자 쓸쓸히 저녁밥을 먹고 있는 사람 같았다. 문득 그녀가 힘겹게 느껴졌다. 한 번쯤 그냥 지나갔으면 하는 생각이 들었다. 더불어 결혼식을 준비하는 동안 내가 뭔가 힘들여 참고 있었다는 생각마저 들었다.

"좀 가볍게 넘어가줄 수 없어? 매사를 그렇게 논리적으로 이해하려고 들면 상대가 피곤하단 말이야. 세상엔 때로 설명하기 힘든 일이 생기기도 하는 거잖아."

흘끗 내 눈을 바라보고 나서 그녀는 숟가락을 내려놓았다.

"그런 말을 하다니 연우씨답지 않아요. 저만 해도 나름대로 살아가는 방법이 있어요. 작은 것을 놓치지 말고 세밀하게 들여다보기, 반대로 큰 문제가 생겼을 때는 완급을 조절하며 가볍게 넘겨버리기 말예요."

"다 잘 알아듣겠어. 하지만 오늘 일은 고의에 인한 사고가 아니었고 이미 수습이 됐어. 그런데 돌아와 문책까지 당하면 정말 피곤

하단 말이지. 오늘은 나도 그만 쉬고 싶단 말이야."

"문책이라구요? 언제 제가 그런 말을 하던가요. 하지만 연우씨는 좀더 침착하고 신중했어야 했어요. 또 일이 다 수습됐다고 하지만 과연 그럴까요? 제가 생각하기엔 어떤 문제가 시작된 것인지도 몰라요. 태아에 이상이 없었다고 하지만 임신부가 아이를 건강하게 출산할 때까지는 연우씨 몫의 책임이 늘 뒤따라 다니는 거예요. 법적으로 해결할 수 없는 마음의 부담이 적어도 앞으로 7개월 간 우리가 어디를 가든 꼬마 유령처럼 따라다닐 거란 말이죠. 네, 제가 과민하게 반응하고 있는지도 몰라요. 하지만 연우씨는 오늘 흔들리고 있었던 게 사실이고 조만간 뜻밖의 문제를 들고 나올 거예요. 얼굴에 그렇게 써 있어요. 뭔가 일방적으로 주장하기에는 연우씨 자신도 수긍하기 어려운 까다로운 문제 말예요. 하지만 저 괜찮아요, 문제가 있으면 함께 해결하면 되니까요. 다만 저는 오늘 중에 그 얘기를 들었으면 좋겠고 한시 바삐 해결하고 싶어요. 단순하고 쉽게 해결할 수 있는 문제를 가지고 시간이 흘러 복잡해지는 건 연우씨도 원치 않잖아요."

식당을 나와 파라솔이란 카페에 들러 맥주를 마셨다. 집으로 올라가 샤워를 하고 침대에 누워 얘기하자고 했지만 그녀는 밖에서 얘기를 끝내고 싶어했다. 결혼식도 올리기 전에 신혼 살림을 위해 얻어놓은 아파트에서 심각한 대화를 나누고 싶지 않다는 것이었다. 글쎄, 심각한 얘기일까?

나는 박윤재를 만난 사실에 대해서는 그녀에게 말하지 않았다. 자칫 얘기가 복잡하게 될 소지가 있다고 생각했기 때문이었다. 그녀 앞에서 염력이나 텔레파시 따위의 말을 늘어놓을 수는 없는 노릇이었다. 그리하여 나는 단도직입적으로 말했고 그녀는 낯설고

괴이한 표정으로 그런 나를 바라보고 있었다.

"어째서 갑자기 여행지를 바꾸자는 거죠? 알다시피 예약이 다 끝났어요."

나는 맥주병을 빙글빙글 돌리며 말을 이었다.

"아무튼 변경할 수는 있겠지? 당신이 항공사에 있으니까 그런 일은 얼마든지 간단하게 처리할 수 있는 거잖아."

"물론 가능해요. 하지만 생각만큼 그리 간단한 건 아녜요. 또 상당한 정도의 위약금을 물어야 하구요."

"수수료는 지불해야겠지. 어쨌든 하와이든 괌이든 어디든 좋지만 빈탄만큼은 왠지 피하고 싶어."

"왜 그런 거죠?"

"느낌이 좋지 않아. 비행기가 추락한다든지 하는 일이 생길지도 모르잖아. 하필이면 우리가 타고 있는 바로 그 비행기가 말이야."

줄곧 심각한 표정을 짓고 있던 미란은 마침내 웃기까지 했다. 그러나 곧 어두운 표정으로 돌아가더니 한 달 전쯤 끊었던 담배에 불을 붙였다. 담배를 다 피울 동안 그녀는 뭔가 깊은 생각에 잠겨 있었다. 맥주병을 단숨에 비우고 나서 그녀가 어렵사리 말문을 열었다.

"미안하지만 그 생각 저 받아들일 수 없어요. 만약에 제 의견을 구하고 있는 거라면 말이죠. 여행지는 변경할 수 있는 거지만 거기엔 충분히 납득할 만한 이유가 있어야 하는 거잖아요."

그래, 그렇지, 그러하겠지.

"연우씨가 끝까지 주장한다면 그렇게 하겠어요. 하지만 그렇게 되면 말이죠, 앞으로 살면서 더 이상 함께 의견이라는 걸 나눌 수 없잖아요. 이런 일은 맥주를 마시다 양주로 바꾸는 것과는 성질이 좀 다른 문제예요. 연우씨는 오늘 제게 뭔가 이해를 구했고 저는 또 이해하기 위해 노력했어요. 하지만 그 점에서 두 사람 다 실패했어요. 그렇다면 원래 위치에 그대로 놓아두는 게 좋아요. 연우씨, 우린 서로 평생을 함께 살아야 할 유일한 사람들이에요. 그러기 위해서는 가끔 이유 없이 찾아오는 혼란스런 느낌보다 역시 상식의 힘에 의지해 믿음을 쌓아가는 게 중요하다고 생각해요."

나 역시 그녀의 생각과 다르지 않았다. 그녀는 결혼을 앞두고 내가 흔들리고 있다고 생각한 모양이었다. 그 동안 알게 모르게 내가 그녀에게 엄격했던 만큼 어느덧 그녀도 내게 엄격해져 있었다. 그런 것이다. 앞으로 어떻게 변할지 모르겠으나 결혼을 앞두고 그녀는 자신이 누구라는 것을 내게 분명히 밝히고 또 주장하고 싶었던 것이다. 그런 것이다.

신혼 여행지는 끝내 변경되지 않았고 그날 내게 불의의 사고를 당했던 임신부에게서는 결혼식 때까지 더 이상의 연락이 오지 않았고 그리고 청첩장을 두 번이나 받은 박윤재는 식장에 나타나지 않았다.

결혼식 날 뜻밖의 손님이 찾아왔다. 주례사가 끝나고 하객들에게 인사를 하는 도중 나는 중간 자리께에 앉아 있는 삼촌의 모습을 발견했다. 예정에 없던 일이었다. 그는 하얀 청년의 모습으로 등을 세우고 똑바로 앉아 있었다. 그 모습에서 왠지 기이한 느낌을 받았다. 전에는 보지 못했던 모습이었다.

그는 넋이 나간 사람처럼 핼쑥한 얼굴에 웬일인지 감정을 조절하지 못하고 있었다. 거리가 떨어져 있었지만 확실히 알 수 있었다. 방금 껍질을 벗고 나온 수나비처럼 화사한 정염의 빛이 그의 전신을 감싸고 있었다. 무슨 일일까 싶었지만 나는 신부와 함께 예식장 중간을 똑바로 가로질러 행진을 시작해야 했으며 때를 맞춰 꽃가루 따위가 머리 위에 쏟아지기 시작했다. 시야를 가로막는 그 분분한 모조 꽃가루 속에서 다시 한번 삼촌을 돌아보았을 때 그는 신부 부모석에 혼자 한복을 입고 앉아 있는 미란의 어머니를 뚫어져라 바라보고 있었다.

식이 끝나고 가족들이 모여 있는 자리에서 나는 입술에 피가 튀어나와 있는 삼촌의 얼굴을 보았다. 맞은편에 앉아 있던 미란의 어머니가 핸드백에서 손수건을 꺼내 삼촌에게 건네주는 것을 나는 어쩐지 불길한 느낌을 가지고 바라보고 있었다. 피냄새 같은 게 공기 중에 선연히 배어 있었다. 그때 미란의 어머니가 앉아 있는 의자 밑에서 사슴 한 마리가 피를 토하며 쓰러져 있는 것을 나는 환영처럼 목격했다.

박윤재를 만난 후로 내게도 가끔 이런 비현실적인 장면들이 나타나곤 한다.

신혼여행을 떠날 때까지 나는 삼촌과 말을 나눌 기회가 없었다. 호텔을 빠져나오는 도중 나는 삼촌과 미란의 어머니가 라운지 커피숍에 앉아 있는 것을 목격했지만 미란에게는 말하지 않았다.

그날 저녁 6시 25분 김포발 싱가포르행 비행기를 타고 미란과 나는 5박 6일 동안의 신혼여행을 떠났다. 비행기에 올라타고 나서야 나는 클럽 메드 안내 책자를 들춰보았고 거기엔 다음과 같은 문구가 적혀 있었다.

모든 것을 할 수 있는 자유, 아무것도 안 할 자유
모든 것으로부터 떠난, 모든 것이 가능한 곳

열대의 섬, 태양, 유혹적인 바다

이런 달콤한 문구들에도 불구하고 나는 박윤재의 말이 뇌리에 떠올라 비행기에 올라탈 때부터 일말의 불안한 마음을 떨쳐버릴 수 없었다. 과연 어떤 일이 나를 기다리고 있는 것일까.

비행기 사고? 그날 미란이 보인 반응이 아니더라도 그런 일이 발생할 가능성은 나 역시 믿고 있지 않았다. 기내에는 빈탄뿐만 아니라 몰디브와 발리로 가는 신혼여행객들이 좌석의 반 이상을 차지하고 있었다. 모두 싱가포르에서 하루를 묵고 다음날 시내 관광을 한 다음 오후에 각기 예정된 곳으로 떠나게 돼 있었다. 사고가 날 확률이 전혀 없다고 할 수 없었으나 처지가 같은 사람들을 보니 그런 염려는 어느덧 사라져 있었다. 그렇다면 박윤재가 말한 것은 오직 나에게만 일어날 수 있는 사고를 뜻하는 것일 터이었다.

비행기가 김포를 떠난 지 채 한 시간도 되지 않아 미란은 잠들어 버렸다. 수능을 끝낸 수험생처럼 고단해 보였지만 그녀는 조금의 불안한 기색도 없었다. 보름 전에 나와 나눴던 얘기는 이미 까맣게 잊은 듯했다. 결혼식을 마치고 나서 그녀는 돌연 성숙한 모습으로 변해 있었다. 하긴 그녀는 이제 한 남자의 아내가 되어 있었다.

연락도 없이 결혼식장에 불쑥 나타났던 삼촌의 모습이 떠올랐다. 더불어 호텔 라운지에 삼촌과 함께 앉아 있던 미란의 어머니가. 오늘 결혼식장에서도 그녀는 여지없이 사람들의 눈길을 사로잡았다. 단지 아름다움 때문이 아니었다. 그녀를 둘러싸고 있는 그 오련한 빛은 사람들이 모여 있는 곳에서 더욱 휘황스러워 보였다. 입에 독을 물고 있는 기분에 빠져 나는 잠들어 있는 미란의 얼굴을 돌아보았다.

중간에 기내식과 포도주를 마시고 나도 깜빡 잠이 들었다. 깨어나니 자정이 가까워져 있었고 30분 후에 비행기가 싱가포르 창이 공항에 착륙할 거라는 기내 방송이 흘러나왔다. 미란은 언제 깨어났는지 그사이 화장을 고치고 입국 신고서를 작성하고 있었다.

"무슨 꿈을 그렇게 사납게 꿔요? 잠꼬대까지 하면서 말예요. 혹시 비행기가 추락하는 꿈을 꿨나요?"

후후거리고 웃으며 미란이 주섬주섬 소지품을 챙겼다.

현지 시각으로 11시 55분에 비행기는 창이 공항에 착륙했다. 수트 케이스를 끌고 입국 심사대를 통과하는 도중 그리고 나는 돌연 온몸을 뒤흔들어놓는 현기증 때문에 심하게 비틀거렸다. 청사 바깥에서 스며 들어오는 후텁한 공기의 느낌을 감지한 순간 나는 목울대를 치고 올라오는 구역질을 참아내느라 안간힘을 쓰고 있었다.

미란이 재빨리 가방에서 꺼내준 약을 먹었으나 청사 바깥으로 나가자마자 나는 허리를 구부리고 쓰레기통에 기대어서 먹은 음식을 모조리 게워냈다. 발작이라도 일어난 것 같았다. 나는 어둠 속에서 유령처럼 흔들리고 있는 야자수들을 흘겨보며 짐짓 몸서리를 치고 있었다.

리무진 버스에 올라타 호텔로 가는 동안 나는 오래전 제주도에 처음 내렸을 때 받았던 느낌에 사로잡혀 있었다. 후텁한 대기 속에 솟아 있는 눈부신 야자수의 풍경…… 거기에 지금은 어둠이 내려와 있었다.

인터컨티넨탈호텔에 도착해 짐을 풀기도 전에 나는 욕실에 들어가 길게 샤워부터 했다. 그 끈끈한 공기의 느낌을 빨리 지워내고 싶었다. 제주도에 온 느낌. 전혀 예감하지 못했던 일이었다. 그제야 가까운 곳에서 뭔가 나를 기다리고 있을지도 모른다는 예감이 들었다. 단지 기후 때문일까?

미란이 샤워를 하는 동안 나는 냉장고에서 캔 맥주를 꺼내 먹은 다음 침대에 들어가 누웠다. 구토 증세는 사라져 있었지만 속이 거북스러운 것은 여전했다. 호텔은 매우 깨끗했지만 객실에서조차 담배를 피울 수 없었고 온도 조절이 안 되는 에어컨은 방을 냉동 창고로 만들어놓고 있었다. 마침내 견디기가 힘들어 리셉션에 전화를 넣어 방을 바꿔달라고 했으나 남아 있는 객실은 트윈 베드뿐이었고 에어컨을 끄면 더워서 금방 잠이 깼다.

아침에 일어나보니 급기야 감기가 들어 있었다. 밤새 30분 간격으로 말하자면 냉탕과 온탕을 번갈아 드나든 덕분이었다. 그러나 미란은 아주 멀쩡했다. 얼마나 철저한지 그녀는 열대로 오면서 가방에 감기약까지 챙겨 가지고 있었다.

호텔 식당에서 커피와 토스트로 간단히 아침 식사를 끝내고 다른 신혼여행객들과 함께 어젯밤에 타고 온 리무진 버스에 실려 오후 4시까지 싱가포르 시내 관광을 했다. 머라이온 상(像)과 엘리자베스 워크를 둘러보고 나서 오처드 로드로 돌아와 점심을 먹고 만다이 정원에 들러 싱가포르 국화인 난(蘭)을 구경하고 케이블카를 타고 센토사 섬을 내려다본 다음 공항으로 가 몰디브와 발리로 가는 신혼부부들과 헤어졌다. 빈탄 섬으로 가는 여행객은 버스가 페리 호 센터까지 데려다주었다.

싱가포르에서 인도네시아 빈탄 섬까지는 약 40분 정도가 소요됐다. 승선을 기다리며 나는 바다가 내려다보이는 벤치에 앉아 줄곧 목덜미의 식은땀을 닦아내고 있었다. 감기 기운은 빠져나가고 있었으나 현기증은 좀처럼 가라앉지 않았다. 눈앞의 풍경이 진득한 액체처럼 흘러내리는 현상이 계속되고 있었다. 그사이 풍토병 따

170

위에 걸렸을 리 없었다. 아무리 기후가 다르다 하더라도 그 정도를 못 이겨내는 체력이 절대 아니었다. 미란은 종일 말없이 그런 나를 묵묵히 지켜보고 있었다. 한시 바삐 싱가포르를 떠나고 싶은 마음에 나는 출국자 대기실로 들어가 망명객처럼 서성거리며 5분 간격으로 손목시계를 내려다보고 있었다.

5시에 출발한 페리 호는 긴 물살을 가르며 이윽고 싱가포르에서 멀어져가기 시작했다. 갑판에 서 있던 나는 미란을 돌아보며 힘없이 웃어 보였다. 그녀 역시 고개를 끄덕이며 힘없이 웃어 보이고는 핸드백에서 콤팩트를 꺼내 들었다. 제 얼굴을 들여다보며 그녀가 속삭여왔다.

"미신에 현혹되지 말아요. 마법사 따위는 어디에도 존재하지 않으니까요. 연우씨는 단지 기후가 다른 나라에 와 있을 뿐이고 호텔 사정 때문에 컨디션이 나쁜 것뿐이에요."

그래, 그렇지. 그녀가 들고 있는 작은 거울 속으로 열대의 구름이 히히거리며 떠가고 있었다. 거울 속에서 눈이 마주치자 그녀가 마침내 속내를 털어놓았다. 그녀는 결혼 첫날밤부터 실망하고 있었고 당연히 맥이 풀려 있었다.

"아까 낮에 만다이 공원에 갔을 때 이런 생각을 해봤어요. 연우씨는 상대를 잘 배려하고 또 합리적이고 이성적인 사람이지만 그렇기 때문에 오히려 자기 뜻대로 하지 않으면 결국 탈이 나버리는 사람이라구요. 무슨 말이냐면 여행지를 어쩌면 잘못 택했다는 생각이 들어요. 차라리 제주도 정도로 가볍게 다녀올 걸 그랬나 봐요. 사실 어느 곳이든 별로 상관이 없는 거잖아요."

"빈탄에 가면 나아질 거야."

그녀가 콤팩트에서 눈을 떼고 나를 돌아보았다.

"그럴까요?"

진심으로 그러길 바라는 목소리였다.

"리듬이 좀 흐트러졌을 뿐이야."

"하긴 클럽 메드에 들어가면 아주 충분히 먹고 쉴 수 있으니까 틀림없이 나아지겠죠."

뱃전에 기대 까맣게 멀어져가는 싱가포르를 돌아보며 미란이 내 손을 잡아왔다. 그녀의 손은 죽은 사람처럼 차가웠다. 깜짝 놀라 나는 미란의 얼굴을 돌아보았고 그녀는 반사적으로 고개를 바다 쪽으로 돌려버렸다. 그녀도 지난밤에 앓고 있었던 모양이었다.

페리 호에서 내려 간단히 입국 수속을 마치고 클럽 메드에서 나온 파란 미니 버스에 올라탔다. 날이 서서히 저물면서 야자수 숲이 썰물이 되어 바다 쪽으로 빠져나가고 있었다. 붉게 패어 있는 황토 길을 달려 버스는 클럽 메드 빌리지의 정문으로 들어섰다.

오색의 불빛이 쏟아져 내리고 있는 현관에 지오(GO: Gentle Organizer)들이 나와 빌리지에 온 여행객들을 환영하고 있었다. 다국적 젊은이들로 구성된 그들은 빌리지의 업무를 보며 동시에 여행객이 머무는 동안 일체의 편의를 봐주기 위해 고용된 클럽 메드의 직원이자 가이드였다. 버스에서 내린 여행객들은 망루처럼 생긴 스카이 바로 안내돼 칵테일을 마시며 잠시 오리엔테이션을 받았다. 검붉은 노을이 타고 있는 바다엔 아직도 젊은 남녀들이 몰려다니며 다가올 밤을 기다리고 있었다.

미란과 나는 H블록의 바다가 곧장 내다보이는 방으로 안내되었다. 어둠이 내렸건만 열대의 공기는 끈적하게 온몸을 감싸고 있었다. 순식간에 비가 뿌리자 바다에서 돌아오는 사람들이 왁자지껄 베란다 밖으로 몰려가는 소리가 들려왔다. 짐을 풀고 나서 미란과

172

나는 본관 식당으로 저녁을 먹으러 갔다. 갑자기 참을 수 없는 허기가 몰려왔다. 뱃속에 아귀가 들어와 있는 것만 같았다.

식당에는 세계 각지에서 온 요리사가 온갖 음식을 만들어 내놓고 있었다. 물론 한국인 요리사도 있었다. 나는 스파게티와 양고기 스테이크와 초밥과 탕수육을 포도주와 곁들여 차례로 먹어치운 다음 후식으로 피자와 과일을 먹고 그것도 모자라 생맥주를 세 잔이나 벌컥벌컥 마셨다. 그런데도 허기가 좀처럼 가시지 않았다. 그제야 나는 몸에 이상이 계속되고 있음을 알아차렸다. 그와 동시에 나는 슬그머니 미란의 표정을 살폈다. 그녀는 미간을 찡그린 채 잠깐 내 눈을 마주 보았고 시선을 초밥 접시에 떨어뜨리며 고개를 가로 저었다. 어쩐 일일까? 쫓기는 심정으로 나는 불안하게 사위를 둘러보았다. 식당은 발 디딜 틈이 없을 정도로 북적거리고 있었고 바다는 이미 어둠에 싸여 있었고 유리창에는 아까 내린 비가 흘러내리고 있었다.

화장실에 가는 척하며 나는 변기에다 먹은 것들을 모조리 토해버렸다. 그러고 나자 금세 또 허기가 몰려왔다. 자리로 돌아온 나는 쌀밥을 된장국에 말아 먹고 생수를 들이켰다.

식당에서 나와도 예의 유령에 쫓기는 기분은 사라지지 않았다. 아까 오리엔테이션을 받았던 스카이 바에서 미란과 홍차를 마시고 객실로 돌아왔다. 약을 먹고 침대에 누워 있는 동안 미란은 옷을 갈아입고 수영장으로 나갔다. 꼼짝없이 누워 텔레비전을 바라보고 있으려니 스멀스멀 한기가 몰려왔다. 식은땀을 흘리다 나는 가방을 뒤져 아스피린을 먹고 잠이 들어버렸다.

어디서 들려오는 소리일까. 깨어나니 웅웅거리는 음악 소리와 함께 사람들의 외침이 들려왔다. 나는 벌거벗은 채 베란다로 나갔다. 불을 훤히 밝혀놓은 수영장 앞에서 댄스 파티가 열리고 있었다. 미란은 아직 돌아오지 않고 있었다. 시계를 보니 11시가 가까워 있었다.

나는 옷을 꿰입고 미란을 찾기 위해 밖으로 나갔다. 어둠 속에 피어 있는 붉은 꽃들의 무리가 발정한 짐승들처럼 색색거리고 있었다. 그 위에서 야자수 잎새가 긴 팔을 휘두르며 몸을 잡아챌 듯 너울거리고 있었다. 미란은 여태껏 무얼 하고 있는 걸까? 나는 수영장으로 내려가 댄스 파티를 구경하는 사람들 틈에서 그녀를 찾기 위해 고개를 두리번거렸다. 그러나 그녀는 그곳에 없었다.

1층 기념품을 파는 상점과 지하 라이브 바에도 그녀는 역시 없었다. 리셉션에 있는 지오를 통해 알아보니 스포츠 센터에서 그녀가 스쿼시 라켓을 임대해간 사실이 확인됐다. 나는 어둠 속에 미로처럼 나 있는 계단을 더듬어 스포츠 센터로 갔다.

그녀는 수영복 차림으로 두 시간째 혼자 스쿼시를 하고 있었다. 볼이 벽면에 탕탕거리고 튀는 소리를 들으며 나는 유리막을 통해 땀으로 뒤범벅된 미란의 뒷모습을 물끄러미 지켜보았다. 그녀는 마치 재기 훈련을 하고 있는 운동 선수처럼 보였다. 땀으로 뒤범벅된 몸을 외롭게 움직이며 벽에서 튀어나오는 공을 쫓아 필사적으로 라켓을 휘두르고 있었다.

스쿼시장에서 나온 그녀의 눈동자는 실핏줄이 터질 듯 충혈돼 있었다. 탈수 현상으로 몸을 떨고 있는 그녀를 껴안으며 나는 아무 말도 할 수 없었다. 이어 그녀가 주먹으로 내 가슴을 두드리며 말했다.

"연우씨가 오지 않았으면 밤새 벽에다 공을 치고 있었을 거예요."

"사랑해."

엉겁결에 나는 이렇게 되받으며 도대체 무엇이 잘못된 것일까를 생각해보았다.

"그래요, 그 한마디면 되잖아요. 왜 진작 그 말을 하지 않았죠? 첫날밤에조차 말예요. 저는 연우씨가 아직도 흔들리고 있는 게 아닌가 싶어 줄곧 마음을 졸여야만 했잖아요."

뜻밖의 말에 나는 내심 당황했다.

"두고두고 연우씨에게 미안할 거예요. 왜 저는 그때 연우씨가 그렇게 간곡하게 얘기하는데도 들어주지 않은 걸까요?"

여행지를 바꾸지 않은 것을 말하고 있는 것이었다. 하지만 그것은 이미 돌이킬 수 없는 일이었다. 그렇다고 비행기가 바다에 떨어진 것도 아니다. 그날 박윤재만 만나지 않았더라도 이런 일은 없었을지도 모른다. 물론 교통사고도 일어나지 않았을 터이었다.

스포츠 센터에서 나와 지하 라이브 바에서 맥주를 마셨다. 그때는 신기할 정도로 몸이 가벼워 있었다. 열대에 와서부터 원인을 알 수 없이 계속되던 불안정한 상태가 이제 물러간 것인가. 끈적한 공기 탓이라고 속으로 중얼거리며 나는 무심결에 뒷전의 스테이지를 돌아보았다.

언젠가 미란과 강남의 한 카페에서 들었던 마멀레이드의 「Reflections of My Life」란 노래가 흘러나오고 있었다. 화들짝 놀란 얼굴로 미란은 내 눈을 마주 보았고 이윽고 아이처럼 배시시 웃어 보였다. 그 순간 그녀가 진정으로 나를 사랑하고 있음을 깨달았다. 그 웃음은 거의 무방비에 가까운 천진한 미소였다. 백치 상태에 가까운 그 표정. 그리고 그 표정 뒤엔 누군가를 전적으로 받아들였을 때 마음에 돋아나기 시작하는 원인 모를 두려움과 불안함이 드리워져 있었다.

객실로 돌아와 나는 욕조에 허브향의 샤워 크림을 풀고 정성껏 그녀의 몸을 씻겨주었다. 그녀는 욕조에서 눈을 감고 잠시 잠들어 있었다. 그새 근육이 단단하게 뭉쳐 있었고 내 손이 갈 때마다 그녀의 몸은 경련을 일으켰다.

나는 옷을 벗고 욕조 안으로 들어가 그녀의 몸을 애무하기 시작했다. 그녀는 새끼 돌고래처럼 몸을 뒤틀며 내 입술에 전신을 맡겨놓고 있었다. 긴장이 풀리면서 그녀의 몸은 차츰 무더위처럼 달아오르고 있었다. 그때 객실에서는 텔레비전 소리가 들려오고 있었고 바깥 복도로 한 쌍의 남녀가 킬킬거리며 지나가고 있었고 어디선가 진한 꽃냄새가 스며 들어오고 있었다.

밤은 소리와 냄새가 깨어나는 시간. 그 틈을 비집고 때로 유령들이 몰려다닌다. 나는 그녀의 엉덩이를 끌어당겨 내 몸을 집어넣었다. 이어 불쏘시개에 등을 덴 듯 신음 소리가 튀어나오며 그녀의 허리가 활처럼 뒤로 휘어졌다.

……샤워기를 틀어놓은 상태에서 미란과 나는 몸을 부둥켜안고 있었다. 그때 그녀가 가만히 속삭였다.

"만약 저를 배신하면 그땐 여지없이 죽여버리겠어요. 연우씨를 사랑하는 동안 어느덧 증오가 생겨버린 것 같아요. 연우씨가 그렇게 만들어놓은 거죠."

언젠가 그런 날이 올지도 모른다. 갑자기 세상 전체가 수수께끼처럼 느껴진다. 이렇듯 격렬한 사랑을 서로 주고받는 동안에도 허무와 공허함이 주위를 온통 에워싸고 있지 않은가. 나는 무엇보다도 질서가 필요한 사람이다. 그걸 스스로 지키지 못하면 어느 한순간에 무너져버릴 사람이다. 그걸 배신이라고 미란은 말하고 있었다. 어쩌면 그녀와의 힘겨운 싸움이 시작된 것인지도 모른다.

다음날 정오까지 그녀는 쿨쿨 잠을 잤다. 깊고 긴 잠이었다. 아침 9시에 일어난 나는 수영장에 나갔다가 식당에서 간단히 요기를 하고 그녀가 잠에서 깨어나면 먹을 과일과 음식을 객실로 가져왔다.

벌거벗은 채 침대에 묻혀 있는 미란의 모습은 왠지 허무하고 고독해 보였다. 바다에서 억지로 끌어낸 새끼 돌고래가 지쳐 누워 있는 것처럼 보였다.

잠에서 깨어난 그녀는 예의 천진한 미소를 띠고 먹을 것을 갖다 달라고 했다.

"옷을 벗고 쟁반을 이쪽으로 가져다 줘요."

의아스러웠으나 나는 그녀의 말대로 했다. 벌거벗은 몸으로 쟁반에 과일과 토스트와 커피를 담아 그녀가 누워 있는 침대로 가져갔다.

"이제 모든 일요일 아침마다 이렇게 하는 거예요. 알았죠?"

불길한 생각에 나는 곧장 되받았다.

"백발이 성성해도 말인가?"

그녀가 후후거리며 웃더니 쟁반에서 커피 잔을 집어 들었다.

"아이를 낳기 전까지만 그렇게 해준다면 평생 영주로 모시죠."

웬 여자로부터 객실로 전화가 걸려온 것은 밤 9시였다. 그녀는 클럽 메드 빌리지에 근무하고 있는 지오라고 자신의 신분을 밝혔다. 이름은 릴리 Lily. 영어를 쓰다 곧바로 한국말로 바꿨다.

그녀는 우선 내가 낮에 이용한 빌리지 안의 편의 시설을 체크했다. 그날 미란과 나는 수상 스키를 즐겼고 바닷가 별관에 마련된 이태리 식당에서 저녁을 먹었으며 스카이 바에서 칵테일을 마셨다.

상쾌한 날이었고 내 몸의 상태는 완전히 정상으로 돌아와 있었다.

전화가 걸려온 시각에 미란은 마사지 센터에 가 있었다.

"알고 계시겠지만 수상 스키 강습비와 이태리 식당을 이용하신 요금은 체크아웃 때 별도로 계산됩니다."

"알고 있습니다."

"원하시면 객실로 프루츠 칵테일 서비스를 보내드리겠습니다."

"아뇨, 됐습니다."

미란이 돌아오기 전에 나는 수영장에 갔다 올 참이었다. 프루츠 칵테일은 시간이 지나면 맛이 변한다. 막 나가려던 참이어서 에어컨을 꺼놓았기 때문에 방 안은 습한 열기로 달아오르고 있었다. 아, 그런데 텔레비전을 끄지 않았군.

지오가 다시 말해왔다.

"혹시 내일 아침 미니 투어를 나갈 생각이 있으시면 예약 접수해드리겠습니다."

아뇨, 됐습니다, 라고 되풀이하려다 나는 잠자코 있었다. 그녀가 말끝에 잠깐 한숨을 쉬었던 것이다. 잠시 회로가 단절된 느낌 속에서 나는 고개를 갸우뚱거렸다. 뭔가 부자연스러운 느낌이 들었다. 그녀는 미니 투어에 대해 계속 설명하고 있었다.

"빌리지 부근의 마을에 나가 재래 시장과 학교, 중국 사원을 방문하게 되며 현지인들이 사는 모습을 직접 보실 수 있습니다. 출발은 현관에서 8시 30분에 하며, 12시 15분에 클럽 메드로 돌아오게 됩니다. 참고로 가격은 21만 루피아이고 역시 체크아웃 때 계산하시면 됩니다."

나는 그녀가 불필요한 친절을 베풀고 있다는 생각을 하고 있었다. 그 정도의 정보는 클럽 메드에 들어오던 날 오리엔테이션을 통해 이미 알고 있었고 객실에 있는 카탈로그에도 자세히 나와 있었다.

"지금 결정해야 할 일이 아니면 나중에 다시 통화하죠. 예약이 필요하다고 말씀하시는 것 같은데 그것도 이쪽 사정에 따라 결정하면 되겠죠?"

"물론입니다."

나는 수화기를 내려놓고 텔레비전을 끄고 탁자 위에 약 한 시간 후에 돌아오겠다는 메모를 남겨놓고 밖으로 나갔다.

밖에서 문을 잠그려는 참에 그리고 다시 전화 벨이 울렸다. 혹시 미란에게서 걸려온 전화일지도 모른다는 생각에 나는 도로 객실로 들어가 수화기를 집어 들었다.

"저, 미란이에요."

"아, 벌써 끝났어?"

엉겁결에 이렇게 대꾸를 하고 나서 나는 곧 온몸이 싸늘하게 굳어버렸다. 방금 나와 통화를 했던 지오의 목소리였던 것이다. 나는 대뜸 밭은 소리를 냈다.

"누구십니까?"

묻고 나서야 나는 상대가 나를 알고 있는 사람이라는 것을 눈치챘다. 빌리지에 근무하고 있는 한국인 릴리. 나는 목에 걸치고 있던 배스 타월로 얼굴의 땀을 닦아내며 숨을 죽이고 있었다. 이어 가방을 바닥에 내려놓고 나는 콘솔 박스 위에 놓여 있던 생수를 한 모금 들이켰다. 그리고 잠꼬대처럼 그 여자의 이름을 되뇌어보았다.

"릴리……라고 했소?"

"네, 릴리예요."

그 순간 까마득히 시간이 역류하는 느낌이 몰려왔다. 문득 현실

감각을 잃고 나는 몸을 떨고 있었다. 관자놀이가 쿡쿡 쑤시면서 턱 관절이 뻐근하게 조여들고 있었다. 요의를 참으면서 나는 가까스로 입을 열었다.

"……내가 여기에 온 걸 어떻게 알았지?"

그렇게 묻고 있는 순간 나 자신이 두려워졌다.

"며칠 전 접수된 여행자 명단에서 당신 이름을 발견했죠."

어떻게 이런 일이 있을 수 있단 말인가. 전화를 끊어버릴까 싶었지만 이미 상대가 누구라는 걸 안 이상 그럴 수가 없었다.

"그렇다면 그 동안 줄곧 이곳에 있었단 말인가?"

"작년 8월까지 말레이시아의 체러팅에 있는 클럽 메드에 있다 이곳으로 옮겨왔어요. 정말 기적 같은 일이에요. 언젠가 만날 거라고는 생각했지만 이런 식이 될지는 몰랐어요."

남의 방에 들어와 도둑질을 하고 있는 것처럼 가슴이 쿵쾅거렸다. 심장 뛰는 소리가 귀를 울려 마침내 고막이 아파왔다.

"한 번은 만나봐야 할 것 같아서 전화했어요. 아까는 놀랄까 봐 엉뚱한 얘기를 늘어놓았던 거예요. 클럽 메드에서 칵테일 서비스 따위는 제공되지 않아요."

혼란을 잠재운 다음 뭔가 천천히 다시 생각해보고 싶었다.

"전화를 하지 않는 편이 차라리 나을 뻔했어. 알다시피 나는 지금 신혼여행 중이야."

당황했는지 그녀는 아무 말이 없었다.

"내가 이곳에 온 걸 이미 알고 있으면서도 당신은 전화하지 않았어. 그런 식으로 이틀만 더 참았으면 나는 한국으로 돌아갔을 테고 그럼 서로가 이토록 혼란스럽지는 않았을 거야."

그녀가 공허하게 웃으며 자조적으로 되받았다.

"아뇨, 전 그다지 혼란스럽지 않아요. 저는 단지 얼굴을 잠깐 봤으면 한다는 거였어요. 마침 당신이 여기까지 왔으니까 말예요. 하긴 그새 5년이란 세월이 흘렀군요."

돌아보면 긴 세월이었다. 그녀와 통화를 하고 있는 동안 그녀와의 사이에 있었던 일들이 하나씩 되살아났다. 방 안은 한낮의 비닐 온상처럼 달아오르고 있었다. 차디찬 콜라를 마시고 싶다는 생각이 들었다. 나는 수화기를 내려놓고 냉장고에서 콜라를 꺼내 벌컥벌컥 들이켰다. 실감이 나지 않았다. 내가 지금 마법에 걸린 것은 아닌가.

"오늘이 아니라도 좋아요. 하지만 모레 아침에 당신은 이곳을 떠나게 돼 있고 그렇다면 내일밤에는 시간이 없어요. 저는 낮에 근무 중이어서 시간을 낼 수 없구요."

결국 만날 수밖에 없다는 것을 알면서도 나는 차마 그 말을 입 밖에 꺼낼 수 없었다.

"자정에 해변에서 기다리고 있을게요. 스카이 바에서 내려다보면 왼쪽에서 일곱번째 파라솔이에요. 어려운 일이라는 건 알지만 나와줬으면 해요."

"약속할 수 없어."

"알아요, 하지만 기다리고 있을게요."

한 시간 동안 나는 쉬지 않고 수영장을 왕복했다. 온몸에서 힘이 다 빠져나갈 때까지. 빌리지 정문 쪽에서 불꽃이 튀어오르며 사람들의 함성이 들려왔다. 또 축제가 열리나 보다. 나는 수영장에서 나와 흰 플라스틱 의자에 앉아 스카이 바를 올려다보았다. 오미란은 저기 어디쯤에 있겠지. 어쩌면 이쪽을 내려다보고 있는지도 모른다.

방으로 돌아오니 미란은 거울 앞에 앉아 화장을 하고 있었다. 나는 샤워 부스에서 몸을 씻고 나와 미란이 앉아 있는 소파 맞은 편에 가 앉았다. 그녀는 밤의 신부가 되어 매혹적인 자태를 드러 내고 있었다. 그것은 오늘 밤에도 사랑을 나누게 되리라는 암시이 기도 했다.

자정까지는 한 시간 반밖에 남아 있지 않았다. 푸른 나이트 가운 으로 갈아입은 미란에게 나는 바람을 쐬고 싶다고 말했다. 우멍한 표정으로 나를 올려다보고 있던 그녀는 말없이 웃으며 옷을 갈아 입었다.

맥주병을 손에 들고 야자수가 흔들리고 있는 해변을 걸었다. 열 대의 밤바다는 검푸른 빛으로 달빛 아래서 은은히 빛나고 있었다. 아직도 바닷물에 떠 있는 사람들의 모습이 눈에 띄었다. 일곱번째 파라솔 옆을 절룩거리며 지나며 나는 미란에게 말했다.

"앞으로 어떤 경우라도, 내가 당신을 사랑하고 있다는 사실을 잊 지 않았으면 좋겠어. 부탁하고 있는 거야."

그녀가 내 얼굴을 돌아보며 메마른 소리로 되받았다.

"어떤 경우라도라는 말은 하지 말아요. 받아들이는 쪽에서 보면 그건 무서운 말이에요. 저는 연우씨가 저로 인해 좀더 삶에 대해 담담해지길 원해요. 무슨 말이냐면 연우씨 가슴엔 항상 거칠고 뜨 거운 바람이 불고 있어요. 그 바람 제가 잠재우고 싶어요. 그러니 어떤 경우에라도 제게 칼을 들이대지 말아요. 저 역시 연약한 여자 여서 독을 품기보다는 제풀에 가위로 머리칼부터 자를 테니까요. 하나 더 얘기하죠. 우리도 언젠가 남들처럼 심각한 위기의 순간을 맞게 될지 몰라요. 하지만 저 물러나지 않아요. 그렇다고 연우씨를 밀어내지도 않겠어요. 그러니 연우씨도 함부로 제게 등을 보이거나 하는 일은 삼가주세요. 미리 고개 숙여 부탁하고 있는 거예요."

자정을 불과 30분 앞두고 객실로 돌아왔다. 미란은 벗어놓았던 나이트 가운으로 갈아입고 조용히 침대에 들어가 눈을 감았다. 사랑할 마음은 이미 달아나버린 듯했다. 수면제를 먹은 듯 그녀는 땀을 흘리며 잠이 들어버렸다.

방 안에서 꽃잎 썩는 냄새가 번지고 있었다. 대나무로 만든 블라인드 사이로 내다보니 검은 개 한 마리가 베란다 앞에서 서성거리고 있었다. 나는 문을 열고 손에 들고 있던 캔 맥주를 집어던져 개를 쫓았다. 파도가 화단 가까이까지 밀려들고 있었다. 어딜 가나 붉은 꽃들이 동시에 피고 지고 있었다.

그녀가 잠든 틈을 타서 나는 해변으로 나갔다. 새벽 2시쯤 되었으리라.

릴리. 오미란은 그때껏 파라솔 밑에 앉아 바다를 바라보고 있었다. 바다엔 더 이상 사람이 보이지 않았다. 수평선 끝으로부터 한 무더기의 검은 구름이 몰려오고 있었다.

5년 만에 만난 오미란의 모습은 많이 변해 있었다. 그녀와 눈이 마주치는 순간 나는 그 자리에 멈춰 서고 말았다. 달빛에 드러난 그녀의 얼굴은 열대의 여자처럼 검은빛으로 반들거리고 있었다. 그리고 살이 쪄 있었다. 머리칼은 노랗게 물들여 뒤로 묶었고 반바지 차림에 흰 샌들. 꼬락서니가 말이 아니었다. 제주도에서의 그 연약하고 영롱했던 모습은 온데간데없었다. 눈빛만 여전히 깊게 반짝이고 있었다. 스물한 살이었던 그녀는 이제 스물여섯 살이 돼 있었다. 세월이 흐른 것이다.

"그래, 여기에 와 있었군."

그녀는 고개를 젖히고 소리 없이 웃었다.

"사무라이 같은 그 비감한 말투는 여전하군요."

자맥질하고 있는 가슴을 가라앉히며 나는 1미터쯤 사이를 두고 그녀의 옆에 가 앉았다. 1미터. 5년간의 거리치고는 너무도 가까웠다.

"누구나 다 자기 자리라는 게 있는 모양이에요. 짐작만큼 저 그리 나쁘지 않아요. 더운 나라에 사는 것도 오래전에 익숙해졌구요. 가끔 눈〔雪〕이 그립긴 하지만 그것도 아주 잠시일 뿐이에요. 클럽 메드에 있으면 거의 1년 내내 한국 사람들을 만날 수 있어요. 그들이 대신 향수를 가져가주죠."

"그렇겠지."

그녀가 한숨을 내쉬었다. 한숨 쉬는 버릇은 여전했다.

"어쩔 수 없어서 떠나왔던 거예요."

"그렇겠지."

나는 셔츠 주머니에서 담배를 꺼내 불을 붙였다. 그녀는 파라솔 의자 밑에서 캔 맥주를 꺼내 뚜껑을 땄다. 그사이 달이 구름에 가려졌다. 그녀는 샌들을 벗어 오른쪽 옆에 똑바로 놓았다. 그 언젠가 그러했던 것처럼. 한데 그게 어디서였던가.

"한국으로 돌아오지 않을 건가?"

손끝으로 타들어오는 불꽃을 지켜보며 내가 물었다. 그녀는 다시 한숨을 쉬고 나서 캔 맥주를 한 모금 마셨다. 아까 베란다에서 쫓겨갔던 검은 개가 수영장 주위를 서성거리고 있었다.

"아마 몇 년 후가 될 거예요."

"그때까지 뭘 기다리고 있는 거지?"

나는 언젠가 그녀가 얘기했던 신라호텔 수영장 살인 사건을 떠올리고 있었다. 이제 와 생각하니 그 사건과 그녀가 한국을 떠나온 것 사이에 깊은 연관성이 있는 듯했다. 왜 그 생각을 미처 하지 못했던 것일까.

타다 만 담배를 바다 쪽으로 길게 집어던지는 사이 그녀가 옆으로 다가왔다. 그리고 내 머리를 만졌다. 나는 가만히 있었다.

성읍민속마을 근처에 있는 '늘푸른집'에서 그녀는 밤새 내 잠든 머리를 만지고 있었다.

"왜 그렇게 떠났는지 얘기해봐."

"두려웠기 때문이에요."

"뭐가 말인가?"

그녀는 바다에 오래 눈을 던져두고 있었다. 그러다 꽃이 스러지듯 내 어깨에 머리를 기대왔다. 그녀에게서 아르마니 향수 냄새가 났다. 미란이 자주 사용하는 향수다.

"언젠가 얘기한 적이 있어요. 1981년 제가 중학교 2학년 때였죠. 열다섯 살이었어요. 여름 방학 때 제주 신라호텔에서 가족과 여름 휴가를 보낸 적이 있죠. 우리가 제주도에서 만났을 때 함께 갔던 그 호텔 말예요."

기억하고 있다.

"당시 정원에 있는 수영장에서 살인 사건이 일어났다는 얘기 했을 거예요."

그녀의 목소리는 불안정하게 떨리고 있었다.

"그때 죽은 사람은 바로 어머니가 아니었나?"

흠칫 놀라면서 그녀가 나를 돌아보았다.

"그걸 어떻게 알았죠?"

나도 어떻게 알았는지 모르지만 어쨌든 알고 있다.

"……하지만 친어머니가 아니었어요. 친엄마는 제가 열 살 때

뇌종양으로 돌아가셨죠. 그리고 초등학교 5학년 때 아버지는 재혼을 했어요. 아버지가 경영하던 시계 회사의 비서실 직원이었죠. 처음엔 별 문제가 없는 것처럼 보였지만 시간이 조금씩 지나면서 아버지가 그 여자 때문에 힘들어한다는 걸 알았어요. 그 여자는 회사의 다른 간부 직원과 이중으로 내연의 관계를 맺고 있었던 거예요. 집 안은 점점 음울하게 변해갔어요. 대충 분위기를 눈치 채고 있었지만 저는 조숙한 편이었기 때문에 자신을 보호하기 위해서라도 태연한 척 애를 쓰며 지냈죠. 그런 제가 두려웠던지 어느 날부터 그 여자는 저를 학대하기 시작하더군요. 대개는 아버지가 없을 때 저를 방에 가둬놓고 듣지 못할 욕설을 퍼부으며 매질을 하거나 바닥에 빨간 페인트를 뿌린 다음 파충류 인형들을 잔뜩 집어넣곤 했죠. 제가 자폐증에 걸린 것처럼 보이게 하려고 말예요. 아버지는 소심한 성격인 데다 어머니가 죽은 후 우울증을 앓고 있었기 때문에 저로 인해 더욱 상태가 나빠졌어요. 제 말은 믿지 못할 정도로 판단력이 흐려 있었죠. 아버지는 마침내 정신과 치료를 받아야만 했어요. 자칫했으면 아마 그 여자의 농간에 의해 정신 병원에 보내졌을 거예요. 와중에 그 여자는 회사의 주식과 채권을 팔아넘겨 교묘하게 돈을 빼돌리고 변호사를 통해 이혼 소송을 냈어요. 회사는 순식간에 경영이 위태로워졌고 결국 법정 관리로 넘어갔죠. 제주도로 여행을 갔던 것은 이혼 소송이 진행되고 있을 때였어요. 이미 때가 늦어 있었지만 어리석게도 아버지는 어떻게든 그 여자를 붙잡아보려 했던 것 같아요. 매달릴 데가 없었던 거죠."

"그게 실패로 돌아가자 살해한 건가?"

"……"

"앞으로 4년만 지나면 검찰 공소권이 상실되겠군. 그때를 기다리고 있는 것이로군."

"솔직히 말하면 그래요."

"아버지는 지금 어디 있지?"

"곧 한국으로 돌아갈 거예요. 향수병 때문에 거의 폐인이 되다시피 했어요."

글쎄, 쉽게 돌아오지는 못할 것이다. 살인 사건이 일어난 게 사실이라면 지명 수배자 명단에 들어가 있을 테고 입국 시 체포될 게 뻔했다. 11년간의 도피 생활이 수포로 돌아가는 것이다.

"만약 아버지의 소재를 알게 되면 검찰에 고발할 생각인가요?"

"그게 원칙이겠지."

나는 원칙대로 말할 수밖에 없었다.

"당신이 변호사라서 하는 말인가요?"

"……변호사라고? 그래, 변호는 내가 맡을 수도 있겠지."

그녀가 빈 맥주 캔을 바다 쪽으로 집어던지며 나를 슬그머니 돌아보았다.

"그렇군요."

그렇다.

"……이왕 이렇게 된 이상 공소권이 소멸될 때까지 밖에 있으라고 하고 싶군. 공소권 소멸이라는 것도 어차피 사회 질서를 유지하기 위해 만들어놓은 것이니까. 또 이미 10년이 더 지난 일이고 나는 지극히 사적인 관계를 통해 그 일을 알게 됐어. 더군다나 당신 말만 듣고서는 그 일이 사실인지 확인할 수가 없어. 신변 확보가 안 돼 있는 상태니 고발도 여의치 않지. 또 내가 검찰의 사건 자료를 찾아내 수사를 의뢰한다면 당신은 다시 어딘가로 사라져버리겠지."

"……"

"어쨌든 상황은 알겠어. 하지만 당신까지 이렇게 살 이유는 없잖아. 아버지가 마음에 걸린다고 하더라도 당신은 역시 당신 인생을 살아야 하는 거야."

그녀가 아까처럼 고개를 뒤로 젖히고 희미하게 웃었다.

"아무튼 떠나올 수밖에 없었던 이유는 설명한 셈이에요."

"혹시 그게 나 때문이라고 말하고 있는 건가?"

내 말에 그녀는 흠칫 놀라고 있었다.

"그런 이유도 분명 있었어요. 언젠가 당신은 지금 제가 미처 말하지 못하고 있는 진실 하나를 더 알게 될 거예요."

"그 일에 대해서는 더 이상 알고 싶지 않아. 내가 당신을 만나러 왔을 때는 당신을 만나러 온 거지 변호사 가방을 들고 온 게 아니야. 알다시피 나는 신혼여행 중이고 속히 신부에게로 돌아가야 해. 지금 당신을 만나고 있는 것만으로도 나는 신부를 속이고 있는 거야."

체념하듯 그녀가 되받았다.

"알고 있어요."

"좀 쓸쓸해졌지만 그래도 만나길 잘한 거 같아. 나 역시 당신을 만나기가 두려웠거든."

그녀가 무릎 사이로 고개를 떨어뜨렸다.

"그 말이 전분가요? 그래도 당신만큼은 뭔가 저에게 그렇게 말하면 안 되는 거 아녜요?"

"……"

"제가 지금 와서 당신에게 무얼 바라겠어요. 하지만 이렇게 먼 곳까지 와서 만났잖아요. 네, 신부에게 돌아가야겠죠. 하지만 그때까지는 다정하게 대해주세요. 더군다나 당신은 저에 비하면 행복한 사람이에요."

언젠가 그녀의 집 계단에서 비를 내다보며 앉아 있던 순간이 떠올랐다. 연둣빛 원피스에 자주색 구두를 신고 손에 흰 가방을 든 차림으로 서귀포항으로 오던 날의 그녀가 떠올랐다. 또 노란 잠수함 안에서 그녀와 나는 처음 손을 붙잡았고 그 순간 바야흐로 운명이 시작되고 있었다. 그리고 성산에서 보낸 하루, 섭지코지에서 바라본 서글픈 일출, 성읍의 보랏빛 꽃들, 밤새 사슴은 울고 있었고 그날 이후 그녀는 내게 영원한 첫사랑이 되었다. 불쌍한 여자. 무엇에 쫓겨 이 머나먼 곳에 와 있는 걸까.

이윽고 그녀는 모래사장에서 일어났고 소리 없이 어둠 속으로 사라져갔다.

저만치 가다가 그녀는 뒤를 돌아보고 나를 향해 이런 말을 던져왔다.

"신부의 이름이 저와 똑같아서 얼마나 놀랐는지 몰라요. 그냥 우연이었겠죠? 당신이 이곳에 도착한 날 스카이 바에 서 있는 신부의 모습을 보았어요. 아주 아름다운 여자더군요."

돌아오니 미란은 방에 불을 꺼놓고 맥주를 마시며 텔레비전을 보고 있었다.

그녀는 내가 바에서 술을 마시고 온 줄 알고 있었다.

빈탄을 떠나오기 전날 미란과 파란 미니 버스를 타고 탄중 우반으로 관광을 나갔다. 날씨는 무더웠고 바람은 단 한 줄도 불지 않았다. 파리떼가 극성인 재래 시장 어물전에 갔다가 나는 아침에 먹은 것을 다시 게워냈고 빌리지로 돌아올 때까지 심한 현기증에 시달리며 허둥거렸다. 싱가포르에서 빈탄으로 떠나오던 날과 증세가 똑같았다. 착잡한 얼굴로 나를 바라보며 미란은 굳게 입을 다물고 있었다.

오후 내내 나는 어두운 방 침대에 누워 있었고 식당에서 내려온 미란은 옷을 갈아입고 스쿼시 센터로 갔다. 방에 혼자 남겨진 채 나는 머리맡에 놓여 있는 손목시계의 초침 소리를 귀 기울여 듣고 있었다. 시간은 도대체 어디로 나를 데려가는 걸까. 주위가 너무 홀연하지 않은가.

죽음이라는 말이 불쑥 머리에 떠올랐다. 따지고 보면 이 모든 일이 누군가의 죽음으로부터 시작된 일이다. 그리고 오미란도 죽어가고 있었다. 그녀 자신은 모르고 있겠지만 나는 어제 그녀의 모습에서 그것을 보았다. 속이 울렁거리며 심장의 박동 소리가 불규칙하게 변하고 있었다.

오미란. 여기까지 와서 그녀를 만나게 되다니. 불가사의한 일이었다. 박윤재의 말대로 어떤 알 수 없는 힘이 이쪽으로 나를 끌어당긴 것이다. 결과적으로는 그의 충고를 듣는 게 나을 뻔했다.

변한 건 아무것도 없다, 라고 중얼거리며 나는 침대에서 부스스 일어나 앉았다. 내일 아침 나는 미란과 이곳을 떠나게 돼 있었다. 그걸로 오미란을 만났던 일은 다시 과거의 시간 속으로 사라질 것이다. 아버지가 이곳에 있으니 그녀는 공소 시효가 지날 때까지는 한국으로 돌아오지 않을 테지. 11년 전 제주 신라호텔에서 일어난 30대 여인 살해 사건. 이제 그들 부녀는 현실적으로 공범이 돼 있었고 마음먹기에 따라서는 법적인 조치를 취할 수도 있었다. 그녀는 내가 그럴 수 없다고 믿고 있는 걸까.

아무려나 내일 이곳을 떠나면 오미란을 다시 만나기가 힘들 터이었다. 그녀를 다시 만나보고 싶었다. 막상 어제는 몰랐는데 하루가 지나자 그 동안 쌓였던 그리움의 감정이 밀려왔다. 그런 생각 끝에 나는 리셉션에 전화를 걸어 릴리를 찾았다. 그녀는 그날 1층 기념품 가게에서 근무하고 있었다. 만나서 어제 그녀에게 미처 하지 못했던 말을 전하고 싶었다. 그리고 내일 나는 돌아간다. 그뿐이다.

그녀는 어제와는 달리 많이 흔들리고 있었다. 불쌍하게 버려질 아이처럼 두려워하고 있었다. 마음이 아팠다. 처분을 기다리는 죄수처럼 그녀는 숨을 죽인 채 내 입에서 나올 말만 기다리고 있었다.

"오늘 밤에 만나."

네, 하고 그녀가 말꼬리를 흐렸다. 그리고 덧붙였다.

"솔직히 조용히 떠나라고 말할 용기가 사라졌어요."

"떠나기야 떠나지."

"저 때문에 힘들어하는 거 원치 않아요."

"이미 힘들어하고 있다는 걸 몰랐어? 하긴 제주도에서도 그랬지."

밖에 세찬 바람이 몰려가며 비가 뿌리고 있었다. 저러다 금세 맑은 하늘 뒤편으로 사라지는 비.

"한국으로 돌아와. 도움이 될 수 있는 일이 있는지 알아볼게."

"그렇게 되면 당신은 더욱 힘들어질 거예요. 왜 그런지 당신이 더 잘 알고 있잖아요."

내가 법조인이기 때문에 그렇다는 뜻이었다. 전화로는 계속할 수 없는 얘기였다. 나는 어제 그 파라솔 밑에서 10시에 기다리겠노라고 말하고 전화를 끊었다. 그새 어둑하게 날이 저물고 있었다. 대나무 창살 사이로 바다에서 들끓고 있는 붉은 석양이 보였다. 그 빛은 순식간에 방으로 스며 들어와 불이 난 것처럼 안을 붉게 물들여놓고 있었다.

나는 침대에 걸터앉아 그 붉은빛이 사위어가는 것을 조용히 목도하고 있었다.

스쿼시장에서 돌아온 미란은 샤워를 하고 식당으로 가기 위해 옷을 갈아입었다. 그녀는 조용하게 가라앉아 있었고 이상할 정도로 무표정했다.

"몸은 좀 나아졌어요?"

문을 나서며 이렇게 말했으나 막상 감정이 느껴지지 않았다. 식당에서도 마찬가지였다. 그녀는 스파게티를 먹으면서 평소와 다름없는 태연한 말투로 중얼거리고 있었다.

"카르보나라는 뜨거울 때 먹어야 하는데 이미 식어버려서 느끼하군요. 또 크림 소스에 파메르잔 치즈가 너무 많이 들어갔어요. 베이컨은 거꾸로 덜 익어서 기름 덩어리가 씹히구요."

그녀는 뭔가 어색한 것을 모면하기 위해 혼자 중얼거리고 있는 것 같았다. 식사를 마칠 때까지 그녀는 나와 눈이 마주치지 않으려 했고 평소엔 잘 마시지 않던 포도주를 큰 컵에 두 잔이나 따라 마셨다. 식사를 끝내자마자 그녀는 그만 객실로 돌아가 쉬고 싶다고 했다. 나는 라이브 클럽에서 칵테일을 한잔 마시고 들어가자고 했다.

"달콤한 제안이지만 저는 빨리 쉬고 싶어요. 미안해요. 괜찮다면 연우씨 혼자 마셔요. 내일 아침 출발하는 데 지장이 없을 정도면 상관없겠죠."

애써 상냥한 말투로 그녀가 말했다.

"그래, 그러지. 하지만 혼자 있어도 괜찮겠어?"

"물론이에요. 저는 곧바로 잠이 들 거고 내일 아침까지는 죽은 듯 잘 수 있을 것 같아요. 다만 이따 돌아오게 되면 잠자리에 들기 전에 모기약을 알맞게 뿌리고 에어컨의 온도를 좀 낮춰주세요. 새벽엔 좀 춥더라구요."

"그러지."

그녀가 H블록으로 통하는 계단 모퉁이를 돌아갈 때까지 나는 식당 문 앞에 붙박여 서 있었다. 저녁 공기 속에서 유황 냄새가 번지고 있었다. 바닥에 파랗게 불이 들어온 수영장을 내려다보며 나는 스카이 바에 앉아 발렌타인을 스트레이트로 두 잔 마셨다. 내일 아침엔 떠나가야 할 밤바다가 검은빛으로 출렁이고 있었다. 오늘 밤에도 댄스 파티가 있는지 공연장에선 레게 뮤직이 들려오고 있었고 빌리지 현관에선 불꽃이 터져 오르고 있었다.

오미란이 느닷없이 스카이 바에 나타난 것은 9시 30분이었다. 내가 그곳에 있는 걸 어떻게 알았는지 약속 시간 30분 전에 홀연히 나타난 것이다. 그녀는 연한 분홍빛 투피스 차림에 흰 구두를 신고 있었다. 바에 근무하는 동료 직원조차 그녀를 알아보지 못했다. 불현듯 나는 성산으로 나를 만나기 위해 흰 렌터카를 몰고 오던 날의 그녀를 떠올리고 있었다.

프루츠 칵테일 잔을 들고 내 맞은편 의자에 와 앉아 그녀는 핸드백에서 말보로 담배를 꺼내 물었다. 나는 멍하니 그녀의 얼굴을 마주 보고 있었다.

"알다시피 여긴 사방으로 트여 있는 장소예요. 여기서 30분만 얘기하다 당신은 돌아가세요. 저로서도 그게 견디기가 한결 나을 것 같아요."

뜻을 알아들었지만 나는 그러고 싶지 않았다.

"조용한 곳에서 둘이 얘기하고 싶어."

"신부는 어떡하구요?"

"일찌감치 잠자리에 들었어. 오후 내내 스쿼시장에 있었거든."

미묘한 표정을 지으며 그녀가 웃었다.

"당신은 정말 바보로군요."

"……"

"언젠가 신부는 당신이 신혼 여행지에서 누군가를 만났다는 사실을 알게 될 거예요. 당장은 모르고 있다고 하더라도 말예요. 여자란 그런 거예요."

"그렇다고 해도 이미 어쩔 수 없잖아. 지금 내가 잘못하고 있다고 생각하지 않아."

그녀가 덧없는 표정으로 다시 웃었다. 그러더니 담배를 끄고 칵테일을 한 모금 마시고 밤바다를 내려다보았다.

"용건만 말할게요. 4년 후 서울로 돌아가 당신을 만나겠어요. 어제 말했듯이 그때 가서 전할 말이 있어요."

대답하기 힘든 말이었다. 그건 약속을 뜻하는 것이었다.

"4년 후라면 나는 당신을 까맣게 잊을지도 몰라. 물론 이름 정도야 기억하겠지."

그녀의 속눈썹이 가늘게 떨렸다. 이어 동공에 물기가 배는가 싶더니 이내 사라졌다. 끈끈한 습기를 머금은 바람이 바다 쪽에서 불어오고 있었다. 그녀는 또 가냘픈 손으로 담배를 피워 물며 발작적으로 기침을 해댔다. 바람에 머리칼이 뺨으로 부스스 흘러내렸다.

사람들이 꾸역꾸역 몰려들고 있는 스카이 바에 앉아 있는 것이 점점 불안하게 느껴졌다. 나는 자리에서 일어나 그녀의 손목을 붙들고 빌리지 현관을 빠져나가 이태리 식당이 내려다보이는 정원으로 나갔다.

열대의 꽃들이 피어 있는 화단에 걸터앉아 나는 땅바닥에서 흔들리고 있는 야자수 그림자를 내려다보고 있었다. 정욕 같은 슬픔이 한순간 온몸을 뜨겁게 쓸고 지나갔다. 겨울이면 눈을 볼 수 있는 그리운 나라로 그녀를 데려가고 싶었다. 그러나 스카이 바에 나타난 그녀를 본 순간 그게 불가능한 일이라는 걸 깨달았다.

그녀는 잠시 내 품에 쓰러져 있었다. 나는 그녀의 등을 끌어안고 야자수들 사이에 떠 있는 바다를 두려운 눈으로 노려보고 있었다.

"소나기가 내리고 난 밤이면 저 이태리 식당 정원에 유령이 나타나요. 너무나 밝은 빛을 하고 말이죠. 어둠 속에서 그것은 곧 사라져버릴 듯 보이지만 내가 바라보고 있는 순간만큼은 거기에 뚜렷이 존재하고 있어요. 이쪽을 우두커니 바라보면서 말예요. 한 번은 가까이 가서 훔쳐보았죠. 그런데 놀랍게도 당신 모습을 닮아 있더군요. 믿을 수 없겠지만 사실이에요."

"……"

"그것은 새벽이 오기 전에 가로등이 꺼지듯 감쪽같이 사라지곤 했어요. 그게 만약 당신이었다면 당신은 자기 혼령에 이끌려 여기에 왔는지도 몰라요. 세상 한 모퉁이에서 우리 자신조차 이해할 수 없는 일이 벌어지고 있었던 거예요. 눈사람처럼 생긴 그 맑은 기운, 당신 말예요."

정원을 내려가 미란과 해변을 걷다가 어제 만났던 일곱번째 파라솔 옆에 가서 앉았다. 거기서 나는 마음을 다잡고 말했다.

"4년 후에 내가 당신이 찾아오길 바라는지 아닌지를 생각해봤어."

"그런데요?"

어제부터 나는 그녀가 머지않아 죽을 거라는 예감에 사로잡혀 있었다. 그녀를 살리기 위해서는 한시 바삐 나로부터 벗어나게 해야 한다는 생각이 하루 종일 따라다녔다. 그 생각을 믿고 나는 말했다.

"다시는 만나지 않는 게 좋겠어. 나중이라고 하더라도 당신과 나는 자유롭게 만날 수 없을 거야. 아무도 그걸 원하거나 허락하지 않아. 어제 이후로 우리는 다시 구속을 받기 시작했어. 세월이 흘러 다시 만난다고 해도 그건 변하지 않을 거야. 그렇다면 앞으로 전혀 낯선 사람들로 살아가는 게 좋아. 공소 시효가 지나면 당신은 불과 서른 살인데 다시 시작하기에 조금도 늦지 않아."

"저더러 죽으라는 말인가요?"

"함부로 말하지 마. 누구나 죽을 수 있는 거지만 그렇게 말하고 죽지는 않아. 그건 상대에게 함께 죽어달라고 하는 것과 같은 거야."

그녀가 거침없이 되받았다.

"죽는 게 두려워요?"

나 역시 거침없이 말했다.

"두려워. 왜냐하면 내겐 사랑하는 사람이 있기 때문이야. 알다시피 가까이에 지금 혼자 잠들어 있어. 나와 이 먼 곳까지 함께 와서 말이야."

"그 동안 연락하지 않았던 것도 다 나중에 당신을 만나기 위한 것이었어요."

"차라리 빨리 만났더라면 지금보다는 나을 뻔했어. 비록 달라질 게 없었다고 해도 말이야."

"제가 잘못했다는 말인가요?"

"이제 와서 그게 무슨 상관이야. 내일이면 나는 여길 떠나. 잘 보내줬으면 좋겠어. 또다시 새벽에 수영장에 시체가 떠 있다면 이번엔 내가 범인인 거야."

그녀가 악마처럼 속삭여왔다.

"복수하겠어요."

"내가 당신에게 하지 못한 건 당신도 역시 하지 못해. 당신은 그때 내게 지울 수 없는 상처를 남겼고 나는 오랜 세월 고통을 받았어. 밖에서 폭풍 소리가 들려오는 밤이면 당신 때문에 정말이지 죽고 싶을 때가 있었단 말이야. 하지만 역시 그러면 안 됐던 거야. 사랑하고 있었으니까. 그러니 당신도 살아 있으라고 말하고 있는 거야."

"잔인하군요."

"사랑이 끝날 때까지는 살아 있는 거야. 나는 그렇게 했어. 당신 때문에 말이야."

"기필코 찾아가 만날 거예요."

"그와 동시에 나는 당신을 잊을 거야."

갑자기 그녀의 목소리가 낮게 가라앉았다. 체념했는가.

"신부를 사랑해요?"

"그 사람은 그때 당신이 내게서 가져가고 남은 것에 의지해 앞으로 나와 살아갈 사람이야. 그렇다면 거기엔 사랑 이상의 의미가 있는 거야. 물론 당신은 그런 것들을 알 수 없을 테지."

수평선 끝으로부터 몰려온 검은 구름 덩어리가 급기야 소나기를 뿌려대기 시작했다. 오미란과 나는 파라솔 밑으로 들어갔다. 콩알이 튀듯 눈앞의 모래밭이 빗방울에 움푹움푹 파이고 있었다.

자정이 가까워오고 있었다.

"비 오던 날 포장마차에 함께 앉아 있던 기억 나요? 당신을 민박집까지 바래다주던 길이었죠."

……어찌 잊을 수 있겠는가. 그녀의 허름한 집 계단에서 비에
젖은 브래지어 안에 손을 집어넣어 작고 따뜻한 가슴을 만졌던 기
억이 물고기처럼 되살아났다. 그 순수의 기억들이 그토록 오래 나
를 괴롭혀온 것이다. 다른 어떤 여자와도 결코 반복되지 않은 일이
었다.

"그때 마시고 남긴 반 병의 소주도 기억하겠군요. 언젠가 그거
함께 마실 기회를 주세요. 그것마저도 거절하면 저 정말 버티기 힘
들 것 같아요."

종아리에 후득후득 모래가 묻어났다. 슬그머니 오미란이 손을
뻗어 내 허리를 껴안았다. 나는 가만히 있었다. 이윽고 그녀가 앞
으로 몸을 돌려 내 몸을 껴안는가 싶었는데 불쑥 바지에 손을 집어
넣어 내 성기를 움켜쥐었다.

나는, 가만히, 있었다.

"따뜻하군요."

그녀는 내 성기를 잡고 길게 한숨을 내쉬었다.

"이제 또 열대의 햇빛처럼 고달픈 그리움의 날들이 지루하게 계
속되겠군요."

문득 그녀와의 사이가 끊으려야 끊을 수 없는 관계가 아닌가 하
는 의구심이 들었다. 어쩌면 사랑보다도 더 깊고 질긴 그 무엇 때
문에. 아무리 쫓아내도 다시 처마 밑으로 날아드는 불나방처럼.

헤어질 순간이 되어 나는 어렴풋이 깨달았다. 먼 훗날 그녀와 다
시 만나게 되리라는 것을. 그녀는 막상 눈빛이 잠잠해져 있었다.
눈물도 보이지 않았다. 그렇다. 영원히 헤어질 것을 아는 자만이
그 앞에서 통곡하는 법이다. 남은 반 병의 술이 존재하는 한 그리
고 그리움은 계속된다.

그녀와 나는 수영장의 푸른 바닥을 들여다보고 있었다. 소나기는 그쳐 있었다. 나는 모래투성이가 된 발을 수영장 물에 흔들어 씻었다. 바닥으로 모래가 까맣게 내려가 쌓였다. 그녀가 옆에서 흐흐거리며 웃었다. 그녀가 수영장으로 뛰어들 것 같은 불길한 느낌이 몰려왔다. 그러나 그러지 않으리라.

"부디 죽지는 말아. 그럼 누군가가 또 죽어. 필연적으로 그런 일이 생기게 돼 있단 말이야."

내 말에 그녀는 끝내 대꾸하지 않았다. 넋이 나간 듯 푸른 물 바닥만 들여다보고 있을 뿐이었다. 구름 사이를 비집고 다시 달이 나왔다. 그녀를 수영장에 버려두고 나는 발길을 돌려 미란이 잠들어 있는 객실로 돌아왔다.

H블록으로 통하는 계단을 올라가려는 참에 나는 우연히 해변에 있는 이태리 식당 쪽을 돌아보았다. 순간 나는 눈을 의심하지 않을 수 없었다. 아까 오미란이 말했던 그 눈사람처럼 생긴 흰빛의 혼령이 정원을 서성이고 있었다. 이루 말할 수 없이 눈부신 빛을 끌고.

이윽고 그 기이한 형체의 혼령은 정원 뒤편으로 서서히 사라져갔다.

미란은 깊게 잠들어 있었다. 베란다로 나가 수영장 쪽을 바라보니 오미란의 모습이 보이지 않았다. 하늘엔 노란 달이 떠서 바다를 조각조각 내리비추고 있었다. 냉장고에서 맥주를 꺼내 마시고 담배를 피우고 샤워를 하고 나는 잠자리에 들었다. 그때 베개 위에 미란이 써놓은 메모가 보였다.

빈탄으로 신혼여행 오길 잘했던 거예요. 그렇죠? 사랑해요.

사방이 휘황했다.

페리 호를 타고 싱가포르에 도착하자 정오였다. 창이 공항에서 서울로 가는 비행기는 오후 8시에 있었다. 점심을 먹고 공항에서 가까운 악어 농장에 가서 오후 시간을 보냈다. 한시 바삐 싱가포르를 떠나고 싶었다. 빈탄이든 싱가포르든 더운 나라 전역이 그녀의 영토인 것만 같았다. 릴리. 페리 호가 바다 한가운데 이르렀을 때 나는 잠시 속으로 울었던가. 아마 그랬던 것 같다. 하지만 눈물은 흘리지 않았다.

악어 농장 벤치에서 미란의 어깨에 기대 나는 잠들어 있었다. 햇빛 속에서 나는 펄펄 땀을 흘리고 있었고 미란은 아이스크림을 먹고 있었다. 풍선들이 푸른 하늘로 끊임없이 떠오르고 있었다. 악어들이 발 밑까지 와서 그 커다란 입을 벌리고 하품을 하고 있었다.

어느덧 나는 창이 공항에 와 있었다. 식당에서 미란과 저녁으로 홍합탕을 먹었다. 미란은 일찌감치 면세점에 들어가 서울에 가면 사람들에게 나눠줄 선물을 샀다. 미란이 화장품 코너에서 시간을 보내고 있는 동안 나는 공중전화 부스에서 릴리에게 전화를 걸었다. 그녀는 그날 환전소에서 낮 근무를 하고 있었다. 통화가 여의치 않았다. 언젠가처럼 수화기 속에서 폭풍이 몰려가는 소리가 들려오고 있었다. 창밖을 내다보니 바람은 불고 있지 않았다. 아, 그곳은 인도네시아지.

잘 가요, 라고 그녀는 말했다. 죽지 말아, 라고 나는 말했다. 그뿐이었다. 그렇게 단 한마디씩을 주고받고 잘못 걸린 전화처럼 수화기를 내려놓았다.

비행기 트랩을 올라가고 있을 때 무슨 뜻인지 미란이 내 등을 툭툭 두드려주었다. 서울까지의 비행 시간은 약 일곱 시간. 그 동안 미란은 한 번도 깨지 않고 잠들어 있었다. 문득문득 그녀의 잠든 얼굴을 돌아보면서 나는 깨달았다. 지난밤 그녀가 밤새 한숨도 자지 못했다는 것을.

그리고 또 한 가지 깨달은 사실. 아니, 그것은 깨달음이라기보다는 차라리 의문에 속하는 일이었다. 11년 전 제주 신라호텔에서 일어났던 30대 여인 살해 사건. 막상 그 범인이 누구인지 내가 미처 모르고 있다는 사실을 알게 된 것이다.

서울로 돌아와 나는 검찰에 근무하고 있는 사법 고시 동기생을 통해 어렵사리 당시 사건 자료 사본을 넘겨받았다. 그러나 미결로 처리돼 있는 그 사건 자료만 가지고는 범인을 확실히 짐작할 수 없었다.

여름 손님

오미란을 다시 만난 것은 1997년 10월 말레이시아에서였다. 그 전에 느닷없이 그녀의 아버지가 서울로 찾아와 만났다. 공소 시효가 지났지만 미란은 말레이시아에 계속 머물고 있었다. 그사이 그녀는 체러팅의 클럽 메드에서 만난 독일인과 결혼을 했고 6개월 만에 이혼을 했다. 결혼 중에 아이가 생겼지만 불행하게도 유산을 했다고 한다.

서울에서 그녀의 아버지를 만나고 나서 2주 후에 나는 말레이시아로 가서 그녀와 직접 만났다. 그즈음 그녀는 병을 앓고 있었는데 클럽 메드를 그만둔 다음 '블루 오렌지'라는 작은 호텔의 리셉션에서 일하고 있었다.

그전에 내 주변에서 일어났던 일에 대해 먼저 얘기해야겠다. 빈탄에서 그녀를 만나고 나서 그후 또 5년간의 일에 대해서 말이다.

우선 아내와의 사이에 아들이 하나 태어났다. 결혼 3년 만에 어렵게 얻은 아이였다. 나는 그 아이의 이름을 집중력을 갖고 단순 간결하게 성장해주길 바라는 마음에서 외자로 준(俊)이라고 지었다. 성준. 야구 선수와 이름이 같다고 아내가 그다지 마음에 들어 하지 않았으나 나로서는 야구 선수가 되더라도 상관없다는 생각이 들었다. 그 애의 이름을 지으면서 나는 다른 부모들과 마찬가지로 자식을 통해 자기 감정을 투사시키는 최초의 경험을 했다.

임신한 사실을 알고 나서 곧바로 아내는 직장에 사표를 제출했다. 우여곡절 끝에 어렵사리 생긴 아이였기 때문이었을 것이다. 결혼 전에 그녀는 파리 지사로 발령을 받기 위해 몇 년째 불어 강습을 받고 있었다. 직장에서도 그만큼 인정을 받고 있었으므로 기회가 오면 분명 가능했을 일이었다. 그런데 결혼과 함께 그녀는 슬그머니 불어 강습을 그만두는 형식으로 자신이 인생에서 목표하고 있던 것 중의 하나를 포기했다. 현실적으로 볼 때 그게 자연스러운 일이었는지도 모른다. 그러나 나는 결혼 전부터 그녀가 해외로 발령을 받아 나간다 하더라도 받아들일 수 있다는 생각을 염두에 두고 있었다. 하지만 나는 그 일에 대해서는 굳이 언급하지 않았다. 어디까지나 본인의 선택에 의한 결정이려니 싶었던 것이다.

신혼 때는 잘 몰랐는데 아내는 무엇보다도 아이를 갖고 싶어했다. 1년이 지나도록 태기가 없자 그녀는 산부인과에 들락거리는 눈치였고 자신에게 이상이 없음을 확인하자 어느 날 잠자리에 들어 내게 이런 말을 해왔다.

"결혼을 하고 나서 당신은 단 한 번도 아이에 대한 얘기를 꺼낸 적이 없어요. 혹시 원하지 않는 건가요?"

……그런 건 아니었다. 다만 아내가 초조해할까 싶어 입 밖에 꺼내지 않았을 따름이었다. 결혼한 지 아직 1년밖에 되지 않은 것이다. 그녀가 등을 돌려 누우며 혼잣말처럼 내뱉었다.

"하지만 열망하고 있는 것도 아니잖아요."

열망. 얼른 대꾸를 못 한 채 나는 눈을 감고 한동안 생각에 잠겨 있었다. 아내는 왜 내게 그런 식으로 말하고 있는 걸까? 굳이 밝히자면 열망까지 하고 있었던 건 아니었다. 하지만 언젠가는 자연스럽게 아이가 생기리라 믿고 있었던 것도 사실이었다.

나는 아내 쪽으로 돌아누우며 슬그머니 그녀의 등을 끌어당겼다.

"아이에 관한 일은 섭리가 우선이라고 생각해. 섭리의 밀명을 받고 태어나길 원했던 거야."

한참 만에야 그녀가 대꾸해왔다.

"기대는 하고 있었나요?"

가끔 이런 식으로 물어올 때마다 나는 그녀가 힘겹다는 느낌을 받곤 했다. 매사를 빈틈없이 확인하는 나머지 침묵의 여지에서 나올 수 있는 말을 가로막곤 하는 것이다. 그때마다 나는 이런 식으로 냉정하게 말할 수밖에 없었다.

"섭리의 밀명을 기다리고 있었다고 방금 내가 말했지."

"글쎄, 꼭 그런 것만도 아닌 것 같은데요. 당신은 열망에 인색한 사람이에요. 그걸 다 어디에 써버렸는지 좀처럼 느껴지지가 않아요. 하긴 물에 젖은 성냥은 햇빛에 말려도 불이 잘 붙지 않는 법이죠."

"그게 무슨 말인가?"

"그냥 그렇다는 거예요."

"그토록 애달픈 상상력은 도대체 어디서 비롯된 거지?"

"물론 당신이죠."

혹시나 싶어 나는 물었다.

"우리가 지금 부부 싸움을 하고 있는 건가?"

"아뇨, 당신은 절대 저하고 싸우지 않아요. 그것도 상대에 대한

204

열망에서 비롯되는 일이니까요."

아니라고 했지만 그녀는 지금 내게 싸움을 걸고 있었다. 하지만 나는 그러고 싶은 마음이 좀처럼 생기지 않았다. 도대체 일요일 밤 잠자리에 들어 왜 싸운단 말인가. 내일은 한 주를 시작하는 월요일이 아닌가 말이다.

아내가 침대에서 일어나 잠옷 바람으로 거실로 나갔다. 그러고는 장식장에서 지난 연말에 선물로 받은 조니워커 블루를 꺼내놓고 담배에 불을 붙이는 소리가 들려왔다. 결혼한 후 그녀는 아주 심각한 경우가 아니면 술을 마신다거나 담배를 피우는 일이 없었다. 나는 몸을 일으켜 그녀가 앉아 있는 거실 소파로 다가갔다.

이미 자정이 넘어 있었다.

"혹시라도 부족하거나 불만스러운 점이 있으면 말해봐. 수정할 게 있으면 수정하면 되잖아."

그녀가 온더록스 잔을 들고 서글픈 눈빛으로 나를 바라보았다. 가끔 아내의 그런 표정을 목격할 때마다 까닭도 모른 채 내가 한 남자로서 부족하다는 느낌을 받아야만 했다.

"당장 냉장고나 옷장을 열어보면 알겠지만 우리가 뭐 그리 부족한 게 있겠어요. 하지만 뭔가 중요한 게 빠져 있는 것도 사실이에요. 가끔 모든 것이 무의미하게 느껴질 때가 있다는 거예요."

나는 내 귀를 의심했다. 술 한 잔에 그녀가 충동적인 발언을 할리 없었다. 내가 미처 모르고 있는 어떤 일이 그녀에게 진행되고 있었던 모양이었다. 단지 아이 때문이 아니라는 생각이 들었다. 그녀의 말대로 뭔가 중요한 것이 빠져 있는 듯했다. 그렇다면 열망?

뒤통수를 맞은 기분으로 나는 망연히 그녀의 이마를 바라보았다. 나는 그녀가 먹다 남긴 잔에 조니워커 블루를 따라 천천히 목구멍으로 삼켰다. 뭔가 차근차근 다시 생각을 해봐야 할 것 같았다.

그 동안 결혼 생활에는 별다른 문제가 없었다. 둘 다 직장일에 충실했고 가정에서도 별 부딪침이 없었다. 다만 내가 늘 시간에 쫓겨 함께 충분히 시간을 보낼 수 없었다는 점을 빼놓고는 말이다.

그녀는 주 5일 근무로 토요일과 일요일은 직장에 나가지 않았으므로 나보다는 집에서 보내는 시간이 많았다. 하지만 나 역시 일요일만큼은 백화점에 가서 쇼핑을 한다거나 외식을 한다거나 반드시 아내와 함께 보냈다. 어쩌다 원당 본가에 갈 일이 있었지만 그것도 토요일 오후에 갔다 그날 밤에 돌아왔다. 일요일만큼은 그녀와 함께 보내기 위해서였다. 그러므로 특별히 남들에 비해 결핍감을 느낄 정도는 아니라고 생각하고 있었다.

그런데 한 가지 중요한 것은 빠뜨리고 지나간 게 있었다. 그녀가 말하지 않았지만 소파에 마주 앉아 있는 동안 불현듯 깨달은 사실이 하나 있었다. 나는 얼른 벽에 걸려 있는 달력을 확인해보았다. 지난 주 수요일. 즉 3월 20일자에 붉은 사인펜으로 동그라미 표시가 돼 있었다. 아뿔싸. 그날은 다름아닌 아내와의 결혼 1주년이 되는 날이었다.

그 동안 그녀는 내게 특별히 불만이 없었음에도 불구하고 내가 결혼 기념일을 까맣게 잊고 지나침으로 해서 내심 충격을 받은 게 틀림없었다. 바빴다는 변명이나 핑계만으로는 해소될 수 없는 문제가 그 안에 도사리고 있었다. 적어도 그녀는 그렇게 믿고 있었다. 나중에 다시 달력을 살펴보니 매월 며칠씩 예의 붉은 동그라미가 그려져 있었는데 알고 보니 가임 기간을 뜻하는 표시였다.

아내는 그 동안 내가 겉으로는 빈틈없이 가정을 꾸려오고 있었지만 결혼 기념일, 그것도 첫번째 기념일을 잊고 지나감으로 해서 그 모든 것들이 한갓 포즈에 지나지 않았다고 생각한 모양이었다. 그녀는 그것을 두고 관념화된 프로그램에 의한 자동화 반응이라고 까지 표현했다. 그것도 아주 평균 수준의.

뒤늦게 그런 사실을 알았지만 아내가 납득할 만큼 수습할 방법이 없었다. 다음날 저녁 명동 롯데호텔 프랑스 식당으로 그녀를 데려가 함께 저녁을 먹고 점심 시간에 사무실 근처에 있는 주얼리하우스에서 산 루비 목걸이를 선물했지만 그녀는 전혀 감동하는 눈치가 아니었다. 김빠진 맥주를 마신 듯한 표정 그 이상도 그 이하도 아니었다. 물론 나로서도 그 이상의 기대는 하지 않고 있었다.

"수습 차원이란 걸 알아요. 하지만 이렇게라도 하지 않았더라면 다른 오해가 생겼을지도 몰라요. 이 참에 제가 정말 원했던 것을 얘기하고 싶어요. 루비나 사파이어보다 더 중요한 거죠."

"……아이 말인가?"

그녀는 빤히 내 눈을 마주 보았다.

"그 말을 꼭 이런 식으로 해야 돼?"

"예쁘게 말하고 싶었는데 알다시피 때를 놓쳤어요. 더 실감나게 경제 용어로 말할 수도 있어요."

"……"

"실직 보험을 들어두고 싶어요. 솔직히 말하면 결혼할 때부터 저 직장 그만두고 싶었어요. 그 동안 굉장히 힘들었거든요. 하지만 그것에 대해 당신은 한 번도 물어오거나 언급한 적이 없었어요. 어쨌거나 직장을 그만두게 되면 우선 아이를 낳아 키우고 싶어요. 그러니까 결혼 1주년 기념으로 아이를 낳게 도와달란 뜻이에요. 내일 점심 시간에 저하고 병원에 가서 검사 좀 받아요. 우선 당신이 완전한 남자인지 확인하고 싶어요. 참고로 말하면 저는 완벽해요."

"꼭 그래야만 되겠어?"

아내는 끝까지 냉정한 태도를 고수했다.

"도움을 청하고 있다고 했죠. 당신의 선처를 바랄 뿐이에요."

어쩌다 아내와의 관계가 이렇게 됐는지 알다가도 모를 일이었다. 불과 1년 전에 결혼한 부부가 결혼 기념일을 뜻하는 자리에서, 그것도 아이 문제를 두고 이런 발언을 주고받고 있다는 사실이 못내 씁쓸했다.

부부 관계가 악화되는 것을 원치 않았으므로 나는 다음날 아내와 함께 병원에 가서 정액 검사를 받았고 새삼스럽게 '완전한 남자'임을 재확인했다.

그러나 그후 또 1년이 가깝도록 아내와의 사이에서는 아이가 생기지 않았다. 결혼 기념일을 기억하지 못해 며칠 서먹했던 관계는 곧 원상으로 회복됐고 그 일로 인해 오히려 서로에 대해 보다 밀접한 감정을 느끼는 계기가 됐다고 말할 수도 있었다. 그럼에도 불구하고 좀처럼 아이가 생기지 않았다. 이번에는 내가 슬슬 초조해지기 시작했다. 그녀가 먼저 깨달은 사실이긴 했으나 정말 아이가 필요하다는 생각이 들었다. 좀더 아내와 가까워지고 싶어도 아이가 없어 불가능하다고 느껴지기까지 했다.

마침내 아내와 나는 불임의 고통을 겪고 있는 다른 부부들처럼 여기저기 유명하다는 병원과 한의원을 찾아다니기 시작했다. 심지어는 지방에 있는 병원까지 마다하지 않고 수소문해 주말이면 차를 몰고 내려가곤 했다. 섭리의 밀명. 그 말이 그토록 절실하게 내게 다가올 줄은 나로서도 짐작하지 못했던 일이었다. 매달 임신 여부를 체크하면서 아내는 극도로 신경이 곤두섰고 나 역시 덩달아 전전긍긍할 수밖에 없었다.

돌아보면 아이를 갖기 위해 그토록 애쓰던 순간들이 내가 아내와 가장 밀접했던 시기가 아니었나 싶다. 서로 똑같은 하나를 얻기 위해 그토록 열망할 수 있다는 사실에 나는 사이사이 놀라고 있었다.

결혼 2년째로 접어드는 달에 마침내 아내의 몸에 태기가 생겼다. 남들이 듣기엔 어떨지 몰라도 나로서는 기적처럼 느껴지는 일이었다. 하루에 병원을 세 군데나 옮겨 다니며 사실 확인을 한 끝에 임신이 확실해지자 그녀는 마치 유산이라도 한 여자처럼 병원 복도에서 내 품에 안겨 남들이 보거나 말거나 울어대고 있었다. 결혼 전의 그녀를 떠올리면 실감이 나지 않을 정도로 한 여자로서 완전히 달라져 있었다.

다음날로 아내는 회사에 사표를 내고 집 안에 들어앉아 아이를 키우는 일에 그야말로 모든 것을 바쳤다. 그것은 실로 감동적인 모습이었다. 남자인 나로서는 도저히 흉내낼 수 없는 일이었다. 여자가 그토록 거룩한 본능을 가지고 있다는 사실을 나는 어머니가 아닌 아내를 통해 거꾸로 깨쳤다. 그녀는 태교와 육아에 필요한 책을 있는 대로 섭렵하고 건강한 아이를 출산하기 위해 거의 신념에 가까운 자세를 보여주었다. 가령 그녀는 그렇게 좋아하던 커피를 출산 때까지 단 한 모금도 입에 대지 않았다. 정 견디기가 힘들면 커피를 끓여 잠깐 냄새만 맡고 싱크대에 부어버리곤 하는 것이었다.

아이를 낳고 나서 그녀가 가장 먼저 한 일은 산부인과 병원 복도에 있는 자판기 커피를 뽑아 마시고 담배를 피운 일이었다. 그때만큼 한 여자로서 또 인간으로서 아내가 그토록 아름다워 보인 적은 없었다.

그렇게 어머니의 밀명을 받고 태어난 아이는 태어난 후에도 역시 그렇게 길러졌다. 준은 무럭무럭 자라 그해 세 살이 되었고 태내에서 마치 다독(多讀)을 하고 태어난 아이처럼 한글을 일찌감치 깨치고 특히 직유와 은유 표현에 유창한 말들을 구사했다. 내심 걱정이 될 정도로 습득 능력이 뛰어났다. 표정은 풍부했지만 여간해서는 고집을 피우거나 울지도 않았다. 솔직히 만족스러웠다. 그리고 그것이 아내의 솜씨임을 나는 사석에서 공공연히 발설하고 다녔다.

준이가 만 세 살이 되던 그해, 두 달 간격을 두고 낯선 손님이 차례로 내게 찾아왔다. 7월과 9월에. 우선 7월에 찾아온 사람은 30대 초반의 초등학교 여교사였다. 처음 보는 낯선 여자였다.

비가 내리고 있는 금요일 오후 퇴근 무렵이었던 걸로 기억한다. 법원에서 공판을 마치고 사무실로 돌아왔을 때였다. 사무장과 여직원이 쓰는 방 소파에 안경을 쓴 웬 단발머리 여자가 혼자 오두마니 앉아 있었다. 그녀는 감색 투피스를 입고 있었고 빗물이 뚝뚝 떨어지는 우산을 거꾸로 들고 있었다. 깡마른 몸매에 얼굴이 몹시 핼쑥했다. 사건 의뢰인이려니 싶어 나는 그녀 앞을 모로 지나쳐 내 방으로 들어갔다. 특별한 경우가 아닌 한 모든 사건은 일단 사무장이 접수해 처리하도록 돼 있었다.

퇴근을 하려는데 노크 소리가 들리더니 사무장이 문을 열고 들어왔다. 나는 그날의 공판 결과 자료를 그에게 넘겨주고 가방을 집어 들었다. 그날은 경주에서 장모가 올라와 집에서 저녁을 함께 먹기로 돼 있어서 일찍 들어가봐야만 했다. 사건 자료를 넘겨받으며 사무장은 밖에 어떤 여자가 나를 찾아와 기다리고 있다고 말했다. 나는 대뜸 빗물이 떨어지는 우산을 들고 소파에 앉아 있던 여자를 떠올렸다. 사무실 안에 외부인은 그녀밖에 없었다.

"변호사님을 직접 만나뵙고 얘기해야 한다며 벌써 두 시간째 기다리고 있습니다."

그런 일이 종종 있었다. 사무장을 병원 원무과 직원쯤으로 생각해 고집스럽게 변호사와 만나 상담을 하려는 의뢰인들이 있었다. 사건의 비중에 따라 물론 그런 경우가 없지는 않았으나 대개는 사무장이 실무를 처리하고 변호사는 공판을 위해 법원에 드나드는 게 이쪽의 관례였다. 그러기에도 시간이 부족했다. 말하자면 모든 의뢰인과 일일이 만나 상담할 수가 없었다. 나는 손목시계를 내려다보며 10분 정도라고 사무장에게 말했다.

잠시 후 아까 소파에 앉아 있던 여자가 고개를 꾸벅 하고 방 안으로 들어섰다. 사무실 입구에 우산꽂이통이 있을 텐데 여전히 빗물이 뚝뚝 떨어지고 있는 우산을 손에 들고 있었다. 그 하찮은 일 때문에 나는 쓸데없이 신경이 곤두서 있었다. 분위기로 봐서 사적인 일 때문에 찾아온 것 같지도 않았다. 나는 우선 관례대로 말했다.

"사건을 의뢰하러 오셨다면 사무장과 상담하시는 게 순서입니다. 안 그러면 제가 그 사람의 일을 빼앗는 게 됩니다."

죄송합니다, 라고 재빨리 되받으며 그녀는 핸드백에서 손수건을 꺼내 이마의 땀을 닦았다. 밖에 비가 내리고 있었지만 사무실 안은 후텁했고 퇴근을 하기 위해 방금 전에 에어컨을 꺼놓은 상태였다.

"혹시 사적인 용무가 있으신 건가요?"

아니라고, 그녀는 또 재빨리 고개를 가로저었다. 나는 에어컨을 다시 켜고 의자에 가 앉았다. 사적인 용무는 아니더라도 내게 뭔가 전할 말이 있는 모양이었다. 그녀가 쿡, 목을 가다듬고 나서 나를 말끄러미 쳐다보았다.

"실례인 건 알고 있지만 잠깐만이라도 변호사님과 직접 얘기를 나누고 싶습니다."

그녀는 초등학교 교사라고 자신의 신분을 밝혔다. 왜소한 몸집에 핏기가 없는 얼굴이었으나 직업 때문인지 말투가 똑바르고 신중해 보였다.

"실은 저의 남편이 일으킨 교통사고 건 때문에 찾아왔습니다."

그녀는 핸드백에서 주섬주섬 봉투를 꺼내 그 안에 들어 있는 서류를 펴 들고 마치 초등학생이 책을 읽듯이 말했다. 나는 참을성을 가지고 그녀가 하는 말을 듣고 있었다. 그녀가 가지고 온 것은 경찰의 사건 조사서였다.

위 김학우는 지난 7월 20일 22시경, 혈중 알코올 농도 0.21퍼센트의 술에 취한 상태에서 자신의 소유인 서울 3다 7886호 엘란트라 승용 차량을 운전하여 아현동 내리막 편도 1차선 고가도로를 하행 운전하던 중 운전 부주의로 중앙선을 침범하여 진행하는 바람에 마침 반대 방향에서 오던 소외 망 최용순 운전의 서울 1가 5632 에스페로 승용차의 좌측 앞부분을 위 차량의 좌측 앞부분으로 들이받아 이로 인하여 위 망인에게 다발성 늑골 골절상과 저혈량 쇼크 등의 상해를 입혀 그 시경 사망하게 한 사실……

나는 그만 하라는 뜻으로 책상을 손바닥으로 두드렸다. 그와 동시에 그녀는 말을 멈추고 김이 서린 안경 너머로 내 눈을 바라보았다.

"그만하면 충분히 알겠습니다."

그녀의 남편은 도로교통법과 교통사고처리특례법 위반의 두 가지 과실을 범하고 있었다. 혈중 알코올 농도 0.35퍼센트가 치사량임을 감안할 때 0.21퍼센트라면 적어도 소주 두세 병에 해당하는 만취 상태의 양이었다. 게다가 일방적인 중앙선 침범. 그보다 결정적인 것은 피해 차량의 운전자가 사망하고 자녀와 부인까지 중경상을 입은 사실이었다.

그녀의 남편은 현재 서대문경찰서 유치장에 수감돼 있는 상태였다. 먼저 보험사를 상대로 한 유가족의 손해 배상 소송이 뒤따를 테고 그와 상관없이 경찰에서 조사가 끝나면 피의자는 검찰 구치소로 송치될 터이었다. 검찰이 공소를 제기하기 전에 우선 유가족과 합의를 봐야겠지만 그렇게 된다 하더라도 실형을 면할 수 있을지 장담할 수 없는 상황이었다.

안된 일이긴 하지만 흔히 접수되는 사건 중의 하나였다. 나는 그녀에게 사무장을 만나 필요한 절차를 밟으라고 말했다. 그리고 가방을 들고 일어섰다. 이미 20분 이상이 지나 있었다. 그녀가 따라 일어나며 잘 부탁한다고 고개를 숙여 말했다.

사무실을 나서려는 참에 나는 뒤를 돌아보며 물었다. 뭔가 석연찮은 느낌이 그때 뒤통수에 몰려와 있었던 것이다. 왜 그랬을까?

"변호인은 누가 선임한 거죠?"

내 뒤를 따라 밖으로 나오려던 그녀가 우뚝 걸음을 멈추고 아까처럼 또 나를 똑바로 마주 보았다. 잠시 망설이는 기색이더니 그녀는 마치 그 말을 하러 온 듯 표정을 가다듬고 말했다.

"남편이 변호사님께 직접 의뢰하라고 했습니다."

"……"

그녀와 나는 문간에 좀더 서 있었다. 나는 자동차 키와 가방을 들고 서 있었고 그녀는 여전히 빗물이 떨어지고 있는 우산을 들고 서 있었다.

"죄송합니다만, 잠깐 잊었는데 남편 되시는 분의 성함이 어떻게 되죠?"

김학우, 라고 그녀가 한 자씩 끊어 정확한 발음으로 대답했다. 처음 들어보는 이름이었다.

"틀림없이 그분이 저를 변호인으로 지명했습니까?"

그녀가 차분하게 되받았다.

"두 분이 어떤 관계인지는 저도 정확히 모릅니다. 하지만 남편이 변호사님을 찾아가라고 한 건 분명한 사실입니다."

그녀는 내게 뭔가를 숨기고 있었다. 직업적인 본능으로 알 수 있었다. 그렇다고 추궁해서 물을 수도 없는 노릇이었다. 그녀를 보낸 다음 나는 그녀가 맡기고 간 서류들을 대충 훑어보았다. 호적 등본, 사망 진단서, 수사 기록, 사건 송치서, 실황 조사서, 사고 흔적 평면도, 현장 첨부 사진, 교통사고 발생 보고서, 진술서, 감정 의뢰서, 피의자 신문 조서, 음주 운전 적발 보고서 등등 공판에 필요한 모든 서류가 갖춰져 있었다. 그렇다면 다른 변호사 사무실에 사건을 의뢰했다가 이쪽으로 다시 들고 온 게 틀림없었다.

어쨌든 서류만 보아서는 김학우라는 사람이 누구인지 알 수 없었다. 나는 사무장에게 피의자의 신원 조회를 부탁하고 예정보다 한 시간이나 늦게 사무실을 나왔다.

아무래도 석연찮은 느낌이 들었다. 피의자가 나를 알고 있다면 한 번은 직접 연락을 해왔을 것이다. 사정이 여의치 못해 부인을 보냈다 하더라도 자신이 누구라는 것을 밝히는 것이 보통이었다. 그래야 사건 해결에 도움이 된다고들 생각하기 때문이다.

다음날 오전 나는 사무장이 가져온 김학우의 신원 조회서를 훑어보았다. 1964년생으로 우선 나와 나이가 같았다. 특기할 만한 점은 그가 1987년에 집시법 위반으로 구속돼 복역한 사실이었다. 6·29 선언이 있던 해였다. 그는 현재 모 시민 운동 단체의 간사로 일하고 있었다. 그런 그가 내게 사건을 의뢰해온 것이다. 그것도 부인을 시켜 변호인을 바꾸면서까지 말이다. 어떻게 된 일일까? 나는 어제 사무실에서 나와 마주 앉아 있던 초등학교 교사라는 그의 부인의 얼굴을 떠올렸다. 그녀는 사건을 의뢰하러 왔으나 내게 뭔가 요구하는 듯한 태도를 취하고 있었다. 다시 생각해보니 확실히 그랬다. 겉으로는 깍듯하게 예의를 지키면서 왠지 보상을 요구하러 온 사람처럼 보였던 것이다. 그녀는 남편과 나의 관계를 알고 있으면서도 말하지 않고 돌아간 게 분명했다. 단지 남편의 심부름만으로 온 게 아니었다. 그렇다면 김학우는 누구일까?

다시 사건 기록을 꼼꼼히 살펴보았으나 역시 실형을 면키 어려운 상황이었다. 우선 피해자 유가족과 합의가 안 될 경우 판례대로라면 최소 징역 1년에서 1년 6월의 형을 선고받을 터이었다. 내가 할 수 있는 일은 우선 유가족과의 합의를 이끌어내 형량을 감하는 일뿐이었다. 합의가 된다는 걸 전제로 최선의 결과를 상상한다면 집행 유예 처분이 전부였다. 김학우는 그걸 내게 요구하고 있는 성싶었다.

수사 기록과 실황 조사서, 사고 흔적 평면도, 현장 사진 들을 면밀히 살펴본 결과 몇 가지 변론에 필요한 점들이 눈에 띄었다. 김학우는 그날 저녁 모임에서 술을 마시고 합정동 집으로 돌아가던 길이었다. 수사 기록에는 피의자가 고가도로를 내려오다 카세트테이프를 틀려는 순간 그만 시선을 놓쳐 핸들 조작에 실패한 것으로 돼 있었다. 또 사고 현장의 노면 상태가 고르지 않았던 점과 사고 발생 순간 피해자가 안전띠를 착용했는지 안 했는지가 아직 밝혀지지 않고 있었다.

나는 변론에 참고가 될 사안으로 그가 시민 운동을 통해 사회 봉사에 일익을 담당하고 있다는 점을 들어 판사에게 선처를 호소할 생각을 해보았으나 결과적으로 그다지 참작할 대목이 못 된다는 판단이 들었다. 거꾸로 집시법 위반으로 복역한 사실이 공판에서 불리하게 작용할 소지마저 없지 않았다. 어쨌든 전과 기록이 유리하게 작용할 수 없는 것이 법원 판결의 관례였다.

나는 사무장에게 피해자 가족과 우선 합의를 볼 수 있도록 시도해보라고 했다. 물론 초등학교 교사인 피의자의 부인이 적극적으로 동의해야 가능한 일이었다. 합의라는 것도 결국 금전을 매개로 하는 형식이어서 만만찮은 금액이 필요할 터이었다. 초등학교 교사의 월급으로는 감당하기 힘든 금액이었다. 또한 시민 운동 단체에서 일하는 사람들이 받는 보수란 그야말로 한 달 거마비도 되지 않는 수준이란 걸 나도 알고 있었다. 말하자면 그들은 대가 없이 사회에 봉사하는 사람들이었다. 결국 이쪽에서 할 일이란 최소한의 위자료 형태로 피해자 가족과의 합의를 이끌어낸 다음 최선을 다해 변론을 준비하는 일뿐이었다.

형식적으로는 다른 사건과 마찬가지로 사무장에게 일을 맡겼지만 나는 이 사건을 두고 내내 골머리를 앓았다. 먼저 피해자측 유가족과 합의가 원만하게 이뤄지지 않았다. 역시 보상액의 수준이 문제였다. 피의자가 다행히 종합 보험에 가입해 있었으므로 피해자 가족은 보험사를 상대로 손해 배상을 통해 일실 수익을 기초로 한 손해액과 장례비, 위자료, 기타 상속금으로 적잖은 보상을 받았는데도 상대적으로 형편이 좋지 않은 피의자에게 막대한 위자료와 보상금을 요구하고 있었다.

그런데다 피의자의 아내인 초등학교 교사의 태도가 역시 어딘지 모르게 석연찮았다. 며칠 후 사무실로 찾아온 그녀와 나는 단독 면담을 가졌다. 나는 그녀의 심정을 헤아려 위로의 말을 건네고 어쨌든 합의가 되지 않으면 실형을 면키 어렵다는 사실을 강조했다. 그녀는 대뜸 알고 있어요, 라고 말하며 낮게 한숨을 내쉬었다.

"부인께서 적극적인 태도를 취하지 않으면 저희로서도 할 수 있는 바가 별로 없습니다."

그녀는 흘끗 나를 쳐다보더니 가만히 고개를 가로저었다. 무슨 뜻이었을까? 왠지 합의금 때문만도 아닌 듯했다. 그리고 내 예감이 맞았다.

"변호사님께서는 모르고 계시겠지만 사고 당시 남편의 옆 좌석에 다른 사람이 하나 더 타고 있었어요."

"……계속하십시오."

당돌한 태도로 그녀가 반문했다.

"왜 그게 누구냐고 묻지 않죠?"

"말씀하시죠."

"변호에 도움이 안 될 텐데요."

"염려 마십시오. 변론에 도움이 되지 않으면 참고로 할 뿐입니다."

"그게 변호사의 일인가요?"

"……그렇습니다."

그녀는 냉소적인 눈빛으로 잠깐 내 눈을 뚫어지게 바라보았다. 그리고 말을 이었다.

"네, 사고 발생 당시 옆 좌석에는 한 여자가 타고 있었어요. 20 대 후반의 여자가 말예요. 아무튼 사고를 낸 사람들만 멀쩡한 셈이죠. 그런데 왜 경찰의 사건 조사 기록에는 그런 사실이 누락돼 있는 거죠?"

그건 나로서도 알 수 없는 일이었다.

"경찰에서 사고와 직접 관련이 없다고 판단한 모양입니다. 경우에 따라 다르긴 하지만 동승인이 기록에서 배제되는 경우도 없지 않습니다."

나는 그녀의 질문을 피하기 위해 에둘러서 말했다. 실제로 사건 해결에 아무 도움이 되지 않는 사실이었다. 그녀는 씁쓸한 표정으로 나를 바라보았다.

"그 여자와 밤늦게 술을 마시고 음주 운전을 한 경우에도 말인가요?"

나는 그녀의 입장에서 냉정하게 말했다.

"그렇다고 해도 역시 사건의 요지와는 크게 관련이 없는 얘깁니다. 부인께서는 피의자의 보호인이 아닙니까? 그렇다면 피의자에게 불리한 증언은 역시 하지 않는 게 좋습니다."

"그렇군요. 모두가 그런 식이라면 저 역시 그래야만 되겠죠. 하지만 그런 사실을 알고 있으면서도 무리를 해서까지 피해자 가족과 제가 합의를 해야 되는 건가요? 비록 남편이 변호사님을 선임한 건 사실이지만 말예요."

그녀가 무슨 말을 하고 있는지 나로서는 이해가 가지 않았다.

"남편은 변호사님이 집행 유예를 받아낼 것으로 굳게 믿고 있어요. 왜 그럴까요?"

다시금 나는 신경이 은근히 곤두섰다. 수수께끼를 풀고 있는 기분이 들었다. 갈수록 이들 부부의 정체가 의심스러웠다. 나를 조롱하고 있는 느낌마저 들었다. 확인할 요량으로 나는 전에 했던 질문을 되풀이했다.

"남편께서는 저를 어떻게 알고 있습니까?"

그녀는 입을 굳게 다물고 빤히 내 눈을 들여다보고 있었다. 그러더니,

"그거야 남편을 만나보시면 아시겠죠."

"……"

"자격지심이 심한 어리석은 사람이란 것만 알아두세요. 저 역시도 마찬가지구요. 마지막으로 한 가지 더 말씀드리죠. 변호사님께서 이 사건에 대해 적극적인 태도를 보여주시면 저 역시 피해자 가족과 합의를 할 용의가 있어요."

이런 의문의 말을 남기고 그녀는 의자에서 일어나 문을 열고 밖으로 나갔다.

그녀가 돌아가고 나서 나는 김학우의 신원 조회서를 다시 들춰보았다. 그러나 역시 짚이는 게 없었다.

퇴근길에 나는 피의자가 수감돼 있는 서대문경찰서 유치장으로 찾아갔다. 며칠 후 그는 검찰 구치소로 송치될 예정이었다. 그냥 지나치려 해도 어수선한 마음이 좀처럼 가라앉지 않았다. 뭔가 과거에 놓치고 지나간 것이 부메랑처럼 되돌아온 기분이었다. 만약 그렇다 해도 피하고 싶지는 않았다. 대가를 치러야 할 일이 있다면 늦게라도 그렇게 하는 것이 좋다는 것이 평소의 내 생각이었다.

면회실에 나타난 사람은 초면의 사내였다. 턱수염이 자란 초췌한 얼굴로 그는 내 맞은편 의자에 와 앉았다. 굵은 뿔테 안경을 쓴 얼굴에 메마른 몸매. 눈빛이 충혈돼 있었으나 표정은 비교적 담담

해 보였다. 시민 단체에서 활동하고 있다는 사실 때문에라도 나는 여느 피의자와 달리 어느 정도 격식을 갖춰 그를 대하고 있었다. 또한 학번과 나이가 같다는 것과 6·29 선언 당시 집시법 위반으로 복역한 사실이 있다는 점 때문에 그랬는지도 모른다. 아니라고 해도 사람의 무의식이란 결국 그럴 수밖에 없는 것이다.

그는 마치 시국 사범처럼 시종 꼿꼿하고 당당한 태도로 나와 대면했다. 그래서 나는 먼저 그가 교통사고처리특례법과 도로교통법을 위반한 형사 사건 피의자 신분임을 우회적으로 상기시켰다. 음주 운전으로 피해자가 사망하고 가족까지 중경상을 입은 터에 당당해할 아무런 이유가 없었다. 나는 합의에 관한 유가족과의 절충이 진전이 없는 점을 들어 그가 감수해야 할 법적 부담을 미리 알려주었다. 그는 표정의 변화 없이 그저 조용히 듣고 있었다. 아니, 팔짱을 낀 채 눈을 감고 느긋하게 명상에 잠겨 있었다. 나는 내가 왜 이곳에 와 있어야 하는지에 대한 새삼스런 의문에 사로잡혀 있었다. 굳이 따지자면 사무장이 해야 할 일이었다. 그의 부인이 보여준 애매한 태도하며 수수께끼 같은 말들이 뇌리에서 부빙처럼 떠다니고 있었다.

이윽고 그는 눈을 뜨고 내게 담배를 청했다. 나는 호주머니에서 담배를 꺼내 불을 붙여 그에게 건네주었다. 일부러 그러는지 그가 내 얼굴로 길게 담배 연기를 내뿜으며 말했다.

"합의가 안 되면 되게 하는 게 당신 일 아닙니까? 검찰이 공소를 제기하기 전에 반드시 합의를 이끌어내도록 하세요. 알다시피 공소 제기 연기 신청을 한다 해도 시간이 별로 없질 않소."

나는 돌연 말문이 막혔다. 요구를 뛰어넘는 거의 명령에 가까운 어조였다. 사건 의뢰인이 변호사에게 지불하는 수임료를 염두에 두고 이렇게 말하는 경우는 드물었다. 공판 결과에 관계없이 일정한 수임료는 지불하게 돼 있었다.

"알다시피 유가족이 상당한 액수의 보상을 요구하고 있습니다. 또 합의라는 건 원칙적으로 피해자와 피의자 사이에 이뤄지는 겁니다. 법정 대리인은 단지 중재를 알선할 뿐입니다."

"중재라……"

나는 그의 부인이 내게 했던 말을 그에게 에둘러서 전달했다. 사고 발생 당시 옆 좌석에 타고 있던 여자의 존재 때문에 부인이 유가족과의 합의에 대해 적극적이지 않다는 점을 말이다. 그는 감았던 눈을 다시 번쩍 뜨고 노려보듯이 나를 바라보았다. 그의 입에서 무슨 말이 나올지 나는 솔직히 염려스러웠다.

"그럼 당신이 그 여자까지 설득해야겠군요. 방금 말했다시피 중재를 맡으셨으니 말입니다."

그 여자란 물론 자신의 부인을 두고 하는 말이었다. 아연한 일이었다. 나는 마음을 수습하고 침착하게 입을 열었다.

"지금 상태로는 합의가 불투명합니다. 또 유가족과 합의가 된다 해도 실형을 면할 수 있을지 그것도 장담하기 힘든 상황입니다."

물끄러미 내 이마를 바라보고 있던 그가 갑자기 신경질적인 반응을 보였다.

"뭐라구요? 변론을 맡은 사람이 할 수 있는 말이 고작 그 정도밖에 안 됩니까? 그깟 교통사고 때문에 내가 또 빵에서 썩어야 한단 말이오? 반드시 꺼내요!"

나는 보다 냉정하게 되받았다.

"과거에 무슨 일을 하고 어떻게 살아왔든 실수를 통해 보상을 받으려는 태도는 분명 자기 착오적인 발상입니다. 저로서는 우선 피의자의 냉정한 판단력부터 요구하고 싶습니다."

"뭐, 피의자? 그럼 당신은 피의자가 아니란 말이야? 시대의 피
의자 말이야. 모두들 일선에서 피를 흘리고 있을 때 당신은 매끼
뜨거운 곰국을 끓여 먹으며 한가하게 책이나 보고 있지 않았었냐
말이야. 그것도 동지들을 심판하기 위해서 말이야."

나는 마음을 다잡고 마른입에 담배를 피워 물었다. 그는 나를
분명히 알고 있었다. 그것도 아주 잘 알고 있었다. 나는 내심 흔들
리고 있었고 사건과는 아무 관계도 없는 질문을 그에게 던지고 있
었다.

"그에 관해 더 하실 말씀이 있습니까?"

그가 곧장 되받았다.

"물론이지. 그와 같았을뿐더러 당신은 몰염치하게도 차디찬 순
교의 겨울에 내 가난한 외투마저 벗겨가버렸어. 내 마지막 희망까
지 말이야."

"무슨 근거로 내게 그런 말을 하는 겁니까?"

그 순간 나는 변호사로서의 신분마저 망각하고 있었다. 변호사가
되고 나서 이렇게 흔들려본 건 그때가 처음이었다. 어쩐 일인지 냉
정을 유지할 수가 없었다. 그는 사이를 두지 않고 나를 몰아세웠다.

"당신이 지금 걸치고 있는 옷이 바로 근거야. 이 말이 무슨 뜻인
지 깨닫게 되면 당신도 꽤나 고통스럽겠지. 그리고 어떻게든 나를
여기서 빼내려고 할 거야."

"지금 무슨 말을 하고 있는 겁니까?"

"오래전에 당신과 내가 만난 사실이 있다는 것을 상기시키고 있
는 거야. 불과 6년 전인데 까맣게 나를 몰라보는군. 하긴 둔감한
의식의 소유자가 아니라면 지금껏 그토록 태연하게 살아왔을 리가

없지."

거기서 나는 입을 다물었다. 나에 대한 사적인 감정이 있다는 것을 확인했기 때문이었다. 그는 더 이상 자세히 말하지 않을 테고 나머지는 내가 환기해야 할 몫이었다. 그가 그렇게 말하고 있었다.

거꾸로 피의자가 된 심정으로 나는 경찰서 유치장을 나왔다. 시대의 피의자. 거기까지는 어떻게 받아들인다고 해도 차디찬 겨울의 외투는 뭐고 또 마지막 희망은 뭐란 말인가. 차를 몰고 집으로 돌아가는 길에 나는 6년 전 내 주변 상황을 처음부터 하나씩 되짚어보고 있었다.

6년 전이라면 1991년이었다. 그해 내게 무슨 일이 일어났던가. 쉽게 떠올릴 수 있는 일은 사법 연수원을 나와 변호사 업무를 시작했고 여름에 강남에서 지금의 아내를 처음 만났다. 그뿐이었다. 비교적 단조롭게 살아온 나로서는 그 이상 기억에 남을 만한 일이 떠오르지 않았다.

집이 가까워졌을 무렵 오랜만에 박윤재로부터 휴대폰으로 전화가 걸려왔다. 나는 핸즈프리를 통해 발신인을 확인하고 갓길에 차를 세웠다.

가로수가 서 있는 길옆에서 나는 그가 다음 달에 결혼할 거라는 뜻밖의 소식을 들었다. 언제까지나 무기질의 노총각으로 지낼 줄 알았던 그가 들뜬 소리로 내게 결혼을 알려온 것이다. 그즈음 박윤재는 모교 대학 병원 신경정신과에 근무하고 있었다. 상대는 같은 병원에 근무하고 있는 후배 수련의였다. 나는 축하한다는 말을 건네고 그와 늘 만나곤 하는 신라호텔 바에서 다음 주쯤 술이나 한잔하자고 했다.

전화를 끊고 나서 나는 길옆에 있는 조그만 카페로 들어갔다. 카페 안에는 아르바이트생으로 보이는 여직원과 두 명의 손님뿐이었고 유리창은 더러웠고 커피는 미지근했고 벽에 걸려 있는 모딜리아니의 그림은 그날따라 더욱 목이 길어 보였고 담배가 떨어져 늘 피우던 필립 모리스를 찾았으나 카운터에 없었고 늦어가는 밤에 스피커에서는 랩 음악이 정말이지 시끄럽게 흘러나오고 있었다. 혼란스러웠다. 그러잖아도 머리가 뒤죽박죽인데 말이지. 줄곧 허둥거리다 나는 집으로 전화를 걸어 뜬금없이 준이가 잘 있는지를 아내에게 물었다.

　잠깐 침묵하고 나서 아내가 물어왔다.

　"지금 동화책을 읽고 있어요. 왜요?"

　"아니, 그냥 갑자기 궁금해서."

　"……늦어요?"

　"아니, 지금부터 30분 후면 충분히 집에 도착할 수 있을 거야."

　"그런데 왜 전화를 했어요? 곧장 집으로 오면 되잖아요."

　그녀는 아이를 다루듯 차분하게 대꾸했다.

　"가끔…… 그래, 사무실에서 퇴근해 집으로 돌아갈 때마다 가끔 말이야, 내가 지금 어디로 가고 있는지 확인하고 싶을 때가 있어. 내가 누리고 있는 행복이 정말 나의 소유인지 불안하게 느껴질 때가 있단 말이야. 어느 날 거액의 복권에 당첨된 가난한 노인처럼 말이지."

　아내가 부드럽게 되받았다.

　"복권이라뇨. 당치 않아요. 모두가 당신이 손수 공을 들여 만들어놓은 것들이에요. 어서 그곳으로 돌아가 편히 쉬세요. 오늘도 변함없이 당신의 아내와 아이가 기다리고 있잖아요."

"그렇게 말해주니 고맙군."

"준이도 저도 당신을 무척이나 좋아하고 있어요. 왜, 잘 아시잖아요."

그래, 하고 나는 전화를 끊었다. 나는 커피를 한 잔 더 시켜 마시고 밖에 세워놓은 승용차에 올라탔다. 그래, 하고 나는 무의미하게 자꾸 되뇌고 있었다.

다음날 사무장을 불러 나는 여느 때와 달리 고압적인 태도로 그를 다그쳤다.

"김학우의 합의 건은 어떻게 된 겁니까? 우선 공소 제기 연장 신청을 해놓고 합의를 서두르세요."

사무장은 난색을 표하며 서둘러 변명을 늘어놓았다.

"피의자 부인의 태도가 문젭니다. 유가족들은 벌써부터 보상액을 조정할 눈치를 보이고 있는데 말입니다."

늘 그런 식으로 합의가 진행됐다. 경매에 붙이듯 처음에는 최고가를 불렀다가 상대의 분위기를 봐가며 점점 액수를 낮추는 것이다. 유가족들로서는 원한 관계가 아닌 한 피의자에게 실형을 살게 할 이유가 없었다. 현실 판단에 근거한 보상액이 대개 그들이 원하는 바였다.

"부인은 어떻게든 내가 설득해볼 테니 유가족들과 보다 긴밀히 접촉해봐요. 어쨌든 합의가 돼야 합니다. 알겠어요?"

나보다 나이가 열 살이나 많은 사무장은 감정을 드러내지 않은 채 내 말에 고분고분 고개를 주억거렸다. 노련한 그는 이 사건에 집착하는 내게 그만한 이유가 있을 거라고 판단한 모양이었다.

사무장을 내보낸 뒤 나는 김학우의 부인에게 전화를 걸어 그녀를 설득하기 시작했다.

"어쨌든 부인께서도 남편이 실형을 선고받는 것은 원치 않을 겁니다. 유가족측과 긴밀히 접촉하고 있으니 협조해주시기 바랍니다."

그러자 그녀가 예의 냉소 어린 말투로 되받았다.

"협조라구요?"

"……그렇습니다."

"의외네요. 변호사님께서 직접 협조를 요청해오다니요."

그녀는 확실히 남편이 사고를 낼 당시 옆 좌석에 타고 있던 여자 때문에 지금까지 합의에 미온적인 태도를 취한 것이 아니었다. 말하자면 내가 자신을 설득하도록 지금까지 기다려온 것이었다. 그와 더불어 나는 하나 더 깨달은 사실이 있었다. 그녀가 합의에 동의할지는 몰라도 결국은 남편을 용서하지 않으리라는 사실을 말이다. 어쩐지 그런 예감이 들었다.

부인은 다음날 사무장이 유가족들로부터 받아온 합의안에 도장을 찍고 돌아갔다. 사무실을 나가며 그녀가 마지막으로 던진 말이 종일 귓가에 끈적하게 남아 있었다.

"이 사건이 해결된 다음에 다시 찾아뵙죠."

내가 김학우를 만난 건 1991년 10월의 어느 토요일이었다. 그날 나는 신라호텔에서 박윤재와 만나고 있었고 그는 대각선 맞은편에서 미란과 마주 앉아 얘기를 나누고 있었다. 그로부터 약 한 시간 뒤 나는 박윤재와 헤어진 후 로비에서 기다리고 있던 미란과 호텔을 벗어나 충무로까지 함께 걸어갔다. 그리고 술을 마시고 불광동까지 그녀를 바래다주었다. 7월에 미란과 처음 만나고 나서 우연히 두번째 만난 날이기도 했다. 그리고 또 그날 그녀와 가까워지게 되었다.

차디찬 순교의 겨울. 가난한 외투. 마지막 희망. 그의 말에 따르면 나는 시대의 피의자로서 동시대의 누군가로부터 그것을 박탈해 살고 있는 사람이었다. 김학우가 내게 패배 의식을 느끼고 있는 것은 내가 그들이 일궈놓았다고 믿는 오늘날의 한국 사회에서 기득권층에 속해 살아가고 있다는 사실 때문만이 아니었다. 그가 내게 보상을 원한다면 아마도 미란 때문일 터이었다.

나는 변호사로서의 능력을 최대한 발휘해 그가 실형을 받지 않도록 노력했다. 꼭이 부채감 때문이 아니었다. 솔직히 말하면 내가 편해지고 싶어서였다. 또 사건을 잘 마무리짓고 한시 바삐 잊어버리고 싶어서였다. 합의가 된 이상 나머지는 내 변론 여하에 달려 있었다. 집행 유예 선고가 나올 확률은 정확히 반반이었다.

나는 밤을 새워 다시 사건 기록을 분석하고 다음날 사고 현장을 직접 찾아가보기까지 했다.

집행 유예를 받아내기 위한 몇 가지 착안점: 사고 현장의 노면 불균형. 자동차 점검 미흡에 따른 브레이크 장치 불량. 피의자의 경제적 상태와 노모와 두 아이를 부양하는 환경. 사회 봉사 경력. 피의자에 대한 선처를 바라는 참고인 자격의 경찰 진술 등등.

그것도 미흡하다고 생각하여 나는 사무장을 시켜 사망 피해자가 사고 발생 시 안전띠를 착용하지 않았다는 증거 자료를 만들어오게 했다. 무리한 일이었다. 당시에 동승하고 있던 유가족의 진술이 필요한 일이었다. 그러기 위해서는 또 별도의 사무실 비용이 필요했다. 그러나 판사에게 접근하는 일까지는 하지 않았다. 법조인으로서 마지막 지켜야 할 것은 남겨둬야 했기 때문이다.

김학우가 선고 공판에서 금고 1년 6월에 3년의 집행 유예를 받고 풀려나던 날, 그는 내게로 다가오더니 무표정한 얼굴로 어깨를 툭툭 두드리고는 아무 말도 없이 밖으로 나가버렸다. 그는 사건이 거기서 끝나지 않았다는 것을 알고 있는 듯했다. 그렇다면 동시대인으로서 나와 최초로 공감대를 형성했다고 말할 수도 있으리라.

며칠 후 김학우의 부인이 이혼 소송을 내기 위해 사무실로 찾아왔다. 간곡히 만류했지만 그녀는 끝내 소장을 접수시키고 돌아갔다. 김학우가 그날 동승했던 여자와 통정한 증거 자료가 세밀하게 첨부돼 있었다. 냉혹하다고 해야 할지. 답답한 심정으로 나는 사무장을 통해 소장을 그녀에게 돌려보냈다. 그들의 이혼까지 차마 내 손으로 처리하고 싶지는 않았다.

한 달 뒤 부인이 직접 전화를 걸어와 알게 되었다. 김학우와 초등학교 교사인 그녀의 부인이 협의 이혼에 합의했다는 사실을 말이다. 그녀는 자신의 남편이 학생 때부터 오랫동안 깊이 사귀던 여자가 지금의 내 아내라는 사실을 나를 찾아올 때부터 알고 있었다. 그 무엇으로도 설명하기 힘든 복잡한 감정을 그녀는 남편을 통해 결국은 나를 상대로 보상받으려고 했던 것이다. 그렇지 않다면 그토록 면밀하게 두 사람을 조정하지는 않았을 터이었다. 만약 그녀의 남편이 젊은 여자와 그렇고 그런 관계를 갖지 않았더라면 어땠을까? 그건 나로서도 단정하기 힘든 일이다. 변호사일을 하면서 깨달은 것 중의 하나는 사람의 감정이란 것이 거의 무한대에 가깝도록 미묘하고도 복잡하다는 사실이다.

어쨌든 김학우와 나는 초등학교 교사인 그의 부인의 단죄에 의해 둘 다 패배한 사람으로 남게 되었다. 그는 결국 이혼을 하게 됐고 나는 피의자의 형량을 조절하기 위해 기술적으로 법을 이용했다는 자의식을 끌어안고 살아가게 됐다. 엄밀히 말하면 그 여교사도 마찬가지로 패배한 사람이었다. 그렇지 않은가.

그리고 아내인 미란이 혼자 과녁이 되어 남게 되었다. 그들이 내게 활과 화살을 쥐여주고 떠난 것이다. 그러나 천만에. 나는 아내에게 화살을 날릴 생각은 추호도 없었다. 내 아들의 어머니여서가 아니었다. 또 내 아내이기 때문만도 아니었다. 도대체 그녀에게 누가 어떠한 이유로 감히 시위를 당길 수 있단 말인가. 그렇게 되면 우리가 알고 지내는 주변의 모든 사람들이, 아니 세상 전체가 패배한 자들로 남게 될 터이었다. 이것이 내가 자신에게서 발견한, 또 깨치게 된 이성(理性)에 대한 최초의 진정한 긍정이었다.

한데 이것조차도 자기 이기에 따른 합리화였을까. 불행하게 관계가 마감된 김학우와 그의 아내에 대한 생각이 시간이 지나면서 때 없이 뇌리에 떠올라 나를 괴롭혔다. 그리고 그때마다 나는 흔들리고 있었다. 변호사로서, 한 아이의 아버지로서, 더불어 한 여자의 남편으로서 분명 흔들리고 있었다. 벌써 중년이 찾아온 게 아닌가 싶게 마음이 약해지는 자신을 목격할 때가 많았다. 그때 내 나이 불과 서른네 살이었고 아내는 서른셋, 준의 나이는 겨우 세 살이었다.

그즈음 나는 사무실 건너편에 있는 우체국에 들어가 한 시간 혹은 두 시간씩 소파에 멍하니 앉아 있는 버릇이 생겨 있었다. 대개는 근처 식당에서 점심 식사를 마치고 나온 다음 사무실로 곧장 들어가지 않고 우체국에 오랫동안 타인처럼 앉아 있곤 했다. 그리고 또 하나 생긴 습관은 퇴근 후 집에 들어가다 말고 길가에 있는 호텔에 들어가 양복을 입은 채 몇 시간씩 침대에 누워 있곤 하는 것이었다.

우체국이나 호텔에 잠깐씩 머물던 그 예외적인 시간의 연속 속에서 나는 이런 생각들에 사로잡혀 있었다. 세상은 확실히 강고한 신념을 가진 사람들의 힘에 의해 유지되고 변화된다. 그러나 인간적인 측면으로 내려올 때는 그 신념이 속수무책으로 변하는 경우가 있다. 적어도 자기 신념을 위해 주변을 희생하는 것이 인간적으로는 미숙하다는 것을 인정해야 한다는 것이다. 거꾸로 자신의 신념조차 때로 가까운 사람을 위해 버릴 수밖에 없을 때 그의 삶은 비록 누추해지더라도 인간적으로 그를 비난해서는 안 된다. 어쨌든 가까운 사람에 대한 책임이 필요하다는 것이다. 더불어 전체를 위한 신념이 달성된 경우에라도 그에 대한 보상을 받아야 한다고 요구하고 주장하는 것이 과연 옳은 태도인지 생각해봐야 한다. 가끔 그런 사람들을 만나게 되면 마음 한편으로 수긍을 하면서도 동시에 그가 과거에 가졌던 순수하고 아름다웠던 신념이 누추해 보이는 것은 어쩔 수가 없다. 그것은 애초부터 보상을 받기 위한 투자 종목이 아닌 것이다. 또 시대가 바뀌고 나서는 신념의 달성을 통해 일부 권력을 얻은 사람들이 나타나 바로 그 전 시대에 권력을 가졌던 자들이 잘못 저질렀던 일을 똑같이 행하고 있음을 보게 되기도 한다.

가을 손님

9월에는 느닷없이 오미란의 아버지가 나를 찾아왔다. 어느덧 공소권이 소멸되고 1년이 지난 후였고 빈탄에서 오미란과 해후하고 나서 또 5년이 지난 다음이었다. 그 동안 그녀는 아무 연락이 없었었다. 때로 그녀에 대한 안부가 궁금했지만 나 역시 그녀를 찾지 않았다. 그런 식으로 세월이 또 무상하게 흘러갔던 것이다.

그가 전화를 걸어온 곳은 제주공항에서였다. 일주일 전 그는 한국으로 돌아와 그 동안 제주에 머물고 있다가 서울로 올라오는 길이었다. 그는 자신의 신분을 밝히며 저녁에 만났으면 한다고 조용하고 예의 바른 말투로 전해왔다. 창밖을 내다보니 그새 가로수에 단풍이 들어가고 있었다. 비가 내리려는지 하늘에 짙은 회색의 그림자가 드리워져 있었다. 오후 2시임에도 불구하고 초저녁처럼 사위가 습한 냉기로 둘러싸여 있었다.

그의 전화를 받는 동안 나는 그를 만난 적이 없음에도 불구하고 익숙한 느낌을 받았다. 왜 그랬을까. 금요일. 직장인들이 대개 술을 마시는 날이었다. 나는 비교적 한적하다고 생각되는 남산의 하얏트호텔로 약속 장소를 정했다.

그와 만나기로 한 것은 저녁 7시였다. 나는 집으로 전화를 걸어 늦을 거라는 말을 아내에게 전했다. 이어 아들 녀석이 전화를 바꿔 아이스크림이 먹고 싶다고 재롱을 떨었다. 그래, 들어갈 때 사갈게, 라고 말하고 전화를 끊으려는데 아내가 수화기를 바꿔 들고 평소에는 하지 않던 말을 했다.

"많이 늦어요?"

아마도 그럴 거라고 나는 말했다.

"누굴 만나는데요?"

거기서 나는 잠깐 말문이 막혔다. 평소에 아내를 속여본 적이 없는 나로서는 에둘러 말해야 한다는 것이 부담스러웠다. 이런 경우 대개의 남편들이 아내를 속인다기보다 염려를 주지 않기 위하여 슬쩍 말을 돌린다는 것쯤은 나도 알고 있었다. 나 역시 그 방법을 택할 수밖에 없다는 생각이 들었다.

"오래간만에 대학 동창에게 연락이 와서 저녁을 먹기로 했어."

아내는 더 이상 묻지 않았다. 꼬치꼬치 묻는 성격이 아니었다. 최근 두 달 사이, 일주일에 두 번꼴로 퇴근 후 호텔에 들어가 잠을 자다 자정이 임박해 귀가하는데도 아내는 늦은 이유에 대해 물어온 적이 없었다. 다만 너무 술을 많이 마시지 말라며 아이스크림 사오는 것을 잊지 말라고 아내는 덧붙였다. 준이가 좋아하는 하겐다즈 바닐라 아이스크림. 그래, 잊지 말아야지.

한남대교의 야경이 내려다보이는 호텔 라운지에 앉아 나는 오미란의 아버지가 나타나기를 기다렸다. 호텔 입구로 들어오는 길에 보니 남산의 나무들도 그새 울긋불긋 단풍이 들어가고 있었다. 9월 말에 벌써 단풍이 들고 있다, 라고 생각하며 나는 문득 세월이란 말을 떠올렸다. 오미란. 그로부터 다시 5년이란 세월이 5개월처럼 순식간에 지나가 있었다.

7시 정각에 로비에 나타난 그는 갈색 정장 차림이었고 키가 훌쩍하니 커 보였다. 지병이 있는지 얼굴 전면에 검푸른 그늘이 드리워져 있었다. 나를 본 적이 없을 텐데 그는 입구에서부터 곧장 내가 앉아 있는 자리로 걸어와 고개를 숙여 인사하고 악수를 청해왔다. 나는 엉거주춤 자리에서 일어나 그의 손을 마주 잡았다. 그 순간의 기묘한 느낌을 뭐라 설명하기가 힘들었다. 도대체 서로 어떤 관계인지가 불분명한 탓이었다. 예기치 못한 일이었는데 그에게 불쑥, 죄스러운 느낌이 들었다. 면목이 없다는 생각도 들었다. 그런 생각은 그와 헤어질 때까지 줄곧 내 마음을 욱죄고 있었다.

양주를 시켜놓고 느린 간격으로 술을 마시며 비교적 담담한 심정으로 얘기를 나눴다. 찾아온 용건 따위를 나는 묻지 않았다. 오래전부터 나의 존재를 알고 있었던 듯 그는 별 스스럼 없이 이런 말부터 했다.

"한번 만나보고 싶었습니다. 미란이는 지금 우리가 만나고 있다는 사실을 모르고 있습니다."

나는 잠깐 고개를 숙이고 되받았다.

"말씀 낮추셔도 됩니다."

"아니, 그럴 수 있는 관계는 아니죠."

조용조용 말하고 있었으나 울림이 깊은 호소력을 가진 목소리였다. 사이를 두었다가 나는 조심스럽게 미란의 안부를 물었다. 잠깐 내 눈을 무표정하게 바라보고 나서 그는 담배를 피워 물었다. 라운지는 조용했고 밖엔 짙은 어둠이 내려와 있었다. 비가 오고 있을 텐데 어둠 때문에 보이지 않았다. 그 어둠 속에서 나는 잠깐, 먼 데서 불어오고 있는 폭풍 소리를 듣고 있었다. 어느새 차디찬 우울이 마음을 적셔놓고 있었다.

"3년 전에 다시 말레이시아의 체러팅으로 옮겨왔습니다."

그곳은 그녀가 10년 전 제주도를 떠나 처음 머물던 곳이었다. 또한 그녀의 아버지가 16년 전부터 지금껏 머물러 있는 곳이기도 했다.

"클럽 메드로 말입니까?"

"돌아와서 처음 1년 동안은 클럽 메드에서 근무했지만 지금은 시내에 있는 작은 호텔에서 일하고 있습니다. 집은 호텔에서 그리 멀지 않은 시내 외곽에 있죠. 실은 몸이 좋지 않은 상탭니다."

"어디가 말입니까?"

"저항력이 형편없이 떨어져 있어 몇 가지 합병증을 앓고 있습니다. 장 기능이 좋지 않은데다 특히 신장이 나빠져 고생을 하고 있죠. 나름대로 치료를 받고는 있지만 회복이 더디군요."

언뜻 그의 눈자위가 붉어졌다.

"죄송합니다. 가끔 안부라도 물었어야 했을 텐데."

"별말씀을. 다 내가 부족한 탓입니다."

나는 온더록스 잔에서 얼음이 차곡차곡 내려앉는 것을 무력한 심정으로 물끄러미 지켜보고 있었다. 그는 양복 주머니에서 손수건을 꺼내 이마의 식은땀을 닦아낸 다음 테이블에 놓여 있던 잔을 비웠다. 술 몇 잔에 그새 피로한 기색이었다.

"빈탄에서 체러팅으로 다시 옮겨온 바로 그해였죠. 배낭 여행을 온 독일인과 만나 잠시 함께 살았습니다. 어느 날 저녁 문밖에 나가보니 미란이가 웬 서양 남자를 데리고 왔더군요. 느낌이 그리 좋지 않았지만 말릴 형편이 아니었습니다. 그날부터 미란이는 집에서 출퇴근을 하며 살림을 했죠. 막스라는 그 친구는 전직 의사였는데 부인과 이혼을 하고 동남아를 여행하던 중 미란을 만난 거죠. 하지만 그 사람에게는 처음부터 문제가 있었어요. 독일인 특유의 우울증에다 음주벽이 매우 심했죠. 불과 몇 개월이었지만 함께 사는게 무척 힘들더군요. 속수무책으로 아이까지 생겼습니다. 그런데다 뚜렷한 이유도 없이 임신 4개월째 유산까지 하고 말았습니다. 내색은 하지 않았지만 아마 심신의 고통이 심한 탓이었을 겁니다."

나는 그저 망연한 심정으로 듣고 있었다.

"미란이가 유산을 한 뒤 그 친구는 독일로 돌아갔습니다. 떠날때는 마치 돌아올 것처럼 얘기하고 갔지만 미란이는 알고 있었죠. 그 친구가 결국 전처 소유의 병원으로 돌아갈 거라는 사실을 말이죠."

이제 그녀는 서른한 살이 돼 있었다. 좋은 남편을 옆에 두고 아이를 키우며 살면 좋았을 나이였다. 그런데 안타깝게도 그런 선택을 또 빼앗긴 것이다. 그녀는 인생의 어느 지점에서 나와 만났던 것일까. 불쌍한 사람.

잠깐 화장실에 다녀온 그에게 나는 현실적인 질문을 던졌다.

"아주 돌아오신 겁니까?"

그는 표정을 지우고 한동안 내 눈을 바라보다가 이윽고 입을 열었다.

"아닙니다. 다음 주에 그 애가 있는 곳으로 돌아갈 예정입니다."

나는 단순하게 물었다. 이제 그래도 되는 것이다.

"공소권이 소멸된 상탠데 이제 한국으로 돌아와도 되지 않습니까?"

그는 슬그머니 주위를 둘러보고 나서 술잔 속에 시선을 감췄다.

"그러고 싶기도 하지만 미란이가 원치 않습니다."

"왜 말입니까?"

여전히 술잔에 눈을 떨어뜨린 채 그가 반문했다.

"돌아와봐야 별다른 희망이 없기 때문이 아니겠습니까? 또 그동안 스스로 상처를 많이 받은 탓도 있겠지요."

희망. 상처를 받으면 받은 만큼 희망도 사라지는 것인가.

"언젠가는 돌아와야겠죠. 하지만 지금은 요지부동으로 버티고 있습니다."

다시금 마음이 갑갑하게 옥죄어들고 있었다.

나는 오랫동안 마음에 담아두고 있던 의문을 확인해봐야겠다는 생각이 들었다. 그녀를 이해하기 위해서라도 어쨌든 진실이 필요한 것이다. 진실이 밝혀지지 않는 한 삶은 과거의 한 지점에 계속 결박돼 있을 수밖에 없다. 나는 16년 전 제주 신라호텔에서 일어났던 살인 사건을 언급했다.

그는 싸늘히 표정을 감춘 채 굳게 입을 다물고 있었다.

"말씀드리기 송구스럽지만 만약 아버님께서 범인이라면 미란이에게 크게 잘못하셨습니다. 그 사람의 인생 말입니다."

그는 고개를 끄덕거리며 서둘러 술잔을 입으로 가져갔다. 그리고 그의 표정을 본 순간 나는 진실을 알았다고 생각한다. 지금 와서 돌이켜보니, 10년 전 제주도에서 그녀를 처음 만나 신라호텔에 갔을 때부터 나는 범인이 누구라는 걸 알고 있었던 듯싶었다. 설혹 그때는 아니더라도 5년 전 빈탄에서 만났을 때는 분명히 알고 있었다. 나는 애써 모른 척하고 있었던 것이다. 그리하여 나는 범인이 누구라는 걸 오래전부터 알고 있었노라고 마침내 미란의 아버지에게 얘기했다. 창백한 표정으로 내 얘기를 듣고 나서 그는 또 아까처럼 희미하게 고개만 주억거렸다. 그로써 내 짐작을 확인시켜주었다.

나는 사고가 일어난 경위와 전후 사정에 대해 그에게 물었다. 그는 좀처럼 입을 열려 하지 않았다. 어쨌거나 자신의 입으로는 그 사실을 밝히고 싶어하지 않는 듯했다. 심정적으로는 이해할 수 있는 일이었으나 나는 물러나지 않았다. 나는 언젠가 미란에게 들었던 말을 덧붙였다.

"힘드시겠지만 사실대로 말씀해주십시오. 그래야만 지금이라도 미란이에게 도움이 될 수 있는 일을 찾을 수 있습니다."

그가 더듬거리며 어렵사리 입을 열었다.

"이미 알고 있다니 그럼 간단히 확인만 해드리죠."

"네, 사실 확인이 필요합니다."

"……그때 제주도로 휴가를 간 건 잘못된 판단이었습니다. 회사 일이 겹쳐 있긴 했죠. 대리점을 몇 군데 정리할 필요가 있었거든요. 그 애가 어미에게 증오심을 품고 있었다는 걸 몰랐던 것도 사고가 일어난 원인 중의 하나였습니다. 그 사람을 살해할 마음은 추호도 없었습니다. 회사는 이미 남의 손에 넘어간 상태였고 이혼을 하게 되더라도 주변을 추스르고 나면 뭔가 다시 시작할 생각을 가지고 있었으니까요. 그렇긴 해도 아내를 포기하기가 어렵더군요. 그땐 지푸라기 끝이라도 잡고 싶은 심정이었으니까요. 아내는 나와의 관계를 서둘러 매듭짓고 싶어 동행했던 겁니다. 비록 원하는 바는 서로 달랐으나 어쨌든 아내의 마음을 돌려볼 생각으로 제주도에 갔던 것인데 그만 끔찍한 일이 일어나고 만 겁니다."

"……!"

"……그날 밤 야외 레스토랑에 아내와 그 애를 남겨둔 채 나는 먼저 객실로 올라왔습니다. 아내와 다투고 난 뒤여서 무척 피곤한 상태였기 때문에 나는 곧바로 잠이 들어버렸죠. 그때가 아마 새벽 2시쯤 됐을 겁니다. 레스토랑 영업도 이미 끝나 있었죠. 그 다음에 수영장에서 무슨 일이 일어났는지는 한 시간쯤 뒤에 알게 됐습니다. 그 애가 술에 취해 있던 제 어미에게 미리 준비해둔 수면제를 타 먹인 다음 수영장에 밀어넣었다는 걸 말입니다. 실족사로 위장해서 말입니다. 여중생밖에 되지 않은 여자 아이가 그런 일을 저질렀으리라곤 사실 아무도 상상할 수 없었죠. 그 애는 곧바로 객실로 돌아와 잠들어 있던 나를 흔들어 깨웠습니다. 그 애의 얼굴을 보고 나는 직감적으로 불길한 일이 벌어졌다는 것을 눈치 챘죠. 하지만 그 애는 무섭도록 침착했습니다."

그렇다면 우발적인 사고가 아니라 사전에 그 일을 미리 계획하고 있었다는 뜻이었다. 수면제를 준비해두고 있었다는 것이 그 증거였다. 그것만큼은 나로서도 전혀 예상치 못하고 있던 일이었다.

"사태 수습은 내가 했습니다. 그 애는 어린 마음에 일을 감쪽같이 처리했다고 믿는 듯했지만 조사를 받으면 범인이 밝혀질 건 뻔한 일이었죠. 나는 한국을 떠날 결심을 했습니다. 수영장에 떠 있던 사체를 객실로 옮기고 나서 나는 알리바이를 만들어놓기 위해 그 애를 호텔에 남겨두고 아침 첫 비행기로 제주공항을 통해 일본으로 건너갔죠. 그리고 일본에 머물고 있는 친구를 통해 여권을 위조하고 싱가포르를 경유해 기차를 통해 말레이시아로 들어갔습니다. 추적을 피하기 위해서 말입니다. 미란이 문제는 일본에서 미리 서울에 있는 사람들에게 전화해 부탁을 해뒀습니다. 그후 대학에 들어갈 때까지 친척집을 전전하며 성장했죠. 그렇게 된 겁니다."

이쯤에서 그의 부담을 줄여주기 위해 장소를 바꾸는 게 좋을 성싶었다. 이런 종류의 얘기는 한곳에 오래 머물며 하는 게 아니다. 나는 미란의 아버지에게 자리를 옮기자고 하면서 카운터로 다가갔다. 호텔 앞에 대기하고 있던 택시에 올라타 나는 웨스턴조선호텔로 가자고 운전 기사에게 말했다.

택시를 타고 가는 도중 그와 나는 사실상 필요한 모든 말을 나눴다.

"그 애를 한번 만나줬으면 합니다."

"……"

"저대로 두면 얼마 버티지 못할 것 같습니다. 아비로서의 예감입니다."

나는 오래 망설이지 않고 그에게 말했다.

"그러겠습니다. 조만간 시간을 내서 제가 말레이시아로 가죠."

한 번쯤은 그녀를 직접 만나볼 필요가 있을 것 같았다. 공소 시효가 지난 마당에 타국에 머물 이유가 없었다. 한국으로 돌아오도록 설득할 사람이 필요했다.

"고맙습니다."

"돌아가시면 제가 곧 찾아가겠다고 전해주십시오. 어떻게든 살려야 하지 않겠습니까."

무겁게 가라앉은 목소리로 그가 뜻밖의 말을 중얼거렸다.

"그 애는 아직도 연우씨를 잊지 못하고 있습니다. 나는 압니다."

택시가 조선호텔에 도착할 때쯤 그는 그만 돌아가겠다고 말하며 주머니에서 뭔가를 꺼내 내게 건네주었다. 미란의 사진이었다.

미란은 지금 살고 있는 집이라고 생각되는 발코니에서 원피스를 입고 앉아 있었다. 아무런 표정이 없었다. 모든 것을 잃어버린 얼굴로 우연하게 카메라 앵글을 돌아보고 있을 따름이었다. 손에는 커피 잔을 들고 있었으며 머리는 뒤로 묶고 있었다. 울컥 목울대가 뻐근해왔으나 나는 이를 다물고 참아내고 있었다.

그는 조선호텔 앞에서 곧장 다른 택시로 갈아탔다. 나와 함께 타고 온 택시에서 내리기 전에 그가 차가운 손으로 악수를 청해왔다. 그리고 뜻을 알 수 없는 말을 남기고 서둘러 돌아섰다.

"미안합니다."

나는 강남으로 가달라고 운전 기사에게 부탁하고 조용히 눈을 감았다.

나는 우체국에 앉아 있었다

나는 사무실 건너편에 있는 우체국 소파에 앉아 있었다. 한낮의 우체국은 늘 적요로웠다. 어쩌다 문을 밀고 들어오는 사람들도 약속이라도 한 듯 소곤거리는 말투를 쓰고 우표에 침을 발라 편지를 부친 다음 잰 걸음으로 돌아서 가는 것이었다.

유리로 만들어진 출입문에는 우체국을 상징하는 빨간 제비 두 마리가 날아가고 있었다. 나는 늘 그 제비를 눈여겨보고 있었다. 제비도 철새인가. 그렇지, 봄에 왔다 가을에 돌아가는 철새지. 우체국에 들락거리면서부터 나는 많은 사람들이 먼 곳에 그리운 사람을 하나쯤 두고 있다는 사실을 알게 되었다. 말하자면 나도 그런 사람 중의 하나였다. 미란의 아버지를 만난 다음날 나는 우체국에서 미란에게 엽서를 썼다. 속히 가서 만나리라고. 주소는 그녀의 아버지가 주고 간 사진 뒤에 적혀 있었다. 약 일주일 후면 빨간 제비가 그녀에게 내가 쓴 엽서를 박씨처럼 물어다 줄 터이었다.

언젠가부터 창구에 앉아 있는 여직원 하나가 나를 눈여겨보고 있음을 알았다. 스물두어 살이나 됐을까 말까 한 풋풋한 얼굴의 밝은 여자였다. 일주일에 두 번 혹은 세 번 아무 볼일도 없이 우체국에 들어와 한 시간 혹은 두 시간씩 우두커니 앉아 있는 내가 아무래도 이상해 보였던 모양이었다.

어느 날 그녀가 소파에 앉아 있는 내게 아무 말도 없이 자판기 커피를 한 잔 뽑아다 주고 돌아갔다. 그게 왜 그다지도 고맙게 느껴지던지. 어느덧 자기 연민에서 벗어날 나이가 되어 있었지만 나는 그 뜨거운 종이컵을 들고 한동안 목이 메어 있었다. 아마 나는 오미란을 생각하고 있었을 것이다. 제주도에서 나를 처음 만났을 때 미란은 방금 커피를 가져다 준 우체국 여직원처럼 깨끗하고 앳된 스물한 살의 처녀였다. 꿈으로 가득 차 있을 나이였고 겁이 많으면서도 동시에 무모해서 아름다울 나이였다. 그 순간 나는 스물한 살 먹은 세상의 모든 여자들에게 하소연을 하고 싶었다. 미란을 다시 그 젊은 날의 궁전으로 데려가달라고 말이다.

나는 커피가 담긴 종이컵을 들고 사무실까지 천천히 걸어왔다. 손에 와 닿는 뜨거움을 참아내며. 마치 사랑하는 자의 심장을 숲속의 사원으로 옮기듯. 사무실로 돌아와 나는 종이컵을 창가에 올려놓고 화병에서 장미 한 송이를 뽑아 거기에 꽂아두었다.

그날 퇴근 무렵에 그녀가 사무실로 나를 찾아왔다. 낮에 내게 자판기 커피를 뽑아다 준 우체국 여직원이었다. 기웃기웃 내 방으로 들어와 그녀는 얼굴을 붉히고 죄송하다는 말부터 했다. 글쎄, 왜 죄송한 것인지 몰랐지만 나는 자리에서 일어나 우선 그녀를 소파로 안내했다.

사무실 여직원이 끓여온 홍차잔을 앞에 두고 그녀는 묵묵히 고개를 숙이고 앉아 있었다. 그제야 나는 그녀가 내게 죄송하다고 한 말의 뜻을 어렴풋이 알아차렸다. 그와 동시에 그 언젠가, 스물한 살의 여자가 호텔 화장실에서 나오는 나를 기다렸다가 내게 메모를 건네주고는 고개를 숙인 채 떨고 있던 모습이 뚜렷이 떠올랐다.

내가 처음 우체국에 들어가 앉아 있던 날부터 그녀는 나를 눈여겨보고 있었다. 그런 일이 몇 번 반복되자 그녀는 호기심 반 의심 반으로 한 번은 내 뒤를 미행(?)하게 되었다. 맹랑한 일이었으나 한편 그럴 수도 있다는 생각이 들었다. 차라리 그런 그녀가 어여뻐 보였다. 그녀는 감색 바바리 안에 베이지색 투피스를 입고 있었다. 생머리 단발에 코가 유독 돋보였다. 표정을 보고 속내가 야무진 처녀라는 걸 알 수 있었다.

배가 고프다기에 나는 그녀를 데리고 나가 사무실 근처에 있는 식당에서 함께 된장찌개를 시켜 먹었다. 밥을 먹는 동안 나는 그녀에게 내게는 사랑하는 사람이 있으며 그 사람이 생각날 때마다 우체국에 가 앉아 있곤 한다고 말했다.

"얼마 전에 그 사람에게 엽서를 부쳤답니다. 혹시 답장을 보냈다면 한시라도 빨리 받고 싶은 마음에 우체국에 가서 기다리고 있었던 거랍니다. 그런데 도무지 소식이 없군요. 조만간 직접 찾아갈까 생각 중이에요."

그녀는 고개를 들지 않고 꾸역꾸역 밥공기를 깨끗이 다 비웠다. 이럴 때도 배가 고파 밥을 다 비울 수 있는 게 젊음이라는 거다. 그래서 싱그럽고 아름다운 것이다. 나는 오빠나 삼촌의 심정으로 그녀를 친절하게 대해주었다. 그녀는 영리하게도 뜻을 잘 알아차렸다.

이어 그녀는 숟가락을 내려놓고 환하게 씩, 웃어 보이고는 가방을 들고 자리에서 일어나더니 이렇게 말하는 것이었다.

"그럼 우체국에는 더 이상 오시지 않겠네요?"

나는 웃으면서 고개를 주억거렸다.

"아까도 말했지만 곧 그 사람을 만나러 갈 예정이야. 제비처럼 말이지."

"그렇군요, 잘 생각했어요. 정말 멋진 일이에요."

글쎄, 멋진 일일까? 스물두 살인 그녀가 보기에는 그럴 수도 있으리라.

식당 앞에서 그녀와 헤어져 나는 직원들이 모두 퇴근한 사무실로 돌아왔다. 그리고 캄캄한 사무실에서 자정이 가까워질 때까지 우두커니 앉아 있었다. 내가 어디서 무얼 하고 있는지 궁금할 텐데도 아내에게선 그때까지 전화가 걸려오지 않았다.

자정에 나는 장모에게 전화를 걸어보았다. 가끔 안부 전화를 한 적은 있으나 이렇듯 늦은 시각에 별 용건 없이 그녀를 찾은 건 처음이었다. 결혼을 하고 난 뒤에도 장모는 언제나 내게 존칭을 써가며 미묘한 거리를 유지하고 있었다. 벨이 네 번 울린 다음 그녀가 네, 여보세요, 라고 나직한 음성으로 응답해왔다. 순간 나는 왜 이토록 늦은 시각에 내가 장모에게 전화를 걸고 있는지 의구심이 들었다. 무슨 얘기를 하고 싶은 걸까.

"저, 준이 아빱니다."

뜻밖의 전화에 의아스러웠을 텐데도 그녀는 그런 내색을 전혀 하지 않고 담담하게 대꾸해왔다. 그녀는 아직도 내가 사무실에 있다는 것을 알고 있었다.

"늦었군요."

용건을 묻지 않고 그녀는 잠자코 기다리고 있었다.

"문득 생각이 나서 전화 드렸습니다. 별고 없으신지요."

그녀는 대답을 망설이며 큼, 하고 목을 가다듬었다. 이제나저제나 그 좁혀지지 않는 거리 때문에 나는 은근히 긴장하고 있었다. 하지만 무의식중에 나는 장모라는 존재를 찾고 있었음이었다. 때로 아내에게 할 수 없는 말을 들어줄 수 있는 사람 말이다.

"뭔가 어려운 일이 있군요."

"……"

"괜찮으니까 얘기하세요. 혹시 미란이에게 무슨 일이 있나요?"

나는 마음을 터놓고 싶어 솔직하게 얘기했다.

"아닙니다. 그냥, 가끔 장모님과 통화를 하고 싶을 때가 있습니다."

"그래요, 고맙군요. 그렇다고 저에게 의지하려고 하진 마세요. 다만 솔직하게 얘기를 나누는 건 좋다고 생각합니다."

그 말끝에 그녀가 슬그머니 확인을 해왔다.

"가족을 사랑하나요?"

"물론입니다. 네, 무척 사랑하고 있습니다."

그러자 그녀가 특유의 담담한 말투로 되받았다.

"그토록 사랑한다는 말이 때로는 어떤 마음을 감추고자 할 때 쓰이는 경우가 있죠. 꼭 그렇다는 건 아니지만 준이 아빠는 지금 미란이에게 할 수 없는 얘기가 생겼나 봅니다. 그 말을 저에게 하고 싶은 건가요?"

굳이 부인하고 싶지 않아 나는 그렇다는 식으로 짧게 말했다. 그렇게 인정하고 나니 제풀에 가슴이 두근거리기 시작했다.

"그렇다면 준이 아빠에게 지금 무슨 일이 진행되고 있는 건가요?"

사이를 두지 않고 그녀가 침착하게 물어왔다. 침대에서 부스스

몸을 일으키는 소리가 수화기를 통해 들려왔다. 이어 스탠드의 불을 켜고 담배에 불을 붙이는 소리가 났다. 나는 가만히 도사리고 있었다. 담배 연기를 길게 내뿜으며 그녀가 속삭여왔다.

"결과적으로 상대에게 상처가 되고 또 자신을 옭아매는 일이라면 인내심을 발휘해서 자제하도록 하세요. 연우씨는 충분히 그럴 만큼 사리 분별이 있는 사람입니다. 또 이미 어떤 일이 발생했다면 그 일을 계속하거나 반복하지는 마세요. 술을 마셔도 취할 정도로 마시면 안 되고 밥을 먹어도 역시 배가 부를 정도로 먹어서는 안 된다는 걸 잘 아실 거예요."

"압니다. 한데 장모님이 짐작하시는 것과는 좀 다른 일입니다."

"그렇군요. 그럼 얘기해봐요. 미란이를 위해서라도 지킬 건 지켜드리겠습니다."

나는 그녀를 믿고 말했다.

"벌써 오래전의 일입니다. 여행을 갔다 우연히 남의 집에 불을 지른 적이 있는데 그게 아직도 꺼지지 않고 있다는 걸 최근에 알게 됐습니다."

"……화병(火病)이군요. 그러다 바람이 불면 연우씨 가슴에 불씨가 되살아나는 거로군요."

내가 무슨 짓을 저지르고 있는지조차 모른 채 나는 마치 이모에게 하듯 말하고 있었다.

"이럴 땐 어떻게 하면 좋습니까?"

"준이 아빠가 밤늦게 내게 전화를 걸어왔을 때는 이미 어떤 결정을 내린 다음일 겁니다. 하지만 내게 동의를 구하지는 마세요. 알다시피 나는 준이의 외할머니입니다."

"……"

"밖으로 나가 불을 끄고 올 수만 있다면 그편이 낫겠죠. 집 안에 불이 나는 것보다는 그게 나을 테니까요. 하지만 굳이 그래야만 되는지 다시 생각해보도록 하세요. 일단 움직이게 되면 아무리 잘해도 결국 차선밖엔 되지 않는 법이니까요. 미안합니다. 나로서는 이렇게 말할 수밖에 없군요."

최선과 차선의 문제가 아니었다. 사람이 죽어가고 있었다. 파란 감자 같은 아린 침묵이 오래도록 통화선에 낮달처럼 걸려 있었다.

그사이에 무슨 생각을 했음인지 그녀가 불현듯 이런 말을 던져왔다. 내심 나는 당황스러워하고 있었다.

"원하는 대로 하세요. 비밀은 지켜드릴 테니까요. 누구에게나 한 가지쯤 비밀이 있는 법이고 그걸 지켜줄 만한 사람도 있어야 하겠죠."

"……면구스럽습니다."

"아뇨, 그래도 연우씨는 정직한 편이에요. 뭔가 그래도 약속을 남겨두기 위해 내게 전화를 한 셈이니까요. 누구에게나 그런 일이 있을 수 있다고 생각해요. 그러나 대신 한 가지 약속해주세요. 만약 나중에 준이 엄마에게 그 비슷한 일이 생기게 되면 내 대신 눈 감아주세요. 야속하다고 생각하지 말아요. 그것이 삶을 살아내는 방식이니까요."

나는 그 말에는 끝내 대답하지 못했다.

"변명이 될지 모르지만 가족과는 무관한 일입니다."

"글쎄, 그럴까요? 그렇다면 내게 굳이 전화를 하지는 않았겠죠."

나는 거기서 말문이 막혔다.

"되풀이하지만 있을 수 있는 일이에요. 괜찮아요, 이렇게 전화를 걸어 고백할 정도면 그나마 진실한 거예요. 사람이 그렇게 진실한 존재가 아니란 건 연우씨도 잘 알고 있잖아요."

그쯤에서 나는 그녀가 아까부터 흥분해 있었음을 퍼뜩 깨달았다. 그리고 몹시 지쳐 있었다. 끊긴 줄 알았던 전화선 속에서 그녀의 목소리가 낮게 흘러나왔다.

"과거에 누군가에게 잘못을 저질렀다면 찾아가 용서를 구하고 마음의 빚을 갚도록 하세요. 그게 결과적으로 준이 엄마에게도 나을 거예요."

그런 일이 아니라고 우기고 싶었으나 감히 입이 떨어지지 않았다. 어느 결에 얘기가 어긋나 있다는 생각이 몰려왔다.

"비록 나이가 들긴 했지만 나도 한 여자로서 얘기한다면 말이죠. 아직도 그때그때의 정염에 따라 살고 싶다는 거예요. 내가 아니더라도 그런 사람이 있다면 얼마든지 관대하게 봐주고 싶어요. 거꾸로 미란이가 이런 전화를 걸어왔더라도 나는 아마 지금과 똑같은 말을 했을 거예요. 그러니 더 이상 내 동의를 구하는 일은 하지 말아요. 전화를 받을 때부터 어렴풋이 짐작하고 있었으니까요. 하지만 나중에 대가가 필요하다면 마땅히 치러야겠죠. 누군가에게 미리 고백을 했다고 해서 면죄가 되는 건 아니니까요. 이제 알겠죠?"

그 순간에도 장모에게 불안정한 상태가 계속되고 있다는 느낌이 몰려왔다. 무슨 일일까? 그녀는 평소와는 확실히 태도가 달라져 있었다. 이를테면 감정을 조절하지 못하고 있었다. 나와의 통화 내용 때문일까. 마치 누가 옆에 있는 것처럼 분위기가 부자연스럽게 느껴졌다.

어색한 느낌 속에서 전화를 끊고 나서 나는 또 오랫동안 사무실 소파에 눈을 감고 앉아 있었다. 아무 생각도 없이 그저 그렇게.

새벽 2시쯤에 집에서 전화가 걸려왔다. 준이는 자고 있었고 아내는 퀼트를 하며 시간을 죽이고 있었다. 내가 늦게 들어가는 날이면 그녀는 자수나 퀼트를 하며 나를 기다리곤 했다. 따라서 집에 있는 식탁보나 전화 받침대나 베갯잇은 모두 내 늦은 귀가의 증거물들이었다. 갑자기 그런 생각이 들자 나는 괜스레 짜증이 났다. 그런 것들이 어느덧 내 숨통을 조이고 있다는 생각이 들었다.

아내가 심상하게 그리고 조심스럽게 물어왔다.

"아직 사무실에 있어요?"

"그래, 사무실에 있지."

"……일이 많은가 봐요."

"그래, 많지. 어느 정도냐면 때로 숨이 막힐 지경이야."

무슨 낌새를 차렸음인지 그녀는 갑자기 숨을 죽였다. 이럴 때 그녀는 더욱 냉정해지곤 한다. 나는 자신도 모르는 사이에 흥분해 있었다. 그렇다는 걸 의식하고 있었으나 좀처럼 감정 조절이 되지 않았다.

"잠깐만 들어줬으면 좋겠는데, 당신은 내가 이 사회에서 어떤 일을 하고 있다고 생각해? 어떤 경우엔 처벌을 받아야 마땅할 자들을 면죄시키거나 집행 유예로 석방시키기 위해 기술적으로 법을 이용한다고는 생각해보지 않았어? 또 그러기 위해 때로 진실의 반대편에 서서 입에 침이 마르도록 떠들어댄다고는 상상해보지 않았어?"

"……"

"알다시피 나를 찾아오는 자들은 대개 범법자들이야. 그 중에는 변호를 받아야 마땅한 사람들도 있지만 도대체 그러고 싶지 않은 자들도 분명 있게 마련이야. 감정적으로 말하면 그렇다는 거야. 그런데 나는 오직 승소하기 위해 자주 범죄를 두둔하는 입장에 서게 된단 말이야. 모든 가치 있는 풍속과 미덕이 사라진 이 말세의 자본주의 사회에서 필사적으로 기득권을 방어하면서 사치스럽게 살아남기 위해 말이야. 지금 내 정면을 응시해봐. 그런 내가 당신의 남편이야."

아내는 길게 침묵하고 있었다. 나는 제풀에 질려 숨만 가쁘게 몰아쉬고 있었다. 길게 사이를 두었다가 아내가 입을 열었다.

"당신은 저의 남편이기도 하지만 준이의 아빠이기도 해요. 우선 말예요. 미안해요, 당신이 지쳐 있다는 걸 충분히 몰랐어요. 앞으로 좀더 염두에 두도록 할게요. 그리고 좀더 검소하게 살도록 노력할게요."

"물론 그랬으면 좋겠어."

"……"

"그리고 한 가지 더 말하고 싶은 게 있어. 조만간 며칠 사무실을 비웠으면 해. 쉴 때가 온 것 같아. 더 이상 리듬을 유지하기가 힘들어."

"……네, 그렇다면 그것도 당신 뜻대로 하세요."

"며칠 여행을 다녀올까 싶어. 미리 부탁하는데 왜냐고 혹은 어디에 가느냐고 묻지 말아줘. 하나쯤은 오직 나에 관해 비밀을 가지고 있고 싶어. 당신에게 얘기하지 않고도 가지고 있을 수 있는 것 말이야."

그녀는 선뜻 대답을 해오지 않았다.

"나도 이런 식으로 불쑥 감정을 드러낼 줄은 미처 몰랐어. 하지만 확실히 지쳐 있는 게 사실이야."

아내가 침착하게 따지고 들었다.

"저는 그렇다고 치고, 그렇다면 준이까지 몰라도 된다고 얘기하

250

고 있는 건가요? 당신의 아들 말예요. 그러니까 그게 그렇게 중요
한 일인가요? 가족이 공유할 수 없을 만큼 말예요. 알다시피 쉬지
말라고 하는 얘기가 아니에요."

나는 아내의 그 익숙한 말투에 다시 짜증이 났다.

"당신을 속이지 않기 위해서 하는 말이야."

"물론 당신은 속이지 않아요. 솔직히 말하면 당신이 속이지 못할
거라는 사실이 더욱 두려운 거예요."

아내의 입에서 튀어나온 그 말에 나는 다시 말문을 잃고 말았
다.

"그만 집으로 돌아오세요. 그리고 우선 푹 주무세요."

"……"

"지금 저는 당신에게 무슨 일이 일어나고 있는지 몰라요. 그렇지
만 영영 모를 거라고는 생각하지 말아요. 세상에 그런 일은 없으니
까요. 만약 당신이 잘못을 저지르더라도 이번만큼은 받아들이겠어
요. 제게 한 번쯤 상처를 입힌다고 해도 말예요. 하지만 단 한 번이
에요. 준이 때문에라도 더 이상은 저도 용납하기 힘들어요."

그리고 아내는 마지막으로 조용히 덧붙였다.

"그런데다 저는 이미 당신을 한 번 용서한 적이 있어요."

붉은 신호등

10월 첫째 주 금요일에 나는 오미란을 만나기 위해 말레이시아로 떠났다. 그때까지 그녀는 내가 9월에 부친 엽서의 답장을 보내오지 않고 있었다. 연일 허공을 딛는 듯한 기우뚱한 느낌 속에서 9월을 보내는 동안 아내의 태도가 조금씩 달라져갔다. 말수가 부쩍 줄어들고 나와는 좀처럼 얼굴을 마주치지 않으려 했다. 감정이 마비된 사람처럼 표정의 변화도 찾아보기 힘들었다. 9월의 어느 날 밤, 사무실에 있던 나와 통화를 한 뒤에 생긴 변화였다.

아내는 조용히 준에게만 집중하고 있었다. 아이가 잠들면 그녀는 베란다 테이블 의자에 나가 앉아 한강의 불빛을 망연히 내려다보며 새벽 두세 시까지 앉아 있곤 했다. 가끔 담배를 피우거나 술을 마시는 모습이 목격되기도 했다. 아내는 내가 가까이 다가오지 못하게 차가운 공기로 둘레를 차단하고 자신에게 깊이 몰두해 있었다. 잠자리에 들 때면 아내는 어김없이 장롱에서 겐조 거울을 꺼내 들고 그 안에서 무얼 찾으려는 사람처럼 오래오래 들여다보고 있었다. 마치 폐허의 성에 혼자 살고 있는 여자처럼.

오미란을 만나러 가는 날짜를 아직 정하지 못한 채 9월의 마지막 금요일에 나는 '물고기 두 마리'에서 박윤재와 만났다. 내가 연락을 해서 청한 만남이었다.

약혼자를 데리고 나오리라던 그는 혼자 먼저 와서 술을 마시고 있었다. 스탠드에 앉아 있는 박윤재의 뒷모습을 보면서 나는 다시금 야릇한 혼란에 사로잡혔다. 아내와 결혼하기 전에 나는 박윤재가 지금 앉아 있는 자리에서 미란이 나타나기를 기다리곤 했던 것이다. 어떤 날이던가. 종일 맑았던 하늘에서 저녁이 되자 비가 흩뿌리기 시작했고 이윽고 물이 뚝뚝 떨어지는 우산을 든 미란이 김이 서린 문을 열고 갸웃이 들어서서는 수국 같은 모습으로 내게 총총히 다가오던 영상이 눈앞에 떠올랐다. 그래, 그런 날들이 있었지.

"함께 나오려고 했는데 갑자기 야간 근무에 불려 들어갔어. 수련의 기간엔 늘 생기는 일이지."

혼자 나온 이유를 설명하며 박윤재는 술잔을 내밀고 은근히 내 표정부터 살폈다. 여자가 생긴 탓인지 그는 어딘가 모르게 분위기가 달라져 있었다. 음울하고 가파르던 얼굴 윤곽이 완만하게 다듬어지고 눈빛이 부드럽게 변해 있었다. 대신 예의 날카로운 총기는 사라져 있었다. 어느덧 묘한 세속의 냄새가 나고 있었다. 얼른 받아들이기 힘든 변화였다. 그런 내 속내를 읽었는지 어쨌는지 그가 최근에 자신에게 찾아온 변화에 대해 먼저 얘기했다.

"이제야 긴 터널에서 가까스로 빠져나온 기분이야. 처음엔 알을 깨고 나온 것처럼 주위가 너무 휘황해 당혹스러웠는데 의외로 눈알에 초점이 빨리 모아지더군. 언제까지 갈지 모르지만 당장은 눈에 보이는 것들이 모두 새삼스럽고 신기해. 조숙한 자네는 사춘기 때 이미 경험한 일일 테지만 말이야."

글쎄, 알을 깨고 나온 경험은 내 기억에 존재하지 않는다. 정종 잔을 들어 가볍게 혀를 적시고 그는 천천히 도미회를 씹어 삼킨 다음 희고 긴 손가락으로 맨머리를 쓸어 올렸다. 만날 때마다 그에게는 신체적인 변화가 생기는지 그날따라 유독 손가락이 길고 희게 보였다. 알 수 없는 일이다.

"일단의 현실감을 회복한 느낌이야. 마침내 술잔이 술잔으로 보이고 주전자가 명백히 주전자로 보여. 말하자면 그 동안 나는 현실과 비현실의 경계에 서 있었던 거야. 자의식의 단단한 껍질을 뒤집어쓴 채 어두운 터널의 한가운데서 에코처럼 울려오는 내 목소리에만 귀를 기울이고 있었던 거지. 그런데 어느 날 오후 터널 밖으로 누군가 사뿐사뿐 지나가는 소리가 들리더군. 나로서는 최초로 감지한 타인의 생생한 움직임이었지. 그것은 완만한 리듬을 따라 반복되는 아주 부드럽고 탄력적인 소리였어. 그 소리에 끌려 나는 터널 밖으로 나오게 된 거야."

"의외로 절차는 간단한 편이었군."

"그런 셈인가? 하지만 대신 염력을 잃었어. 박쥐처럼 캄캄한 자의식의 천장에 매달려 있을 때 작동하던 주파수가 햇빛 속으로 나오자 기능을 상실한 거지."

염력. 혹은 타인의 움직임을 미리 감지하는 주파수. 그게 사실이라면 안타까운 일이었다. 내가 오늘 그에게 만나자고 한 것은 앞으로 내게 닥쳐올 일을 혹시 그가 알 수 있지 않을까 싶었기 때문이었다.

"의학적으로는 설명이 불가능하지만 갓난아기가 말을 배우기 전까지는 주위에서 일어나는 변화나 순환에 대해 훤히 알고 있다고 해. 그만큼 순진무구해서 완전한 존재라는 거겠지. 그런데 막상 말을 배우기 시작하면서부터 그런 능력을 상실해간다는 거야. 무력하고 나약한 존재로 변하는 거지. 내가 꼭 그런 경우라는 것은 아니야. 하지만 내게는 확실히 주변의 변화를 감지할 수 있는 능력이 있었던 게 사실이야. 태아처럼 미숙한 상태로 내 안에 웅크리고 있었던 시기에 말이야. 그건 늘 현실과 거리를 두고 세상 저쪽에서 이쪽을 바라봤기 때문에 가능한 일이었는지도 몰라."

그가 무슨 말을 하고 있는지 어렴풋이 알 것 같았다. 그렇기는 해도 안타까운 것은 마찬가지였다. 내가 그의 염력을 절실히 필요로 하는 순간 평범한 사내가 되어 현실로 복귀한 것이다. 그는 약혼자를 만나고 나서 자신에게 그런 기미가 찾아왔다고 고백했다.

"거울에 비친 내 모습이 진짜 내 모습이 아니듯이(좌우가 바뀌어 있다는 사실만으로도 충분히) 그 여자의 시선을 통해 비로소 나는 내 존재를 깨닫기 시작했어. 사람이란 타인의 시선을 통해서만 자기를 볼 수 있다는 평범한 사실을 알게 된 거야."

"어떤 사람인지 궁금하군."

"지극히 상식적이고 평범한 타입이야. 어떤 땐 사는 일에 너무 억척스러워서 안쓰러울 지경이야. 아들 하나에 딸이 넷인 가난한 집안의 맏딸로 태어나 어려서부터 사는 일에 일찍 눈을 뜬 편이지. 그런데 그 사람이 택한 현실엔 다른 사람들에게서 발견하기 힘든 소중한 가치가 있어. 살아내려고 몸부림치는 것을 보면 늘 전율이 느껴져. 그녀에게 있어서 삶은 도대체 빈둥거릴 틈이 없는 거야. 하루 스물네 시간 자신을 단단하게 무장하고 매 순간을 치열하게 살아내고 있지. 언뜻 빈틈이 없어 차갑게 보이지만 분명 타인에게 복무하는 삶을 살고 있어. 수련의 생활이 얼마나 여유가 없는지는 자네도 잘 알 거야. 그런데도 그녀는 하루 종일 환자를 대하면서 웃고 있단 말이야. 힘들게 살아오면서 터득한 삶에 대한 갸륵한 긍정이 있는 거야. 그런 점이 나를 끌어당기더군."

박윤재가 그 여자를 통해 현실을 새롭게 받아들이고 있다는 점은 인정하지만 그만큼 특별한 케이스의 사람이란 생각은 들지 않았다. 대개의 사람들이 삶에 대해 그런 자세를 취하고 있는 것이다.

"어느 날 내가 데이트 신청을 하자 그녀는 잠잠한 물 속에서 불쑥 튀어나온 호랑이를 보듯 놀라더군. 지금까지 그런 일을 전혀 경험하지 못한 여자처럼 말이야. 서른 살의 여자가 그럴 리야 없겠지만 잠시 후 그녀는 내게 고개를 숙여 보이고 수술실로 들어가더군. 그리고 밤늦게 약속 장소에 나타났어. 다음날 새벽까지 술집에 앉아 그녀의 얘기를 들었지. 그녀는 그때까지 살아오면서 외로움이나 고독을 느낄 만한 여유가 없었다는 거야. 가끔 찬 바람이 가슴을 통째로 관통하고 지나가는 느낌을 받긴 했어도 말이야. 마침 그날이 그런 날이었다고 하더군. 그녀는 식당이나 복도에서 나와 마주칠 때마다 알 수 없는 사람이란 느낌을 받곤 했대. 눈앞에 있긴 하지만 어딘가 다른 장소에 존재하고 있는 사람 같더래. 그곳이 어디인지 가끔 궁금할 때가 있었다고 고백하더군. 나는 웃으면서 비밀이야, 라고 받아넘겼지."

잘된 일이다. 나는 축하한다고 하며 그가 들고 있던 잔에 내 잔을 부딪쳤다. 밖에 비가 내리는지 축축한 습기가 아랫도리로 스멀스멀 몰려들고 있었다. 9월도 이제 다 가고 있었다. 여름내 마음속에 방치해두었던 우수가 차디차게 엄습해오는 계절이었다. 이제 곧 낙엽이 지고 곧 또 첫눈이 내릴 터이었다. 잠시 이런 상념에 젖어 있을 때 박윤재가 옆에서 팔꿈치를 툭 치며 말을 건네왔다.

"이제 자네 얘기를 들어보기로 하지. 뭔가 할 얘기가 있어서 나를 불러냈을 거야."

나는 슬쩍 에둘러서 되받았다.

"실은 자네가 얼마 전까지 가지고 있던 염력을 필요로 하는 일이야. 그런데 이제 얘기해봐야 별 소용이 없을 것 같군."

그는 여드름투성이인 소년처럼 배시시 웃어 보이며 안경을 고쳐 썼다.

"그렇다면 점쟁이가 필요하다는 말인가."

"점쟁이의 말 따위는 믿지 않아. 다만 나를 잘 알고 있는 사람의 충고가 필요한 거지. 어쨌든 자네는 얼마 전까지만 해도 나에 대한 통찰력을 가지고 있는 유일한 사람이었어."

통찰력, 이라고 되받으며 고개를 갸웃거렸다.

"혹시 부부 사이에 무슨 문제라도 생긴 건가?"

"이럴 땐 다들 그렇게 묻곤 하지. 하지만 자넨 아직 부부라는 게 뭔지 모를 테고 나 역시 그런 얘기를 하려는 건 아니야."

나는 말머리를 돌려 좀 엉뚱한 얘기를 꺼냈다.

"지금 자네가 앉아 있는 자리는 전에 내가 아내를 만나러 올 때마다 늘 앉아 있곤 하던 바로 그 자리야. 그녀와 처음 입을 맞춘 날도 그 자리에 앉아 술을 마셨지. 그녀를 내 인생에 전적으로 받아들인 날이었을 거야. 그날 아내는 간곡한 표정으로 내가 앞으로 어떤 사람이었으면 한다고 말하더군. 그후 나는 그녀가 원하는 사람이 되기 위해 노력하며 살아왔어. 지금 내 모습의 절반은 그녀가 만들어놓은 거야. 그만큼 의지하고 살았다는 거겠지. 그것 때문에라도 나는 아내에게 그다지 불만이 없어. 아주 없는 건 아니지만 그만큼은 스스로 컨트롤할 수 있고 적어도 타인에게 토로할 정도의 불만은 없다는 거야."

담배를 피워 물며 한숨을 돌리고 나서 나는 계속했다.

"그런데 말이야. 요즘 까닭 없이 숨이 막히는 느낌이 자주 들어. 결혼을 한 지 불과 몇 년이 지났을 뿐인데 그 동안 내가 줄곧 참고 있었다는 생각이 든단 말이야. 심지어는 의무감 때문에 살아온 듯한 느낌이 들기까지 해. 알다시피 의무감이 앞서기 시작하면 그때부터는 거기서 자꾸 벗어나고 싶어지지. 아내 역시 자네의 약혼녀처럼 무척이나 단단한 사람이어서 많은 인내를 하면서도 꿋꿋하게 자기 자리를 잘 지키고 있어. 그래, 때로 감동스러울 정도로 말이야. 그렇다면 내가 지금까지 그녀에게 뭔가 잘못해왔거나 솔직하지 않았던 걸까?"

박윤재는 곧바로 대꾸를 하지 않았다. 하긴 이런 추상적인 얘기만 듣고는 어떤 말도 할 수 없을 것이다. 또한 말을 하다 보니 어느덧 부부 사이의 문제가 되고 말았다.

나는 좀더 그에게 접근해서 말했다.

"며칠 전 나는 퇴근길에 차를 몰고 집으로 들어오다 횡단보도 앞에 서 있는 아들 녀석을 보았어. 한쪽 손에 피자 박스를 들고 있더군. 그 조그만 손으로 말이야. 그 애는 아직 세 살이야. 내 생각엔 아직 피자 심부름을 할 나이가 아닌 데다 피자 따위는 전화로 주문을 하면 금방 배달해준단 말이야. 그런데 그 애는 왜 그때 어두운 횡단보도 앞에 혼자 서 있었던 걸까? 더군다나 아내는 아이가 저녁 먹을 시간에 아무래도 피자를 사오게 시킬 사람은 아니야. 도무지 이해할 수 없는 일이었지만 나는 이유를 묻지 않았어. 솔직히 말하면 요즘 아내의 집중력이 상당히 흐트러져 있어. 이유를 정확히는 모르지만 그래, 쉽게 나 때문이라고 해두지. 아무튼 아내는 아이가 배가 고프다고 하자 아파트 단지 앞에 있는 피자 가게로 무심코 심부름을 시켰을 거야. 평소에는 그럴 사람이 아니지만 말이야."

그때 박윤재가 슬쩍 끼어들었다.

"이봐, 그건 얼마든지 그럴 수 있는 일이야. 그게 그다지 큰 문제는 아니라구."

나는 하던 얘기를 마저 했다.

"잠시 후 나는 이런 광경을 목격했어. 녀석이 몹시 배가 고팠던지 파란 불이 들어오기도 전에 피자 박스를 들고 횡단보도를 건너기 시작한 거야. 마침 오가는 차들이 없긴 했지만 위험한 상황이었지. 그때 아이 자신을 보호해주는 건 한쪽 손을 머리 위로 높게 치켜올린, 나는 건너가고 있습니다, 란 수신호뿐이었어. 한데 아이가 미처 횡단보도를 건너기 전에 택시 한 대가 경보음을 울리며 열십자로 교차하듯 아이의 옆을 스치고 지나갔어. 온몸에 소름이 끼치고 식은땀이 나더군. 그때 나는 차 안에 앉아 있었기 때문에 뭐 어찌해볼 도리도 없었지. 서둘러 주차장에 차를 대고 집으로 올라가니 녀석은 식탁에 앉아 태연하게 피자를 먹고 있더군. 얼음이 든 콜라를 마시면서 말이야."

휴우, 숨을 몰아쉬고 나서 박윤재가 내 말을 되받았다.

"그게 다 자네의 책임이라고 말하고 있는 건가?"

"책임…… 그래, 책임이 있지. 짜임새가 튼튼할수록 오히려 조금의 균열만 생겨도 한꺼번에 부서져 내리게 마련이야. 여기저기 나사가 풀린 상태에서 하늘을 날고 있는 비행기를 상상해봐. 그 비행기의 책임 정비사는 물론 나야."

"자네가 말하려는 바를 알겠어. 그렇다고 해도 자네는 지금 지나치게 자신의 책임을 강조하고 있어. 말하자면 자네로 인해 미란씨의 집중력이 흐트러져 있고 또 그 때문에 아이가 위험한 상황에 처하게 됐다는 식으로 말이야. 물론 그런 점이 없지 않지. 한데 말이야, 그 문제를 두고 이렇게 생각해보면 어때? 우선 아이건 어른이건 할 것 없이 우리는 매 순간 위험 속에 노출돼 있어. 내가 생각하기에 자네 아들은 기특하게도 이미 많이 큰 것 같아. 그 아이의 판단엔 그때 횡단보도를 건너가도 된다고 생각했던 거야. 좀 억지처럼 들릴지 몰라도 아직 자율 능력이 형성돼 있지 않은 아이는 두려움 때문에라도 결코 붉은 신호등을 보고 길을 건너가지는 않아. 적어도 내 직업적인 상식으로는 말이야. 더군다나 자네 아들은 한 손을 높이 치켜들고 횡단보도를 건너갔어. 그리고 집으로 돌아가 아무렇지도 않게 식탁에서 피자를 먹고 있었어. 그 아이는 그다지 놀라지 않았던 거야. 말하자면 자신이 신호를 위반하고 있다는 걸 충분히 자각하고 있었다는 거야. 한편으론 신통하고 기특하지 않아? 벌써부터 금기를 위반할 줄 아는 아이란 말이야."

글쎄, 나로서는 그렇게 생각할 수 없는 노릇이었다. 그런 논리라면 정비 불량으로 여객기가 추락했는데 운 좋게도 인명 피해가 없었다는 얘기밖에는 안 된다. 그렇다고 정비사의 책임까지 면제되는 건 아니다.

박윤재가 곧장 나를 겨냥해 말했다.

"내가 보기엔 말이야, 지금 자네가 그 횡단보도 앞에 서 있는 것처럼 보여. 자네 아들은 이미 무사히 길을 건너 귀가했는데 말이야. 아닌가?"

그의 말을 듣고서야 비로소 나는 그렇다는 걸 깨달았다. 염력이 사라진 대신 그는 사람을 보는 눈이 한결 깊어져 있었다. 그가 다그치기라도 하듯 내 대답을 재촉해왔다.

"그래, 지금 나는 붉은 신호등이 켜진 횡단보도 앞에 서 있어. 아무래도 그게 사실이야."

"……"

"그런데 어린아이가 신호를 위반하면 한갓 사소한 잘못이 되지만 어른이 그런다면 곧 법을 위반하는 일이 되지."

"법?"

"가까운 사람 사이에 존재하는 법 말이야."

심각한 표정으로 있다가 박윤재가 말을 받았다.

"세상의 어느 누구도 완전히 성숙할 수는 없어. 누구든 삶 앞에서는 아이에 불과한 거야. 오히려 그렇지 않다고 생각하는 게 오만이야. 아니, 자네도 그렇다는 걸 잘 알고 있어. 무슨 얘기를 하고 싶냐면 자넨 이미 신호를 위반할 생각을 하고 있다는 거야. 다만 그후의 일을 두려워하고 있는 거겠지."

"그럼 건너가란 말인가?"

술이 떨어져 박윤재가 정종 한 병을 더 주문했다.

"만일 그럴 거라면 자네 아들처럼 한 손을 높이 치켜들고 건너가라고 말하고 싶군. 그전에 이쪽저쪽을 충분히 잘 살펴야만 하겠지. 돌아올 때도 역시 마찬가지고 말이야."

"……"

"이봐, 지금 곧 건너가야 한다면 한 번쯤 신호를 위반해야 하지 않겠어? 혹시 지금까지 그런 경험이 전혀 없었다고 말하려는 건 아니겠지? 아니면 역시 대가를 치르기가 두려운 건가? 사람들은 흔히 아무것도 잃지 않고 뭔가를 얻으려고 하지. 하나를 얻게 되면 필연적으로 다른 하나를 잃게 된다는 것은 자네도 잘 알고 있잖아. 포기하든지 아니면 때를 놓치지 말든지 오직 자네 판단에 달려 있어. 나는 하늘을 나는 비행기가 늘 백 퍼센트 완벽한 정비 상태를 유지하고 있다고는 생각하지 않아. 삶은 어느 만큼의 불안정한 요소를 늘 포함하고 있는 거야."

나는 유리창에 김이 서리는 것을 바라보고 있었다. 잠시 후 농담조로 나는 이렇게 말하고 있었다.

"만약 내가 그 길을 건너가거나 또 정비 불량의 비행기를 타게 되면 자네 결혼식에 참석하지 못할지도 몰라."

"그날 내게 무슨 일이 있었는지 지금은 잘 기억나지 않지만 나 역시 자네 결혼식에 참석하지 못했어. 내가 못 한 것은 다른 사람도 못 하게 되는 경우가 종종 있는 거야. 다시 말하지만 아무리 안간힘을 써도 우리는 역시 백 퍼센트 정비 상태를 유지하고 살 수는 없어. 그렇다면 그게 바로 결함인 거야."

"그 동안 지나치게 너그러워졌군."

"자신에 대해서까지 너그러워지는 게 당분간의 내 목표야. 지금 자네가 하지 못하고 있는 일이지."

긴 침묵이 이어진 뒤 그가 또 말했다.

"자넨 그때 아들을 통해 배우고 있었는지도 몰라. 나는 아직 아버지가 안 돼봐서 모르겠지만 말이야. 그 애는 자네의 가장 가까운 타인이야. 곁에서 늘 뭔가 서로 배워야만 하는 존재란 말이지. 훗날 그 애가 지금 자네가 내게 묻고 있는 것을 똑같이 물어올 때 뭐라고 대답할지 곰곰이 생각해봐. 그게 문제의 답이라고 나는 생각해."

나는 고개를 주억거리며 다시 확인해볼 요량으로 넌지시 그에게 물었다.

"어쨌든 앞으로 내게 무슨 일이 생길지는 이제 알 수 없단 말이지?"

담담한 표정으로 그가 고개를 끄덕거려 보였다.

"다시 터널 속으로 들어가지 않는 한 알 수 없지. 하지만 지금으로선 전혀 그럴 마음이 없어. 이미 하늘을 본 새가 다시 알 속으로 들어갈 생각을 하지 않듯이 말이야."

"그럼 마지막으로 한 가지만 더 물어보지. 자넨 분명 이 집에 처음 와볼 텐데 어떻게 내가 늘 앉아 있던 자리에 와 있었던 거지? 보다시피 이곳은 꽤 넓은 음식점이야."

"자네는 한 달에 두 번쯤, 대개는 금요일에 이 집에 와서 늘 이 자리에 앉아 도미회에 정종을 마시곤 하지. 주방장은 이 집에서 10년 넘게 일해오고 있는 사람이야. 그냥 슬쩍 물어봤는데 친절하게 알려주더군."

자리에서 일어나며 그는 10월 둘째 주 토요일에 강남 교육문화회관에서 결혼식을 올린다며 사정이 되면 참석해달라는 말을 덧붙였다.

밖으로 나오니 가을비가 하얗게 밤을 지우며 내리고 있었다.

다음날 점심 시간에 나는 길 건너편에 있는 여행사에 들어가 말레이시아행 비행기편을 알아보았다. 다음 주 금요일 오전 11시 30분에 콸라룸푸르로 가는 좌석이 하나 남아 있었다. 그것도 예약이 취소된 좌석이었다. 결혼 시즌이어서 혹시나 했는데, 운이 좋은 편이라며 여행사 직원은 그 자리에서 바로 항공권을 발행해주었다. 체러팅으로 가려면 일단 콸라룸푸르까지 가서 다시 콴탄으로 가는 비행기로 갈아타야 했다. 콴탄에서 또 체러팅까지는 한 시간쯤 버스를 타고 가야 하는 먼 곳이었다.

여행사를 나와 나는 무심코 옆에 있는 우체국 건물로 들어갔다.

그날 사무실로 나를 찾아왔던 여직원은 휴가를 냈는지 보이지 않았다. 나는 소파에 잠시 등을 기대고 앉아 유리문에 박혀 있는 빨간 제비를 다시 눈여겨보았다. 여름내 눈이 붉어지도록 바라보고 있던 그 제비를.

사무실로 돌아온 나는 사무장을 불러 휴가 계획을 알리고는 내가 없는 동안의 일을 부탁했다. 재판 연기 신청을 비롯한 복잡한 일들을 그가 맡아서 처리해줘야만 했다. 사무장은 별 동요 없이 묵묵히 고개를 끄덕거리며 흘끗 내 얼굴을 살폈다. 몇 가지 질문이 오간 뒤 그는 큼, 기침을 하고 서류를 챙겨 들었다.

밖으로 나가려던 그가 문득 발걸음을 돌려 내게로 다가왔다. 그러더니 높낮이가 없는 담담한 음성으로 이렇게 말하는 것이었다.

"다음에 또 이런 일이 생기면 미리 알려주셨으면 합니다. 다른 뜻이 있어서 하는 말은 아닙니다. 다만 이쪽 일은 특히 신뢰가 필요하다는 걸 말씀드리고 싶은 겁니다."

그러고 나서 그는 내 어깨를 툭툭 두드리며 마치 친형 같은 말투로 덧붙였다.

"사무실 일은 신경 쓰지 마시고 무사히 다녀오십시오. 실수 없이 처리하도록 하겠습니다."

미처 깨닫지 못했음인데 주위엔 나보다 강한 사람들이 수두룩하게 존재하고 있는 것 같았다. 좀처럼 속마음을 드러내지 않은 채 주위를 신중히 살피며 말없이 하루하루를 살고 있는 사람들 말이다.

말레이시아로 떠나기 전날 밤 아내와 밤늦게 마주 앉아 긴 얘기를 나눴다. 준이는 9시쯤 제 방으로 들어가 잠들어 있었다. 녀석은 내가 내일 아침 출장(?)을 떠난다는 사실을 알고 있었고 한 달 전부터 길게 이어지고 있는 집 안의 서먹한 기류를 예민하게 감지하고 있었다. 하긴 그런 일은 아이들이 먼저 눈치 채게 마련이다. 동물들이 날씨 변화에 더욱 민감하듯이.

아내와 나는 베란다 테이블을 사이에 두고 서먹하게 앉아 있었다. 혹시 준에게 들릴까 싶어 아내는 거실로 통하는 베란다 문을 굳게 닫아놓고 있었다. 테이블 위에는 캔 맥주 몇 개와 땅콩 접시와 재떨이가 추상적으로 놓여 있었다.

성냥으로 담배에 불을 붙이며 아내는 어깨로 수북이 내려온 머리칼을 등 뒤로 쓸어 넘겼다. 미장원에 다녀온 지 꽤 된 것 같았다. 아내는 올해로 서른세 살이 돼 있었다. 담배를 피우는 모습에서 오래전 경주에 가서 보았던 장모의 모습이 언뜻 오버랩되어 떠올랐다. 세월이 갈수록 그녀는 장모를 닮아가고 있었다.

아내와 마주 앉아 있는 동안 나는 최근 그녀에게도 뭔가 말 못할 일이 생겨 있다는 느낌을 받고 있었다. 그러나 표정이 워낙 굳어 있어 쉽사리 물어볼 엄두가 나지 않았다. 어쨌든 내 문제를 두고 마주 앉은 자리였다.

담배를 재떨이에 비벼 끄고 나서 그녀는 나를 슬쩍 바라보더니 캔 맥주의 뚜껑을 땄다. 우울과 나른함에 젖은 공허한 눈빛으로. 베란다에 심어놓은 꽃들이 조용히 수런거리며 테이블 주변의 동정을 살피고 있었다. 손목시계를 보니 9시 30분이 막 지나고 있었다. 결혼 후에도 여전히 아내는 그 시간을 견디기 힘들어하고 있었다.

"오늘은 한강의 노을이 유독 붉더군요. 가을이 깊어가는데 아직도 낮엔 무더위가 계속되고 있어요. 그래서 그런지 철이 지났는데 풍뎅이가 베란다로 자꾸 날아 들어와요."

캔 맥주를 한 모금 마시고 나서 그녀는 눈을 감고 이마에 손을 짚었다. 다시금 머리칼이 쏟아져 내려와 그녀의 뺨에 짙은 그늘을 드리웠다. 아내의 음영진 얼굴에서 9시 30분에 찾아온 허무의 그림자가 어른거리고 있었다. 불쑥, 그녀가 나이 들어 보였다.

"삶은 기차 여행 같은 거예요. 거기에 함께 타고 있는 사람들과 운명을 같이해야만 하는 여행 말예요. 그런데 아무리 달콤한 여행이라도 간혹 낯선 간이역에 내리고 싶은 충동을 느낄 때가 있죠. 기차에 탈 땐 허겁지겁 뛰어서 간신히 올라탔는데도 말이죠. 당신도 물론 그럴 때가 있겠죠."

이렇게 되면 아내가 먼저 내 얘기를 꺼낸 셈이었다. 그 순간 아내에게 솔직하고 싶다는 생각이 간절하게 몰려왔다.

"그런데 말이죠, 간이역에 발을 내딛는 순간 대개의 사람들은 곧 후회해요. 막상 겁이 나서겠죠. 혹은 기차 안에 두고 온 사람들이 새삼스럽게 생각나서 그럴 수도 있겠죠. 사실 오래 함께 여행을 하다 보면 주위의 가까운 사람들의 존재를 곧잘 잊어버리곤 하잖아요. 그런데 이미 기차에서 내린 다음이라면 어떻게 해야죠?"

대답을 요구하는 질문이었다. 나는 아주 단순하게 대답했다.

"기차가 출발하기 전에 다시 올라타야겠지."

그렇죠? 하며 아내가 잠깐 내 눈을 바라보고는 베란다 밖으로 시선을 돌렸다. 결혼을 하고 아이를 낳아 키우는 동안 그녀는 확실히 변해 있었다. 주변을 보이지 않는 힘으로 장악하고 조절하는 법을 터득하고 있었다. 그런 점이 신뢰감을 주기도 했지만 어떤 때는 거기서 빠져나가고 싶은 충동을 느끼게 하는 것도 사실이었다. 처녀적 이마에서 빛나고 있던 혼자만의 찬란함은 이미 사라져 있었다. 때로 그걸 내가 빼앗은 기분이 들 때가 있었다. 지금처럼 말이다.

"그런 일이라면 잠깐 내려갔다 와도 좋아요. 아무것도 묻지 않을 테니까요. 하지만 말예요. 당신이 그런 정도를 가지고 움직인다는 것이 제게 분명 상처가 되고 있어요. 도무지 이해가 되지 않는단 말이죠. 그렇다면 뒤조차 돌아보지 않고 간이역을 빠져나가 기차가 떠날 때까지 돌아오지 않을 수도 있는 일이 지금 당신한테 일어나고 있는 건가요?"

나는 천천히 고개를 가로저었다. 내가 설명할 것이 두려웠던지 그녀는 사이를 두지 않고 말을 이었다.

"변명이나 설명을 요구하는 건 아녜요. 당신이 하려는 말이 두고두고 기억에 남아 저를 괴롭힐지도 모르니까요."

"당신에게 상처를 주고 싶지 않아. 진심에서 하는 말이야."

거푸 담배를 피워 문 아내의 손끝이 미세하게 떨리고 있었다.

"이 순간 당신과 나는 큰 것을 잃고 있는지도 몰라요. 미처 그것도 모르고 제가 당신을 보내고 있는지도 몰라요. 제가 지금 잘하고 있는지 저 자신도 판단할 수 없다는 말예요. 그러니 나중에 무슨 일이 생기면 전적으로 당신이 책임을 져야 할 거예요. 솔직히 평소 당신에 대해 갖고 있던 믿음을 떠나 조금 두려워요."

나는 캔 맥주를 반쯤 마시고 나서 오래전부터 가슴에 품고 있던 얘기를 꺼냈다. 결혼하기 전부터 아내에 대해 품고 있던 감정이었다. 함께 살고 있는 동안엔 말하지 않고 혼자 가슴에 간직하고 싶었던 얘기이기도 했다.

"어렸을 때였어. 어떤 마을을 지나다 우연히 아름다운 집을 본 적이 있어. 크고 화려한 저택은 아니었지만 누구나 들어가 살고 싶은 그런 집 말이야. 담장엔 능소화가 흐드러지게 피어 있고 반쯤 비껴 있는 파란 대문 안으로 깨끗한 마당이 들여다보였지. 화단엔 채송화와 맨드라미, 봉숭아 같은 꽃들이 여고생들처럼 피어 있고 말이야. 샘 옆엔 포도나무가 한 그루 심어져 있었고 흰 탁자와 의자가 세 개 놓여 있었어. 또 새끼 고양이 한 마리가 마루에 앉아 끄덕끄덕 졸고 있었지. 그 집이 내 집이면 얼마나 좋을까 싶어 나는 어둠이 내리는 것도 잊은 채 대문 앞을 떠나지 못하고 서성거렸어. 도저히 발걸음이 떨어지질 않았던 거야. 왜, 그런 느낌 있잖아. 거기를 떠나게 되면 다시 돌아온다 해도 그 집이 존재하지 않을 것 같은 느낌 말이야."

우멍한 표정으로 아내는 내 이마를 바라보더니 다시 머리칼을 정수리 너머로 쓸어 넘겼다.

"이윽고 밤이 왔어. 나는 집으로 돌아가야만 했지. 그런데 문득 집으로 가는 길을 잃어버렸다는 걸 깨달았어. 내 집이 어디에 있는지 도무지 생각나지 않는 거야. 하는 수 없이 나는 그 파란 대문 집 처마 밑에 쭈그리고 앉아 있었지. 주린 배를 움켜쥐고 하늘의 별을 올려다보며 날이 밝기를 기다리면서 말이야. 그런데 조금도 무섭거나 두려운 생각이 들지 않더군. 신기할 정도로 말이야. 오히려 아늑한 기분이 드는 게 참으로 이상했지."

아파트 단지 내 공원의 오렌지빛 나트륨등에 불이 나갔는가 싶었는데 잠시 후 다시 들어왔다.

"그러다 나는 처마 밑에 앉아 깜박 잠이 들어버렸어. 한참 후에 누군가 등을 두드려 나는 잠에서 깨어났지. 그런데 나를 깨운 사람은 놀랍게도 어머니였어. 밤늦게까지 내가 집으로 돌아오지 않자 걱정이 돼서 나를 찾으러 밖으로 나온 거야. 더 놀라운 것은 그 파란 대문 집이 바로 내가 살고 있는 집이었다는 사실이야."

"……"

"열두 살 때의 일이야. 얼른 이해하기 힘들겠지만 내겐 정말 그

268

런 경험이 있었어. 틀림없이 말이야."

낮게 한숨을 몰아쉬며 아내가 등받이에 몸을 기댔다. 그리고 깊게 잠긴 눈으로 나를 골똘히 바라보았다.

"당신을 처음 만나고 나서 얼마 지나지 않아 나는 어렸을 때 경험한 것과 똑같은 감정을 당신에게서 느꼈어. 당신은 내가 어렸을 때 잃어버렸다 되찾은 그 집과 같은 존재였던 거야."

"……"

"아까도 말했지만 당신에게 상처가 되는 일은 하고 싶지 않아. 또 숨기거나 거짓말을 하고 싶지도 않아. 지금 내 말이 이율배반적이라는 것은 나도 알고 있어. 하지만 내게 뭔가 일이 생겨 있는 게 사실이야. 우리가 아무리 가깝더라도 실은 어쩔 수 없이 타인이라는 조건 때문에 그 틈을 비집고 들어오는 일 말이야. 미안한 얘기지만 당신과는 상관없는 오직 나에 관한 일이야. 가령 내 몸에 불치병이 생겼다고 가정해. 그렇다면 그건 당신도 어떻게 해줄 수 없는 거야."

그 말에 아내는 내심 충격을 받은 얼굴이었다. 아니, 상처를 받은 모양이었다. 내 딴에는 납득시키기 위해 한 말이었는데 오히려 오해가 될 얘기를 하고 말았다.

그때 풍뎅이 한 마리가 베란다로 날아 들어와 테이블 위에 툭 떨어졌다. 아내는 물끄러미 풍뎅이를 내려다보고 있다가 천천히 그것을 집어 베란다 밖으로 날려보냈다.

"저도 어렸을 때의 얘기를 하죠. 풍뎅이가 창문 안으로 날아 들어오면 그걸 보내지 않으려고 책상 위에 뒤집어놓곤 했죠. 심지어는 다리를 부러뜨려서 말예요. 알다시피 풍뎅이는 뒤집어놓으면 제 힘으론 몸을 바꿀 수가 없어요. 지금 당신 모습이 그래 보여요."

아내는 어느덧 감정을 수습했는지 차분히 가라앉아 있었다.

"당신은 확실히 삶에 미숙한 사람이에요. 트집을 잡자는 게 아니에요. 다만 언젠가 제게도 그와 비슷한 일이 생기면 당신은 그저 무력하게 저를 바라보고 있겠죠. 사람 일이란 정말 알 수가 없는 거잖아요. 그것조차 감수하겠다는 당신의 지금 태도가 저를 서글프게 하고 있어요. 어쩔 수 없는 타인이라는 조건…… 네, 맞아요. 그 조건을 극복하는 건 아마 영원히 불가능한 일이겠죠. 하지만 그 말을 정면에서 하는 건 역시 정직한 게 아니라 미숙한 거예요. 당신이 만약 나쁜 병에 걸렸다면 치료는 해주지 못하더라도 옆에서 돌봐줄 사람은 바로 저예요. 그 반대의 경우도 마찬가지구요. 그 때문에 우리는 타인이 아니라는 조건으로 함께 살고 있는 거예요. 알겠어요? 말 못 할 일들. 그래요, 제게도 그런 일이 있어요. 당신에게 상처가 될까 봐 얘기하지 못하고 있는 일 말예요. 요즘 저는 당신을 포함한 주위 사람들의 소란 때문에 불면증에 심한 편두통까지 앓고 있어요. 모든 게 그저 한차례 소나기처럼 지나가기를 바라면서 초조하게 하루하루를 보내고 있어요. 오죽하면 아이에게 저녁을 차려주지 못해 자장면이나 피자 따위를 시켜 먹이겠어요. 눈치가 꽤 빠른 편인데도 준이만큼은 전혀 그런 내색을 하지 않은 채 잘 버티고 있어요. 그 애가 아니었더라면 어쨌을지 모르겠어요. 네, 저는 축복받은 여자예요. 그걸 부인하고 싶은 마음은 없어요. 당신이 어렸을 때 찾아낸 예쁜 집에다 좋은 아이까지 두고 살고 있으니 말예요. 당신도 그걸 깨뜨리지 않게 애써주세요."

나를 포함한 주변 사람들의 소란. 그 말이 뇌리에 바늘 끝처럼 박혀왔지만 나는 끝내 물어보지 못했다. 이튿날 아침 내가 집을 나설 때까지 아내는 그에 대해서는 다시 언급하지 않았다. 또 그럴 기회도 없었다.

그날 밤 아내는 먼저 잠자리에 들었다. 테이블 위에 있던 캔 맥주를 한 개 더 비우고 나서 거실로 들어가 벽시계를 보니 이미 새벽 3시가 가까워 있었다. 나는 방문을 열고 들어가 잠들어 있는 아들의 얼굴을 내려다보았다. 세 살. 녀석은 믿어지지 않을 만큼 빠른 속도로 자라고 있었다. 언젠가는 저 애가 나의 감시자가 될 것이다. 붉은 신호등이 켜져 있는 신호등 앞에 서 있는 나를 감시하는 존재 말이다.

아침에 일어나니 아내는 밥상과 옷가지가 든 여행 가방을 챙겨놓고 준이와 함께 공원으로 산책을 나간 뒤였다.

김포공항에 도착해 나는 아내에게 전화를 걸었다. 그녀는 아무 말도 하지 않고 준이에게 수화기를 건네주었다. 내가 무어라고 하기도 전에 이 당돌한 녀석이 대뜸 이런 말을 야구공처럼 던져왔다.

"아빠, 나는 괜찮으니까 걱정 말고 잘 다녀와."

그 말이 칼처럼 가슴에 들어와 박혔다.

전화를 끊고 나자 지루한 장마 뒤에 화창하게 갠 하늘처럼 세상이 온통 색다른 풍경으로 눈알에 와 박혔다. 눈을 뜰 수조차 없는 휘황한 햇빛 속에 벌거벗긴 채 내동댕이쳐진 기분이 들었다. 내 몸에 배어 있는 아내와 아들의 익숙한 냄새를 맡으며 나는 데스크로 다가가 여행사에서 받은 항공권을 탑승권으로 교환했다.

한 시간 늦게 이륙한 비행기에 올라타 나는 마침내 말레이시아로 떠났다. 온전히 다시 돌아올 수 있을까, 라는 의문에 사로잡힌 채. 그때 생의 한가운데서 나는 문득 이방인이 되어 있었고 기차와는 달리 비행기는 중간에 내려 돌아갈 수도 없다는 사실을 새삼스럽게 깨닫고 있었다.

지하 창고로 돌아가다

꿈에 떠나왔는가.

눈을 뜨니 다시 열대였다. 현지 시각으로 저녁 7시 40분에 콸라
룸푸르 공항에 내려 숨 돌릴 겨를도 없이 나는 콴탄으로 가는 마지
막 비행기로 갈아탔다. 콴탄은 지도상으로 말레이 반도의 남단 동
북쪽에 위치한 조그만 해변이었다. 그곳에서 북쪽으로 좀더 올라
가야 체러팅에 다다를 수 있었다.

나는 5년 전 신혼여행을 갔던 인도네시아의 빈탄 섬을 떠올리며
다시금 무더위의 고독에 시달리고 있었다. 빈탄에서 나는 기적적
으로 오미란과 해후했다. 운명이라고밖에는 달리 설명할 수가 없
는 일이었다. 그때 오미란을 만나지 않았던들 나는 이곳에 오게 되
지도 않았을 것이다. 그로부터 다시 5년이란 긴 세월이 흐를 때까
지 그녀와 나는 연락조차 주고받은 적이 없었다. 각자 자기가 선택
하고 받아들인 삶을 살아왔던 것이다. 독일인과 결혼을 하면서 그
녀는 과연 무슨 생각을 하고 있었을까. 자신에게도 삶이 가능하다
고 믿고 싶었던 걸까. 또 유산과 이혼에 이르는 과정에서는 무슨

생각을 하고 있었을까?

 콴탄 공항에 내리자 날이 완전히 어두워져 있었다. 나는 KT 카드를 꺼내 들고 공중전화 부스에 들어가 우선 체러팅으로 전화를 걸었다.

 전화를 받은 사람은 미란의 아버지였다. 아, 오셨군요, 라고 짧게 응대하며 그는 차를 빌려 공항으로 마중을 나오겠다고 했다. 밖에 택시들이 늘어서 있는 것을 내다보며 나는 아니라고 하며 집의 위치를 물었다. 미란은 아직 호텔에서 근무 중이었다. 밤늦게 돌아온다며 그는 더듬더듬 약도를 알려주었다. 그의 목소리는 무감한 음조를 띠고 깊게 가라앉아 있었다. 공항 밖으로 나오자 순식간에 택시 운전사들이 주위를 겹겹이 에워쌌다. 잠시 당황했으나 그것이 곧 호객 행위임을 깨닫고 나는 그 중 나이가 들어 보이는 운전사에게 가방을 내주고 택시에 올라탔다. 어둠이 내렸는데도 날씨는 후텁지근하고 끈적하게 피부에 와 달라붙었다. 예의 속이 메슥거리는 냄새는 여기에 와도 마찬가지였다. 서울은 이미 늦가을로 접어들고 있었으나 이곳은 밤인데도 사방에서 붉은 꽃들이 피고 있었다. 에어컨이 작동되지 않는 택시는 무더위의 밤을 질주해 야자수가 바람에 우쭐거리고 있는 해변을 따라 빠른 속도로 달려갔다. 50대의 운전사는 체러팅까지 가는 동안 단 한마디도 하지 않고 내가 메모지에 적어준 약도만 보고 정확히 목적지에 나를 내려놓았다.

 체러팅에 도착했을 때 나는 무심코 손목시계를 내려다보았다. 9시 30분. 짐짓 고개를 내두르며 나는 말레이시아 현지 시각인 8시 30분으로 시계 바늘을 돌려놓았다. 야생화가 만발한 정원에 가방을 부려놓고 택시는 길을 돌려 해변 도로 쪽으로 내려갔다.

집은 높다란 기둥으로 떠받친 고상식 말레이 전통 가옥으로 십여 년 전부터 미란의 아버지가 살고 있는 집이었다. 사원처럼 가파르게 세워진 중앙의 나무 계단을 따라 올라가며 나는 언뜻 뒷전을 돌아보았다. 정원에는 흰 연꽃이 떠 있는 조그만 연못이 있었으며 그 아래로 야자수 숲이 어둠 속으로 길게 뻗어 있었다. 발코니에는 보라색 등이 바람에 흔들리고 있었는데 하루살이떼가 달려들 때마다 티틱, 소리를 내며 바닥으로 떨어져 내렸다.

대나무로 만든 문을 두드리자 안에서 희미하게 기침 소리가 들려왔다. 나는 담배를 발바닥으로 비벼 끄고 안에서 다가오는 발소리에 귀를 기울였다. 그사이 바다 쪽으로부터 소나기를 동반한 폭풍이 몰려오고 있었다.

이윽고 파란 티셔츠를 입은 미란의 아버지가 문을 열고 나를 안으로 맞아들였다. 집 안은 얇둑한 어둠에 갇혀 있었다. 구석에 스탠드가 놓여 있었으나 영화가 상영되고 있는 극장에 막 들어온 것처럼 사위를 분간하기가 힘들었다. 내 여행 가방을 방으로 옮겨놓고 나서 그는 차를 내왔다. 서울에서 만났을 때보다 그는 더욱 메마르고 초췌해 보였다.

"힘든 걸음을 하셨군요."

모란 무늬가 선명한 중국식 찻잔에 차를 따르며 그는 집의 관리인 같은 태도로 말했다. 손님을 대하듯 정중하게 예의를 지키며 어쩐 일인지 가까이 다가오려 하지 않았다. 실내에 잠복해 있던 어둠이 어지간히 눈에 익숙해지면서 그의 얼굴에 드리워져 있는 음영이 깊게 드러났다.

"밤이 와도 이곳은 불을 환히 밝히지 않습니다. 전기 사정도 있겠지만 차라리 풍습이라고 해야겠죠. 밤엔 별로 할 일들이 없으니까요. 차를 드시는 동안 저녁을 준비하겠습니다."

기내에서 아무것도 먹지 못했으므로 사양할 형편이 아니었다. 그는 거실 한쪽에 붙어 있는 주방으로 다가가 빠른 솜씨로 음식을 준비했다. 채 10분도 지나지 않아 볶음밥과 꼬치구이와 맥주가 식탁 위에 가지런히 놓였다. 무르춤하게 앉아 폭풍이 몰려오는 소리에 귀를 기울이고 있던 나는 화장실에서 손을 씻고 나와 식탁에 앉았다.

"볶음밥처럼 생긴 이것은 나시고렝이라고 합니다. 중국 요리법의 영향이겠지만 이곳엔 주로 볶음 요리가 많습니다. 이것은 사테라고 하는 음식인데 닭고기나 양고기를 꼬치에 꽂아 불에 구운 겁니다. 땅콩과 고추를 양념으로 쓰기 때문에 좀 매울 겁니다. 인도네시아나 태국에 가도 비슷한 음식이 있더군요."

다소 거북한 느낌 속에서 나는 그가 권하는 대로 천천히 음식을 먹었다. 그가 주석 잔에 맥주를 따라주며 바람이 불어가고 있는 문 밖을 내다보았다.

"비가 들이치기 전에 도착해서 다행입니다. 밤늦게 폭풍이 몰려가면 운전사들이 좀처럼 움직이려 하지 않거든요. 빈 차로 콴탄까지 돌아가야 하니까요."

자정까지는 아직도 두 시간 가까이 남아 있었다. 맥주는 미지근했고 그 때문에 갈증만 더했다. 문이 바람에 삐걱거리는 소리를 들으며 나는 차를 마시고 있는 그에게 이곳에 도착하고 나서 최초의 질문을 던졌다.

"그 사람은 몇 시쯤 돌아오죠?"

"12시 반이나 돼야 합니다. 자정에 교대거든요."

"……몸은 좀 어떻습니까?"

그는 찻잔을 내려놓고 테이블에 떨어져 있던 물기를 손바닥으로 훔쳤다.

"만성 신우염에 요독증(尿毒症)을 앓고 있어요. 하지만 요지부동으로 버티고 있습니다. 더 늦기 전에 신장 이식 수술을 받아야 합니다. 서울이 아니면 콸라룸푸르에 있는 병원에라도 입원을 해야 하는데 하루하루 약으로 버티고 있죠. 그나마 식이 요법조차 제대로 지키지 않고 있습니다."

체념한 투로 그가 말했다.

"서울로 돌아갈 마음은 아예 버린 모양입니다. 나 혼자라도 돌아가라고 하지만 그 애를 놔두고 갈 수는 없는 일이죠. 글쎄, 연우씨가 얘기해보면 어떨지 모르겠지만 그것도 크게 기대하기 힘들 것 같군요. 서울에서 연우씨를 만났을 때와는 또 사정이 달라졌어요. 내가 연우씨를 만나고 온 걸 알고 나서는 오히려 더 고집스러워졌어요. 요즘은 아비를 마치 하인 다루듯 합니다."

식사를 마친 다음 나는 방으로 들어가 옷을 갈아입고 우산을 들고 밖으로 나왔다. 그가 뒤따라 나오며 말했다.

"그 애는 아직 연우씨가 온 걸 모르고 있습니다."

사방에서 꽃이 썩는 냄새가 진동하고 있었다. 열대 어디를 가나 지천으로 피어 있는 그 환장할 빛깔의 붉은 꽃. 하이비스커스. 급기야 투둑투둑 비가 쏟아지며 바람이 정원 가까이로 거세게 몰려들고 있었다. 나는 우산을 펴 들고 미란이 근무하고 있는 호텔을 향해 걷기 시작했다. 호텔은 집에서 30분 거리로 해변 쪽에 있었다. 야자수 숲이 바람에 무겁게 쓸려가는 소리를 들으며 나는 황톳물이 튀는 밤길을 걸어 아래로 내려갔다. 언덕을 내려가며 언뜻 뒤를 돌아보니 발코니에 걸려 있는 보라색 등이 사납게 흔들리고 있었다.

'블루 오렌지 호텔.'

기념품을 파는 작은 가게들이 밀접해 있는 좁은 거리 안으로 들어서자 네온사인이 반짝거리고 있었다. 4층짜리 오래된 건물엔 오렌지빛 네온사인이 밝혀 있었고 바로 맞은편 붉은 등을 내건 중국 음식점은 막 문을 닫고 있는 중이었다. 날씨 탓인지 가게들도 거의 문을 닫은 상태였고 거리엔 사람의 그림자가 드물었다. 사람들의 눈길을 피해 몸을 팔러 나온 여자들이 이따금씩 뒤를 따라오다 내가 발걸음을 재촉하면 도깨비처럼 골목 안으로 사라지곤 했다. 바다로 이어지는 길에는 사테와 맥주를 파는 포장마차들이 두어 개 남아 카바이드 불빛에 떨고 있었다.

그녀는 말레이시아 전통 의상을 입고 리셉션에 앉아 있었다. 졸고 있는 걸까. 유리문을 통해 안을 들여다보니 그녀는 고개를 숙인 채 미동조차 하지 않고 있었다. 로비라고 할 것도 없는 좁은 현관엔 흐릿한 오렌지빛 등이 켜져 있었고 투숙객은 눈에 띄지 않았다. 폭풍이 잠시 멈춘 사이 빗줄기가 수직으로 굵어져 있었다. 빗속에서 담배를 한 대 피우고 나서 나는 유리문을 밀치고 발소리를 죽여 안으로 들어섰다. 그리고 출입문 옆에 있는 대나무 바구니에 우산을 꽂아두고 리셉션으로 다가갔다.

"셀라마트 다탕(어서 오세요)."

그제야 발소리를 들었는지 그녀가 반사적으로 고개를 쳐들며 낯선 말레이 언어로 말했다. 그로부터 약 1분이라고 생각되는 긴 시간이 흐를 때까지 그녀는 인형 같은 표정으로 꼼짝도 못 하고 앉아 있었다. 무감해 보이는 얼굴엔 놀람의 기색조차 엿보이지 않았다. 오랫동안 무표정하게 살아온 탓일까. 그녀의 머리 위에 붙어 있는 벽시계는 그때 11시 30분을 가리키고 있었고 밖에서는 다시 거친

바람이 불어가는 소리가 들려오고 있었다. 눈사람처럼 망연히 앉아 있다가 그녀는 힘에 겨운 듯 고개를 아래로 떨어뜨렸다.

"왔어."

가까스로 내가 이렇게 말했지만 그녀는 고개를 가로저을 뿐 별 대꾸가 없었다. 밖에서 기다리겠다는 말을 남기고 나는 도로 문을 밀치고 나왔다. 그사이에 중국 음식점의 홍등이 꺼져 있었다. 카바이드 불빛에 외롭게 떨고 있던 포장마차도 어디로 갔는지 보이지 않았다.

어두운 거리 한 모퉁이에서 우산을 들고 나는 미란이 나오기를 기다리며 거푸 담배를 피워 물었다. 처음 와보는 곳이건만 이상하게 낯선 느낌이 들지 않았다. 바로 코앞에 미란이 있기 때문일까. 그게 아니라도 나는 언젠가 이곳에 와본 일이 있는 것만 같았다. 그때 나는 비바람이 불어가는 거리에서 마지막 하나 남은 담배를 피워 물고 그녀가 나오기를 기다리고 있었지.

자정이 막 지나 미란이 유리문을 밀고 밖으로 나왔다. 나는 정원에 있는 조그만 수영장에 줄기차게 퍼붓고 있는 빗줄기를 내려다보고 있었다. 커다란 노란 우산을 든 그녀가 내 옆으로 천천히 다가와 섰다. 그리고 아까 했어야 할 말을 그제야 내뱉었다.

"멀리 왔군요."

"그래, 먼 곳이더군. 하루 만에 여기까지 올 수 있었다는 사실이 좀처럼 실감이 나지 않아."

하루 만, 이라고 그녀가 희미하게 되받았다. 그러고 나서 그녀는 이미 오래전에 무의미하게 돼버린 말을 덧붙였다.

"결국 제 말이 맞은 셈이에요. 언젠가 제가 다시 만나게 될 거라고 한 적이 있죠."

나는 그 말에 굳이 대꾸하지 않았다. 호텔 주차장에 세워둔 낡은 혼다 승용차에 올라타 미란은 익숙한 솜씨로 골목을 빠져나갔다. 와이퍼가 빠르게 작동하고 있었으나 좌우로 번갈아 반 회전을 되풀이하는 그 짧은 순간에도 빗줄기가 차창에 수직으로 흘러내리고 있었다. 이마에 흘러내리는 한줄기 피처럼. 잠시 가슴이 막히는 순간이 찾아와서 나는 숨을 몰아쉬었다.

"이젠 여기 사람이 다 됐군."

미란은 5년 전과는 모습이 또 달라져 있었다. 다른 사람이 봤다면 그녀가 한국인이라는 것조차 몰랐을 터이었다.

"어디든 10년을 살아봐요. 저절로 그렇게 되죠. 더 이상 갈 데가 없는 사람은 더 쉽게 변하죠."

야자수 숲 사이로 느리게 차를 몰아 그녀는 해변에 있는 카페로 나를 데려갔다. 그 시각 해변 카페들은 대부분 문을 닫은 뒤였다. 클럽 메드가 멀리 건너다보이는 방파제 주변에만 몇 군데 불을 밝혀놓은 곳이 있었다.

모서리로 비가 들이치고 있는 테라스에 자리를 잡고 앉아 나는 비로소 그녀의 얼굴을 정면으로 바라보았다. 그녀의 머리 위에서 촉수 낮은 붉은색 등이 비바람에 흔들리고 있었다. 피부는 햇빛에 그을려 검은빛으로 물들어 있었고 병을 앓고 있는 탓인지 몸이 많이 부어 있었다. 바다 쪽으로 눈길을 피하며 그녀는 자조적인 말투로 중얼거렸다. 나는 한갓 난민을 면회 온 사람이 되어 그녀의 말에 잠자코 귀나 기울이고 있었다.

"실망했나요? 하지만 이렇게 무너져가는 것도 한편 운명이에요. 상처 또한 마찬가지구요. 운명이란 주인의 간곡한 기대조차 번번이 저버리곤 하는 것이더군요."

그 단정적인 말에 나는 말문이 막힌 채 물끄러미 그녀의 이마만 바라보고 있었다. 언제 생긴 것인지 이마 한중간에 날카로운 상처의 흔적이 남아 있었다. 바람이 몰아쳐오자 그녀는 쿨럭쿨럭 기침을 해대며 종업원이 내온 보드카를 한 잔 마시고 충혈된 눈빛으로 나를 마주 보았다.

"나이를 먹어도 신기할 정도로 당신은 변하지 않는군요."

입가에 쓸쓸한 미소를 띤 채 그녀는 잠시 가쁜 숨을 몰아쉬었다. 비에 젖고 있는 테라스에 쉼 없이 그녀의 그림자가 흔들리고 있었다.

"엽서를 받고 나서 당신이 올 줄 알고 있었어요. 그리고 그게 마지막이 될 거라고 생각했죠."

나는 보드카를 잔에 따라 입으로 가져갔다. 식도를 붉게 자극하며 술이 뱃속으로 내려가자 금세 후끈한 열기가 얼굴로 올라왔다. 마지막. 그럴지도 모른다. 지금부터 다시 5년이 흘러 만나게 되리라고 장담하기는 힘들었다.

"엽서를 받고 난 뒤부터 맑은 날씨가 길게 계속됐어요. 오후에 잠깐씩 소나기가 지나가긴 했지만 오늘 같은 비는 내리지 않았죠. 그래서 제비가 돌아오려고 그러는구나, 라고 생각했죠. 당신이 엽서에다 빨간 제비 얘기를 했잖아요."

그랬던가. 그때 우체국에서 엽서에 썼던 말이 지금은 다 기억나지 않았다.

"지난 10년 동안 아무리 눈[雪]이 그리워도 고추장 따위는 결코 먹지 않았는데 엽서를 받고 나서부터는 말이죠, 날이 맑은 날이면 냉장고에 남아 있는 음식을 전부 바가지에 넣고 고추장에 비벼 먹곤 했어요. 허벅지 사이에 바가지를 끼고 푸른 바다를 내려다보면서 말예요. 그때마다 왜 그렇게 눈물이 나오던지요."

부르르 진저리를 치며 그녀는 또 밭은기침을 해댔다.

"그사이 몸이 아팠어요. 집에 누워 있을라치면 자주자주 혼절할 듯한 외로움이 찾아오곤 했어요. 꽃이 불에 타고 있는 듯한 환상 속에서 말예요."

꽃이 불에 타고 있는 환상 속에서.

"네, 많이 아파요. 오래전부터 저녁마다 문밖에 저를 꼭 빼닮은 여자가 하나 와서 밤새 서성거리곤 해요. 저를 어디론가 데려갈 것처럼 말이죠. 글쎄, 그게 누굴까요?"

바람 탓인지 추위가 몰려왔다. 그녀가 보드카를 거푸 입에 털어넣으며 몸을 고양이처럼 잔뜩 웅크렸다. 그때, 죽음이라는 말이 이마로 한줄기의 피처럼 차갑게 흘러내렸다.

"이왕에 오셨으니 푹 쉬다 돌아가세요. 빈탄에서 만났을 때처럼 또 공연한 말은 하지 마시구요. 네, 가끔 돌아가고 싶을 때가 있긴 해요. 하지만 그렇다고 해서 달라질 건 없어요. 그게 아니더라도 지난 10년간 저 열대의 바다에 쏟아 부은 슬픔이 얼만데 그걸 다 두고 떠나겠어요. 늦었어요, 이미."

불빛에 일긋거리는 그녀의 이마에 식은땀이 흘러내리고 있었다. 까마득한 시선으로 바다 쪽을 두리번거리고 나서 그녀가 결심한 듯 말했다.

"휴가를 내도록 할게요. 우리에겐 이제 휴식이 필요해요. 지금까지 저는 단 한순간도 안도감 속에서 살아온 적이 없어요. 땅에 떨어진 과일을 주워먹듯 허겁지겁 나이를 먹으며 계속 낯선 곳으로 도망쳐왔죠. 요즘은 너무 길게 살아왔다는 생각이 들어요. 어느새 눈에 눈곱이 끼고 햇살은 점점 눈이 부시고 배고픈 것조차 모르겠어요. 한번 눈을 감으면 1년이고 2년이고 계속해서 잠을 잘 수 있을 것 같아요. 도대체 왜 이렇게 피곤한 거죠?"

문 닫을 시간이 되었는지 안에서 테이블 치우는 소리가 들려왔다. 카페 안엔 이미 손님이 없었다. 하루가 이토록 길게 느껴진 날이 또 언제던가. 오늘 아침 나는 비행기를 타고 가을에서 여름의 나라로 이동해왔고 또 택시를 타고 폭풍우가 몰려가는 외진 곳에 나그네로 와서 막 문을 닫고 있는 카페의 테라스에 오래된 연인과 앉아 있었다. 아무래도 꿈을 꾸고 있는 것은 아닐까.

그만 돌아가자고 말하며 나는 테이블 위에 놓여 있던 라이터와 담뱃갑을 집어 들었다.

"오늘도 또 반 병의 술이 남았군요."

그녀는 마시다 만 보드카 병을 들고 카페를 나와 비틀거리며 차에 올라탔다. 집까지는 차로 10분 정도였다. 내가 운전을 했다. 운전석이 오른쪽에 붙어 있었으므로 처음엔 거북스러웠으나 곧 익숙해졌다. 길은 외길이었고 집에 도착할 때까지 미란은 등받이에 몸을 기댄 채 깜빡 잠들어 있었다. 그녀의 숨소리에 귀를 기울이며 나는 돌이키기 힘든 상태로 그녀가 스스로를 막다른 곳으로 몰아가고 있음을 깨달았다. 무기력한 심정 속에서 나는 앞에서 떼지어 달려오고 있는 키 큰 야자수들만 캄캄하게 노려보고 있었다.

집에 도착했을 때 비는 잠시 멎어 있었다. 수평선 끝으로 검은 구름을 쓸고 가는 바람 소리가 아득히 들려왔다. 미란의 아버지는 이미 잠자리에 들었는지 기척이 없었다. 그래, 이제는 모두가 그만 잠들어야 할 시간이다. 미란은 잠옷으로 갈아입고 흐느적거리는 걸음으로 욕실로 들어갔다. 방은 두 개뿐이었다. 나는 거실에 놓여 있는 소파에 누워 눈을 감았다. 비가 그치고 난 뒤 시원한 바람이

벽 틈 사이로 스며 들어오고 있었다.

나는 미란이 욕실에서 나오기도 전에 그만 스르르 잠이 들어버렸다.

그녀가 나를 깨운 것은 그로부터 얼마가 지난 뒤였다. 약 30분쯤? 그것이 내게는 몇 시간이나 지난 듯한 까마득한 느낌으로 다가왔다. 어리둥절한 심정으로 소파에서 눈을 뜬 나는 잠옷 차림으로 내 옆에 와 있는 그녀를 보았고 아, 여기는 말레이시아지, 라고 중얼거리며 무거운 몸을 일으켰다. 미란은 입에 물고 있던 붉은 끈으로 머리칼을 뒤로 묶고 나서 내 손을 슬그머니 잡아끌었다. 스탠드 불빛에 그을린 그녀의 얼굴은 괴기스러울 정도로 창백해 보였다. 그녀의 입에서 불쑥 이런 말이 흘러나왔다.

"네, 밤이 되면 저는 죽은 여자예요. 그것도 이미 오래전에 말예요."

나는 그녀의 차디찬 손을 잡고 방으로 들어갔다. 숨소리조차 크게 내쉴 수 없는 무거운 정적이 방 안을 내리누르고 있었다. 내 귓전에는 그녀의 입에서 새어나오는 불규칙한 파동의 숨소리만이 희미하게 들려오고 있었다. 나는 그녀의 손에 이끌려 침대 속으로 기어들어갔다. 그러고 나서 일이 분도 채 안 되는 사이에 다시금 얼굴에 휘감겨오는 수마를 이겨내지 못하고 잠에 곯아떨어졌다.

그러고 나서 또 얼마가 지났던가. 어느 순간 나는 숯불을 끌어안고 있는 듯한 홧홧한 뜨거움에 혼겁하여 눈을 번쩍 떴다. 미란은 아까 잠자리에 들 때처럼 내 품에 안겨 죽은 듯 소리가 없었다. 한데 그 맹렬한 뜨거움은 계속 내 몸을 태우고 있었다. 불가해한 일이었다. 나는 몸이 빨갛게 타들어오는 고통을 겪으며 미란의 등을 필사적으로 끌어당겼다. 나는 쉼 없이 단말마의 비명을 질러대고 있었으나 그 소리는 내 귀에조차 들려오지 않을 정도로 너무나 아득했다.

눈알이 튀어나올 것 같은 고통이 한차례 더 휩쓸고 지나간 다음 서서히 몸에서 불덩이가 빠져나가기 시작했다. 나는 뼈만 검게 남은 손을 뻗어 머리맡에 놓인 손목시계의 형광 바늘을 확인했다. 새벽 4시.

그 뜨거움의 정체는 무엇이었을까. 골수가 빠져나간 듯 머릿속이 투명하게 울리고 있었다. 그러한 잠시 아주 먼 곳의 풍경이 눈앞에 떠올랐다. 빈탄 섬. 그리고 해변 이태리 식당 정원에서 서성이고 있는 빛의 혼령.

그것은 어느새 내가 잠들어 있는 문밖에까지 와 있었다. 나는 홀린 듯 자리에서 부스스 일어나 문을 열고 밖으로 나갔다. 달빛이 집 주위를 샅샅이 에워싸고 있었다. 나는 마치 그 빛의 혼령이나 된 듯 발코니를 유령처럼 오래오래 서성였다. 간밤에 폭풍우와 함께 떠나갔던 바다가 밀물이 되어 돌아오고 있었다.

그리고 밤이 지나갔다.

눈을 뜨니 미란은 호텔로 나간 뒤였다. 그녀의 아버지가 식탁을 차려놓고 발코니 등의자에 앉아 내가 깨어나기를 기다리고 있었다. 이미 정오가 가까워 있었다. 벽 틈새로 쏟아져 들어온 빛이 안을 그물처럼 뒤덮고 있었다. 나는 창가로 다가가 언덕 아래서 빛나고 있는 에메랄드빛 바다를 내다보았다. 착시였던가. 그때 야자수 숲 사이에 있는 커다란 붉은 지붕들이 내려다보였다. 야릇한 혼미 속에서 나는 눈을 비비고 주전자의 물을 따라 마셨다.

잠시 후에 알게 되지만 그 붉은 지붕들은 체러팅 클럽 메드 건물이었다.

빵으로 가볍게 식사를 하고 미란의 아버지와 발코니에 앉아 차를 마셨다. 미란은 휴가를 내기 위해 호텔에 갔고 오후 일찍 돌아온다고 했다. 주름살투성이인 얼굴로 그는 테라스 아래 끝 간 데 없이 펼쳐진 바다를 내려다보고 있었다. 햇빛 속에서 보니 많이 늙어 있었다. 이제 예순이 다 된 것이다. 세월은 무참하게도 사람의 얼굴을 밟고 지나가는 것이다. 나이가 들면 들수록 더욱더 무참하게.

"아침에 그 애의 얼굴을 보니 역시 달라진 게 없더군요."

담담한 어조로 그는 내가 이곳에 온 지 단 하루 만에 그렇게 말하고 있었다. 그 또한 삶에 대한 기대를 버린 지 오래인 듯했다. 체념한 사람들의 표정이 마침내 얼마나 담담할 수 있는지를 그때 나는 엿보고 있었다.

"실은 나도 돌아갈 엄두가 나지 않습니다. 이곳에 너무 익숙해졌어요. 한동안은 향수병에 시달리느라 무척 고통스러웠죠. 하지만 타국이라고 해서 다 나쁜 꿈만 꾸게 되는 것은 아니더군요. 어느 날 아침 방문을 열고 밖으로 나가보니 믿을 수 없으리만치 아름다운 풍경이 눈앞에 펼쳐져 있더군요. 바로 지금처럼 말입니다. 그동안 나 자신에게 속고 산 기분이 들었습니다. 물론 그런 기분은 오래가지 않아요. 하지만 그런 경험을 통해 내 처지를 조금씩 인정하고 받아들이게 되더군요. 있는 그대로 말입니다."

그런 것인가.

"서울로 돌아가려 했던 것은 순전히 미란이 때문이었습니다. 알다시피 그 애는 자기가 선택한 삶을 살 기회가 없었습니다. 늦기 전에 그럴 수 있는 기회를 주고 싶었는데 돌이키기엔 이미 늦은 모양입니다."

여기까지 말하고 나서 그는 이렇게 덧붙였다.

"한 가지만 더 얘기하자면, 이제 두 사람 서로에 대해 더 이상 여한을 갖지 마세요. 그만하면 할 만큼 했어요. 가까운 사람들에게 상처를 주면서까지 극구 매달리다 보면 그것도 결국 자기 고통이 되어 돌아오게 됩니다. 물론 이 말은 미란이에게도 해당되는 말입니다."

그날 아침 미란의 아버지가 했던 말은 내가 체러팅에 머무는 동안 줄곧 뇌리에 남아 있었다.

오후 2시에 미란이 돌아왔다. 바주쿠롱에 비치 샌들을 신고 있었다. 창백한 기색은 여전했으나 어제보다는 한결 생기가 느껴졌다.

미란은 방으로 들어가 가방을 꾸려 차에다 실었다. 어디로 간다는 말조차 없었지만 나는 굳이 묻지 않았다. 미란의 아버지는 슬그머니 정원으로 내려가 헛간 옆에 세워져 있던 자전거를 타고 마을로 내려갔다.

더운 날씨였다. 습기를 머금은 후텁지근한 공기가 머리를 내리누르고 있었다. 그런데도 눈이 따가워서 선글라스를 쓰지 않고는 밖으로 나갈 수가 없었다. 차의 보닛을 열고 워셔액을 넣고 엔진을 살펴본 다음 미란은 시동을 걸었다.

미란이 나를 데려간 곳은 체러팅 클럽 메드였다. 그 붉은 지붕의 집들. 빈탄에서 체러팅으로 옮겨온 뒤 그녀는 클럽 메드에서 1년을 더 근무했다. 몸이 점점 나빠지면서 상대적으로 업무 부담이 적은 블루 오렌지 호텔로 자리를 옮겼다. 차가 야자수 숲 사이를 가로질러 클럽 메드 정문에 이르렀을 때였다.

"제주도에 있는 파라다이스호텔과 분위기가 많이 비슷하죠?"

리셉션에서 체크인을 하고 지오가 짐을 방으로 가져간 뒤 미란과 나는 스카이라운지로 올라갔다. 바다는 투명한 하늘색을 담고 야자수 숲 사이에 아름답게 펼쳐져 있었다. 망고 주스를 마시며 그녀와 나는 잠꼬대처럼 이런 말을 주고받으며 낮 시간을 보냈다.

"모든 일이 한 번은 꼭 되풀이되는가 봐요. 오래전 우리는 똑같은 색깔의 바다를 바라보며 이렇게 나란히 앉아 있었어요."

그게 언제였던가. 차가운 콜라 캔을 쥐고 잠수함이 오길 기다리며 방파제에 앉아 있었던 기억이 뇌리에 떠올랐다. 그렇다면 제주도였다. 10년 전의 일이건만 그녀와 함께 있어서인지 그 일이 바로 엊그제처럼 생각됐다.

뜬금없이 그녀가 이런 물음을 던져왔다.

"내가 당신에게 어떤 존재인지 궁금해질 때가 있어요."

얼른 할 말이 생각나지 않아 나는 잠자코 있었다.

"한 번도 그런 생각을 해본 적이 없나요?"

그 순간 오래전에 읽었던 시가 부표처럼 뇌리에 떠올랐다. 왜 그 시가 그때 생각났던 것일까.

바람에 날리는 가장
연약한 꽃 한 송이조차
눈물로 흘려보내기에는
너무 깊은 사념을 준다

해가 질 때까지 스카이라운지에 앉아 있다가 미란과 식당에서 저녁을 먹고 방을 찾아 들어갔다.

거기서 나는 미란과 우울하고 서글픈 며칠을 보냈다.

나와 함께 지내는 동안 미란은 비교적 편안한 모습이었다. 몸이 힘들 때면 발작적으로 흥분하거나 사소한 고집을 부리는 경우가 있었으나 그것도 오래가지는 않았다. 나는 무엇보다도 그녀의 상태를 있는 그대로 받아들이려고 노력했다. 또 무엇이든 그녀가 원하는 대로 해주려고 했다.

테라스 밖으로 바다가 내다보이는 방은 대낮에도 어둑했다. 화려한 바티크 천으로 장식된 침대. 아이보리 원목의 티 테이블. 아침마다 화병에 꽃을 갈아주는 맨발의 처녀. 콘솔 박스 위의 커다란 중국식 거울. 정원으로 곧장 내려갈 수 있게 만들어진 테라스의 나무 계단. 종일 어디서 스며 들어오는지 모를 재스민 향기. 천장이 낮은 방은 아늑했고 마리화나에 취한 듯 대낮에도 사물의 윤곽이 흐려 보였다. 아무도 찾아오는 이가 없었다. 그야말로 아무도. 클럽 메드에서 지내는 동안 미란의 아버지조차 전화 한 통 걸어오지 않았다.

미란은 잠을 많이 잤다. 밖에 나갔다가도 몸이 힘들어지면 방으로 돌아와 씻지도 않은 채 침대에 쓰러져 몇 시간씩 깊은 잠에 빠져들곤 했다. 그러다 저녁 무렵 깨어나면 황망한 표정으로 나를 돌아보며 절망 섞인 미소를 지어 보이곤 하는 것이었다.

내가 체러팅에 오고 나서 밤낮을 가리지 않고 비가 자주 내렸다. 그때마다 미란은 잠에서 깨어나 테라스로 나가서는 짐승처럼 몸을 웅크리고 바다에 내리는 비를 하염없이 응시하곤 했다. 그러다 이런 말을 귀신처럼 중얼거리곤 하는 것이었다.

"죽음은 저녁 바다 위에 떨어지는 빗방울 같은 거예요. 당신도 어느 날 알게 되겠죠. 지나간 일들이 다만 한때의 폭풍이 몰려가는 소리였다는 것을 말예요. 그리고 저를 잊겠죠."

비가 그치면 차를 몰고 클럽 메드 밖으로 나가 해변 카페에 들어가 맥주를 마시거나 오락기 앞에서 시간을 보냈다. 돌아올 때가 되면 그녀는 카페에서 숨겨놓고 파는 마리화나를 사와 그것에 취해 다음날 정오까지 긴긴 잠에 취해 있었다. 그렇게 불연속적인 리듬을 타고 시간이 흘러갔다.

마리화나에서 깨어난 어느 오후에 미란이 내 손을 붙잡고 이런 얘기를 한 적이 있었다.

"잠깐 꿈을 꾼 적이 있어요. 어느 날 제게도 가족이 있으면 좋겠다는 열망이 찾아오더군요. 질병 같은 외로움이 다시 저를 덮쳐왔을 때죠. 아이를 갖고 싶었어요. 적어도 핏줄이기 때문에 저를 배신할 수 없는 운명을 가진 존재 말예요. 그래서 영화처럼 쉽게 결혼을 했죠. 남편과의 사이는 처음부터 안정감이 없었지만 아이를 갖고 나서도 건강은 괜찮은 편이었죠. 그런데 어느 날 새벽 갑자기 배가 아파 화장실에 갔는데 핏덩어리가 아래로 쏟아지더군요. 아무 징조도 없이 말예요. 잠들기 전에 머리맡에 놓아두었던 인형이 감쪽같이 사라지듯 말예요. 충격을 많이 받았어요. 그러고 나서 또 깨달았죠. 삶은 좀처럼 제 옆에 가까이 머물 수 있는 존재를 허락하지 않는다는 것을 말이죠. 그 일을 계기로 남편과의 사이가 급격히 나빠졌죠. 그 다음부터 무슨 마법에 걸린 것처럼 무섭게 늙어가기 시작하더군요. 삶이 제겐 어떤 낯선 여행자에 의해 실수로 잘못 찍혀 나온 사진 같아요. 그 안에 초라하게 앉아 있는 어떤 여자 말예요."

"……"

"가끔 빈탄이 그리울 때가 있어요. 그래도 거기 있을 땐 늙어가는 느낌은 없었어요. 세월이 지나면 얼마든지 당신을 다시 만날 수 있다고 생각했죠."

바다 위로 또다시 거센 바람이 불어가고 있었다. 바람을 피해 방으로 들어왔으나 안은 덧없는 정적으로 가득 차오르고 뒤미처 견딜 수 없는 서글픔이 밀려왔다. 그날은 오후부터 다음날 새벽까지 길고 지루한 비가 하염없이 쏟아져 내리고 있었다. 마치 세상이 모두 비에 파묻혀 죽어가고 있는 성싶었다.

미란과 체러팅의 클럽 메드에서 보낸 것은 토요일부터 다음 주 목요일까지였다. 그녀의 집에서 보낸 하루를 더하면 6박 7일이 되는 셈이다. 그녀와 지내는 동안 많은 얘기들을 나눴지만 가슴에 담아두었던 말들은 막상 주고받지 못했다. 무엇이 그녀와 나를 가로막고 있었던 걸까. 역시 마지막이라는 예감에 사로잡혀 있었기 때문일까. 그녀와 나는 마치 각자 이사를 가려고 함께 살던 집을 정리하고 있는 사람들 같았다.

내가 체러팅을 떠나기 이틀 전부터 미란은 흔들리는 모습을 보였다. 겉으로는 태연하고자 애를 쓰는 모습이 역력했지만 그걸 다 감추지는 못했다. 그날부터 미란은 잠을 자지 않았다. 저녁이 찾아와 더운 바람이 몰려가고 나면 차를 타고 밖으로 나가 기념품 가게와 카페들과 음식점들을 마약 단속반처럼 닥치는 대로 돌아다녔다. 정말 잘못 찍힌 사진을 연속 슬라이드 화면으로 보고 있는 심정이었다. 더 이상 서로 주고받을 말이 없다는 것을 그녀와 나는 알고 있었다. 마침내 공유할 수 있는 게 남아 있지 않다는 것을. 그런 깨달음을 통해 그녀와 어쩔 수 없이 멀어지고 있음을 느낄 수 있었다. 침묵의 순간이 자주 찾아왔다. 그것이 또 견딜 수 없는 순간이 오면 그녀는 미처 생각지도 않았던 말들을 쏟아놓았다.

"눈 덮인 설악산에 가보고 싶어요. 여고 수학여행 때말고는 아직까지 한 번도 못 가봤어요. 낙산과 속초도 지금 굉장히 아름답겠죠?"

그러하리라.

"또 과천 서울랜드에 가서 딱 한 번만 더 회전목마와 바이킹을 타봤으면 좋겠어요. 마지막이라도 좋으니 말예요."

"……"

"신촌에 있는 콩고물 삼겹살집이 아직도 있는지 모르겠군요. 홍익문고 뒤편 좁은 골목 안에 있었는데요. 어제부터 임신부처럼 삼겹살에 소주가 먹고 싶어요."

그러다 갑자기 정신이 돌아온 얼굴로 이런 질문을 하기도 했다.

"제가 준 워터맨 만년필은 아직도 가지고 있나요?"

책상 서랍 안에 아직도 잘 보관하고 있다.

"실은 말예요, 그날 당신이 서울로 가지 않고 서귀포로 돌아오기를 얼마나 기다렸는지 몰라요. 그런데 결국 공항에서 전화가 걸려왔더군요."

성읍민속마을 근처에 있는 '늘푸른집'이란 모텔에서 하루를 보내고 난 다음날의 일을 말하는 것이었다. 이제 와서 왜 그런 얘기를 한단 말인가. 아, 그때 내가 서귀포로 돌아갔더라면 지금 그녀와의 관계가 어떻게 돼 있을까.

"성산포에 있는 그 민박집에도 다시 가보고 싶어요. 그 집 아침밥이 굉장히 맛있었는데요. 흰쌀밥과 미역국 말예요. 주인집 아주머니도 되게 좋았구요. 그렇죠?"

나는 묵묵히 고개를 주억거리며 사이사이 그녀의 얼굴을 살펴보았다. 얼굴이 온통 땀으로 젖어 있었다. 약을 주겠다고 하자 그녀는 고개를 가로저으며 내 손을 거머쥐었다.

"파라다이스호텔엔 그후 다시 가본 적이 있나요? 이번엔 어떤 아가씨가 스탠드바에서 근무를 하고 있던가요? 또 그 백 원짜리 빨간 볼펜을 달라고 해서 꼬셨나요?"

　그후 제주에 갈 일이 가끔 있었으나 파라다이스호텔에는 가보지 않았다. 미란이 제주도를 떠난 직후에말고는. 하지만 나는 그 말은 하지 않았다. 이렇듯 속절없는 애기를 늘어놓다 그녀는 자신이 무슨 말을 하고 있는지 깨달은 듯 냉큼 입을 다물고 고개를 돌려 나를 외면하곤 하는 것이었다.

　체러팅을 떠나기 전날 그녀는 다시 잠잠해져 있었다. 식사도 때맞춰 했고 약도 끼니마다 꼬박꼬박 챙겨 먹었다. 술도 마시지 않았다. 당시 나는 미란과 함께 지내면서 그녀의 일과를 수첩에 꼼꼼히 기록해놓았다. 잠자는 시간, 식사의 종류와 양, 그녀와 함께 갔던 카페들과 상점들의 이름, 그녀가 마신 술, 입고 있던 옷과 신발, 화장실에 가는 때와 샤워하는 시간까지도 자세히 적어두었다. 미란과 보내고 있는 그 며칠이 마지막이 되리라는 것을 현실적으로 받아들이고 있었던 모양이다.

　마지막 밤에 그녀와 해변을 산책했다. 빈탄에서 그러했던 것처럼 파라솔 아래 앉아 밤바다를 바라보며 앉아 있었다.

　썰물이 지고 있었다.

　"행복한가요?"

　클럽 메드에 와서 미란이 내 가족과 관계된 질문을 한 건 그때가 처음이었다. 그냥 묻고 싶었을 것이다.

　그래, 라고 나는 단순하게 대답했다. 사이를 두고 담배를 피워 물며 그녀가 똑같은 질문을 되풀이했다.

　"정말 행복해요?"

　"그래…… 그런데, 솔직히 말하면 잘 모르겠어."

　나는 내가 내뱉은 말에 문득 놀라고 있었다. 비록 의식하고 있지는 않았으나 마음 깊은 곳에서는 평소에 내가 그렇게 생각하고 있었음을 깨달았던 것이다. 그 동안 나는 가정을 잘 유지하기 위해 애쓰며 살아온 게 사실이었다. 그런데 어렸을 때 잃어버렸다 되찾은 그 집에서조차 나는 진정한 안도와 평화를 느껴본 적이 없었음을 깨달았다. 아들을 사랑하고 있지만 그 애 역시 나는 근본적으로 타인으로 인식하고 있었다. 결코 소유할 수 없다는 점에서, 또한 성인이 될 때까지는 오히려 가까운 타인이기 때문에 더욱 조심스럽게 대해야 한다는 점에서 적어도 나는 그렇게 생각하고 있었다. 또한 아내의 변함없이 냉정하고 흔들림 없는 태도는 내게 끊임없이 뭔가를 요구하고 있는 것처럼 생각되곤 했다. 그 요구에 순응하며 나는 하루하루 어려운 선택을 받아 살아온 것처럼 생각됐다. 누가 선택한 삶인지도 모른 채. 도대체 나는 왜 그렇게 살아온 걸까.

"조심하세요. 진실을 말하기엔 세상엔 너무나 많은 감시자들이 있어요. 자기 자신을 포함해서 말이죠."

그녀가 내 얼굴을 슬쩍 올려다보고 나서 다시 캄캄한 바다로 시선을 돌렸다.

"모쪼록 행복하게 사세요. 그럴 만한 조건이 안 돼 불행한 사람들이 세상엔 너무나도 많아요."

그 말을 들으며 나는 생각했다. 서울로 돌아가게 되면 그 동안 내가 느끼지는 못했지만 가지고 있던 행복의 많은 부분을 잃어버리게 되리라는 것을. 적어도 뭔가 크게 달라져 있으리라는 것을.

"저를 사랑했나요?"

"……그래."

"지금도 그런가요?"

"……"

"솔직히 얘기하세요."

그 동안 그녀를 사랑해온 것은 틀림없는 사실이었다. 하지만 지금은 그것조차 잘 모르겠다는 생각이 들었다. 체러팅에 와서부터 나는 줄곧 썰물이 빠져나간 질퍽한 개펄을 걷고 있는 기분이었다. 진흙 위에서 퍼덕거리고 있는 한 마리 물고기를 내려다보며. 이제 그녀와 나 사이에 남은 것이 무엇인지조차 알 수 없었다. 사랑은 그런 의미에서 둘 사이에 존재하는 어떤 가능성을 뜻하는 것인지도 모른다. 함께 죽을 수 있는 가능성이라도 말이다.

"그렇군요. 대답하지 않는 게 차라리 솔직한 걸 거예요."

"이번에 만나서 우리는 계속 다투고 있는 것 같아. 왠지 그런 느낌이 들어."

"그렇다면 결국 누가 이기는 거죠?"

"둘 다 지는 거겠지. 그래, 마침내 다 지는 거야."

"……"

"그런데 말이야, 도대체 사랑이 뭐지?"

거침없이 그녀가 대꾸해왔다.

"죽음이에요. 그 끝은 늘 죽음이에요. 오직 그것으로 끝나는 거죠."

"……"

"아니, 이기고 지는 것도 없이 그것이 시작될 때부터 사랑은 오직 죽음일 거예요. 당신을 만나고부터 제가 지금까지 줄곧 죽어 살았듯이 말예요. 그런데도 당신은 사랑이 끝날 때까지는 살아 있으라고 잔인하게 말했어요. 그래요, 그래서 지금껏 안간힘을 쓰며 버텼는지도 몰라요. 사랑은 결국 죽음을 부르는 미신이라는 걸 알았어요. 밤마다 외롭게 미쳐보지 않은 당신이 어떻게 그걸 알겠어요."

그로부터 파라솔 밑을 떠날 때까지 미란과 나는 입을 굳게 다물고 있었다. 급기야 또 비가 쏟아지기 시작했고 10시쯤 그녀와 나는 비를 맞으며 수영장 모퉁이를 돌아 방으로 돌아왔다.

피로에 지친 탓인지 그녀는 샤워를 하고 곧바로 잠자리에 들었다. 나는 비가 그칠 때까지 발코니에 앉아 물이 빠져나간 밤바다를 내다보고 있었다. 개펄에 떨어지는 밤비를.

새벽에 불현듯 잠에서 깨어나 미란이 거울 앞에 앉아 화장을 하고 있는 모습을 발견했다. 바람 소리는 한 점도 들리지 않았고 방 안은 귀신이 들어와 있는 것처럼 을씨년스럽고 적요로웠다. 발코니 쪽을 내다보니 보름달이 바다 가까이에 떠서 수면을 푸른 은빛으로 적셔놓고 있었다. 기이한 느낌에 사로잡혀 미란의 뒷모습을 지켜보다가 나는 환각에 빠지듯 다시 잠에 스러졌다.

한참 후 노크 소리에 다시 잠에서 깨어났다. 나는 침대에서 기우뚱거리며 일어나 문을 열었다. 밖에 미란이 서 있었다. 밤에 어디를 다녀온 걸까. 클럽 메드 안이라고 하지만 밖에 나갔다 들어오는 여자의 옷차림이 아니었다. 그녀는 자잘한 꽃무늬가 박힌 얇은 바주쿠롱만 걸치고 있었다. 속옷을 입었는지 안 입었는지조차 알 수 없었다. 또 맨발에 빈손이었다. 안으로 들어서며 그녀는 피로에 젖은 눈빛으로 알아듣기 힘든 말을 중얼거렸다.

"이곳 클럽 메드엔 오직 저만 아는 장소가 있어요. 방금 그곳에 다녀왔어요."

나는 그녀의 손을 잡고 안으로 데리고 들어왔다. 냉장고를 열고 오렌지 주스를 한 잔 마시고 나서 그녀는 침대에 걸터앉아 그 얘기를 계속했다.

"그곳엔 죽은 여자가 하나 있어요."

"……!"

"제가 이곳 클럽 메드에 다시 오고 나서 얼마 뒤에 그 여자를 발견했어요. 어느 날 우연히 지하 카페와 연결된 그곳 창고에 들어갔다가 두 손으로 무릎을 싸안고 고개를 숙인 채 어둠 속에 앉아 있는 여자를 발견했죠. 마치 울고 있는 것처럼 말예요. 옷차림으로 봐서 그 여자는 콜걸처럼 보였어요. 밤마다 그 여자를 보러 그곳에 가보곤 했어요."

"……!"

"오늘도 그 여자는 변함없이 무릎에 얼굴을 묻고 슬픈 모습으로 앉아 있더군요. 머리에 먼지를 잔뜩 뒤집어쓴 채 말예요. 불쌍한 여자. 왜 거기에 와서 혼자 죽었을까요."

초점이 풀린 멍한 얼굴로 그녀는 침대에서 일어나 발코니로 나갔다. 그러고는 대나무 의자에 앉아 덜덜 떨리는 손으로 담배를 피워 물었다. 나는 그녀를 따라 발코니로 나갔다. 감정이 드러나지 않은 창백한 얼굴로 그녀는 조용히 나를 눈여겨보고 있었다. 멀리인 듯 가까이인 듯.

아까 화장대 앞에 앉아 있던 그녀의 모습을 떠올리며 나는 그사이 미란이 다른 여자로 변한 것 같은 착각에 빠져 있었다. 이를테면 지금 앞에 앉아 있는 여자는 미란이 아니라 그녀를 닮은 다른 여자인 것만 같았다. 새벽에 급히 전화를 받고 불려온 콜걸 같은 권태롭고 나른한 표정이 되어 그녀는 나를 건너다보고 있었다.

목 밑이 세로로 깊게 파인 옷 사이로 검은빛의 가슴이 달빛에 번들거리고 있었다. 길게 늘어뜨린 머리칼 사이로 그녀의 깊고 우울한 눈동자가 반짝이고 있었다. 담배를 끄고 나서 그녀는 내 앞으로 다가와 무릎을 꿇고 앉았다. 그런 다음 고개를 옆으로 돌려 내 무릎 위에 얹고 잠을 자듯 눈을 감고 있었다. 이어 흐느끼는 듯 한 기묘한 웃음 소리가 들려왔다. 나는 발코니 가까이로 몰려들고 있는 바다를 충혈된 눈으로 쏘아보고 있었다. 어느새 그녀는 아이처럼 가녀린 숨을 내쉬면서 잠들어 있었다. 나는 손을 뻗어 그녀의 차디찬 등을 끌어안았다. 껍질만 남은 곤충처럼 그녀의 몸은 바스러질 듯 메말라 있었다. 나는 그녀에게도 마침내 아무 감정도 남아 있지 않다는 것을 알게 되었다. 그러자 갑자기 걷잡을 수 없는 슬픔이 가슴으로 압박해 들어왔다. 내일 내가 이곳을 떠남과 동시에 그녀가 한 줌의 재로 변해 바람에 날려갈 것만 같았다. 마침내 아무런 흔적도 남기지 않은 채. 나는 10년 전 그녀와 제주도에서 처음 만났던 일을 떠올리며 나도 모르는 사이에 이렇게 내뱉고 있었다.

"그때 내가 서울로 혼자 올라오지 않았더라면 당신이 이렇게까지 되지는 않았을 거야. 나 또한 그때부터 내 인생이 아닌 다른 사람의 삶을 대신 살아온 것 같아. 이번엔 떠나지 않고 당신 곁에 있을게. 그러니 죽을 생각은 하지 마. 당신은 이제 겨우 서른한 살이란 말이야. 다시 시작한다 해도 결코 늦은 나이가 아니야. 나와 함께 서울로 돌아가지 않겠다면 내가 이곳에 있을게. 들어봐, 진심에서 하는 말이야."

그녀는 죽은 듯 눈을 감고 결코 대꾸를 해오지 않았다.

어느덧 코발트빛 여명이 밝아오고 있었다. 그러한 어느 순간에 그녀가 잠에서 깨어나 전보를 타전하듯 이런 말을 내게 보내왔다.

"이제 끝이에요. 당신은 잘못한 게 없어요."

"……"

"전 이제 다시 지하 창고로 돌아가야겠어요."

서울로 가는 비행기는 콸라룸푸르에서 밤늦게 있었다. 시간이 남아 있었으나 나는 오후 5시 비행기를 타고 콴탄을 떠나 콸라룸 푸르로 향했다. 콴탄으로 떠나기 전에 나는 미란의 아버지를 찾아 가 인사를 했다. 그는 내게 악수를 청하며 짧게 이런 말을 남기고 돌아서 집 안으로 사라졌다.

"우리는 버려진 세계의 한 모퉁이에서 어느 날 우연히 만났다 헤 어지는 사람들 같군요. 이제 다시는 만날 일이 없겠죠."

미란이 공항까지 나를 승용차에 태워 배웅해주었다. 공항까지 가는 동안 별다른 말은 나누지 않았다. 미란은 손님을 배웅하는 듯 한 무덤덤한 모습으로 나를 보냈다. 눈이 따가워 선글라스를 쓰고 있을 수밖에 없었던 그녀와 나는 결국 헤어지는 순간까지 서로의 눈빛을 확인할 수 없었다. 아마도 일부러 그랬는지도 모른다.

그녀는 더럽고 비좁은 대합실에서 안녕히 가세요, 라고 메마른 음성으로 내게 말해왔다. 그뿐이었다. 다른 말들은 주고받을 겨를 도 없었다. 서로 마주 보면서는 언제나 그랬듯이 말이다.

보딩 시간이 되자 그녀가 먼저 돌아서 대합실을 빠져나갔다. 흐 린 창을 통해 나는 그녀가 차에 올라타는 것을 지켜보고 있었다. 잠시 그녀는 고개를 돌려 대합실 안을 바라보고 있었다. 그리고 곧 차에 올라탔다. 그때 그녀와 나 사이에는 그저 다시 한번 만났다 헤어진다는 사실 외에는 아무것도 존재하는 게 없었다. 지난 며칠 간의 일도 실감이 나지 않는 시간 속으로 사라지고 있었다. 더불어 그녀와의 사이에 있었던 지난 모든 일들도 그 속으로 함께 사라져 가고 있었다.

비행기에 오르자 도대체 생각지도 못했던 감정이 목울대로 복받쳐 오르기 시작했다. 주체할 수 없이 눈물이 쏟아져 내리고 있었다. 비행기가 이륙하고 나서 나는 뒷자리의 빈 좌석을 찾아가 소리를 내지 않으려고 용을 쓰며, 앞좌석 시트에 고개를 박고, 몸부림을 치고 있었다. 지난 10년 동안 가슴 깊은 곳에 쌓여 있던 서럽고 아픈 감정이 용암처럼 폭발하고 있었다.

콸라룸푸르에 도착할 때까지 나는 계속 통곡하고 있었다. 그러는 동안 나는 온몸의 부속품이 하나씩 차례로 빠져나가 마침내 완전히 망가지고 있다는 느낌에 사로잡혀 치를 떨었다. 그리고 이제는 다시 지상으로 내려간다 해도 이미 아무짝에도 쓸모없는 존재가 돼 있을 것 같았다.

내가 없는 사이에 생긴 일

삶은 확실히 어떤 기차에 올라타느냐에 따라 운명의 모습이 변하게 마련인가 보다. 중간에 간이역에서 슬쩍 내려버리면 모를까, 같은 기차에 타고 있는 사람들의 운명이 사슬처럼 서로 엮여 있기 때문이다. 그렇다는 것을 서울에 도착하고 나서 다시 한번 뼈저리게 깨달았다.

전날 콸라룸푸르를 출발한 비행기가 김포에 도착한 것은 토요일 아침 7시 5분. 곧장 택시를 타고 집에 들어갔을 때의 시각은 8시. 어떻게든 현실감을 회복하기 위해서 나는 아침밥을 먹고 나와 사무실에 들러본 다음 오후에 강남 교육문화회관에서 열리는 박윤재의 결혼식에 참석할 생각이었다.

한데 전혀 예감하지 못했던 일이 나를 기다리고 있었다.

금요일 새벽 장모가 급작스럽게 세상을 떠난 것이다. 새벽 2시 경. 말할 것도 없이 내가 체러팅에 머물고 있을 때였다. 고인의 나이 이제 겨우 쉰다섯이었으며 더욱 충격적이었던 것은 독극물 복용에 의한 자살이었다. 무엇 때문이었을까. 장모는 온실에서 깨끗이 한복으로 갈아입고 스스로 목숨을 끊은 것이다.

집에 도착해 초인종을 눌러대도 인기척이 없어 나는 열쇠로 문을 따고 안으로 들어갔다. 문 앞에 떨어져 있는 이틀 치의 신문을 집어 들고. 아이까지 데리고 아내는 어디에 간 것일까. 식탁에는 먹다 남긴 커피와 우유에 탄 콘플레이크와 식빵 따위가 치워지지 않은 채 어지럽게 널려 있었고 거실엔 스탠드가 켜져 있었고 방문이 열려 있었다. 아무리 급한 일이 있다 하더라도 정리벽이 유난한 아내가 이렇게 집을 비울 리 없었다. 대뜸 생각이 미치는 데라곤 경주밖에 없었다. 아내가 아이를 데리고 갈 수 있는 곳은 그곳뿐이었다.

전화를 받은 사람은 무거운 음성의 어떤 중년의 남자였다. 수화기 속에서는 불길한 느낌의 웅성거림이 약간의 사이를 두고 뒤섞여 들려오고 있었다. 나는 번호를 확인한 끝에 나와 통화를 하고 있는 사람이 미란의 작은아버지라는 걸 알았다. 아뿔싸. 이어 뒤통수로 서늘한 느낌이 뻗쳐 몰려왔다. 그 순간 나는 수화기 속에서 들려오는 잡음의 정체를 알아버린 듯싶었다.

수화기를 바꿔 든 아내의 목소리는 물속의 바위처럼 깊게 가라앉아 있었다. 그리고 조용히 격앙돼 있었다.

"제가 여기에 와 있는 걸 어떻게 알았죠?"

대답 대신 나는 아내가 경주에 가 있는 이유를 물었다. 수화기 속에서는 예의 혼령들이 웅성거리는 듯한 소리가 계속해서 들려오고 있었다. 당신이 집을 비운 동안……이라고 말을 꺼낸 다음 아내는 잠시 숨을 몰아쉬었다. 이어 장모의 죽음을 내게 알려왔다.

나는 그 말을 현실적으로 받아들이는 데 얼마간 혼란스러운 과정을 겪어야만 했다. 말레이시아로 떠나기 불과 얼마 전에 나는 장모와 통화를 한 사실이 있었다. 뒤미처 그 밤에 장모에게서 받았던 불안정한 느낌이 되살아났다. 어떻게 된 것일까. 아내는 어제 아침 준이를 데리고 경주에 내려가 상가를 지키고 있는 중이었다.

전화로는 자세히 물을 정황이 아니어서 나는 지금 내려가지, 라고 아내에게 말했다.

"물론 당신도 내려와야만 하는 일이에요."

"그래, 바로 출발하지."

내 말이 미처 끝나기도 전에 아내는 딸깍 수화기를 내려놓았다. 체러팅에 가 있는 동안 나는 아내와 통화하지 않았고 아내는 내게 연락할 수 있는 방법이 없었던 것이다. 여행 가방을 거실 한쪽 구석에 놓아둔 채 나는 옷만 갈아입고 아파트 단지 앞에서 택시를 잡아탔다. 출근 시간이었으므로 도로가 계속 막혔다.

포항공항에 내려 택시로 갈아타고 경주에 도착했을 때는 이미 정오가 가까워 있었다. 상가의 풍경이야 늘 그렇고 그런 것이지만 상주를 대신할 사람이 없었으므로 분위기는 쓸쓸하기 짝이 없었다. 처가 쪽 사람들 몇몇이 와서 그나마 자리를 지키고 있을 뿐이었다. 왠지 사나운 분위기 속에서 분향을 하고 나서 나는 주위를 두리번거리며 아내를 찾았다. 어쩐 일인지 수상한 분위기가 주위에 감돌고 있었다. 나를 쳐다보는 처가 쪽 사람들의 눈초리가 한결같이 얼음처럼 차가웠다.

아내는 빵 가게 안에 앉아 있었다. 내가 들어가자 아내는 흘끗 문 쪽을 바라보더니 창문 밖으로 눈길을 돌려버렸다. 머릿속이 난마처럼 얽히고설킨 가운데 나는 아내에게조차 냉큼 장모의 사인을 묻지 못한 채 문득 준이가 생각나 안채로 들어갔다.

준이는 아내가 여고 때 쓰던 방에서 태연한 모습으로 컴퓨터 게

임에 열중해 있었다. 뒤에서 불렀지만 녀석은 돌아보는 척도 하지 않고 모니터만 뚫어지게 응시하고 있었다.

"아빠 왔어."

녀석은 여전히 고개를 돌리지 않은 채 엉, 하고 풀죽은 소리를 냈다. 다가가 등을 껴안자 녀석은 급기야 제풀에 훌쩍거리기 시작했다. 심하게 몸을 떨고 있었다. 겨우 달래 말을 시키자 녀석의 입에서 이런 말이 튀어나왔다.

"사람들이 너무 무서워. 엄마도 말이야."

어린 녀석조차 어떤 불길한 낌새를 눈치 채고 있었던 모양이었다. 녀석을 겨우 안심시킨 뒤 나는 다시 빵 가게로 내려가 아내와 마주 앉았다. 어쨌든 정황부터 알아야 할 터이었다. 창백한 얼굴로 내 눈을 바라보고 있던 아내가 목이 쉰 소리로 대뜸 입을 열었다.

"당신네 남자들은 도대체……"

억양이 거칠어진다고 느꼈음인지 아내는 말을 끊고 표정을 가다듬었다. 당신네 남자들이라니. 그 말이 뇌리에 바늘처럼 들어와 박혔다. 그로부터 10분 정도 흐를 때까지 아내는 나를 외면한 채 굳게 입을 다물고 있었다.

아주 느린 속도로 표정을 회복하고 나서 아내는 떨리는 손으로 담배를 피워 물었다. 그리고 장모의 죽음에 내 막내삼촌이 개입돼 있다는 충격적인 얘기를 털어놓았다. 나는 얼른 그 말을 알아듣지 못하고 아연한 심정으로 그 다음 아내의 입에서 나올 말만 기다리고 있었다. 빵 가게 안이 순식간에 담배 연기로 가득 차올라 마치 화생방 실험실에 들어와 있는 것처럼 눈이 따갑고 속이 메슥거렸다. 삼촌이라니.

"조금 전에 제가 했던 말 그대로예요. 믿지 못하겠다면 좀더 구체적으로 얘기할까요? 엄마가 온실에서 돌아가실 때 삼촌께서 이 집에 머물고 계셨어요. 이제 알아듣겠어요?"

그제야 나는 앞뒤 정황을 눈치 챘다. 맙소사!

삼촌과 장모의 관계. 믿을 수 없는 일이었다. 나는 누군가 깊게 파놓은 함정에 빠져들고 있는 심정이었다. 장모의 죽음보다도 이 제는 두 사람의 관계 때문에 나는 더욱 놀라고 있었다. 어쨌든 현 실로 받아들이지 않을 수 없는 일이 벌어져 있는 것만큼은 분명했 다. 삼촌은 어제까지 경주에 머물다 밤늦게 서울로 올라갔다는 얘 기였다.

다음날 아침 장모의 시신이 입관될 때까지 나는 한숨도 자지 못 하고 무거운 상념에 휩싸인 채 빈소를 지키고 앉아 있었다.

나중에 안 사실. 동경에 있던 삼촌은 이번 여름 학기를 끝내고 7 월 말에 한국으로 돌아왔다. 아버지조차도 그 사실을 모르고 있었 다. 삼촌은 아무에게도 알리지 않고 슬그머니 귀국해 두 달 이상 경주에서 머물고 있었던 것이다. 장모가 자살하기 전까지는 그런 사실을 눈치 채고 있는 사람이 없었다. 단 한 사람, 아내만이 두 사 람의 관계를 어렴풋이 알고 있었지만 삼촌이 경주에 머물고 있었 다는 것은 그녀 역시 감쪽같이 모르고 있었다.

아내는 두 사람의 관계를 눈치 채고 있으면서도 내게 묵묵히 숨 긴 채 단지 한차례 소나기가 지나가기를 기다리고 있었던 것이다. 삼촌은 아내와 나의 결혼을 처음부터 지지해준 집안의 유일한 사 람이었다. 또한 장모가 누구냐면 젊은 나이에 남편을 잃고 딸 하나 만 의지해 평생을 난(蘭)처럼 살아온 사람이었다. 그걸 따지지 않 더라도 두 사람은 엄연히 사돈지간이었다. 차마 입에 담기조차 힘든 일이었다. 그것도 벌써 2년 전부터 시작된 관계였다.

　장모가 유서를 남기지 않아 자세한 내용은 알 수 없었으나 삼촌이 한국으로 돌아오기 전 장모 역시 삼촌을 만나러 일본에 다녀온 사실이 있었음을 나중에 알게 되었다. 두 사람의 성격으로 봐서 어느 한쪽의 일방적인 의도로 시작된 관계가 아닌 것만큼은 분명했다. 내 결혼식이 끝나고 일본으로 돌아가고 나서 한 달쯤 뒤에 삼촌이 먼저 경주로 전화를 걸었다. 그리고 이듬해 봄에 삼촌이 장모를 만나러 경주에 다녀갔다. 그걸 허락함으로써 장모도 삼촌을 받아들인 셈이었다.

　무엇이 두 사람을 끌어당겼는지 모른다. 혹시 피냄새 같은 게 아니었을까. 그때 내 눈에는 결혼식 피로연장에서 보았던, 피를 쏟으며 죽어가던 짐승의 모습이 떠올랐다. 피의 부름. 처음엔 누구나 안심할 수 있는 먼 거리로부터 다가오는 피냄새의 유혹. 그런데 그것이 가까워진다고 느꼈을 땐 이미 너무 가까이에 와 있는 것이다.

　지금까지도 장모의 죽음은 약간의 베일에 싸여 있다. 당사자인 삼촌조차도 그 새벽의 일을 미처 예감하지 못했다고 한다. 다만 새벽에 홀연히 잠에서 깨어났을 때 왠지 그런 일이 벌어졌다는 선연한 느낌을 받았다고 한다. 장모는 처음부터 관계의 끝을 알고 있었던 것이다. 그리고 관계가 깊어지기 시작하면서 가장 가까운 측근인 딸이 알게 함으로써 그 끝을 준비하고 있었을 것이다. 적어도 아내의 생각은 그러했다.

　아내는 장모를 평생 괴롭히던 허무에 대해 얘기한 적이 있었다. 어렸을 때 아내는 온실에 들어가 알몸으로 몇 시간씩 앉아 있는 어머니를 본 적이 있다고 했다. 왜 그랬을까. 그때마다 깊은 허무와 혹은 아직 식지 않은 정염과 싸우고 있었던 것일까? 밤늦게 온실에서 나오는 어머니의 모습을 훔쳐보면서 아내는 무서웠다고 한다. 그것이 여고를 졸업할 때까지 아내를 줄곧 괴롭혔다. 그것은 차가운 허무의 껍질을 뒤집어쓴 완전한 타인의 모습이어서 결코 다가갈 수 없는 존재로 여겨졌다는 말이었다. 그녀는 밤마다 무서운 타인으로 변하는 어머니와 여고 때까지 함께 살아왔던 것이다.

내가 오미란을 만나러 말레이시아에 가 있는 동안 장모가 자살했다는 사실이 결과적으로 두고두고 마음에 무거운 짐으로 남게 되었다. 삼촌이 개입된 죽음이어서 더욱 그랬을 것이다.

이루 말할 수 없이 혼란스럽고 쓸쓸한 분위기가 감도는 가운데 이튿날 장모의 장례식이 치러졌다. 장모는 최근에 아내와의 통화에서 언젠가, 라는 전제를 달고 지나치듯이 자신이 죽으면 화장을 해달라는 말을 남겼다고 한다. 그 말이 곧 유언이 되어 장모의 시신은 화장을 했다. 그리고 숙부의 결정에 따라 감포 앞바다에 유골을 뿌렸다. 그리하여 신라 왕족의 후손이라 자처하던 옛 여인은 감은사지가 뒤에 지키고 있고 또한 대왕암이 바라다보이는 바다에 전설처럼 잠들었다. 뒷수습은 주로 미란의 숙부가 맡아서 했다.

그리고 삼촌은 막상 그날 모습을 나타내지 않았다.

잃어버린 집

    어쩌면 극단적인 결론이 기다리고 있을지 모른다는 예감을 안고 돌아온 서울에서 맞이한 장모의 죽음은 역설적이게도 아내와 나의 관계를 더욱 두텁게 묶어놓는 계기로 작용하게 되었다. 그렇게 되기까지 길고 고단한 과정을 겪어야 했지만 어쨌든 결과적으로 말이다. 그렇다고 부부 사이의 애정이 더욱 돈독해졌다는 게 아니다. 설마 그럴 리가 있겠는가. 아내는 내가 말레이시아에 다녀온 이유를 묻지 않음으로 해서, 또한 당사자 사이에 일어난 일이긴 하지만 삼촌을 너그럽게(?) 용서함으로써 내가 빠져나갈 수 없는 보다 커다란 울타리를 만들어놓았다. 그렇다고 거기서 모든 일이 깨끗하게 마무리된 것은 아니었다. 그럴 리가 있겠는가.

    장례식을 끝내고 서울로 돌아온 지 일주일쯤 지난 어느 날, 아내가 나를 불러놓고 이런 말을 꺼냈다.

    "저 당분간 준이와 함께 경주에 가 있어야겠어요. 집 정리도 좀 해야 할 것 같고 당분간 쉬고 싶기도 하구요."

    이미 결정을 내리고 하는 말이었다. 말 그대로라면 받아들이지 못할 이유가 없었다. 그러나 아내의 말이 그렇게 단순한 뜻이 아니라는 것을 나는 직감적으로 알아차렸다. 그렇기는 해도 막아세울 별다른 명분이 없었다. 나는 그저 묵묵히 고개를 끄덕거리는 것으로 아내의 말에 동의했다. 겉으로는 평소의 모습을 되찾고 있었으나 아내는 아직도 혼란에서 벗어나지 못하고 있었다. 솔직히 말하면 나 역시 그런 상태였다.

비행기나 기차를 타고 갈 수도 있었을 텐데 아내는 굳이 내가 운전하는 승용차로 경주까지 데려다 달라고 했다. 나는 그렇게 했다. 경주까지 내려가는 긴 시간 동안 아내와 나는 별다른 말을 나누지 않았다. 그사이에 나는 아내가 내게 느끼고 있는 거리를 새삼스럽게 확인하고 있었다. 그걸 알려주기 위해서라도 아내는 내가 동행하기를 바랐던 것인지도 모른다.

황남동 집에 도착해 내가 준이를 안고 대문 안으로 들어가려고 할 때 아내가 뒤에서 꺼끌한 목소리로 이런 말을 던져왔다.

"준이는 제가 데리고 들어갈 테니 당신은 여기서 그만 돌아가도록 하세요."

대문 앞에서 그냥 돌아가라는 말이었다. 아내와 얘기를 나눌 기회를 갖고 싶었으나 그녀는 그럴 틈조차 주지 않았다.

"할 얘기가 있으면 나중에 전화로 하기로 해요. 지금 저는 굉장히 피곤한 상태고 준이도 마찬가지예요. 상을 치르고 나서 지금까지 제대로 잠을 자본 적이 없어요. 집 정리를 하는 데도 족히 며칠은 걸릴 거예요. 이대로 돌아가주는 것이 그나마 저를 배려하는 일이에요. 미안해요."

마치 이웃집 여자 같은 말투로 그녀는 말했다. 내가 어리석게도 머뭇거리고 있자 그녀가 덧붙였다.

"준이가 요즘 얼마나 불안해하고 있는지 당신은 모르죠. 준이에게도 시간이 필요해요. 어쩌면 당신이 짐작하는 것보다 더 많은 시간이 필요할지도 몰라요."

말을 끝내고 나서 아내는 잠들어 있는 준이를 안은 채 문을 따고 안으로 들어갔다. 그리고 조용히 문을 닫아버렸다. 그날은 일요일이었고 아내가 대문 안으로 들어가버린 시각은 오후 3시경이었고 미처 엔진이 식지 않은 승용차를 끌고 서울에 도착했을 때는 자정이 가까워 있었다.

잠들기 전에 나는 아내에게 전화를 걸어 앞으로의 일에 대해 물었다. 알고 있어야만 할 것 같았다. 한 달이나 두 달쯤이냐고 내가 먼저 물었다.

"그렇게 된다면야 더할 나위 없이 좋겠죠. 하지만 좀더 길어질 게 분명해요."

아내는 쉽게 서울로 돌아올 생각이 없는 것 같았다. 경주로 내려갈 때부터 그렇게 염두에 두고 있었을 것이다.

"저는 준이의 엄마고 또 당신의 아내가 틀림없어요. 하지만 저 역시 자신에 대해 굉장히 무거운 상념에 젖어 있을 때가 있는 단하나의 고유한 존재예요. 당신과 똑같이 말이죠. 당신은 지금까지 자신에 관한 일이라면 모두 자기 뜻대로 해오면서 저에게 깊은 상처를 안겨줬어요. 당신은 도대체 참지를 못하는 사람이에요. 그런 사람이 어떻게 한 가족을 거느리고 살아올 수 있었는지 곰곰이 생각해봐요. 생각할 시간은 물론 충분히 주겠어요."

"원하는 게 뭔지 말해주겠어?"

"스스로 알아내세요. 당신이 그걸 알아낼 때까지 떨어져 있자는 거예요."

그렇다면 별거를 뜻하는 말이었다. 아내는 그 동안 마음에 쌓아 두고 있던 것을 마침내 보자기를 펼쳐놓고 하나씩 꺼내 보여주고 있었다. 어쩌면 내게도 시간이 필요한지 몰랐다. 나는 아내의 뜻을 받아들일 수밖에 없었다.

아내는 경주에서 무려 1년을 보냈다. 긴 시간이었다. 무엇보다도 유일한 혈육이었던 어머니의 죽음을 받아들이고 이겨내는 데 그만큼의 시간이 필요했을 것이다. 아내에게 있어서 장모는 거울 같은 존재였다. 그 때문이었을까. 경주에 머무는 동안 아내는 점점 더 장모를 닮아갔다. 의식적으로 그랬다고는 생각하지 않는다. 그러나 아내의 전화 음성에서 문득문득 죽은 장모의 느낌이 되살아날 때마다 나는 깜짝깜짝 놀라곤 했다. 아내는 장모가 벗어놓은 껍질을 뒤집어씀으로써 그 부재를 이겨내고 있는 성싶었다.

1년 동안 나는 한 달에 한 번 경주에 내려가 준이와 만나고 왔다. 아내와는 좀처럼 말을 나눌 기회가 없었다. 그녀가 원치 않았던 것이다. 내가 경주에 내려가면 그녀는 장모가 그러했던 것처럼 줄곧 온실에서 시간을 보냈다.

준이는 무럭무럭 자라 어느덧 유아원에 다니고 있었다. 아내가 어떻게 설명했는지 준이는 경주에 있는 것을 자연스럽게 받아들이는 눈치였다. 그런 모습을 볼 때마다 나는 가슴이 아팠다. 내가 마치 그 애를 쫓아버린 듯한 자책감에 젖곤 했다.

처음 한두 달은 사태를 수긍하면서 그럭저럭 견뎌냈으나 3개월 쯤 지나자 집에 들어가는 일이 점점 고역스러워졌다. 밤마다 혼자 문을 따고 들어가 어두운 거실 소파에 앉아 있을라치면 견디기 힘든 자격지심과 외로움이 밀려오곤 했다. 별거 4개월째로 접어들 무렵 나는 아내에게 알리고 사무실 근처에 있는 원룸으로 숙소를 옮겼다. 결혼 전에 내가 드라이클리닝처럼 살던 바로 그 집이었다. 아파트엔 토요일에 한 번씩 우편물과 공과금 고지서를 챙겨오기 위해 들르는 정도였다.

아내와의 별거가 6개월이 돼갈 즈음 나는 아버지를 통해 막내 삼촌의 소식을 들었다. 그는 장모의 죽음 직후 다시 일본으로 건너가 교토의 한 사찰에 머물며 선(禪)을 공부하고 있었다. 한국으로는 돌아오지 않을 것 같다고 했다. 좀더 사찰에 머물다 일본에서 아예 자리를 잡을 계획인 모양이었다. 나는 그저 풍문 같은 얘기로 듣고 있었다. 막상 삼촌에 대한 내 감정이 크게 달라진 것이 없다는 것도 그때 깨달았다. 한 번쯤 만날 기회가 있었으면 좋겠다고 생각했지만 애써 자리를 만들어서까지 그러고 싶지는 않았다. 언젠가 우연히 만나게 되겠지.

체러팅에 다녀온 후 오미란에 대한 소식은 전혀 알 수 없었다. 나는 차츰 그녀의 존재를 잊어가고 있었는지도 모른다. 시간이 갈수록 그녀와의 사이에 일어났던 모든 일들이 한갓 꿈처럼 생각됐다. 무엇보다도 그녀는 내가 속해 있는 현실과는 너무 동떨어진 거리에 있었다. 체러팅에 다녀온 후 찾아온 많은 변화들 때문에 더욱 그렇게 됐는지도 모른다. 전화 한 통쯤은 서로 할 수도 있었을 텐데 미란의 아버지 역시 나와 헤어질 때 말했던 것처럼 다시는 연락을 해오지 않았다. 마치 영원히 침묵을 약속하고 헤어진 사람들처럼 말이다.

삼촌의 소식을 들은 뒤 나는 아내와 통화할 기회가 있을 때마다 서울로 돌아와주기를 바란다는 말을 전했다.

4월의 어느 비 내리는 밤이었다. 사법 고시 동기생들과 술을 먹고 귀가한 날이었다.

"그만 서울로 올라와줬으면 해. 전처럼 가족이 함께 지냈으면 좋겠어."

아내는 요지부동으로 입을 다물고 있었다.

"명분이 필요할지도 모르지만 그게 없다고 해서 당신의 자존심이 상처를 받는 것은 아니라고 생각해. 이미 6개월이나 지났어."

큼, 하고 목을 가다듬고 나서 아내가 가까스로 입을 열었다.

"경주 생활이 이렇게 길어질 줄은 저도 미처 몰랐어요. 솔직히 조금씩 불안하고 답답한 느낌이 들어요. 아버지 없이 지내는 준이가 걱정되기도 하구요. 하지만 말예요, 막상 다시 올라간다 해도 그전과 마찬가지일 거라는 생각이 들어요. 그 동안 보여준 당신의 태도 때문인지 무엇 하나 변한 게 없다고 느껴져요. 다시 함께 살기 위해선 뭐든 새로운 조건 같은 게 필요하잖아요."

새로운 조건. 아내가 그렇게까지 얘기했는데도 나는 그녀가 원하는 게 뭔지 정확히 알 수 없었다.

"그럼 제가 먼저 말하죠. 당신은 저와 다시 함께 살고 싶다고 말했어요. 그런데 그 말이 웬일인지 저에게는 절실하게 들리지 않아요. 안타깝게도 말예요. 제가 마음 깊은 곳에서 당신을 미워하고 있는 걸까요?"

그런지도 모르지만 그 대답은 내가 대신할 수 없는 것이었다. 나는 묵묵히 입을 다물고 있었다.

"당신은 어느 날 일방적으로 저와 준이가 잠든 방의 불을 끄고 나가버렸어요. 그 동안 우리는 정전이 된 집에서 지낼 수밖에 없었어요. 그러니까 당신이 지금 먼저 해줘야 할 일은 어둠 속에 대고 공허하게 외치는 것이 아니라 다시 우리가 잠들어 있는 방의 불을 켜주는 일이에요. 그게 보다 절실하다는 거예요."

그제야 나는 아내가 원하는 것이 무엇인지 어렴풋이 깨달았다.

오랜 침묵 끝에 나는 아내의 자존심에 상처를 주지 않으려고 애쓰면서 입을 열었다. 우선 말레이시아에 다녀온 이유를 설명해야 할 것 같았다. 그러기 위해서는 어쩔 수 없이 오미란의 존재부터 얘기하지 않을 수 없었다. 스스로 상처를 받으면서 그러나 나는 말했다.

놀랍게도 아내는 빈탄으로 신혼여행을 갔을 때 내가 오미란과 만났던 사실을 알고 있었다. 비록 그녀가 오미란이라는 사실까지는 모르고 있었지만 어쨌든 어떤 여자와 만나고 있었다는 것은 알고 있었다. 6개월 전 내가 말레이시아에 갈 때도 그 여자를 만나기 위해서라는 짐작까지 하고 있었다. 한데 그때 아내는 왜 나를 막아 세우지 않았던 걸까? 모를 일이다. 막을 수 없었기 때문일까. 아니면 자존심 때문이었을까.

아내는 그다지 동요하는 기색을 보이지 않았다. 예의 냉정하고 담담한 태도를 유지했다. 그런 일은 오히려 아무것도 아니라는 듯이. 결국엔 모든 것을 잃고 돌아오게 되리라는 것을 알고 있었다는 듯이.

"당신은 그래도 선택받은 사람이에요. 당신은 그 때문에 지금껏 고통을 받았겠지만 그것은 분명 선택받은 사람만이 누릴 수 있는 거예요. 그런 점에서 그 여자 역시 불행하다고는 할 수 없어요. 알다시피 저는 자기 이해에 밝은 사람이고 이기심밖에는 가진 게 없는 여자예요. 아니, 또 하나 있군요. 상대에 대한 이해 능력이 부족하기 때문에 그 동안 인내심을 키우며 살았죠. 당신이 때로 이해하지 못할 말이나 행동을 해도 우선 참을 수밖에 없었어요. 그러면서

차츰 자격지심이 쌓이더군요. 부부 관계는 사랑보다도 막상 이해
가 더 중요하다고 생각해요. 그런데 저는 아직도 까마득히 당신을
이해하지 못하고 있어요. 왜냐하면 당신은 자신을 이해시키려고
하지 않으니까요. 좀처럼 그런 기회를 주지도 않죠. 당신은 저에게
당신이 바라는 바를 구체적으로 얘기한 적이 없어요. 자신을 이해
해달라고 요구한 일이 단 한 번도 없단 말이죠. 그때마다 얼마나
제 심정이 참담했는지 모를 거예요. 당신은 또 저에게 요구하지 않
는 대신 저에 대해서도 조금씩 이해하기를 포기하더군요. 당신도
우리 사이에 눈에 보이지 않는 거리가 있다는 걸 인정할 거예요.
그걸 인정하면서도 그 거리를 좁히려는 노력을 하지 않았어요. 그
렇다면 당신을 더 잘 이해해주는 사람이 있다고 믿었기 때문인가
요? 그리고 실제로 그 여자가 당신을 특별히 더 잘 이해하고 있나
요? 글쎄요, 저는 그렇게는 생각하지 않아요. 그래서 특별히 질투
의 감정이 생기지도 않아요. 진심이에요. 제가 중요하게 생각하는
건 당신이 무엇 때문에 그때 그렇게밖에 할 수 없었느냐는 거예요.
저는 그게 알고 싶은 거예요. 왜 그때 제가 버림받을 수밖에 없었
는지 말예요."

아내의 말대로 나는 아내가 나를 더 잘 이해하고 있다고 생각하
고 있었다. 결혼을 하고 아이를 낳고 사는 동안에 많은 이해가 쌓
여온 게 사실이었다. 내가 아내에게 무리하게 이해를 바라지 않았
던 것은 나 자신도 그만큼 부족하다고 생각했기 때문이었다. 아무
리 가까운 사이라 해도 나에 대한 완벽한 이해를 요구할 수는 없는
일이었다.

내가 오미란을 만나러 간 건 그녀가 나를 더 잘 이해하고 안 하
고의 문제와는 전혀 상관없는 일이었다. 삶에 있어서 보다 치명적

이고 근본적인 부분을 함께 공유했던 기억 때문에 그렇게 된 것이다. 그것은 안개와도 같이 형체가 분명하지 않지만 내 삶을 아프게 감싸고 있던 것들이었다. 저 푸르렀던 순수의 시대로부터 불과 얼마 전까지 말이다. 아내를 만나기 훨씬 전부터 말이다. 그러나 그 모든 것들도 이제는 사라진 다음이었다. 내 삶의 둘레에 더 이상 푸르스름한 안개 따위는 존재하지 않았다.

"이왕 얘기가 나왔으니까 물어보죠. 그 여자 말예요. 당신이 솔직하게 얘기하고 있다는 건 알겠지만 그래도 뭔가 중요한 게 빠져 있다는 생각이 들어요. 그게 뭔지 얘기해줄 수 있겠어요? 그 문제에 관해서라면 속히 정리를 하고 싶은데 그게 잘 안 되고 있어요. 당신은 그 여자의 얘기를 하면서도 줄곧 남의 말을 전하듯 하고 있단 말예요."

아내는 이번에도 대답하기 힘든 말을 요구하고 있었다.

"나에 관한 그 여자의 얘기는 할 수 있어도 그 사람 자신에 대해서는 나로서도 말할 수가 없어. 엄격히 말해 그건 나와도 상관없는 부분이야."

나는 아내의 심정을 헤아려 조심스럽게 말했다.

"그게 무슨 뜻이죠?"

"그 사람이 남에게 숨기고 싶어하는 것은 설혹 내가 알고 있더라도 말할 수 없다는 거야. 그리고 혹시 내가 말을 잘못해서 그 여자를 기만하게 되면 당신도 역시 나한테 기만당하는 거야."

"……당신은 제가 뭘 알고 싶어한다고 생각해요? 그렇다면 남들은 다 알고 있는데 저만 모르고 있는 것을 얘기해주겠어요? 이런 문제는 도대체 사실대로 정리할 수밖에 없는 거잖아요. 안된 얘기지만 사건을 처리하듯이 말예요."

사건을 처리하듯이. 이어 아내가 전혀 생각지 못했던 질문을 던져왔다.

"저는 그 여자의 이름조차 몰라요. 그런 정도는 말해줄 수 있겠죠? 그래야 저도 뭔가 현실감을 가지고 마음을 정리할 수 있지 않겠어요? 당신은 지금껏 실수를 해온 게 아니에요. 무슨 뜻인지 알겠어요? 당신이 아무리 솔직하게 고백을 해도 계속 속고 있는 기분이 드는 이유가 뭐죠? 제가 그 여자에 대해 아무것도 모르고 있기 때문이라는 생각은 들지 않아요? 그래요, 이름조차도 말예요."

나는 말문이 막혔다. 이름 자체가 중요한 게 아니었다. 하지만 사실대로 얘기하면 또 다른 오해가 생길 것 같았다. 아니, 분명히 그럴 터이었다. 생각다 못해 나는 마음을 다잡고 거짓말을 했다. 오미란이 아닌 다른 이름을 댔다. 거짓말을 한 것이다.

나는 오미란의 나이를 밝히며 11년 전 제주도에서 만났으며 빈탄에서 우연히 해후하게 된 것이 이번 말레이시아 여행으로 이어졌다는 말까지 덧붙였다. 그러나 그녀가 중학교 때 계모를 살해했다든가 독일인과 잠시 결혼 생활을 했다든가 몸이 아프다든가 하는 얘기는 하지 않았다. 그런 사실들은 본인이 아니면 얘기할 수 없는 종류의 것이었다.

아내가 마른침을 삼키는 소리가 들려왔다. 이어 담배를 피워 무는 소리가 들려왔다. 그러고 나서도 꽤 시간이 흐른 다음에야 그녀는 입을 열었다.

"사실대로 얘기해줘서 고마워요. 그리고 거기에 대해 더 이상 다른 설명을 덧붙이지 않은 점도 고맙게 생각해요. 하지만 막상 얘기를 들으니 좀 혼란스럽군요. 솔직히 말하면 쇼크를 받았어요."

그래, 라고 나는 무의미하게 되받았다. 그리고 역시 다른 말은

316

덧붙이지 않았다. 지친 목소리로 아내는 그만 전화를 끊었으면 한다고 말했다. 그래, 그러라고 말하고 나는 수화기를 내려놓았다.

그날 밤 내내 나는 잠을 이루지 못하고 온갖 상념에 사로잡혀 있었다.

오미란이 말했던 것처럼 진실을 말하기에 세상엔 너무도 많은 감시자가 있는지도 모른다. 자기 자신을 포함해서 말이다. 가장 가까운 사이에서도 진실은 때로 상대에게 커다란 상처와 짐을 지우는 일이 되곤 한다. 어쩌면 진실은 쇠못이 잔뜩 박혀 있는 장애물 같은 것이어서 그때마다 상대에게 그곳을 뛰어넘으라고 강요하는 것이 되는지도 모른다.

아내에게 전화가 걸려온 것은 그로부터 며칠이 지난 뒤였다. 마음을 수습했는지 그녀는 침착하게 가라앉아 있었다. 그러나 그 조용함 속에 가시를 품고 있음을 나는 곧 깨달아야 했다. 본론으로 들어가기 전에 그녀는 이쪽 상태를 헤아리는 말부터 했다.

"힘들죠?"

"……당신이 더 힘들겠지."

"그야 너무도 당연한 일이니까 말할 필요조차 없구요."

이어 아내는 조사관 같은 말투로 차근차근 물어왔다.

"당신은 지금까지 저와 살면서 진심으로 행복하다고 느껴본 적이 있나요?"

내가 한참을 머뭇거리자 아내가 대신 대답을 해주었다.

"없어요. 당신은 웬일인지 약속을 지키기에 급급한 채무자처럼 살아왔어요. 매사 모면하고 견뎌내는 식으로 말예요. 그런 점에서 당신은 불행하게도 스스로에게는 단 한 번도 선택받지 못한 사람이에요. 그러면서 지금까지 어떻게 살아왔죠? 준이에게조차 당신은 단지 아버지로서의 의무감이나 부채감을 가지고 대하고 있었던 건 아닌가요?"

그 물음에도 나는 끝내 대답을 하지 못했다. 아내가 왜 이런 식으로까지 내게 고통을 주는지 알 수 없었다.

"더불어 확인하고 싶은 게 있어요. 당신이 말레이시아로 가기 전에 저에게 했던, 그 집 얘기 말예요. 그 집이 분명 저를 뜻하는 게 맞나요? 혹시 누군가 전에 비우고 떠난 집을 두고 그렇게 말한 건 아니었나요?"

그때는 간곡히 진심을 전하기 위해 그렇게 말했던 것인데 되돌려 질문을 받고 나니 그조차도 이제는 잘 모르겠다는 생각이 들었다. 혼란스러웠다. 그러나 그 대답만큼은 반드시 해주길 아내는 원하고 있었다. 나는 그 말을 할 때의 내 진심을 믿고 말했다.

"그 말은 분명 당신을 두고 한 얘기였어."

거기서 그치지 않고 아내는 다시 확인을 해왔다.

"정말 그게 나란 말이죠?"

그렇다고 나는 되풀이해서 말했다. 그 거듭되는 질문과 대답이 오가는 동안 나는 아내와 나 사이에 더 이상 말없이 고이 간직하거나 지켜내야 할 것들이 남아 있지 않다는 걸 알게 되었다. 내가 아내를 망가뜨리고 나 역시도 망가질 대로 망가졌다는 참담한 느낌에 나는 진저리를 치고 있었다. 그러고 나서 침묵이 길어진다 싶었는데 불현듯 수화기 속에서 아내의 흐느끼는 소리가 들려왔다. 언뜻 빗소리였는가 싶었는데 그게 아니었다. 수화기를 든 채 창밖을 돌아보니 아닌 게 아니라 밤비가 추적거리며 내리고 있었다.

그날 밤 아내가 마지막으로 내게 한 말은 이러했다.

"가장 가까운 사람을 용서하는 일조차 이렇게 힘들군요. 그런데도 여전히 상처를 입고 몸부림치는 것은 당신이 아니고 저란 말이죠."

아내가 준이를 데리고 서울로 올라온 것은 그로부터 6개월이 더 지난 10월 중순이었다. 장모가 살던 집이 팔릴 때까지 기다린다는 것이 표면상의 이유였지만 거기엔 쉽사리 나를 용서하지 않음으로 해서 앞으로 또 생길지 모를 우발적인 일의 가능성을 미리 단단히 봉쇄하려는 의도가 포함돼 있었다.

아버지가 전립선암 수술을 받기 위해 입원을 하는 날에 맞춰 아내는 준이를 데리고 서울로 올라왔다. 내가 운전하는 승용차를 타고.

그후 내게는 특별히 기억에 남을 만한 일이 일어나지 않았다. 아내와는 거짓말처럼 빠른 속도로 관계가 회복돼갔다. 영리한 아내는 두 번 다시 지나간 일에 대해서는 입 밖에 꺼내지 않았다. 앞으로 긴 세월을 함께 살아가기 위해서라도 그럴 수밖에 없었을 것이다. 아버지는 암 수술을 받고 나서도 그다지 흐트러진 모습을 보이지 않았다. 증권 회사 고문직을 그만둔 뒤 산행과 낚시로 소일하며 어머니와 가끔 유럽이나 동남아 등지로 여행을 다녀오기도 했다.

나는 1999년 초에 사법 고시 동기생 두 명과 함께 강남에 합동 법률 사무소를 차려 사무실을 옮겼다. 사소한 변화가 늘 찾아오곤 했지만 내 삶에 영향을 줄 정도의 큰 변화는 없었다. 몇 달 전부터 아내 몰래 숨겨놓고 만나는 스물아홉 살의 방송일을 하는 여자가 생겨 있었으나 물론 심각한 사이는 아니었고 그저 한 달에 두어 번 호텔에서 만나 저녁을 먹고 섹스를 하고 헤어지는 정도의 쿨한 관계였다.

이래저래 나는 늘 시간에 쫓겨다니며 사는 평범한 능력의 변호사였고 아내는 보다 현실 감각이 뛰어난 전업 주부로 변해갔다. 준이는 그 사이에서 채소처럼 무럭무럭 자라나고 있는 두 사람의 단단한 끈인 동시에 매개자였다.

내게 주어진 삶은 그렇게 하루하루 변함없이 흘러갔다. 행복의 몇몇 객관적인 조건과 얄팍한 기득권을 야릇하게 즐기며 텔레비전이나 신문에서 보여주는 세상의 불행을 왠지 모를 무사와 안도감 속에서 지켜보며 생일상을 받을 때마다 의식적으로 한 번씩 진저리를 쳐가며 서툴게 나이를 먹어갔다. 속내야 어떻든 눈앞에 보이는 것들과 은밀하고 끈끈한 타협의 관계를 유지하지 않는 한 삶은 결코 호락호락 허락되지 않았다. 또 누구나 감시자들이어서 한때의 열정적인 꿈이나 그로 인한 모반은 영화나 소설이 아니면 구경할 수 없는 일이 되고 말았다. 또 옆사람과 닮지 않은 자는 그 옆사람이 대신 나서서 이색 분자로 지명해주는 것이었다.

그렇듯 내 친구인 치과 의사는 하루 종일 아니 365일하고도 평생 환자의 이를 들여다볼 것이고 유치원부터 고등학교를 마칠 때까지 우리의 아이들은 새벽부터 밤늦도록 학교와 학원을 번갈아 오가며 피로에 시달릴 테고 어디서든 매일같이 우후죽순으로 생겨나는 러브호텔에선 밤낮없이 남녀들이 뒹굴어대고 한 번도 본 적이 없는 앞집의 사나이는 새벽에 출근해 매일 밤 술을 마시고 날이 바뀌어서야 들어오고 지긋지긋할 정도로 변함없이 여당과 야당은 멱살잡이를 계속하고 전철이든 버스이든 길거리든 어디서나 아이들이 울어대고 주말이면 어김없이 북새통을 이루는 고깃집에서 깨진 소주병과 야유와 욕설을 주고받으며 어렵사리 찾아온 다음날 휴일의 아침을 충혈된 눈동자로 맞이할 것이었다. 그러한 사이에 저마다 가슴속에 은밀히 숨겨두었던 말 못 할 진실이나 간곡한 사연들은 지하철 유실물 센터나 코인 로커에 방치돼 있다가 조만간 주인 없는 물건들이 돼버리곤 하는 것이었다.

2000년 6월 13일

　오미란의 소식을 들은 건 작년 여름이었다. 2000년 6월 13일이었다. 날짜를 정확하게 기억하는 건 그날이 마침 김대중 대통령과 북한의 김정일 국방위원장의 남북 정상 회담이 평양에서 열리던 날이었기 때문이었다. 그 시간에 나는 사무실에 앉아 커피를 마시며 생방송으로 중계되는 그 역사적인 장면을 텔레비전을 통해 지켜보고 있었다. 55년 동안 닫혀 있던 문을 열고 마침내 남북의 두 정상이 평양에서 만나고 있었다.

　오전 10시 37분 평양 순안공항. 날씨는 더없이 맑았고 대통령을 태운 특별 전용기의 문이 열리며 김대중 대통령이 모습을 드러냈다. 한복을 곱게 차려입고 붉은 꽃을 든 북한 여성들이 일제히 '만세!'를 외쳐대는 가운데 인민복 차림의 김정일 국방위원장이 나와 두 사람은 뜨겁고 감격적인 표정으로 손을 맞잡았다.

　전화 벨이 울린 것은 그때였다. 나는 시선을 텔레비전 화면에 고정시킨 채 무심코 수화기를 집어 들었다.

　전화를 걸어온 것은 오미란의 아버지였다. 나는 김대중 대통령과 김정일 국방위원장이 의장대의 분열을 지켜보는 장면에서 텔레비전의 볼륨을 줄이고 생수잔을 들어 물부터 마셨다.

그는 한 달 전에 오미란을 데리고 한국으로 돌아왔다는 말부터 했다. 처음엔 조금 놀랐지만 나는 이내 무감한 심정으로 그 얘기를 듣고 있었다. 이상할 정도로 마음의 동요가 일지 않았다. 여전히 시선을 화면에 고정시킨 채 나는 결국 돌아왔군, 하는 생각을 하고 있었던 것 같다. 아들 녀석이 유치원에서 돌아와 사무실로 걸어온 전화를 받은 정도의 느낌이었다.

한국으로 돌아온 후에 그녀는 제주도에서 지냈다고 한다. 줄곧 성산포에 있는 민박집에서 보냈다고 그녀의 아버지가 내게 말해주었다. 아, 그 민박집. 문을 열면 곧바로 바다가 내다보이는 집이었지.

"그러다 죽기 하루 전에 신라호텔로 옮겨왔습니다."

나는 얼른 그 말을 알아듣지 못했다. 죽다니. 누가 말인가? 이어 그 말이 명료하고도 직접적인 사실로 뇌리에 들어와 박혔다. 이어 손가락 사이로 담뱃재가 떨어져 내렸다. 나는 아무 대꾸도 못 한 채 그가 다음에 해올 말만 기다렸다.

"그렇게 갑작스럽게 갈 줄은 몰랐습니다. 신라호텔로 옮기고 나서 다음날 새벽에 바로 숨을 거뒀으니까요."

잠자듯 조용히 그녀는 숨을 거두었다고 한다. 남긴 말이나 유서 같은 건 없었다. 곧바로 서울로 유해를 옮겨와 벽제에서 화장을 한 다음 한강에 유골을 뿌렸다고 한다. 한강? 낯설게 생각되는 장소였으나 그것에 대해 나는 묻지 않았다. 불과 이틀 전의 일이었다. 병세가 악화돼 있긴 했으나 사인은 엉뚱하게도 심장 마비로 판명됐다.

2000년 6월 13일   **323**

그냥 알려줘야 할 것 같아서, 라고 말끝을 흐리고 그는 전화를 끊었다. 한동안 멍하니 수화기를 들고 있다가 나는 담배를 피우기 위해 라이터를 집어 들었고 잠시 텔레비전을 지켜보다가 이어 한 강이 흐릿하게 내려다보이는 창밖으로 시선을 돌렸다.

작가의 말

'97년 겨울과 2000년 봄에 나는 동남아를 여행했다. 한 번은 길게 한 번은 짧게. 돌아보니 '97년과 2000년의 내 모습이 판이하게 다르다. 그러나 그 두 사람이 모두 나라는 것은 부인할 수 없는 사실이다.

내가 처음 미란을 만났을 때 그 사람 안에는 누군가 다른 사람이 존재하고 있었다. 어쩌면 자신도 미처 알지 못하고 있을 미지의 또 한 사람이.

우리가 누군가를 안다고 할 때도 실은 그 사람을 다 알고 있는 것은 아니다. 아주 가까운 사람조차도. 또 다른 낯선 이의 그림자가 그 사람 내면 깊숙이에 도사리고 있는 것이다. 이처럼 너는 내게 있어서 종종 네가 아니다.

마찬가지로 나에 대한 느낌이 감쪽같이 사라져버릴 때가 있다. 아침에 자고 일어나 거울을 볼 때마다 당혹스럽기 짝이 없다. 나는 누구이고 지금 어디에 가 있는 것일까?

이 소설엔 성은 다르지만 이름이 같은 두 사람의 미란이 등장한다. 나는 이들을 통해 우리가 주변에서 흔히 만날 수 있는 불특정 다수에 대해 얘기하려 했다. 또한 이들이 결국엔 동일인일 수 있다는 것을 말하고 싶었다.

돌아보면 그 어떤 타인도 항상 나의 일부였다. 내가 들고 있는 거울에 비친 사람은 비록 내가 아니더라도 또 다른 나인 경우가 대부분이었다. 이처럼 우리는 자신에게조차 낯선 존재인 동시에 엉뚱한 타인과 동일한 존재이기도 하다. 그렇다는 것을 때때로 삶이 나에게 알려주곤 했다. 그토록 많은 것들을 상실해가는 도중에.

엉뚱하게 들릴지 모르지만 이 소설은 남북 관계에서 모티프를 얻었다. 작년에 동남아에서 돌아온 직후 나는 제주도에 내려가 이 소설을 쓰기 시작했고 와중에 한일문학작가회의에 다녀와 계간 『문학과 사회』에 연재를 하게 되었다. 때마침 남북정상회담이 평양에서 열렸다. 소설의 중반부는 안개가 많던 계절에 강화도에서 썼고 마지막 부분은 무더운 속초의 온천에서 썼다.

다 쓰고 나서는 잠시 일본에 가 있었다. 9월의 일본은 더웠다.

가을비가 계속 내리면서 뼈가 춥다. 나이를 먹어가는 것이 온종일 두렵다. 그렇기는 해도 깨끗하고 사나운 적들이 좀더 많아졌으면 좋겠다. 그래야 그들과 싸우는 힘으로 살아낼 터이니까.

미란, 너는 비와 함께 오더니 비와 함께 가는구나.

2001년 늦가을
윤대녕